国家社科基金一般项目前期研究成果

中国博士后科学基金项目最终研究成果

湖北省社科基金项目最终研究成果

湖北大学文学院中国语言文学省级重点学科建设经费资助出版

20世纪

中国小说修辞史略

黄晓华 著

人民出版社

目　录

序

晓华是湖北大学文学院的青年教师,在武汉大学现当代文学专业博士毕业后到华中师范大学做博士后,我是他的合作导师。晓华是一个很有科研潜质的人,他勤奋,思路清晰,能抓住问题并有自己的见地,文笔也不错。晓华一直关注小说修辞问题,已发表数篇颇有质量的论文,并以20世纪中国小说修辞为研究对象撰写了博士后出站报告。最近他从美国加州大学洛杉矶分校访学归来,拿出这部《20世纪中国小说修辞史略》书稿,嘱我写序,我虽然有点忙,但欣然应允。平日里我最高兴的事就是看到学生有新成果,取得新进步,并常常以此为荣,跟同事晒幸福感。

晓华研究的小说修辞,其理论来源为修辞学和叙事学。我们知道,修辞学是一门古老的学科,亚里斯多德就专门写过一本《修辞学》的书;而经典叙事学则产生于20世纪60年代的法国。饶有兴味的是,古老的修辞学走进了现代叙事学,竟然两者相得益彰。以詹姆斯·费伦为代表的修辞叙事理论将修辞引入叙事学,从交流和效果的层面弥补了叙事学的局限,已成为后经典叙事学的重要流派之一。晓华在参照西人理论成果的基础上又作了新的开拓,不仅提出了特定的小说修辞理论框架,而且将观照对象转向20世纪的中国小说,关注中国小说的修辞演变,从而在理论和实践两方面推进了具有中国特色的小说修辞理论的建设。

该书稿的特色首先体现在小说修辞的理论建构上。晓华的这个理论模型既宏大又不失具体,他借鉴了叙事学的内在结构,其要素不仅含有隐含作者—叙述者—人物—受述者—隐含读者—读者这一横向轴,而且包括故事—叙事—叙述这一纵向轴,他的小说修辞要求从纵横两轴把握各要素之间的内在关系。而这还不是他的理论模型的全部,除文本内部的各种关系外,晓华还扩展到文本外部的诸因素,即世界——作者——文本——读者这些要素以及它们之间的关系,并指出这四者之间存在张力与互动。显然,晓华试图建构的是一种兼顾文学内部研究和外部研究的综合性小说修辞体系,这一理论框架为整体考察 20 世纪中国小说提供了新的思路。

其次,也是该书稿最突出的特色即贯穿全书的历史意识。这种历史意识既体现为理论建构的动态性上,又体现在对 20 世纪中国小说修辞的历史脉络的勾勒上。晓华不仅把小说修辞理论视为一个复杂的系统,而且特别强调这个系统各要素会随着时代的发展而改变,由此形成小说修辞的动态系统。而这个动态系统又与特定的语境密切相关,小说修辞系统的运作是在一定历史语境中进行的,甚至可以说,没有语境的参照就无所谓修辞。因此,立足于特定语境,关注时代与小说修辞之间的关系,发现时代变更与小说修辞新质的内在联系,就成为探讨 20 世纪中国小说修辞演变的基点。该书稿的历史意识更多地展现在对 20 世纪中国小说修辞演变脉络的宏观把握和具体分析上。整个书稿具有明晰的历史线索,作者将 20 世纪以来的中国小说修辞划分为四个阶段,并通过阐释小说修辞各要素的变化,具体描述和提炼了不同阶段的小说在修辞语境、修辞契约、修辞策略以及修辞认同等方面的历时性特征,揭示中国小说修辞演变的内在动力与发展规律,由此揭开了 20 世纪中国小说史的又一层面。

最后,该书稿在文本分析上的可操作性可视为对文学批评的贡献。该理论框架不仅提供了把握 20 世纪中国小说修辞的宏观角度,而且为读者从微观上解读小说作品提供了路径。晓华在博士阶段是学现代文学的,对文学史材料很熟,这一学术背景也给他研究小说修辞提供了便利。在书稿中,作者运用所建构的小说修辞理论,对 20 世纪中国的一些代表性小说文本做了条分缕析的分析,提供了一种修辞解读的批评实践。不仅如此,晓华还借助现代中国小说"立什么人"与"如何立人"这一话题,从小说"讲什么"和"怎么讲"的背后,探讨"为什么讲"以及"为什么这么讲"的问题,将批评伸向小说的意义世界,从而使小说修辞批评成为既理解小说艺术价值又把握小说思想价值的通道。也正是有了这种综合的修辞角度,使晓华在中国近现代小说修辞的研究上有了新的体悟，获得一些有价值的结论。基此，晓华在小说修辞方面不仅做了一次形式与意义融合的尝试，而且作了一次打通文学理论、文学史与文学批评学科壁垒的尝试。

应该说，建构如此复杂的小说修辞理论和对云谲波诡的 20 世纪中国小说修辞的梳理已实属不易，若从更高的要求看，这部手稿还有一些待完善之处。例如小说修辞中有些概念的命名以及相关概念的内在关系需要进一步厘清，20 世纪中国小说修辞演变分期的定位以及对这些分期的历史语境的某些阐释也还需要斟酌。中国的小说修辞理论毕竟处于探索之中，学无中西，但创有中西，相信晓华在未来的研究中将会写出更贴近中国小说实际、引领中国小说修辞理论并能够与西方展开对话的更具创造性的力作。

胡亚敏

2014 年 2 月 8 日于华大家园

导　言

一、研究现状与选题依据

亚理斯多德认为,"修辞术的定义可以这样下:一种能在任何一个问题上找出可能的说服方式的功能。"①这一定义奠定了西方修辞学的传统,包含着多重意味。首先,修辞具有一种能够使对方改变自己态度的力量,修辞的目的就是为了使对方被"说服"。其次,修辞目的的实现主要以话语活动为媒介,是通过"说"话的方式来使对方"服"从,使其改变自己的态度,而不是通过暴力等其他手段对对方产生影响。这与福柯所说的话语权力或权力话语存在差异,修辞侧重于话语活动本身,而话语权力则侧重话语活动与更广大的社会权力之间的关系。虽然修辞与话语权力以及社会权力有着千丝万缕的联系,但在修辞性话语活动中,双方相对比较平等,话语的运用始终相对和平。修辞受众是否改变其态度,一定程度上取决于自身的"自由"判断。最后,修辞不仅包括言语行为,也包括非言语行为。亚理斯多德所说的"品质"、"情感"与"理性"三诉诸,并不能完全包括在言语行为之中。这些非言语因素,对修辞效果会产生巨大影响。同时,修辞中依旧隐含着话语权力,与更广大的社会权力联系在一起。

然而,亚理斯多德的这一定义存在着重大局限,那就是过于强调了修辞的"说服"功能。"说服"意味着受众是"被说服"的对象,修辞主体与修辞受众之间的关系是单向度的,二者地位并不对等,受众的主体性没有受到足够的尊

---

① 亚理斯多德:《修辞学》,罗念生译,生活·读书·新知三联书店 1991 年版(下同),第 24 页。

重。正因为传统修辞学的这一局限,肯尼斯·博克①在《动机语法》(*A Grammar of Motives*,1945)与《动机修辞学》(*A Rhetoric of Motives*,1950)中提出"认同"理论,强调修辞行为的双向性。肯尼斯·博克把修辞(rhetoric)定义为"人类主体为着对其他人类主体形成态度或诱发行为而使用语言"。② 在《动机语法》中,博克明确指出,认同是修辞的归宿,也是修辞的手段:"修辞者可能必须在某一方面改变受众的意义,然而这只有在他和受众的其他意见保持一致时才办得到。遵从他们的许多意见为修辞者提供了一个支点,使得他可以撬动受众的另外一些意见。"③也就是说,说服(让受众认同自己的观点)必须以修辞主体认同修辞受众的某些观点为前提。同时,他的"戏剧模式"也强化了亚理斯多德关于非言语因素在修辞中的重要性。他提出的"戏剧五元模式"这一"结构隐喻":行动(act)、情势(scene)、施事者(agent)、手段(agency)、目的(purpose),强调了修辞效果的实现与这一戏剧结构的内在关联。同时,博克借鉴吸收了弗洛伊德精神分析的成就,将修辞研究的疆域拓展到了无意识领域,不仅指出了修辞主体可能存在下意识的修辞目的,而且受众同样可能出现无意识认同。这极大地拓展与完善了修辞理论。

在以肯尼斯·博克为代表的美国"新修辞学"兴起的浪潮中,W.C.布斯顺势提出"小说修辞学",深入系统地研究了小说作为一种修辞的特征与规律。虽然从修辞学诞生开始,文学与修辞之间的关系就一直是人们关注的重要问题之一,修辞学的发展与文学的发展相互影响。然而,这些研究大多以文学作品为研究对象,主要关注文学作品的风格以及修辞格,很少将文学视为一种实现作者与读者之间相互认同的修辞行为。这一倾向使得文学的内部研究与外部研究相互脱节。

布斯《小说修辞学》(1961)这一小说修辞研究里程碑式的作品,不仅明确指出了小说修辞的目的性,而且系统分析了小说作者如何实现与读者相互认同的技巧与方式。他对小说修辞伦理效果的强调,对交流过程中各个修辞要

---

① 关于肯尼斯·博克(Kenneth Burke)的名字的翻译,现在国内还没有统一,也有译为肯尼斯·伯克的。为表达便利,本书统一使用肯尼斯·博克。

② 转引自王一川:《兴辞诗学片语》,山东友谊出版社 2005 年版(下同),第 112 页。

③ 肯尼斯·博克:《动机语法》,第 56 页,转引自刘亚猛:《西方修辞学史》,外语教学与研究出版社 2008 年版(下同),第 346 页。

素之间各类距离的划分,以及如何实现最终相互认同的阐述,确立了小说修辞分析的基本框架。他认为,小说修辞的较高境界就是作者与读者在小说开始时各方面的距离很大,而到结尾时则实现二者在多个层面上的同一。这种同一的实现,就是小说修辞技巧要实现的任务。

在由托多洛夫(1969)命名并以热奈特的《叙事话语》(1972)等著作为代表的经典叙事学兴起以后,小说叙事学与小说修辞学相互借鉴,最终交融成修辞性叙事学,成为后经典叙事学的重要流派。这些研究在与布斯进行对话的过程中,推进了小说修辞研究的发展。

西蒙·查特曼的《叙事术语评论:小说和电影的叙事修辞学》(1990)将读者反应批评、文化研究的某些方法融入叙事研究,认为小说叙事中存在两种修辞:劝说读者接受其形式的修辞与劝说读者接受其主题的修辞,亦即美学修辞与意识形态修辞。不过,他同时指出,小说的一个叙述技巧可同时服务于审美修辞与意识形态修辞。这种审美与意识形态的区分,可以见出小说修辞的不同维度。查特曼虽然指出了这两种修辞,但并没有对这两种修辞进行深入系统的分析,也未曾明确区分二者之间的层次性及相互关系。迈克尔·卡恩斯的《修辞性叙事学》(1999)则强调了语境在小说叙事中的作用。

作为修辞性叙事理论的代表人物,詹姆斯·费伦借鉴了叙事学的一些区分方法来建构理论模式,对小说修辞交流的各个层面都进行了独创性的研究,极大地推进了小说修辞理论的发展。在《解读人物,解读情节》(1989)中,费伦重点探讨了文本层面,提出了多维度人物观以及动态情节观;在《作为修辞的叙事》(1996)中,他发展了自己的理论框架,更为关注作者代理、文本现象与读者反应之间的循环互动。在作者层面,费伦坚持了隐含作者的概念,同时丰富与发展了布斯的不可靠叙述理论;在读者方面,费伦发展了拉比诺维茨的四维度人物观。但是,在他分析这种作者—文本—读者修辞互动的复杂关系时,对作者进行修辞选择的目的性以及读者的价值判断却有所忽略。这些问题在他的新著《体验小说:判断、进程及修辞性叙事理论》(2007)得到了较为深入探讨。通过对阐释判断、伦理判断与审美判断三类叙事判断的区分及其相互影响的论述,费伦更为明确深入地分析了隐含作者与隐含读者之间的修辞互动的结构。在该著中,费伦认为在小说阅读接受中,读者的阐释判断、伦理判断与审美判断三种主要的叙事判断对于理解小说的叙事伦理、叙事形式和叙事审美三个方面至关重要;同时,读者的阐释判断、伦理判断、审美判断相互影响。费伦的所有这些论述,实际上都指向了小说修辞的层次性、系统性与多维性,隐含着对小说修辞认同结构的理解与论述。但费伦的理论中也存在一些需要澄清与完善的地方。他谈到读者的审美判断时,未曾涉及语体等重要的审美问题;对作者、人物、读者之间的情感互动与认同的作用没有进行系统论述;侧重读者的修辞反应,而对作者的目的,对小说意识形态性的关注没有贯穿始终。

海外小说叙事学研究与修辞研究对国内小说理论研究产生了较大影响,但国内专家并非跟在外国人之后亦步亦趋,而是从多个方面丰富与发展了小说叙事学与小说修辞研究。胡亚敏《叙事学》(1994)单列一章专谈"阅读",探讨小说叙事中读者的地位与作用,一定程度突破了结构主义叙事学的局限。杨义的《中国叙事学》(1997)凸显了中国小说叙事的民族性,其中也涉及了中国小说叙事的时代性。王一川的《修辞论美学》(1997)运用修辞视角阐释文学理论与文艺现象,对小说修辞研究也有重要启示意义。尤其是他在《兴辞诗学片语》(2005)中,结合肯尼斯·博克的认同理论与马斯洛的需求层级理论,勾勒出文学中的八类认同模式,对于小说修辞认同研究有着重要的启发作用。耿占春的《叙事美学》(2002)探讨一种"叙述形式的社会学",关注与分析了修辞情景对于小说叙事形式的制约与影响。这些研究,虽然没有打出小说修辞研究的旗号,却对小说修辞研究具有多重启发与借鉴意义。

李建军的《小说修辞研究》(2003)是大陆学界第一部专题研究小说修辞的著作,在学界产生了较大反响。其对既有小说修辞理论进行了梳理与反思,为小说修辞研究提供了较具体的方法与思路。其中微观修辞与宏观修辞的区分,提高了小说修辞研究的可操作性。然而,该著对小说修辞的理解显然不够统一,尤其是将其区分为宏观修辞与微观修辞之后,对于微观修辞如何实现修辞目的则不甚关注。这显然与国内学界将修辞等同于修辞格的思维定式相关,作者将微观修辞与修辞格等同起来,因此,宏观修辞与微观修辞虽然共用了一个"修辞"字眼,实际上却是两个完全不同的概念:宏观修辞的修辞指的是话语交流,而微观修辞的修辞则是指修辞格,至于宏观修辞与微观修辞之间的内在联系,修辞格如何影响话语交流,则被无意识地忽略。同时,他的理论框架还是囿于小说修辞研究的结构主义思路,注重小说修辞的共时性研究,忽视小说修辞的民族性与时代性。

　　尽管直到布斯才打出"小说修辞学"的旗号,但这并不意味以往的小说理论家不关心小说作者与读者通过文本进行的交流行为,相反,很多小说理论家不仅对小说修辞的动态系统进行了比较深入的研究,而且对小说修辞交流的历史演变进行了独到的探讨。巴赫金在《陀思妥耶夫斯基诗学问题》(1929,1963)中提出的"对话理论",极大地丰富与拓展了小说修辞的研究视野,无论是在理论建构方面,还是在研究思路方面,都极大地启发了后来者。他对独白型小说与对话型小说的区分,实际上已经隐含着对小说修辞发展的历史判断,他认为对话型小说的出现是近代以来的事情,其中已经包含着发展的眼光。弗莱《批评的解剖》(1957)从作者—人物—读者之间的相对位置,区分神话、传奇、高模仿、低模仿、讽刺(反讽),其中也隐含着一种历史眼光。布斯在写作《小说修辞学》的时候,虽然更多地关注小说修辞的共时结构,但在文本中实际上已经隐含着一种历史视角,那就是现代小说修辞与传统小说修辞之间的联系与区别。其论述重点虽然在现代修辞,却始终以传统修辞作为参照系。但他自己也承认,该著并没有勾勒出一条鲜明的历史脉络。正是这种历史意识的不明晰,招来了詹姆逊等人的批评。《小说修辞学》初版21年之后,他借再版的机会回应了詹姆逊的批评,承认了这一历史视野的必要性:"作家、读者和批评家的技巧反映了他们的时代,他们的阶级倾向,他们特殊的文化时期,包括这个时期的叙述惯例,它决定了人们对一个特定叙述类型的认可与否。"①但布斯本人并没有在这一问题上进行更深入系统的研究,而是批评他的弗雷德里克·詹姆逊在《政治无意识——作为社会象征行为的叙事》(1981)中,将叙事与大的文化语境联系了起来,在文化研究视野下探讨小说的修辞交流问题,从宏观上把握小说修辞技巧与时代文化语境的关系。

　　就中国小说研究界而言,陈平原《中国小说叙事模式的转变》(1988)虽然没有专门讨论修辞交流问题,但他对中国近代小说作者与读者交流方式由说—听转为写—看,对中国小说叙事模式的重要影响,已经涉及修辞交流。明确标出小说修辞的历时研究的,是郭洪雷的《中国小说修辞模式的嬗变——

　　① [美]韦恩·布斯:《小说修辞学》,付礼军译,广西人民出版社1987年版(下同),第426页。

从宋元话本到五四小说》（2008）。该著将小说修辞学与中国小说史研究结合起来，较宏观地考察了从宋元话本到五四小说的文本构成与修辞情景演进的过程，对于探讨中国小说修辞发展演变规律以及中国现代小说修辞都有启发意义。然而，该书在理论视野上，试图人为割断小说修辞学与小说叙事学之间的联系，忽视小说修辞的外部情境，对小说修辞的含义及其要素的理解不够统一；在具体研究中，未对现代小说修辞进行整体观照，也未实现对小说修辞进行价值评判这一目标。这些局限妨碍了作者取得更大成就。

真正深入分析了作者与读者之间交流方式的应该是曹禧修的《鲁迅小说诗学结构引论》（2010）。该著深入分析鲁迅小说所面临的认同困境，从而将读者区分为普通读者与智性读者，勾勒出了作者与读者之间的情智潜对话的双重结构，对作者与读者如何实现相互认同的机制进行了细致而深刻的研究。但该著也存在明显的弱点，首先是将读者区分为普通读者与智性读者，忽视了小说修辞交流的有机统一性，其次，他对小说修辞的动态体系并没有系统勾勒，其个案研究也限制了作者的历史视野。

总体而言，现有的小说修辞研究从多个向度，丰富与拓展了小说修辞研究的空间，但也还存在诸多不足。

首先，对中国小说的修辞语境关注不足。任何修辞都基于一定的语境，脱离语境的修辞无法让人理解。

其次，对小说修辞交流的动态系统研究不足。费伦的研究成果应该是这方面最完善的表述，其对叙事进程与判断进程的描述，涉及了作者与读者之间修辞交流的多个层面，但他的研究中，还是忽视了文本建构这一重要层面，对作者如何通过特定的文本构建来实现他与读者在各个层面的相互认同，这一研究还比较薄弱。同时，对于小说的修辞目的的多元性也认识不足。由布斯传承下来的小说修辞研究一直强调小说修辞的伦理目的，这一标准存在一定的偏颇之处。

最后，对小说修辞的历时性与民族性研究不足。由于小说修辞语境的具体性与历史性，不同时代不同民族小说的修辞目的、修辞契约、修辞策略、修辞效果都不尽相同，必然导致小说修辞模式的变化。现有小说修辞研究，大多关注小说修辞的共时性结构，对小说修辞的历时性演变关注不足，在分析对象上也以西方小说为主体。涉及中国小说修辞演变的研究，由于对小说修辞交流的动态系统缺乏系统全面的理解与把握,对修辞的理解存在褊狭之处,因此难以真正把握中国小说修辞演变的内在动力与发展规律。

二、研究意义与研究思路

本研究从修辞交流的角度对 20 世纪中国小说发展史进行一次粗略的梳理,自然难以避免挂一漏万的情况。同时这种粗线条的描述与分析也必然会将丰富复杂的 20 世纪中国小说发展历程抽象化与简单化,异彩纷呈的 20 世纪中国小说,在本研究中可能成为一些碎裂的材料,让人难以领略其原生态的生机与美丽。同时,由于作者本人学术积累的贫乏与识见的拙劣,不可能在这本小册子中如数家珍地囊括所有佳作,更难做到新见迭出。所有这些缺陷,都可能引来读者对这一研究的学术意义的合理质疑。如果小说修辞研究不能让读者更深入地理解小说的思想与艺术价值,那么这一研究的意义何在?

本研究的出发点正是试图回答这一质疑。在本书作者看来,小说修辞研究是理解小说思想与艺术价值的必要通道。在小说理论与小说批评的发展过程中,对小说修辞相关的各个因素,实际上都已经有非常深入而系统的分析与探讨。如文化研究对小说与外部语境的关系、结构主义叙事学对小说文本的分析、精神分析对作者的分析、接受美学对读者作用的分析,更不用说传统小说理论对人物、情节、环境等小说要素以及各种小说技巧的论述等。然而,这些研究大多偏于一端,在一定程度上隔断了小说的外部研究与内部研究之间的内在联系,隔断了小说的审美研究与思想研究之间的内在联系,从而导致了某些局限与偏差。而在小说修辞研究看来,小说的内容与形式、思想与艺术、内部与外部相互制约相互影响,不可分割。小说形式本身也是极为重要的内容,艺术成就决定小说思想的影响,小说的外部语境制约了小说的文本表达,它们都会对小说修辞交流产生重大影响。只有充分考虑小说作者与读者在小说修辞交流过程中的多维互动,才可能将小说的思想价值与艺术价值统一起来。

因此,对 20 世纪中国小说修辞流变的探讨具有一定的学术价值。这一研究不仅可能启发读者以一种新的眼光新的方法从宏观上把握 20 世纪中国小说,而且可能启发读者用一种新的眼光新的方法从微观上解读小说作品。

首先,历史语境是小说修辞发展的外在因素。如福柯所言,每个时代有每个时代的"认识型",这种"认识型"决定"在何种基础上,知识和理论才是可能的;知识在哪个秩序空间内被构建起来;在何种历史先天性基础上,在何种确实性要素中,观念得以呈现,科学得以确立,经验得以在哲学中被反思,合理性得以塑成"。① 这种不仅制约作者也制约读者的"认识型"决定了小说修辞的可能空间,对小说修辞流变的理解必然涉及对时代"认识型"的理解。而一个时代的"认识型"不仅与一个时代各学科之间的相互关系相关,而且与整个时代宏观背景相关。没有对时代政治、经济、文化发展状况有一定理解,就无从了解小说修辞发展的可能性与局限性。同时,这种修辞情景也为小说修辞准备了修辞受众与修辞话题。传统研究对于小说诞生的修辞情景尚未进行系统探讨,尤其是对修辞情景与小说受众对于小说修辞话题的影响没有深入探讨。本研究从宏观角度把握小说发展中各种错综复杂的关系,其间自然会忽略种种细节,但这种宏观上粗线条对较长时代小说修辞特性的把握,更容易让读者理解时代语境与小说修辞之间的内在联系,深化读者对小说与社会之间的相互关系的理解。

其次,作者与读者之间的修辞互动,是小说发展的内在动力。作为典型的"人学",小说的核心命题就是"立人"。然而,由于时代语境的差异,不同时代不同民族小说对"立什么人"与"如何立人"有着不同理解。小说修辞研究不仅关注小说"立什么人"这一层面的修辞目的问题,而且关注小说"如何立人"这一层面的修辞策略问题,这两个层面都涉及作者与读者之间的认同互动。要实现小说的修辞目的,就需要必要的修辞手段,综合考量小说修辞的目的、策略与效果,可以使小说的思想成就评价与艺术成就评价得以结合起来不至于偏于一端。在小说修辞交流中,作者与读者之间关于"立什么人"的认同,决定了小说的思想深度,而在"如何立人"层面,则体现出小说修辞策略与修辞技巧的价值。对 20 世纪中国小说修辞的动态体系及其流变轨迹进行研究,系统梳理 20 世纪中国小说"立什么人"与"如何立人"之间的内在关联,可以更深刻地把握 20 世纪中国小说"立人"的成就与局限,深化对 20 世纪中国小说的理解。

---

① ［法］米歇尔·福柯:《词与物——人文科学考古学》,莫伟民译,上海三联书店 2001 年版(下同),"前言"第 10 页。

最后,小说文本是作者与读者之间修辞互动的中介。通过对小说故事—叙事—叙述各个层面相互关系的调节,作者表现了自己的修辞目的与修辞策略,而读者通过对小说故事—叙事—叙述各个层面相互关系的理解,与作者实现了伦理—认知—审美等多个层面的交流。对 20 世纪中国小说故事—叙事—叙述三者关系的探讨,能将 20 世纪中国小说修辞研究落到实处,从总体上把握了 20 世纪中国小说独特的艺术特色。

在理论构建上,本研究将小说视为小说家在特定语境中,对隐含作者—叙述者—人物—受述者—隐含读者这一横向轴与故事—叙事—叙述这一纵向轴各修辞要素之间的距离与关系进行调节与处理,以实现作者与读者之间在某些方面相互认同的修辞行为。这一研究思路在一定程度上是对传统与常识的回归,是一种"使它重新回到它已经放弃的老路上去"①的尝试。但这种向常识的回归在一定程度上又是一种激进的创新思维。梳理小说修辞动态系统时,小说作者如何在特定语境中通过调节与处理修辞交流横向轴与纵向轴之间的各种距离与关系,以实现与读者相互认同,这一研究思路形成了一种新的理论视野,丰富与完善了现有的小说修辞理论,建构了一种新的小说批评方法。

在具体研究对象上,本研究综合考量 20 世纪中国小说的修辞情景、修辞受众、修辞话题、修辞契约、修辞策略等因素对修辞认同的影响,切入 20 世纪中国小说家在特定语境中为实现其叙事目的而进行的修辞选择与修辞发明,考察特定历史语境中修辞互动结构各个要素的变化,把握小说修辞模式历史演变的内在动力与脉络,这一研究思路一方面沟通了 20 世纪中国小说的文化研究与文学(性)研究,另一方面则整合了小说修辞的共时研究与历时研究。通过考察在一定历史语境中,隐含作者—叙述者—人物—受述者—隐含读者这一横向轴与故事—叙事—叙述这一纵向轴各修辞要素之间如何形成一种张力结构,以及如何发生相互作用,可以更深刻地理解 20 世纪中国小说修辞发展的内在动力与外在局限,更准确地把握 20 世纪中国小说修辞发展各阶段的主导特征,更清晰地勾勒 20 世纪小说修辞发展的演变轨迹,为从宏观上把握

---

① ［英］特里·伊格尔顿:《当代西方文学理论》,王逢振译,中国社会科学出版社 1988 年版(下同),第 296 页。

20 世纪中国小说提供一种新的视角。

如伊格尔顿所言,修辞研究"既是一种'批评'活动又是一种'创作'活动",①因此,修辞批评也是一种广义的社会实践。"修辞学想找出祈求、说服和争论的最有效的方法,而修辞学者研究其他人语言中的这样一些方法也是为了在自己的语言中更有效地运用它们",②这也便使得本研究具有了双重意义。一方面,本研究试图把握 20 世纪中国小说修辞的历史演变脉络,勾勒小说修辞模式演变的动力与内在机制,为整体考察 20 世纪中国小说提供了新的思路,为回答 20 世纪中国小说"向内转"的内在动力、20 世纪中国小说的审美认同与伦理认同的内在张力、尤其是 20 世纪中国小说"立人"命题两个层面的内在关联等疑难问题提供了新的视点,另一方面,本研究也试图成为一种新的话语实践,为小说修辞发展提供一定的借鉴,推进小说修辞发展,从而成为小说修辞"立人"命题的一个有机成分。

---

① [英]特里·伊格尔顿:《当代西方文学理论》,王逢振译,中国社会科学出版社 1988 年版(下同),第 296 页。

② [英]特里·伊格尔顿:《当代西方文学理论》,第 296 页。

第一章　小说修辞的动态系统

"小说只有作为某种可以交流的东西才得以存在。"①作为一种作者与读者之间的话语交流行为，小说是一种典型的修辞行为，"叙事不仅仅是一个故事，而且也是行动，某人在某个场合出于某种目的对某人讲一个故事"②。然而，与亚理斯多德所关注的演说者与听众之间面对面的即时交流不同，小说作为一种修辞交流，作者与读者在时间与空间上都处于分离状态，这也就使得小说修辞不仅具有一般演说修辞的共性，而且具有其独特性。

小说作为修辞，意味着小说作者与读者之间的地位相对自由而平等。作者有选择自己表达方式与表达内容的自由，而读者也有选择读还是不读的自由，以及认同还是不认同作者的自由。作者并不能强迫读者接受其观点。在像"文革"这样的特定历史时期，小说作者也许会被赋予了其本身不愿承担的使命，读者可能没有太多的选择空间，但这种压力都不是来自于对方。第二，正是因为这种平等地位，使得小说作者不得不运用各种修辞策略，"作者无法选择是否采用修辞来增强效果，他唯一的选择就是使用何种修辞。"③作者通过各种修辞手段，调节自己与读者之间的关系，使读者认同自己，实现小说的修辞目的。与其他修辞一样，为了让读者认同自己，作者首先就需要认同读者。

然而，如詹姆逊所言，叙事"是一个把世界概念化的特别模式，它有它自

---

① ［美］W.C.布斯:《小说修辞学》，第441页。

② ［美］詹姆斯·费伦:《作为修辞的叙事:技巧、读者、伦理、意识形态》，陈永国译，北京大学出版社2002年版(下同)，第14页。

③ ［美］韦恩·C.布斯:《修辞的复兴》，穆雷等译，译林出版社2009年版(下同)，第141页。

身的逻辑,不能用其他认知形式来取代"①。这一论述凸显出了小说叙事的特殊性,同时也意味着小说修辞存在其特殊性。一般的演说修辞(包括为演说而进行的书面写作),说者与听者处于同一时空中,其修辞交流是直接的。尽管双方对于修辞话语所处语境的理解可能并不一样,同时这一语境也会随着二者的互动而随时改变,但这种修辞交流的直接性使得演说修辞的说者与听者可能找到最大的共同点。演说修辞的成功与否,也便在于说者是否能够充分利用这一现实语境,找到自己与听众的最大公约数。然而,小说作为一种修辞话语出现了一些重大变化。

首先,小说的创作语境与接受语境处于分离状态。小说作者与读者之间的修辞交流,是一种时间和空间上都处于分离状态的间接交流,而不是一种面对面的直接交流。这为小说修辞带来了很大的困难,也带来了诸多便利,极大地影响了小说修辞的可能面貌。

第一,小说创作与接受在时间与空间上的分离,使得小说修辞的语境也处于一种分裂状态,作者创作时面临的语境与读者接受时的语境并不一样,尤其是阅读跨时代的小说作品时更是如此。这种分离使小说作品的"误读"成为一种必然,不同时空的作者与读者,对于各个修辞要素的重视程度肯定不会完全一样。但是,这种时间与空间的分离,使小说能够得以突破时间与空间的限制,使其影响比演说更持久更广泛。

第二,小说修辞交流时间与空间的分离,也使作者与读者之间的交流成为一种私密性的交流。虽然小说的传播与演讲一样具有公开性,有时小说甚至用于朗读或者"说话",但写—读与说—听并不是相同的修辞类型。越是私密性的人生经验,越是难以在公共场合交流,也越是难以口头表达。"写—看"带来的私密空间的私密交流使小说的作者与读者之间的交流可能更为深入。

第三,与上面两点相关的是,小说作者与读者之间的交流,由演说的点对面的不均衡交流,演化为点对点的对等交流。演说中潜含着一种权力关系,演说者与听众地位不对等,影响更不对等。一方面,演说者因为其话语权力处于

---

① 〔美〕弗雷德里克·詹姆逊:《詹姆逊文集·第二卷》,王逢振主编,中国人民大学出版社2004 年版(下同),第 313 页。

高于听众的位置,由此可能对听众施加额外影响;另一方面则是受众的数量对演说者而言也是一种压力,因为众口难调,不同类型的听众混合在一起,对其也是一个巨大挑战。然而,处于群体之中的个体通常会发生"自觉的个性的消失"①,由此赋予演说者操纵听众心理的便利。小说修辞的时空分离,使读者可以单独面对作者,从而使二者之间的关系显得更为平等,也使得交流可能更为个性化。

其次,小说是一种虚构叙事,是一种通过讲故事的方式来影响受众的修辞行为,故事是小说的主体。一般演说修辞中,演说者虽然也可能讲故事,但这些故事与人物一般为观点服务,并不成为演说的主体。而在小说修辞中,故事是小说的主体,具有自身的独立性与完整性。同时,故事也必然是关于人(动物与鬼神不过是人物的一种变体)的故事,小说故事中自然会出现人物之间的交流与互动,这种交流也必然包含着修辞因素,因此,小说修辞不仅包括作者与读者之间的修辞交流,实际上也隐含着其他层面的修辞交流,表现为多层次的动态交流系统。

更为重要的是,小说修辞是一个复杂的动态系统。"叙事不仅仅是故事,而且也是行动,某人在某个场合出于某种目的对某人讲一个故事。"②要理解小说修辞,不仅要注意故事,同时也要注意场合,尤其是目的。小说修辞的动态系统,不仅包括作者对隐含作者—叙述者—人物—受述者—隐含读者—读者这一横向轴的调控,而且包括对故事—叙事—叙述这一纵向轴的调控。同时,这一动态系统的运作,始终在一定历史语境中进行。这种包括世界—作者—文本—读者多个要素的小说修辞体系,具有双重动态特征:一方面是四者之间存在张力与互动,另一方面则是这一动态系统也会随着历史的演变而演变。由于世界(社会文化)的历史发展,使得一个时代的思维模式可能随之改变,进而改变读者与作者之间的审美成规,促使作者调整自己的修辞策略,发展自己的修辞技巧,最终改变小说修辞的整体风貌。

---

① 〔法〕古斯塔夫·庞勒:《乌合之众——大众心理研究》,冯克利译,中央编译出版社 2004年版(下同),第 12 页。

② 〔美〕詹姆斯·费伦:《作为修辞的叙事:技巧、读者、伦理、意识形态》,第 14 页。原文已加粗。

第一节　没有语境参考的修辞根本无法判断

　　小说修辞与其他修辞一样是在一定语境中发生的,同时也与其他修辞一样,"以适应题旨情境为第一义"①。小说"是与作者和读者、说者与听者之间那种更广阔的社会关系不可分开的活动形式,脱离它们不可分开的社会目的和条件在很大程度上就无法理解"。② 小说修辞的历史语境,不仅包括小说修辞的具体情景,而且包括小说修辞的时代背景。布斯在《小说修辞学》初版21年之后,对这一问题进行重新反思,意识到作者、读者乃至信念等问题都与时代大背景联系在一起。"米哈依·巴赫金的技巧给我留下了尤其深刻的印象,他熟练地将我的书似乎树立的界限连接了起来。一方面,他仔细观察了作家和读者是怎样被造就的,在他们的文化之中被造就,部分地为他们吸收的叙事作品所造就。另一方面,他特别娴熟地从一部待定的作品中推断出,为了写出这部作品,它的实际作者应该具有什么样的信念,尤其是那个作家对潜在的读者持有什么样的信念。"③作者与读者都是被一定时代的文化所造就的,作者的信念总是基于一定时代的要求并且根据一定时代的读者所能接受的水平而建构起来的。这种外在的历史语境,使得小说修辞的动态体系,不仅仅是一个作者—文本—读者三者之间的互动体系,而是一个世界(语境)—作者—文本—读者的张力互动系统与张力结构。

　　首先,世界作为文化背景(宏观语境),造就了特定的作者与读者。没有任何作者的思维模式及修辞技巧与以前的文化传统没有干系,也没有任何读者不具备期待视野。这种特定文化所造就的特定作者与读者,使小说修辞呈现出鲜明的时代特性与民族特性。中国的话本小说与西方的流浪汉小说,因其产生的文化背景不同,以及受众的审美习惯不同,表现出不同修辞风格。

　　其次,世界作为小说修辞的(中观)语境,是判断作者选择的修辞话题是否合适的重要条件。修辞话题的发明,是修辞能否获得成功的重要前提。而修辞话题的成熟度,并不仅仅取决于作者的发现,而且取决于修辞情景的成熟

---

① 陈望道:《修辞学发凡》,上海教育出版社1997年版(下同),第11页。
② [英]特里·伊格尔顿:《当代西方文学理论》,第295页。
③ [美]韦恩·布斯:《小说修辞学》,第426—427页。

与否。

最后，(现实)世界始终是故事(世界)的潜在参照系，如何调节世界与故事之间的关系，也是作者不可忽视的修辞问题。真实—虚构之间的关系，是历代小说家与小说理论家都必须关注的问题。这一问题的核心实际上就是如何处理(现实)世界与故事(世界)之间的关系。对真实—虚构这一组关系的思考，以一个时代小说的"真实观"为基点，而"真实观"又与一个时代对现象—本质、现实—理想的思维模式相关，因此，世界作为文化背景，实际上又决定了作者的修辞策略。

然而，语境的构成极为复杂。一般说来，有宏观语境、中观语境与微观语境。对于小说而言，其微观语境指文本内语境，也就是小说中人物所处的语境。其中观语境则是小说作者创作时面对的与小说叙事相关的语境因素，不同作者因为其关注的问题不同，因此其中观语境构成也不尽相同，难以把握。而宏观语境则指作者所处的宏观时代背景，其对小说创作与接受有着深远影响，同时也存在着相当大的共性因素。尽管具体的作者与读者所关注的问题可能不同，但这一宏观语境构成了他们的"认识型"，划定了特定时代的修辞选择的可能性。因此，对小说修辞的宏观语境的把握，是理解小说修辞历时性演变的切入口。

就小说宏观语境的构成而言，陈望道的论述对我们依旧有着重要启发作用。"像'六何'说所谓'何故'、'何人'、'何地'、'何时'等问题，就不过是情境上的分题。"[①]其中"'何故'，是说写说的目的"[②]，"'何人'，是说认清是谁对谁说的，就是写说者和读听者的关系"[③]，至于"何时"、"何地"，则指修辞交流的时空背景。根据陈望道以及亚理斯多德的相关论述，我们可以将其概括为修辞情景、修辞话题与修辞受众等因素。

一、修辞情景

作为一种带有目的的修辞行为，小说叙事总是处于一定的修辞情景之中。作为刺激修辞行为产生的直接相关因素，没有修辞情景，修辞行为不可能发

---

① 陈望道:《修辞学发凡》,上海教育出版社 1997 年版(下同),第 8 页。
② 陈望道:《修辞学发凡》,第 7 页。
③ 陈望道:《修辞学发凡》,第 8 页。

生。小说修辞情景的时代性、多维性与时效性对小说叙事的作者选择、文本代理、读者反应之间的交流互动有着重要影响,潜在制约与规定了小说叙事的修辞目的、修辞策略与修辞效果。

　　根据比彻尔的定义:"修辞情景可以定义为人物、事件、物体和关系的结合造成一种实际的或潜在的事态变化,而这一状态可以被全部或部分地消除掉,如果话语在运用到这一情景以后可以制约人的决定或行为以使这一状态发生重大变化的话。在话语的创造和讲演之前,修辞情景有三个组成部分:第一是事态的变化,第二和第三是上面提到的那个组合中的成分,即需要制约其决定和行为的观众以及影响修辞者并能运用到观众身上的那些制约因素"①。修辞情景虽然包括人物、事件、物体等具体因素,但最核心的并不是这些具体因素,而是存在于这些具体因素之中的关系。小说修辞的前提在于这种关系,而小说修辞的目的同样在于这些关系。鲁迅认为小说的诞生缘于闲暇,"诗歌是韵文,从劳动时发生的;小说是散文,从休息时发生的"②。尽管诗歌与小说的发生可能存在先后,但实际上都是远古时期的事,其中的人物、事件、物体并没有根本差异,但"劳动"与"休息"这两种状态,意味着两种不同的关系,由此构成不同的修辞情景,导致了不同文类的诞生。而小说的目的同样也是为了改变这种关系,在一定程度上,"小说本身同时也可理解成是诗歌形式的修辞反应"③,它总是试图通过说服读者认同作者的意见,从而改变人物、事件、物体之间的关系。休息时的"消遣闲暇"与革命时的"摇旗呐喊",小说本身并不能改变事态,但可能改变人物、事件、物体之间的关系,从而参与现实事态的改变过程。离开小说叙事的修辞情景,也就难以对小说叙事的修辞目的、修辞效果以及艺术价值进行准确判断。小说的发展,同样与修辞情景的演变密切相关。

　　对于与时代联系极为紧密、同时受中国诗教传统深远影响的 20 世纪小说叙事而言,其与修辞情景的关系更为明显。修辞情景对 20 世纪中国小说叙事

---

① 〔美〕劳埃德·比彻尔:《修辞情景》,顾宝桐译,见肯尼斯·博克等:《当代西方修辞学:演讲与话语批评》,中国社会科学出版社 1998 年版(下同),第 124 页。
② 鲁迅:《中国小说的历史的变迁》,见《鲁迅全集》第九卷,第 313 页。
③ 〔美〕劳埃德·比彻尔:《修辞情景》,顾宝桐译,见肯尼斯·博克等:《当代西方修辞学:演讲与话语批评》,第 129 页。

有着多重制约与影响,离开其修辞情景,20世纪小说叙事的艺术价值与社会价值、成就与局限,都难以得到合理解释。

首先,修辞情景的时代性,划定了小说修辞选择的可能空间。与比彻尔关注修辞情景的共时结构不同,博克更关注修辞情景的时代内涵,他将修辞情景与认同理论结合起来,认为一个时代修辞情景的核心命题就是带有普泛性的群体认同。在他看来,当代美国"我们与两个'巨兽'——技术和国家——的认同是我们现在所面临的修辞情景的核心"①。这种认同可以是有意识的,更可能是无意识的。这种群体认同构成了修辞情景的时代性,影响与制约了个体的修辞反应。

其次,修辞情景的多维性,造就了小说作者的创造空间。"修辞情景会显示或简单或复杂的结构,这种结构或多或少是有条理的。"②与一般演讲修辞情景的局部性不同,20世纪中国小说修辞情景是一个多维的立体的宏观空间。它不仅包含着政治、经济、文化等多个向度,也包括事件影响、时代精神、人类命运等多个层面。这种修辞情景的多维性,造就了现代小说修辞的丰富性。小说家可以根据对修辞情景的选择性反应,形成各自的修辞动机。就客体而言,小说家可以选择政治作为关注对象,也可以选择文化作为关注重心,还可以选择经济作为创作目的。就主体而言,小说家可以对现实作出直接反应,也可以从中把握时代精神,更可以超越性地强调终极关怀。

最后,修辞情景的时效性,制约着小说叙事的修辞效果。修辞情景不仅具有时代性与多维性,而且具有时效性。"修辞情景产生后,要么成熟或衰败,要么成熟并继续存在——有些会永久存在下去。不管怎么说,情景会发展及成熟;它们会发展到恰好是修辞言语适合情景的时候。"③一定的修辞情景虽然总是处于庞大而复杂的时空网格之中,但在某一具体的时空点,它总会召唤合适的修辞反应。在20世纪中国追求民族独立与社会现代化的过程中,各种

---

① ［美］肯尼斯·博克:《修辞情景》,常昌富译,见肯尼斯·博克等:《当代西方修辞学:演讲与话语批评》,第163页。
② ［美］劳埃德·比彻尔:《修辞情景》,顾宝桐译,见肯尼斯·博克等:《当代西方修辞学:演讲与话语批评》,第129页。
③ ［美］劳埃德·比彻尔:《修辞情景》,顾宝桐译,见肯尼斯·博克等:《当代西方修辞学:演讲与话语批评》,第131页。

重大事件频频发生。从庚子事变、中日甲午战争、北伐战争、第一次国内革命战争、抗日战争、解放战争、抗美援朝、文化大革命、改革开放等重大政治事件，到新文化运动、左联成立、延安讲话等文化事件，再到抵制日货、抵制美货等经济事件，他们都是构成修辞情景的重要内容，呼唤人们作出及时而适当的修辞反应。正是修辞情景的成熟度以及修辞反应的及时与恰当，决定了小说叙事的修辞效果。

二、修辞受众

修辞情景直接促成了修辞行为的发生。但与小说修辞成败直接相关的另一个因素则是对受众群体的判断与选择。与演说修辞面对特定而集中的受众不同，小说修辞的受众是潜在而分散的，因此对小说修辞的受众群进行明确定位，成为小说修辞成功与否的一个重要问题。

然而，在特定时代，读者还是有其共性。作者与读者实际上是共生共存的。有什么样的读者，就会有什么样的作者，反过来，有什么样的作者，就可能有什么样的作者。特定的政治、经济与文化背景，在伦理、理性与审美等多个层面，不仅划定了作者创新的可能性，也划定了读者接受的可能性。在作者进行创作的时候，不管有意识还是无意识，都会考虑自己所面对的读者。这种对读者的潜在定位，决定了小说修辞的可能空间。通俗小说、严肃小说与先锋小说有着各自不同的读者群体，由此具有不同的修辞策略与修辞风格。

三、修辞话题

所谓修辞情景的成熟，隐含着特定修辞话题成熟与否的命题。特定的修辞情景与修辞受众，孕育着特定的修辞话题。在某一特定时代的特定修辞情景中，特定修辞话题可以获得修辞主体与受众最持久而广泛的关注。

这一获得持久而广泛关注的修辞话题，对于小说修辞具有特殊意义。一般演说修辞关注的主要是具体事件或具体问题，因此，传统修辞学将演说分为法庭、政论与礼仪三类。现代演说虽然已经明显突破了这一分类方式，但众多分类方式还是围绕具体的修辞话题展开。这种具体性对于小说修辞而言，可能都是次一层级的话题。从根本上说，"文学是人学"，小说更是人学，小说修辞的中心话题，无论什么时代都是人。然而，由于修辞情景与修辞受众的差异,小说修辞对于这一中心话题的阐释与展开必然存在差异,由此使小说修辞具有其特殊的面貌。在一定程度上,所有小说的核心命题都是"立人",但不同时代小说作者与读者对"立什么人"与"如何立人"有着不同的理解,由此也可以看出小说修辞话题的历史性。

第二节　小说修辞动态体系的横向轴

小说修辞不仅有其特殊的修辞语境,更有其特殊而复杂的动态系统。一个重要的特征就是,小说修辞横向轴的关系极为复杂。

在一般演说修辞中,修辞主体与修辞受众通过修辞话语进行直接交流。而在小说修辞中,作者与读者之间的交流不仅是间接的,时空分离的,而且存在多个层次。

小说叙事交流的主要环节包括:

作者—{隐含作者—[叙述者—(人物—人物)—受述者]—隐含读者}—读者。①

这一交流链条显示,小说修辞中,实际上包含四个层次的修辞交流,内层与外层的修辞交流相互影响,最终影响作者与读者之间的修辞交流效果。

一、人物—人物:个性的碰撞

小说总是讲述与人相关的故事。写实型小说中的人物与现实生活中的人物自然高度相似,就是非写实型小说中的神仙、鬼怪、动物,他们只要成为小说的主人公,他们就必然拥有人类使用语言的功能。因此,小说叙事不仅展示人物之间的动作冲突,而且存在人物之间的语言交往。包括人物的内心独白,也只是另类对话。有话语活动的地方,就存在修辞。与日常话语修辞一样,小说中人物话语的修辞也必须注意相关的语境,同时也必须注意人物语言是否符

---

①　查特曼《故事与话语》中的叙事交流图为"真实作者→隐含作者→叙述者→受述者→隐含读者→真实读者",华莱士·马丁在《当代叙事学》中,则分得更细:"作者—隐含作者—戏剧化作者—戏剧化叙述者—叙事—听叙者—模范读者—作者的读者—真实读者"。前者忽视了人物这一环节,后者则显得过于复杂。本研究认为,人物交流是小说修辞中的一个重要环节,应该予以特别强调。

合其身份、地位、性格。

对于小说中人物的修辞互动的处理,对于小说能否实现其修辞目的有着重要意义。

第一,小说中人物之间的话语关系是现实生活中话语关系的折射,具有厚重的历史内涵。采用什么样的态度处理人物之间的对话,赋予什么样的人物以话语权,折射出一种时代的社会关系。《西游记》中孙悟空与唐僧等人的对话,带有佛教众生平等的意味,一定程度上是对当时等级话语的解构,同时也是对个体自由的一种变相的张扬。而左翼小说、革命历史题材、"文革"小说中,对"敌人"话语权的剥夺,显示出一种别样的话语关系,折射出政治对个体话语自由的挤压。从小说中人物之间的修辞关系,可以看出时代的背影。

第二,小说人物之间是否具有典型的修辞关系,也是衡量小说思想价值倾向的一个重要标志。所谓修辞,根据前面的定义,已可以确定为一种非强制性的力量,它以双方的平等与意志自由为前提,是通过话语而非强制使双方实现相互认同。这种平等关系能否在小说内部的人物关系之间得以体现,是一部小说所推崇的基本思想价值的体现。尽管无论在哪个时代,小说中的人物如同现实中的人物一样,处于各种权力关系之中,但是否能够在话语权力方面表现出一定的、基本的平等,则是衡量一部小说是否尊重人的重要依据。剥夺人物的话语权力,是一种严重的暴虐行为,实际上也就是剥夺人物思想的权力,剥夺人之作为人的权力。由小说人物之间的话语关系,可以基本确定作者的主要修辞倾向乃至基本修辞价值。有些小说用写实手法表现了某些特殊时期,某些人物被剥夺话语权力的现实场景,如叙述"文革"的小说,这种小说中的人物关系,正是对现实的一种抗辩。以政治权力来取代话语权力,以武器的批判来取代修辞的协调,是人类文明史上的最大灾难,是对人性自身的否定,是对人类的判断能力与自由意志的否定。

第三,小说中人物之间的修辞关系,也折射出一个时代修辞技巧所能达到的高度。在小说中,人物之间必然存在对立,而问题的解决意味着取得同一。故事的发生就是以人物之间的这种分离或对立状态为基点,哪怕只有一个人物的小说,如卡夫卡的《地洞》,中间也存在着对立,即多个自我之间的对立。小说情节的发展,就是对立的人物之间由对立逐渐走向认同,由分裂走向同一。修辞与话语对小说故事中的问题的解决有着不可或缺的作用。无论是通过消灭对方的方式取得同一,如革命战争小说,还是双方的相互转化取得同一,如成长小说、教育小说,都离不开修辞的作用。因为要取得对敌方行动的胜利,需要使己方实现相互认同;而要实现自我的和谐,也需要各个自我之间的对话与修辞,由此实现同一。相互认同总离不开话语与修辞。

第四,小说中人物的话语与修辞,影响着整个小说的修辞效果。首先,人物的话语与修辞是否具有仿真性,是否符合符合人物的性格、身份、地位、语境等,直接关系到叙述者与受述者之间修辞契约的建构。虽然孙悟空是一个虚构出来的人物,但他还是具有多重仿真身份背景:由猴子变来,曾经当过山大王,曾经反上天庭,又被戴上紧箍咒,成为唐僧的徒弟,这些仿真身份制约了他的说话风格。人物虽然是虚构的,但人物关系却不能全盘虚构。处理这些关系是小说内部人物之间修辞交流的首要问题。

二、叙述者一受述者:距离的调节

小说中的人物修辞交流,构成了小说修辞交流最内在的层面。但这种人物交流,只是叙述者与受述者之间修辞交流的一个媒介。根据普林斯的定义,叙述者与受述者都存在于文本之中。"叙述者(narrator):文本中所刻画的那个讲述者。……叙述者或多或少是公开的、有知识的、无所不在的、有自我意识的、可靠的,并且与被叙情境与事件、人物或/和受叙者存在或远或近的距离。"[①]"受叙者(narratee):文本中所刻画的叙述接受者。"[②]尽管叙述者与受述者都处于文本之中,但他们与故事的关系非常复杂,可以处于故事之中,也可以置身故事之外。然而,不论是在故事之中还是故事之外,小说故事都是叙述者针对受述者的一次有目的性的修辞话语行为,是其与受述者之间的一次修辞互动,二者之间存在着复杂的修辞关系。

这一关系的复杂性首先在于,叙述者必须处理好人物之间的修辞关系,由此才可能建立叙述者与受述者之间良好的叙述契约关系。从理论上讲,受述者应该完全相信叙述者,"相信所呈现世界的真实性"[③]。这是叙述者与受述

①　[美]杰拉德·普林斯:《叙述学词典》(修订版),乔国强、李孝弟译,上海译文出版社2001年版(下同),第153页。

②　[美]杰拉德·普林斯:《叙述学词典》,第134页。

③　[美]杰拉德·普林斯:《叙述学词典》,第142页。

者之间的基本契约,"我们阅读小说时的全部体验是基于一种与小说家心照不宣的契约,它授权小说家知道他正在写的一切东西。正是这一契约使小说有可能写出来。"①但这种叙述契约,并不是天然就和谐可靠,而依赖于叙述者与受述者的共同构建。"叙述契约(narrative contract):叙述者和受叙者、讲述者和他或她的听者之间达成的协议,构成某叙述存在的基础并影响其形成:叙述行为提供某事(应该)用来与其他事情进行交换。"②所谓契约,就说明了二者之间的平等的修辞关系,以及二者之间的交换关系,如果叙述者不能提供受述者愿意与期盼接受的东西,二者之间和谐的契约关系难以建立。而故事中人物之间的修辞关系则是二者"交换"的主要内容之一。没有故事中人物之间可信的修辞关系,叙述者与受述者之间的叙述契约也难以建构。

叙述者与受述者对稳定的契约关系各有侧重。对于叙述者而言,他要展现的主要是动机,"动机(motivation):环境、原因、目的和冲动的复合体,它控制人物的行动(并使其显得貌似真实)。"③而对受述者而言,他要进行的则是"排除神秘性(naturalization):叙述接受者将叙述与已知的现实模式相联系,从而减少叙述陌生性的策略组合。动机是由作者定向的,排除神秘性是由读者或受体定向的。"④二者对叙述契约虽然各有侧重,但双方的互动构成了小说叙述契约的稳定性。

这一关系复杂性的另一个方面,则是受述者虽然基本处于无声状态,但他对叙述者有着重要的反作用。不仅那些故事内的受述者,如第二人称叙事以及套筒式叙事,由于受述者一定程度上是个性化的,因此叙述者不能不考虑受述者的个性、身份、地位、目的等具体因素,就是那些非个性化的——处于故事之外的受述者,叙述者也必须考虑他们的潜在的要求。叙述者的选择隐含着一种世界观的选择,也隐含着一种对受述者的要求,这是一种邀约。但这一邀约能否得到受述者的回应,产生合适的修辞效果,则取决于受述者的认同程度。因此,叙述者的形象极大地影响着受述者的态度。塑造什么样的叙述者,对于小说修辞效果有着重要意义。"我们在感情和理智上对叙述者作出反

---

① [美]W.C.布斯:《小说修辞学》,第 56 页。
② [美]杰拉德·普林斯:《叙述学词典》,第 143 页。
③ [美]杰拉德·普林斯:《叙述学词典》,第 130 页。
④ [美]杰拉德·普林斯:《叙述学词典》,第 155 页。

应,就像影响着我们对于叙述者所述的事件作出反应的人物一样。"①

叙述者与受述者之间良好修辞关系的建立,主要通过叙述者与人物之间的认同关系来间接实现,从根本上取决于叙述者与人物及受述者之间各种距离的调节。因此,如何处理叙述者与人物之间的各种距离,是这一层面的修辞互动要处理的主要问题。"叙述者一般起三种主要作用:报道、阐释和评价。"②他不仅讲述故事的发生,同时也引导着对故事的评价。他通过选择讲什么、不讲什么,如何阐释与评价某个细节,来展示他与人物之间的距离与关系。

叙述者与人物以及受述者,存在两类大的距离,一是外在距离,主要包括时间、空间、身体、视角等;一是内在距离,也就是价值距离,主要包括理性认同、伦理情感、审美趣味等方面的距离。通过各方面的距离调节,叙述者可以显示出自己的价值判断与价值排序。"对于文学来说,距离便意味着理性,意味着现实性,意味着对意义的关注,意味着对信仰根基和精神归宿的可靠拥有。"③

1. 外在距离

作为一个人格化的存在,叙述者与故事中的人物以及受述者存在多种外在距离。

首先是空间距离。叙述者是否在故事中出现,对于小说修辞效果会有重要影响。一般说来,在故事中出现的叙述者,会给受述者一种"眼见为实"不言自明的合法性证明。因此,古代志怪小说的叙述者经常出现在故事之中。故事外叙述者与人物的空间距离则要大得多,同时也赋予叙述者更大的空间自由度。

这种空间距离,小说叙事中,主要体现为视角问题,也就是叙述者站在什么位置"看"这个故事。叙述者在故事之中,叙述采用的是内视角,叙述者在故事之外,则是外视角。外视角又可以分为全知视角与限知(客观)视角。视角对小说的修辞交流有着重要影响。全知视角与人物的关系最远,因为叙述

---

① [美]W.C.布斯:《小说修辞学》,第304页。

② 申丹、王亚丽:《西方叙事学:经典与后经典》,北京大学出版社2010年版(下同),第191页。

③ 李建军:《小说修辞研究》,中国人民大学出版社2003年版(下同),第148页。

者超出常人的能力范围,对所有人物的经历与心理都了如指掌。这种叙述者居高临下,俯视众生,成为高高在上的一个形象。这种视角自然有其长处,容易建构了一种比较方便的权威地位,但其宣讲姿态扩大了叙述者与受述者之间的空间距离,可能导致受述者的反感。客观视角则处于人物背后,在某些方面拉近了与受述者的距离,因为其所处的位置,实际上也就是受述者所处的位置。但由于这一视角并不尝试走入人物内心,也不能走入人物内心,拉大了与人物之间的距离,因此这种视角,虽然有助于激发受述者对人物的思考,但同时也制造了受述者理解人物的种种障碍。

空间距离也必然意味着时间距离。一般说来,叙事总是一种过去时叙事,人们只能叙述已经发生的故事。但是,对于这种过去时,到底与当下隔着多远对小说叙事而言依旧是一个重要问题。区分历史题材小说、现实题材小说的标准,经常就在于叙述者与人物之间的时间距离。现代穿越小说,对小说中这种时间距离变化的可能性进行了多种实验探索。

2. 内在距离

不仅叙述者与人物以及受述者之间存在着外在距离,更重要的还是其内在距离。叙述者与人物以及受述者之间的内在距离,相当于一个滤色镜,通过不同的滤色镜,人们可以看到不同的风景。叙述者的滤色镜设置,直接影响到受述者对故事的理解与接受。

心理距离首先表现在理智认知方面的距离。叙述者是否能够理解人物的言行,这不仅与叙述者的生理距离相关,更与其心理距离相关。孩子难以理解成人世界的某些言行,白痴则对世界进行简化与缩写。

其次是叙述者与人物之间的道德距离。不同的价值观念会对同样的言行产生完全不同的价值判断。

最后是叙述者与人物之间的审美距离。审美情趣并不像人们想象的那样无关紧要,在一定程度上是双方建立良好修辞关系的重要途径。

选择特殊的心理距离,就是选择一种特殊的滤镜。其好处在于别开生面,让受述者看到不同的风景,麻烦之处则在于,一个理性的人(作者似乎必须如此)要真正进入一种特殊角色存在其困难之处。

各种距离之间的关系,是小说修辞研究极为关心的问题。因为各种距离之间,存在着相互联系。"在减少感情距离的同时,自然的倾向也必然减少——不管作者愿意与否——道德和认知的距离。"①这也为小说修辞调节叙述者与受述者之间的各种距离,提供了更多的可能性。"距离本身从来不是目的;努力沿着一条轴线保持距离是为了使读者与其他某条轴线增加联系。"②

三、隐含作者—隐含读者:权威的形成

叙述者—受述者之间的修辞交流,一方面包括了小说内的人物交流,另一方面则是一个更大修辞交流环节的组成部分,那就是隐含作者与隐含读者之间的修辞交流。

关于这一交流层面到底处于文本内还是文本外,一直有着不同的理论探讨。按照布斯的说法,隐含作者是作者塑造出来的"第二自我","'隐含作者'有意无意地选择了我们阅读的东西;我们把他看做真人的一个理想的、文学的、创造出来的替身;他是他自己选择的东西的总和。"③从布斯的定义中,可以看出隐含作者的多重特性。

第一,隐含作者不是作者本身,但与真实作者存在密切联系,是真实作者写作小说时所表现出来的那部分自我,也就是作者的人格面具。不能将真实作者与隐含作者完全等同,但也不能否认隐含作者与真实作者之间的内在联系。

第二,隐含作者通过他的选择出现在文本中,是他选择的东西的总和。这不仅包括对小说中材料与细节的选择,而且包括对各种修辞关系的处理与修辞技巧的选择。

第三,既然隐含作者的建构通过小说中的各种选择得以显现,那么读者对隐含作者的还原也便存在多种可能性。不同读者可能对小说中各种关系有不同的理解,隐含作者并不是只有一副面孔。

第四,对隐含作者的阐释权,并不一定归于真实作者,他在完成小说之后,隐含作者就成为相对独立的存在,存在于文本之中。

因此,隐含作者是作者、读者与文本协调的产物。

---

① ［美］W.C.布斯:《小说修辞学》,第 279 页。
② ［美］W.C.布斯:《小说修辞学》,第 136 页。
③ ［美］W.C.布斯:《小说修辞学》,第 84 页。

隐含读者的重要性,在一定程度上,并不弱于隐含作者。"隐含读者(implied reader):由文本假设的读者;真实读者的第二自我(按照隐含作者的价值观和文化规范塑造)。"①他是隐含作者潜在的对话对象。

与隐含作者相类似,隐含读者实际上也是作者建构出来的。他通过自己的选择,为隐含读者设置了应该站的位置、态度。小说阅读有个基本要求:"读者们要知道,在价值领域中,他站在哪里。——即,知道作者要他站在哪里。"②这实际上就是要求隐含作者为隐含读者的定位。

隐含作者与隐含读者之间的修辞关系,由此显得更为复杂。"作者创造的毕竟不仅只有他自己的形象。隐含着其第二自我的每一笔,都有益于把读者塑造成为适合于鉴赏这个人物和他正在写的这部作品的那类人。"③他不仅在创作小说,同时也在创作隐含读者。为此,他必须尝试多种修辞手段。"隐含的作者的感情和判断,正是伟大作品构成的材料。"④为了让读者能够明白自己的感情与判断,他一方面要尽量隐蔽自己,让人物自己说话,另一方面,"作为一个修辞学家,一位作者会发现,充分欣赏他的作品所需要的某些信念是现成的,可以被想阅读这部作品的假想读者充分接受,而另一些信念则必须灌输或强加。"⑤

这种"灌输或强加"的必要性也就要求隐含作者建立必要的话语权威,以让隐含读者接受其信念。与叙述者与受述者之间理所当然的信任关系不同,隐含作者与隐含读者之间的信任关系,并不是理所当然就进行假定的。对于受述者而言,叙述者具有当然的权威,叙述者叙述的前提就是假定受述者相信他所说的一切。隐含作者的话语权威则依赖于隐含读者的信任与认同。这就需要隐含作者运用必要的修辞技巧,以实现二者之间的良性互动。"艺术的整个道德观在于技巧。艺术的完整道德观在于两个人物即隐含作者和隐含读者间建立起友情所需的大量事物上。"⑥为获得隐含读者的认同,

---

① [美]杰拉德·普林斯:《叙述学词典》,第 100 页。
② [美]W.C.布斯:《小说修辞学》,第 83 页。黑体原文为着重号。
③ [美]W.C.布斯:《小说修辞学》,第 101 页。
④ [美]W.C.布斯:《小说修辞学》,第 96 页。
⑤ [美]W.C.布斯:《小说修辞学》,第 199 页。
⑥ [美]韦恩·C.布斯:《修辞的复兴》,第 171 页。

隐含作者必须首先认同隐含读者的部分观念,由此形成二者之间的认同互动,建构基本的修辞交易体系。这种修辞交易,主要在伦理、理性与审美等层面展开。

四、作者—读者:友谊的建立

小说修辞目的的真正实现,依赖于作者与读者之间的现实修辞交流。然而,也正是在这一层面,凸显出了小说修辞交流的复杂性与特殊性。这种特殊性首先表现在二者之间修辞交流的时空分离,读者面对的经常是隐含作者,作者经常面对的则是隐含读者。作者与读者之间的直接接触,对于小说修辞交流而言并没有太大的作用。其次,小说修辞交流横向轴不同层次之间存在着相互影响,外层的修辞交流与内层的修辞交流相互制约,相互影响,共同制约小说修辞效果的实现。最后,小说修辞交流的时空分离,也意味着小说修辞的外在语境变动不居,由此也使得小说修辞互动显得更为复杂,难以评估。图示:

特定语境:作者｛隐含作者—［叙述者—(人物—人物)—受述者］—隐含读者｝

特定语境:｛隐含作者—［叙述者—(人物—人物)—受述者］—隐含读者｝读者

尽管作者与读者所面对的文本内微观语境可能相似,但由于二者所处的中观语境并不一样,因此二者对文本内的微观语境的理解,同样可能出现差异。

在作者与读者的修辞交流中,虽然作者处于相对主导的地位,如亨利·詹姆斯所言,"作者创造了他的读者,正如他创造了他的人物。"[1]通过隐含作者的选择,作者作出了自己的价值判断,也为隐含读者设定了位置。然而,"关于作品、作者和读者的标准是密切相关的,——密切到不可能老是讨论其中之一而不涉及其他两个。"[2]只有拙劣的作者才会让读者无所作为,"当他使读者不快,那就是说,使他无动于衷时,读者什么也没干;作者就显得拙劣了。当他

---

① 转引自 W.C.布斯:《小说修辞学》,第1页。

② ［美］W.C.布斯:《小说修辞学》,第43页。

使读者快乐,那就是说,使他感兴趣,那么读者就付出了一大串劳动了。"①因此,小说的修辞性阅读,是"作者代理、文本现象与读者反应之间的循环关系。因此,它假定文本是作者与读者之间多层面交流的一个共享媒介,甚至把读者对文本的经验作为阐释的出发点。……在阅读与阐释相关联的过程中,修辞的读者—反应批评认为,文本建构了读者,反过来,读者也建构了文本,结果,它认为在阅读和阐释活动中,在共享资源与个人资源之间并不存在一条鲜明的界线。进言之,即便这种方法以反应开始,但它并不把那种反应看做固定不变的,而是看做在把阅读和阐释相关联的努力中可能变化和发展的东西。"②

这也就说明,小说作者与读者之间的修辞交流,是一个复杂的系统。"任何阅读体验中都具有作者、叙述者、其他人物、读者之间含蓄的对话。上述四者中,每一类人就其与其他三者之间每一者的关系而言,都在价值的、道德的、认知的、审美的甚至是身体的轴心上,从同一到完全对立而变化不一。"③因此,尽管作者试图通过改造读者的欲望模式与认同结构,来实现对读者的影响,但作者首先就必须考虑到读者的认同可能性。"最伟大的文学也根本上依赖作者和读者的信念一致。"④读者在小说修辞交流中,从来就不是处于完全被动的地位,而是必须发挥其主动性。"对读者来说,问题其实在于发现哪些价值不起作用,哪些价值真正起着作用。"⑤

这种互动关系,决定了读者对作者的反作用也是直接的。"小说修辞的最终问题是,决定作者应该为谁写作。"⑥尽管有些作者会宣称"为将来的读者写作",但"将来的读者"同样是读者,他不过是试图用一种障眼法来说明小说创作需要读者这一根本事实。然而,问题的复杂性也正在于"将来"与"现在"。也就是说,小说的真实读者,实际上是一个不确定的群体,不仅有当下的,而且有将来的。这种时空的不确定性,决定了小说的创作语境,不可能与接受语境一致。因此,不仅存在"将来的读者",就是现实的读者也存在着多

---

① [美]亨利·詹姆斯:《乔治·艾略特的小说》,转引自 W.C.布斯:《小说修辞学》,第53页。

② [美]詹姆斯·费伦:《作为修辞的叙事》,第147页。

③ [美]W.C.布斯:《小说修辞学》,第175页。

④ [美]W.C.布斯:《小说修辞学》,第154页。

⑤ [美]W.C.布斯:《小说修辞学》,第158页。

⑥ [美]W.C.布斯:《小说修辞学》,第440页。

种类型:有评审读者、专业读者、业余读者、偶然读者。不同读者由于不同的语境,以及不同的文化背景,对文本有着不同的理解,也是一种自然现象,由此也使得小说的"误读"成为一种必然。一千个读者有一千个哈姆莱特,一千个读者更有一千个莎士比亚。

然而,这种作者与读者的修辞互动,实际上是一种通过文本进行的"交易"活动。费伦认为,在修辞性阅读中"不可能把读者、文本和作者相互区别开来。修辞交易中这些不同因素的协同作用恰恰是修辞方法想要承认的"。①修辞方法必须考虑到修辞过程中的"交易性",也就是说作者要提供读者需要的东西,而读者同样要能提供作者所需要的东西。这种交易性构成了小说修辞的基本原则。"阅读是一种欲望之旅。如果作者没有能够满足读者的欲望,读者将没有兴趣阅读下去。欲望的本质或许千差万别,但如果我参与到小说中,那么我的所有欲望就会完完全全集中在她的命运上。"②

读者的基本要求,是作者的出发点,也是决定小说修辞效果能否实现的基点。这种基本要求,布斯认为主要包括两个方面,伦理的与审美的,"我(读者)精神上受到的最大影响是我需要将欲望、恐惧、期望专注于未来的成就上,至少在我阅读过程中是如此:我想要我所没有的东西。作为读者,我的整个存在所专注的是'它最终结果如何'。我最有影响力的活动集中表现在我渴望将来得到某些回报,这些回报既包括故事中人物善有善报,恶有恶报,也包括我们所谓的公正审美——形式的完满塑造。"③

对小说的趣味性要求,是作者与读者之间最基本的共识。对作者而言,"每一部具有某种力量的文学作品——不管它的作者是否头脑里想着读者来创作它——事实上,都是一种沿着各种趣味方向来控制读者的涉及与超然的精心创作的体系。作者只受人类趣味范围的限制。"④然而,无论对作者还是读者,小说不仅需要提供乐趣,而且需要提供"教益"。小说阅读是一种模拟的生活体验,"在小说中,每位读者都是自己的演出人"⑤,因此,"小说家应该

---

① 〔美〕詹姆斯·费伦:《作为修辞的叙事》,第99页。
② 〔美〕韦恩·C.布斯:《修辞的复兴》,第165页。
③ 〔美〕韦恩·C.布斯:《修辞的复兴》,第162页。
④ 〔美〕W.C.布斯:《小说修辞学》,第137页。
⑤ 〔美〕W.C.布斯:《小说修辞学》,第432页。

在他的作品中,设法提供优秀的演出给予一部戏剧的那种戏剧成分指示"①。读者通过对小说的体验,接受作者在小说中安排读者接受的"对一个虚构世界的看法"②,从而实现作者与读者的相互影响。"我们就这个世界的叙事本身强化或修正了我们的意识形态信念和我们对这个世界的阐释。"③

这实际上也就是小说修辞的"寓教于乐"。好的小说"构建欲望模式,吸引读者经历故事中的一切"④,从而提供读者阅读的乐趣。当读者真正享受阅读的乐趣的时候,作者塑造读者的任务才可能实现。"在我的体验过程中它决定了我将成为什么样的人。我想不到有什么比这更加实用的了。"⑤

作者与读者的合作与共谋,不仅在某些特定的修辞技巧中必然存在,如反讽必须读者的参与。"从定义上来说,不可能有戏剧性的反讽,除非作者和读者能够以某种方式共享人物所不掌握的知识。"⑥"反讽部分地总是一种既包容又排斥的技巧,那些被包容在内的人,那些刚好具有理解反讽的必备知识的人,只能从那些被排斥在外的人的感受中获得小部分的快感。在我们参与其中的反讽中,叙述者自己就是嘲讽的对象。作者与读者背着叙述者秘密达成共谋,商定标准。正是根据这个标准,发现叙述者是有缺陷的。"⑦实际上在所有的修辞交流过程中,作者与读者的合作与共谋都是一个必要因素。布斯曾经指出,作者与读者之间一直进行着秘密交流,并通过这种交流获得了快感。"每当读者通过叙述者设置的半透明的屏幕去推断作者的立场时,在某种程度上,这里总存在着三种一般的快感"⑧:"破译的快感"⑨,"合作的快感"⑩,以及"秘密交流,共谋与合作"⑪的快感。在这种阅读快感中,"我们的快感混

---

① [美]W.C.布斯:《小说修辞学》,第 433 页。
② [美]W.C.布斯:《小说修辞学》,第 433 页。
③ [美]詹姆斯·费伦:《作为修辞的叙事》,第 140 页。
④ [美]韦恩·C.布斯:《修辞的复兴》,第 166 页。
⑤ [美]韦恩·C.布斯:《修辞的复兴》,第 163 页。
⑥ [美]W.C.布斯:《小说修辞学》,第 197 页。
⑦ [美]W.C.布斯:《小说修辞学》,第 335 页。
⑧ [美]W.C.布斯:《小说修辞学》,第 332 页。
⑨ [美]W.C.布斯:《小说修辞学》,第 332 页。
⑩ [美]W.C.布斯:《小说修辞学》,第 333 页。
⑪ [美]W.C.布斯:《小说修辞学》,第 335 页。

合着对自己知识的骄傲,对无知的叙述者的奚落,以及与沉默的作者的共谋感。"①

作者与读者之间是否能够建立较为恒定的友谊,是评价小说价值的一个重要标志。"经典也可以被定义为历经数年成功建立起友情的作品。"②也就是可以在不同时代、不同语境中,都能够在作者与读者之间建立稳定和谐的修辞关系的作品。

第三节　小说修辞动态系统的纵向轴

小说作者与读者之间的交流互动,依托于小说文本。作者所有的修辞技巧都要通过文本来展示,所有修辞目的都要通过文本来实现,读者只有通过文本才能了解作者的修辞意图。同时,小说修辞交流的横向轴包括多个层面,"我们可以把叙事作品视为作者与读者之间的对话,同时也视为叙述者、人物和叙述接收者之间的对话。"③这种横向交流的多层次性也需要通过小说文本结构来展现,由此使得小说文本的意义结构,呈现为一种纵向展开。

叙事学界对于小说叙事层次的划分一直存在着两分法与三分法之争。两分法将其区分为故事和话语两个层面,查特曼的《故事与话语》就直接以此作为书名。而以热奈特为代表的叙事学家则认为小说叙事存在故事—叙事—叙述三个层面。在《叙事话语》中,热奈特明确提出小说叙事包括故事(叙述内容)、叙事(叙述文本)、叙述(叙述行为)三个层面:"把'所指'或叙述内容称作故事(即使该内容恰好戏剧性不强或包含的事件不多),把'能指',陈述,话语或叙述文本称作本义的叙事,把生产性叙述行为,以及推而广之,把该行为所处的或真或假的总情境称作叙述"④。里蒙—凯南在《叙事虚构作品》中仿

---

① ［美］W.C.布斯:《小说修辞学》,第336页。

② ［美］韦恩·C.布斯:《修辞的复兴》,第176页。

③ 程锡麟、王晓路:《当代美国小说理论》,外语教学与研究出版社2001年版(下同),第73页。

④ ［法］热奈特《叙事话语　新叙事话语》,王文融译,中国社会科学出版社1990年版(下同),第7—8页。黑体为原文所有。

效热奈特,将小说叙事区分为故事、本文、叙述三个层面,①二者之间有着明显的血缘关系。费伦从小说修辞研究的角度,认为小说讲述部分存在双重结构:"由讲述者、故事、情节、读者、目的组成的这样一个基本结构在大多数叙事中至少是双重的:首先是叙述者向他的读者讲故事,然后是作者向作者的读者讲述的叙述者的讲述。"②如果包括被讲述的"故事",则同样是三层结构。大卫·海曼将叙事的要素列为:场景、动作序列、故事世界、意义世界,③除了场景意味着叙事的时空背景外,后三者也构成了一种层次理论,近似于三分法。

本研究认为,对小说叙事的三分法相较于两分法具有更大的合理性,对于分析小说叙事也具有更大的便利性。小说修辞交流横向轴的多层次性,也决定了小说文本纵向轴的多层次性。大体而言,人物—人物之间的修辞交流,与小说的故事层面对应;叙述者—受述者的修辞交流,与小说的叙事层对应;而隐含作者—隐含读者之间的修辞交流,则与小说的叙述层面对应。虽然在阅读过程中,读者始终只能接触到小说文本层面,但是,如果不由叙事文本推断故事层面与叙述层面,我们实际上难以理解小说的真正意味。

对于小说修辞研究而言,小说叙事的三个层面有着各自的意义。在故事层面,小说修辞关注素材与现实世界的关系;在叙事层面,小说修辞关注文本结构与修辞技巧;在叙述层面,小说修辞则关注隐含作者的价值判断。

一、故事—选择:经验—欲望

小说故事,换成传统的说法,就是"讲什么"的问题。

小说总是讲述有关人的故事。按照叙事学的界定,故事也就是小说中可以还原为人物活动的系列事件。"叙述世界/叙事(narrative)阐释时间性以及作为时间性存在的人类。"④故事存在的前提是人类经验,也就是读者可以从小说中依照人类关于时间与空间的理解构架还原出来的系列动作。因此,故事是按照人类理解的物理时间与物理空间进行的动作序列。

---

① 参见[以]里蒙—凯南《叙事虚构作品》,姚锦清等译,生活·读书·新知三联书店 1989年版(下同),第 5 页。

② [美]詹姆斯·费伦:《作为修辞的叙事》,第 14 页。

③ See David Herman, *Basic Elements of Narrative*, Wiley-Blachwell, 2009, p.14.

④ [美]杰拉德·普林斯:《叙述学词典》,第 140 页。

1. 故事是人类经验的模仿,具有认识论意义

没有基本的生活经验,没有基本的时间与空间观念,不可能理解小说故事。然而,人类关于时间与空间的意识并非永恒不变,不同时代不同民族的时间观与空间观可能不同,因此,小说故事所涉及的时间与空间,同样可能不同。这种不同的时空观也意味着不同的现实观。"模仿并不是忠实地模仿现实的问题(不管现实是什么),而是一套常规,代表着我们在彼时一致认为是真实的东西。"①换句话说,模仿以人类经验为基点(模仿必须有一定的经验做基础),同时也以人类经验为目标(模仿人类经验)。因此,重要的不是小说故事与现实的相关度,而是故事与人类经验的相关度。无论再现还是表现,小说都是人类经验的模仿。

小说故事的建构,一方面依靠人类的时空观念,另一方面则依赖人类的因果观念,这是故事存在的另一个基点。因果观念同样是一种成规。"无论是含蓄还是明晰,因果连接都可能会反映出某种心理秩序(例如,人物的行为是其个性或心境的原因或结果)、哲学秩序(例如,每一事件都证明了一般决定论原理)、社会秩序、政治秩序。"②故事的发展不仅仅是一种时间的顺延,更包含一种因果的演绎。这种因果关系在深层支配对故事的理解与阐释。同时,小说的逼真性也依赖于故事与经验的相关性。"逼真(verisimilitude):文本质量取决于文本符合其外部'真实'准则的程度:文本(或多或少)有逼真性(提供或多或少的真实的幻觉),就看它在多大程度上与所用案例('现实')相一致,并与被认为合适的或被某一特定类别传统所期待的保持一致。"③这种"期待"正是经验的折射。

无论什么类型的小说故事,无论是写实还是虚构,现实还是历史,唯美抑或荒诞,都是人类经验的折射。人类经验构成了小说故事最基本的理解框架,也是最基本的"叙事成规"。无论作者还是读者,都依靠人类经验来使其合理化。神魔小说模仿的是前科学时期的人类经验,现实主义小说模仿的是一种以科学主义为支撑的人类经验,浪漫主义是模仿以唯心主义为支撑的人类经验,后现代主义则是模仿后现代解构主义为中心的人类经验。

---

① ［美］詹姆斯·费伦:《作为修辞的叙事》,第81页。
② ［美］杰拉德·普林斯:《叙述学词典》,第27页。
③ ［美］杰拉德·普林斯:《叙述学词典》,第241页。

故事依赖于经验,同时也传递经验。在一定意义上,小说的目的就在于与他人分享别人未曾经历过的经验,由此使其人生变得更为丰富多彩。从人类诞生伊始,故事可能就是人类生活中的一部分。尽管小说经过漫长的发展,尤其是到了现代,小说故事的向内转,使得小说与经验的距离疏远了一些,但小说故事的内在构架还是人类经验,只是强调的不再是一种外在的公共性的经验,而强调一种内在的个人化的经验。其中依旧包含着对陌生化的关注,强调经验的新鲜性。

对世界的好奇心是人类发展的动力,对未知经验的了解是个体发展的动力。因此,小说故事的新鲜性是小说的不二法门。别人没有经历过的故事对读者具有永恒的魅力。中国古代的志怪小说,西方的罗曼史,显然都是关注故事之新颖。由故事的新,可以激发读者的阅读兴趣,也可以弥补其人生经验的不足。

2. 故事是人类欲望的模仿,具有伦理学意义

以故事的新鲜性满足读者的好奇心,还只是读者求知欲的一个方面,更重要的是,读者希望在这种经验的模拟中,知道自己在相似情景中应该作出什么反应,因此要求故事具有指导性。"叙述在根本上属于一种认识论范畴"①,这种"认识论"最关注的对象就是生活。"生活之本质何?'欲'而已矣。"②以描写人生为目的的小说总是"通过模仿我的欲望,指向一个既定目标"③。小说故事模仿哪种欲望,指向何种目标,对于小说修辞的成败具有决定性的意义。不能激发读者对自身欲望进行反思的故事,很难说是成功的故事。

任何故事都包括冲突。"从根本上讲,值得讲述一个故事的任何事件、人类时刻的任何顺序,必须产生于至少两种选择——通常矛盾的观点——的冲突,而每一种观点都具有强烈的伦理预设:没有冲突,就没有事件。"④故事冲突具有多种类型,"在格雷马斯的叙述模式中,以能力(能做或成为)、欲望(想

---

① 程锡麟、王晓路:《当代美国小说理论》,外语教学与研究出版社,第236页。

② 王国维:《红楼梦评论》,见陈平原、夏晓虹编:《二十世纪中国小说理论资料》第一卷,北京大学出版社1997年版(下同),第116页。

③ [美]韦恩·C.布斯:《修辞的复兴》,第164页。

④ [美]韦恩·C.布斯:《我们所交的朋友:小说伦理学》,转引自程锡麟、王晓路:《当代美国小说理论》,第45页。

做或想成为)、知识(知道怎么做或成为)和义务(必须去做或成为)轴为中心的各种情态是最重要的"①,但所有这些冲突中,都存在一种"伦理预设",也就是说,所有冲突都以广义的欲望为核心。小说故事中人物的欲望具有多重性,读者的欲望也指向多个层面,由此使得小说故事的选择成为一种复杂的艺术。

"文学教人有效地决疑,即对不同'案例'进行比较、权衡及取舍。正是在故事中,我们学会对'虚拟'案例进行思考,而这些案例和我们回到更无序的'现实'世界时遇到的事情将相互呼应。"②小说故事是现实生活的预演,教给读者在现实生活中碰到相似情境时进行相关选择,小说由此强调故事意义的教育性和深刻性。这时常态经验可能具有更大的吸引力。常态经验虽然缺乏故事的新颖性,但因其中所包含的欲望倾向与常人更为接近,小说故事也便可能传达"人人心中有,人人笔下无"的体验,获得读者更大程度的认同。对于与自己生活无关的经验,人们虽然很有兴趣,但却难以模仿,其实际功效不过是满足"白日梦"的需要。而与普通人生活经验相关的小说故事则可能给读者带来更大的启示与教益。这时故事追求的不再是满足读者的好奇心,而是追求读者的"共鸣感"。作者需要组合人们通常并不十分注意的细节,以揭示生活的真相,由此使得读者有"恍然大悟"之感。"在这一方面(面对道德问题时),也和在其他方面一样,现代小说要比过去的小说更加努力接近生活本身。让读者自己作出选择,迫使读者像主人公一样面对着每一个决定,这样,获得真理时,或者由于主人公的失败而失去真理时,读者就会更加深刻地认识到真理的价值。"③

读者的小说故事的新颖性与教益性的双重要求,使得小说故事的选择成为一种艺术。故事选择,是从无尽的生活之流中选取的一部分的人类经验。无论再现还是表现,写实还是想象,历史还是神魔,他们都与人类经验直接相关。根据素材与人类直接经验的远近,小说故事可以区分虚构或写实。然而,小说写实或虚构的区分,并不仅仅依据其与现实生活经验的远近进行判断,更要结合作者与读者的文化背景进行判断。不同时代的人对于同一件事可能存

---

① [美]杰拉德·普林斯:《叙述学词典》,第127页。
② [美]韦恩·C.布斯:《修辞的复兴》,第230页。
③ [美]W.C.布斯:《小说修辞学》,第325页。

在根本不同的判断,由此也难以确定其写实或虚构。例如鬼神在相当长一段时间,就被当成是一种现实存在。

不论哪种故事,小说修辞都要求其是一个好的故事。"当故事真的起作用,当我们完全沉醉于故事世界,对故事中刻画的人物或爱或恨、或崇拜或厌恶之时,我们自己的渴望和思维习惯就会改变。"①故事由此确定其在小说修辞中的基础性地位。

二、叙事—表达:讲述—展示

小说叙事也就是"怎么讲"的问题。小说叙事总存在着对故事世界的改造。"我们的批评中有这样一种常识,认为卓越文学不是要引起关于'什么'的悬念而是要引起关于'怎么'的悬念。"②"怎么讲"在小说修辞中同样具有多重意义。它不仅是一个结构问题,同时同样是一个认识论问题,甚至是一个伦理问题。

对于小说的叙事层面,经典叙事学进行了深入系统的研究。尤其是对小说叙事的时间问题与视角问题,进行了大量结构分析,为小说研究提供了诸多具体方法。但这些研究大多偏重形式层面,对于其修辞意义尚未进行系统深入的探讨。小说修辞研究则更关注叙事的方法,尤其是两大修辞技巧:讲述与展示。

讲述与展示这两种宏观修辞手段的基础与内核,是小说家对意义呈现方式的选择。虽然布斯早就作出论断,小说叙事中的讲述与展示不可能截然分开,在一定程度上,展示也是讲述,因为展示中也包含着价值判断,另一方面,讲述也是展示,因为讲述同样需要具体化的描写。但二者还是存在重大差异。讲述意味着作者直接将意义赋予文本,从而引导读者跟随其价值判断前行;展示则意味着作者选择将意义隐含着文本之中,让读者自己进行价值判断。如布斯所言,讲述的特征主要表现在小说叙事的"人为性",即"作者把所谓真实生活中没人能知道的东西讲述给我们"③;而展示则是"故事被不加评价地表

---

① [美]韦恩·C.布斯:《修辞的复兴》,第 231 页。
② [美]W.C.布斯:《小说修辞学》,第 285 页。
③ [美]W.C.布斯:《小说修辞学》,第 5 页。

现出来"①。

尽管布斯认为二者之间并不能做绝对区分,但大体而言,二者还是有着不同特征。"讲述"具有以下基本特征:

(a)全知全能的叙述者。只有无所不知的叙述者才可能代替读者进行价值判断。

(b)性质判断先于特征描述。这个全知叙述者首先告诉读者,人物是什么人,然后,再告诉读者这个人做了什么事,由此来证明人物确实是什么人。传统小说中的"某生体"即是典型代表。

(c)固定单一的价值视角。要告诉读者,人物是什么样的人,首先就需要确定观察视角,由此才可能得出确定的观察结果,因此,在讲述中,对人物的观察视角也是单一的,固定的。不过,这种固定并不是物理形态的固定,而是价值形态的固定。观察人物的物理时空点,还是可以有不同的变化。《水浒传》与《红楼梦》中都存在大量内外视角之间的切换。

(d)人物性格缺乏发展变化。由于这种固定的价值视角,使得对人物的判断,也就必然单一性。为了维护其统一性,也便必须拒绝其发展变化,否则,难以证明最初判断的正确性。

而"展示"则与此相对:

(a)限知叙述者。这一叙述者或者是"非人格化"的,如同摄影机,只是对自己所见所闻进行记录,而不进入到对象内部进行评价分析;或者是"不可靠"的,因此他的判断不能代替作者的判断。

(b)特征描述先于性质判断。展示只是记录人物与事件的特征,而不是提供结论。读者应该自己直面人物与对象,得出自己的判断。

(c)多重流动的价值视角。让读者"直面"对象其实只是一种假设,因为在读者与人物或事件之间,总是存在着一个"观看者"的"过滤",这一"谁在看"的"谁",显然不如"谁在讲"的"谁"那样清晰,但小说中展示出来的东西,必然经过这一看似隐形的"谁"的眼光的过滤,他看到什么,以及如何看,已经隐含着"观看者"的价值评判;然而,形象大于思想,将人与事描述出来,让读者"直面",也就意味着对读者的价值视角的尊重。观看者的隐含判断与读者

---

① ［美］W.C.布斯:《小说修辞学》,第10页。

的可能判断之间,既有重合之处,也可能存在分歧之处。在展示中,观看者不仅要考虑自己的价值视角,还要考虑与读者的价值视角之间的契合度,才可能取得最大的修辞效果。因此,展示也意味着多重视角的融合。

(d)人物处于发展变化之中。由于多重视角的存在,使得展示不像讲述那样关注人物的既定性质,而是注意人物的具体特征。对具体特征的关注,也意味着对人与物的描述的立体化,从而使对象具有丰富性与复杂性。在不同时空环境中,人物可能展现出其不同侧面,并表现出发展变化历程。

讲述与展示的区分,并不在细节描写分量上的区别,也不在是否存在明确的"讲述者",而在于以性质界定还是以特征描述为主导观念。如布斯所言,"在'显示'与'讲述'之间划定一条界线,在某种程度上是武断的"①,因为从来就没有纯粹意义上的"显示",小说家选择某一事件进行"显示",必然包含着小说家对该事件的评价,"他所显示的每一件事物都将为讲述服务"②。同时,对小说进行艺术与社会评价也不能仅仅根据小说修辞主要采用"讲述"还是"展示"来进行判断,而更应该关注小说修辞对读者的效果,更应该关注作者如何发现并使用最为"理想的叙述方法",也就是"使用各种形式的显示时安排多种形式的讲述的能力"③。

小说中讲述与展示的修辞技巧,与传统表达手法的叙述与描写以及结构主义叙事学的时间与视角问题都直接相关。其中的关键问题就是小说叙事中文本世界相对于故事世界必然出现的时间与空间变形。

1. 讲述与叙事中的时间变形及其修辞意义

讲述主要涉及小说叙事的时间变形。主要包括顺序、频率、速度、节奏等。

众所周知,小说的故事时间是一种物理时间,其顺序是自然生成的,是一种依靠人类经验生成的时间观,而叙事必然对小说的故事时间扭曲变形。小说的叙事时间不再是故事时间那种可能用计时器等分的时间,也不再是生活时间中多维的时间流。现实生活中的时间,永远是多维的,有多少人物存在,就会有多少个时间维度,因此生活时间是一种含混的时间流。叙事时间则是单维的,只能保持一种线性发展,不可能以一种多维的形式存在。这种变化,

---

① [美]W.C.布斯:《小说修辞学》,第23页。
② [美]W.C.布斯:《小说修辞学》,第22—23页。
③ [美]W.C.布斯:《小说修辞学》,第18页。

使得小说叙事的时间问题,具有特殊的修辞意味。

首先是叙事顺序。采用顺叙、倒叙、插叙、分叙、预叙、补叙等时间顺序改造,对小说的修辞效果有着重要影响。顺叙是最为符合人类认知顺序的时间模式,也是最符合人类日常经验的模式,但其弱点在于难以一下子抓住读者兴趣。倒叙可以引起悬念,激发读者的好奇心,但也容易带来阅读障碍,需要读者重新组织。分叙可以一定程度上弥补小说单维线性叙事的缺陷,让叙事可以在一定程度上展现生活之流的多维时间,但其复杂性对作者而言是一种挑战。插叙可以让读者明白相关背景,但其对主线的中断,使其有时得不偿失。预叙具有一种悖论性质,即是悬念的弱化,也是悬念的强化。补叙一方面可能满足读者最后的好奇心,但有时也会成为蛇足。各种时序运用之妙,存乎一心,各有其修辞强项与弱点。

其次是叙事频率。生活中总是存在着重复,小说中同样如此。对于博克而言,"重复"①是文学形式的一个必备因素,没有重复,就没有形式的整一性。因为任何形象或意象,如果只出现一次的话,人们很难理解其意义,因此,要阐释清楚人物或意象的意义,需要必要的重复。重复同样存在多种形态,有对一个事物的多次重复,有对多个事物的多次重复,有原样的重复,有变形的重复。对于模仿生活的小说叙事而言,重复必不可少。人物的动作通常都是日常动作的重复。然而,什么事情应该重复讲述(发生一次,讲述多次),什么事情应该概括讲述(发生多次,讲述一次),什么事情应该原样讲述(发生几次,讲述几次),也要服务于小说的修辞目的。第一类是一种强调,第二类是一种惯例阐释,第三类是一种原生态表述,但无论哪一种,都需要把握好分寸感。通过重复的多种形态,小说在形式上成为一个统一的整体。

再次是叙事速度。所谓叙事速度,就是文本时间与故事时间之间的比率。按照热奈特等人的观点,叙事速度有四种:停顿、场景、概略、省略。② 巴尔认为,还可以有第五种情况,减缓。③ 相同的文本时间,包含的故事时间越短,速度越慢,时间越长,速度越快。叙事速度与中国传统小说理论中的疏密、详略

---

① ARMIN PAUL FRANK , *Kenneth Burke* , New York , Twayne Publishers , Inc , 1969 , p.59.

② 参见[法]热拉尔·热奈特:《叙事话语　新叙事话语》,第二章"时距"。

③ 参见[荷兰]米克·巴尔《叙述学:叙事理论导论》,第二章第三节"节奏",谭君强译,万千校,中国社会科学出版社 1995 年版(下同)。

等问题相关。任何一部小说都存在着叙事速度的变化,其中必然包含着场景。没有场景的小说几乎不可能成为小说,因为没有场景也就使其缺乏必要的戏剧性。小说的叙事速度与小说的修辞目的直接相关,对于小说的修辞效果有着重要影响。小说对各种叙事速度的把握,不仅体现出作者关注的重心,一般说来,越是作者认为重要的地方,叙事速度越慢;而且也体现出作者的或人物的独特的"时间感"。

最后是叙事节奏。叙事节奏与叙事速度直接相关。但并不是叙事速度本身,而是由于叙事速度的有规律的变化而形成的一种节奏感。叙事节奏与传统文论所说的张弛,有着密切联系,但经典叙事学对这一点研究不多。节奏是一个动态感极强的词,一般与动作联系在一起。相同时间内,动作转化越多,节奏越快。这一点可以在类型小说中表现极为突出。传统情节型小说叙事速度转化很快,动作转化很多,节奏因此较快。抒情类小说则节奏较慢。这种节奏感与作者的生命感受、时间体验直接相关。

2. 展示与叙事中的空间变形及其修辞意义

在时间中展开的讲述必然涉及叙事的时间变形,而主要在空间中展开的展示则涉及叙事的空间变形。小说叙事的空间变形主要包括包括视角、层次与详略等问题。

视角是经典叙事学极为关注的一个重要的话题,也就是故事通过谁的眼睛看到的。但叙事学谈到视角的时候,实际上存在"谁在讲"与"谁在看"两个层面的问题。对这两个层面,经典叙事学并没有进行系统梳理与深入分析。在小说修辞研究视野中,这两个层面的区分则比较清晰,"谁在讲"主要涉及讲述,而"谁在看"则主要与展示相关。二者虽然存在直接联系,但并不完全同一。

从不同的视角观察,小说的故事空间都可能发生一定程度的变形,从而影响小说的修辞效果。视角问题,最重要的区分,可能就是内视角与外视角,即叙事者处于故事之内,还是故事之外。小说叙事采用内视角或外视角,会对受述者、隐含读者以及读者与人物之间的心理距离产生极大影响。

内视角主要有两种形态,一种是通过主人公的视角进行观察与叙述,这也就无可避免地使受述者、隐含读者以及读者产生"自居作用",也就是将自己等同于故事中的主人公,站在主人公的立场上去看问题。"如果授予主人公以反映自己的故事的权利,便能保证获得读者的同情,那么,不给他这种权利而把它给予别的人物,就可以避免太多的自居作用。"①从一个旁观者的角度看问题,可能会显得相对客观一点,但这种内视角还是无法保证客观性,因为叙述者依旧处于故事之中,所见所闻都局限于他所能见到的一面。同时,为了特殊效果,这一观察者可以具有特殊身份,如疯子、白痴、亡灵等身份,由此增强故事的含混性。"如果给予或撤销主要观察者的特权,可以控制感情上的距离的话,它同样可以有效地掌握读者的思路——当然,常常伴随着情感的作用。许多小说要求在读者中造成困惑,利用一个本身含混不清的观察者,是达到这一目的最有效的途径。"②特殊的内视角会带来特殊的修辞效果。

相对而言,外视角存在更多的可能性。故事外的叙述者有更多的选择,他可以是全知的,如同上帝俯视芸芸众生,看故事中人物的表演。但这种视角显然也超出了读者,由此也表现出一种凌驾于读者之上的优越感,强化了读者的被动性。外视角也可以让叙述者人格化,使他不再是一个上帝式的无形而全能的存在,而是一种与一般人物一样的人格化的存在,通过他自己的独特眼光进行观察与叙事。更进一步则是去人格化的视角,也就是采用一种摄像机的视角,对故事只是进行物理记录。然而,这种所谓的"零度"或"客观视角",实际上只能是一种假设。任何叙事都包含选择,选择本身就是一种判断。摄像机本身永远不可能完成选择与判断的任务。但这种尝试,却从另一个角度凸显了作者的修辞意图,也就是尽可能让读者直面所谓的真实。

因此,视角问题始终是一个价值问题,一个修辞问题。"尤斯品斯基认为,视点在四个不同的层面上显露自己——思想层面、措辞层面、时空层面(叙述者的空间视角与被叙事件的时间距离)以及心理层面(叙述者与被叙事件的心理距离或亲密关系)。"③查特曼《故事与话语》则区分了三类视点:观察视点、概念视点、利益视点④,他们对视角的分析,都指向了视角的修辞学意义。

视角问题也必然带来另一种空间变形,也就是对故事空间中描写的角度

①　[美]W.C.布斯:《小说修辞学》,第313页。
②　[美]W.C.布斯:《小说修辞学》,第315页。
③　[美]杰拉德·普林斯:《叙述学词典》,第176页。
④　参见程锡麟、王晓路:《当代美国小说理论》,第105页。

与详略的差异性。如同故事中的时间总是混沌的时间流一样,故事中的空间也总是多维立体空间。然而,小说叙事对故事空间也不可能进行多维立体展示,而只可能从某一角度对故事空间进行描写,这也就造成叙事空间不可避免的空间变形。首先是写什么不写什么。细节总是无穷尽的,而小说对细节的选择则永远是有限的。从不同角度可以看到不同风景,同时也必然省略很多风景。富丽堂皇的大厅与肮脏的地下室经常并存,但经常不同时出现。乡村生活可以富有诗意,也可以代表贫困。不同的视角意味着观察者不同的价值取向。

展示中另一重要变形则是详略的变形。同叙事时间存在速度变形相似,叙事空间也存在比例变形。故事空间中个事物都是按物理状态存在,有其固定的物理比例,不论职位高低,人所能占的空间位置都是相近的,在叙事空间中,不同物件所占比例会出现重大变形。人物脸上的一颗痣可能比他身上穿的衣服所占的文字篇幅要大得多,一个渺小的人物在故事中比一座大厦所占的篇幅要大得多。叙事中的空间比例与故事世界中的物理比例,永远不在同一尺度上。

这种"有一无"与"详一略"的变形,与"展示"的目的性直接相关。"展示"暗示了一个"观察者"的存在,也就是说,小说叙事中"展示"的空间是经过观察者的眼睛过滤的空间。这种过滤,首先自然是"有一无"的区别,讲什么不讲什么,具有丰富的意义,其次则是"详一略"的区别,空间比例的变形,具有同样重要的意义。在这种"展示"的空间变形中,不仅可以看到叙述者想强调与凸显的内容,而且可以发现他们的盲点。他们没有写的,他们没有注意的空间,是另一种意义上的空间。

叙事的空间问题还包括叙事层次。在一定程度上,小说都是多层叙事,它一方面是叙述者对受述者讲故事,另一方面人物也在讲故事(一般情况下都是如此,包括人物的内心独白,也可以看成一个我对另一个我讲故事)。除了这种小说本身具有的多层叙事意味,小说也可以设计多个层次的叙述者与受述者,从而展现更多的复杂性与复调性。小说的多层叙事使叙述者与人物、受述者的身份不断转化,增加了小说叙事的复杂性,使小说修辞交流的层次性更为复杂,体现了小说修辞的特殊性,使其具有更多的可能性。

叙事的时间与空间变形,一方面指向了小说的戏剧化与吸引力,一方面则指向了小说的意义结构。它们一方面作为形式因素存在,另一方面则作为意义因素存在,因为它们的变形方式本身就是一种意义结构。"不仅人物有模仿、主题与综合功能,文本本身也有模仿、主题、综合功能。"①小说的叙事层面的文本构成,与小说修辞目的以及认同结构有着隐秘而复杂的联系。

三、叙述—阐释:判断—评价

小说叙事层面解决的是"怎么讲"的问题,而对小说修辞而言,更重要的还是"为什么讲"这一问题,也就是小说的修辞目的何在。对作者而言,"叙事的目的是传达知识、情感、价值和信仰。"②对读者而言,"说到底,我们(读者)看小说不仅仅是为了看个故事,而是要扩大知识面,增加对世界的理解。"③因此,在小说"讲什么"与"怎么讲"背后,隐含着"为什么讲"以及"为什么这么讲"的问题。这些问题包括:作者为什么要选择这个故事进行讲述?作者为什么要设置这样的叙述者?为什么要对故事进行这样的时间与空间变形?这也就是小说叙事的叙述层面所要解决的问题,它指向了小说的意义世界。

叙述主要指向隐含作者与隐含读者之间的交流行为。这一交流过程可以从文本中推断出来,同样依托于文本存在。从理论上讲,隐含作者与隐含读者一般不会在小说文本中直接出现,但通过对叙事层面与故事层面的考察,读者可以发现隐含作者与身影,也可以发现隐含作者对隐含读者的定位。这一层面的交流,更直接地指向了小说的价值判断。在一定程度上,隐含作者的价值判断在小说叙事的各个层面都存在,在故事层面,隐含作者通过故事选择进行价值判断,在叙事层面,隐含作者通过表达方式进行价值判断,但在叙述层面,隐含作者的阐释与评价更是一种直接的价值判断。这种直接的价值判断,使隐含读者能够更容易地找到他应该处的位置。

1. 可靠叙述—不可靠叙述

在小说的叙述层面,首先需要关注的就是隐含作者与叙述者、受述者与隐含读者之间的关系问题。对隐含作者与叙述者之间以及隐含读者与受述者之间的距离与关系的调节,直接影响小说的价值判断。

---

① [美]詹姆斯·费伦:《作为修辞的叙事》,第64页。
② [美]詹姆斯·费伦:《作为修辞的叙事》,第23页。
③ [法]D.洛奇:《小说的艺术》,转引自李建军:《小说修辞研究》,第133页。

　　叙述者的可靠性一直是小说修辞研究中的重要问题之一。"我们对所有作为角色的叙述者也作出反应。我们发现他们的叙述可信或不可信,他们的主张聪明或愚笨,他们的判断公正或不公正。"①所谓可靠或不可靠的判断标准,根据的正是叙述者与隐含作者是否一致。在一定程度上,可以说所有的叙述者都是不可靠的叙述者,因为其中必然隐含着叙述者与隐含作者一定程度的偏离。小说对逼真性的追求,意味着叙述者相信故事的真实性,而小说的虚构性则意味着隐含作者从一开始就对故事的虚构性有明确的认识。二者对故事的不同态度暗含着不同的叙述追求。

　　将小说的这种天然的不可靠性排除在外,隐含作者还可以特意设置的种种不可靠叙述者,由此可以看出隐含作者与叙述者之间的联系维度。布斯从叙述、主张与判断三个层面切入了隐含作者与叙述者之间的关系,詹姆逊·费伦则更明确地划出了"不可靠叙述"的三种类型:"发生在事实/事件轴上的不可靠报道,发生在伦理/评价轴上的不可靠评价,发生在知识/感知轴上的不可靠解读"②。从这一论述中,我们也可以反向推演,所谓可靠叙述即包括事实、伦理与感知方面的可靠。

　　与之相对应,是"受述者"是否可靠的问题。至今为止,这一问题在小说修辞研究中尚未引起足够的重视。实际上在受述者与隐含读者之间,同样存在着多个维度。一个不可靠的叙述者总是在有意无意地误导受述者,这个受述者是否能够对这一不可靠叙述者进行合理反应,是不可靠叙述能否实现其目的的关键。在民间故事中,一个聪明人经常对一个傻瓜说话,而一个傻瓜也经常对一个聪明人说话,由此实现其反讽效果。在这种反差中,无论是叙述者还是受述者都是不可靠的。隐含读者需要拉开与受述者的距离,明白受述者的不可靠维度,才可能理解叙述者的不可靠维度,也才能真正理解隐含作者的意图。

　　也就是说,隐含作者与隐含读者之间良性修辞关系的建构,需要理解与把握隐含作者与叙述者、隐含读者与受述者之间的可靠维度。"以不可靠方式

---

　　① ［美］W.C.布斯:《小说修辞学》,第 304 页。

　　② ［美］詹姆斯·费伦、玛丽·帕特里夏·玛汀:《威茅斯经验:同故事叙述、不可靠性、伦理与〈人约黄昏后〉》,见戴卫·赫尔曼主编:《新叙事学》,马海良译,北京大学出版社 2002 年版(下同),第 42 页。

写成的许多作品的效果取决于作者与读者之间的共谋。"①而以可靠方式写出来的作品,同样依赖于二者之间的相互信任。没有这种相互信任,实际上可靠叙述也可能转化为不可靠叙述。

2. 指点干预—评论干预

无论哪个向度的可靠—不可靠,其指向的都是小说修辞的核心问题,即价值判断。这种价值判断,通常也是对叙事或故事的阐释来实现了。为此,隐含作者对叙事的介入,也成为一种必然。

布斯将作者介入分为指点干预与评论干预,无论哪种干预,都会对小说修辞效果产生重要影响。指点干预是对小说的叙事形式进行干预,它必然破坏小说自身的独立性与逼真性幻觉,由此也引发对叙述者可靠性的质疑。"当给予人类活动以形式来创造一部作品时,创造的形式绝不可能与人类意义相分离,包括道德判断,只要有人活动,它就隐含在其中。"②后现代小说碎裂化的情节,元小说的叙述干预,无疑是一种对后现代景观的后现代表现形式,其中同样有着道德判断。评论干预是对小说的价值判断进行的干预,显然也是小说叙事的必然组成部分。"评论应该更多地关注那些提供原因、解释或者道德线索的故事和那些仅仅从观赏别人的痛苦中获取天然快感——恐怕这是天然的——的故事的区别。"③显然,布斯认为评论干预是凸显小说修辞的伦理效果的必要手段。然而,这种干预也必然带来隐含读者的相应反应,直接的道德宣教难以获得隐含读者的认同,因此隐含作者的评论干预也需要更多的技巧,使其更为隐蔽,"这就把我们带到了第二点区别——给予读者直白的、绝对的道德定位的故事和那些带我们超越固有道德信念进而进行道德探究的故事之间的区别。"④但哪怕是隐蔽的议论,也会对隐含读者产生重要影响。"关于人物的道德和智能品质的议论,总要影响我们对那些人物活动所处事件的看法。因此,它难以觉察地渐渐变为关于事件本身的意义和重要性的直接声明。"⑤

① [美]W.C.布斯:《小说修辞学》,第436页。
② [美]W.C.布斯:《小说修辞学》,第441页。
③ [美]韦恩·C.布斯:《修辞的复兴》,第258页。
④ [美]韦恩·C.布斯:《修辞的复兴》,第261页。
⑤ [美]W.C.布斯:《小说修辞学》,第218页。

关于作者是否能够在小说文本中出现，也就是进行干预，学界存在着质疑。一种观点认为，只要出现在文本之中，就应该将其视为叙述者的声音，而不是作者的声音。① 而另一种观点则认为，隐含作者作为作者的面具，可以在文本中出现。不管哪种观点，实际上都认同干预的存在，二者争论的只是谁是干预的主体。前者显然混淆了叙述者与隐含作者，如果将叙述者人格化，就可以发现，小说叙事层面的叙述者与小说叙述层面的隐含作者，并不是同一个角色，二者之间存在着矛盾与对立。在不可靠叙述中，这种情形更为明显。

从更为根本的角度讲，由于叙述者与隐含作者都是作者创作出来的，因此，应该将作者对小说的干预区分为两个层次。一个是作者通过叙述者对故事进行的干预，也就是上面所说的对故事进行的选择、对故事进行的重构等，这种干预是为了试图影响叙述者与受述者之间的修辞交流。而另一种干预则是通过隐含作者对叙事层面进行的干预，其目的是影响隐含作者与隐含读者之间的修辞交流。

隐含作者对小说的干预，具有重要的修辞意义，也具有极高的技巧要求。"一个介入的作者必须以某种方式令人感到有趣；他必须像一个人物那样活着"②，由此才可能避免给读者留下宣讲的印象。虽然干预的真实目的的确指向了教诲，"假如说称赞或强化某种价值判断就是要揭露教诲的痕迹的话，任何小说无论表面纯化程度如何，都不可能完全不带教诲的痕迹"③，但不同的干预方式却可以唤起读者的不同反应。现实生活中从来不缺少小说中的事件与场面，小说家要做的是，"以多种方式设法提高他的观众的感情反应"④，同时，因为现实事件的歧义性，小说家"需要一种修辞来使读者认清它们"⑤。

隐含作者不仅要作出价值判断，而且需要在一定程度上对价值作出排序。任何一部小说所涉及的价值判断都不可能是单一的。因此，"小说极力在对

---

① 如赵毅衡认为叙述者是人格化的，因此，布斯所说的"作者干预"在叙述学上不能接受，因此其将这种干预改为"叙述者干预"。参见《苦恼的叙述者——中国小说的叙述形式与中国文化》，北京十月文艺出版社 1994 年版（下同），第 27 页。

② ［美］W.C.布斯：《小说修辞学》，第 245 页。

③ ［美］韦恩·C.布斯：《修辞的复兴》，第 169 页。

④ ［美］W.C.布斯：《小说修辞学》，第 121 页。

⑤ ［美］W.C.布斯：《小说修辞学》，第 122 页。

价值观进行准确排序"①。在不同的价值观念中,隐含作者还需要强调他最想强调的价值观,由此形成小说的主旋律。

这种价值判断与价值排序,都是通过隐含作者的选择与阐释来实现,"所有优秀的小说家都知道有关其人物的一切——他们需要知道一切。他们的叙述者如何找出他们需要知道的一切问题,即'职权'的问题,相对来说是个比较简单的问题。真正的选择远比这一问题所包含的更为重要。它是一个道德的角度而不仅是技巧的角度的选择问题,故事就从这个角度讲述出来。"②这不仅是一个技巧问题,更是一个立场问题。

尽管与这种主题化相关的价值和信仰完全可能在有血有肉的读者中唤起更多的变体③,同时阅读也具有多重视野:叙述读者、作者的读者、质疑的读者④,但所有的修辞技巧都指向的是作者与读者之间的交流,"修辞方法非常关注叙事策略与读者活动之间的关系——在故事和话语两个层面上发生的事件影响到读者的认识、信仰、思想、判断和感觉。"⑤对小说修辞的评价标准,最终指向读者的反应。

第四节　小说修辞的认同模式

在小说的阅读接受中,"不可能把读者、文本和作者相互区别开来。修辞交易中这些不同因素的协同作用恰恰是修辞方法想要承认的"⑥。费伦的这一论断,凸显出小说修辞交流中的一个关键特征——"交易"性质。这一概念实际上来自于肯尼斯·博克。博克明确指出,修辞的基点与目的都是"认同",也就是说修辞者的修辞目的是让受众认同其观点,但他要想让受众接受其观点,他就必须首先对受众表现出一定程度的认同。因此,修辞的真正目的与手段,都是相互认同。"修辞者可能必须在某一方面改变受众的意见,然而

---

① ［美］韦恩·C.布斯:《修辞的复兴》,第169页。
② ［美］W.C.布斯:《小说修辞学》,第295页。
③ ［美］詹姆斯·费伦:《作为修辞的叙事》,第73页。
④ 参见［美］韦恩·C.布斯:《修辞的复兴》,第231页。
⑤ ［美］詹姆斯·费伦:《作为修辞的叙事》,第112页。
⑥ ［美］詹姆斯·费伦:《作为修辞的叙事》,第99页。

这只有在他和受众的其他意见保持一致时才办得到。遵从他们的许多意见为修辞者提供了一个支点，使得他可以撬动受众的另外一些意见。"①

博克的这种"认同"理论，对小说修辞有着重要启发，布斯正是在博克的影响下，提出小说修辞学这一概念，认为小说修辞也是一种"求同修辞：rheto-rology"②。同时，与一般演说修辞相比较，小说修辞的认同关系免除了肢体语言的干涉，更纯粹地表现为一种纯语言的作用。但这并不意味着认同关系的简化，反而意味着认同关系的复杂化，因为这种认同也是一种时空分离的认同。真实作者与真实读者之间，在修辞语境方面处于分离状态，他们必须借助语言这一纯粹的中介实现相互认同，从而对小说修辞提出了更高的要求。

小说修辞的认同模式，主要包括认同维度与认同方式两个方面。

一、认同维度

小说修辞的认同维度与小说的修辞目的直接相关，在一定程度上，认同维度也就是小说试图实现的修辞目的的另一种表述。

不少理论家对小说修辞的认同维度进行了探讨。博克提出了认同理论，但他对认同维度并没有进行系统梳理。相反，亚理斯多德以"说服"为中心的修辞学，反而在一定程度上指出了认同的不同维度，他所说的情感诉诸、理性诉诸与人格诉诸，实际上已经隐含着对受众某一方面的认同。"演说者要使人信服，须具有三种品质，因为使人信服的品质有三种，这三种都不需要证明的帮助，它们是见识、美德和好意。"③这一对演说者的要求，实际上已经包含着演说者如何与受众进行良性互动。

布斯对小说修辞的价值的论述也已经隐含着对认同维度的分析。"小说中使我们感兴趣的、因而可以通过操纵技巧来获得的价值，可以大致分为三类。认知的或认识的。审美的。实践的或人性的。"④这三类价值也可以说是作者与读者之间的三个认同维度，是小说修辞试图实现的目的。查特曼则将

---

① ［美］肯尼斯·伯克：《动机语法》，转引自刘亚猛：《西方修辞学史》，外语教学与研究出版社 2008 年版，第 346 页。

② ［美］韦恩·C.布斯：《修辞的复兴》，第 274 页。

③ 亚理斯多德：《修辞学》，罗念生译，生活·读书·新知三联书店 1991 年版，第 70 页。

④ 参见［美］W.C.布斯：《小说修辞学》，第 139 页。

小说修辞区分为美学修辞与意识形态修辞,"在我看来,有两种叙事修辞,一种旨在劝服我接受作品的形式;另一种则旨在劝服我接受对于现实世界里发生的事情的某种看法。"①这一分类简单明了,但存在着简化倾向。

李建军重点论述了小说修辞的效果。"小说修辞效果,就是小说家利用小说艺术的各种技巧手段,对读者发生的积极作用,即通过说服读者接受作品所塑造的人物,认同作者在作品中宣达的价值观,从而最终在作者和读者之间达成精神上的契合与交流。"②他的定义将"说服"与"认同"糅合在一起,同时也注意到小说修辞认同中的层次性,"人物"与"价值观",但对这两个层面之间的关系,缺乏必要阐释。更让人感到混乱的是他对修辞效果的分类方式。他将小说修辞效果分为可读效果与可写效果、道德效果、主题效果等类型③,看不出分类标准之所在,也无助于把握小说修辞认同的多维性。同时,他比布斯更重视小说的伦理目的,甚至因此排斥小说修辞的美学目的。李建军将是否促进作者与读者之间建立密切、自然的沟通与交流视为判断小说修辞是否成功的标准,这一点显然是继承并发展了布斯的观点,但他显然过于偏重小说对读者的伦理效果,忽视了读者需要的多样性与多层次性,忽视了读者的审美需要以及伦理观念与时俱进的可能性,一笔就将现代主义与后现代主义打入"异化"范畴。相对于布斯,李建军不仅在解读的范围上大踏步后撤,将19世纪伟大小说家视为范本来进行价值评判,忽视了现代主义与后现代主义的合理内涵,而且在伦理效果上也大踏步后撤,从布斯的多元主义退守一元"道德主义"。

在这方面,王一川的研究有着重要的启发意义。王一川的"兴辞诗学"理论,结合了肯尼斯·博克的认同理论与马斯洛的需要理论,概括出了文学中的不同认同类型。他认为,文学作品存在八类认同:生理型认同、安全型认同、亲情型认同、尊重型认同、审美型认同、认知型认同、自我实现型认同、全景式认同等。④ 这一分类对于小说修辞的认同维度具有启发意义,然而他显然也将各类认同之间的相互联系简单化了,对各个层面的认同之间的相互作用与相

---

① 查特曼:"Coming to Terms",见申丹:《修辞学还是叙事学》。
② 李建军:《小说修辞研究》,第264页。
③ 参见李建军:《小说修辞研究》,第277页。
④ 参见王一川:《兴辞诗学片语》,第四章。

互影响没有深入论述。

事实上,小说修辞的目的从来不是单一的。小说修辞不仅存在价值判断,而且存在价值排序。"价值排序"意味着小说修辞的价值判断是一种多元价值判断,不同价值判断之间可能会相互冲突。价值判断的多元性,体现出认同维度的多元性;价值排序的多样化,则意味着价值冲突的多样化,这种多元与多样使小说修辞认同维度之间的关系极为复杂,对小说修辞效果的判断也存在多重标准。效果标准、真实标准、道德标准、艺术标准①等不同标准体现出不同评论者对不同认同维度的强调,以及对不同价值排序的强调。

具体而言,小说修辞的认同维度可以从人类心理活动的角度进行分类。但由于小说修辞交流的复杂性,每一认同维度包含多个层次。

1. 伦理认同

"讲述故事就是一个道德探究行为。"②小说的作者与读者之间的伦理认同,是小说修辞最根本的目的。小说叙事作为一种"经验预演",就是要让读者反思,碰到同类情况时应该怎么做。正是因为对小说修辞的伦理维度的重视,梁启超将小说视为全面改造整个民族行为方式的不二法门。"欲新一国之民,不可不先新一国之小说。故欲新道德,必新小说;欲新宗教,必新小说;欲新政治,必新小说;欲新风俗,必新小说;欲新学艺,必新小说;乃至欲新人心、欲新人格,必新小说。"③这里,梁启超几乎纳入了人类所有的伦理关系,虽然他并没有就此展开论述,但已可以看出小说修辞中伦理维度的复杂性。作为人学的小说,可以书写与伦理相关的所有问题,由此凸显人之所以为人的依据。因此,在一定程度上可以说小说就是一种伦理学。小说涉及的伦理关系的复杂性,给小说修辞伦理认同的分析带来难度。同时,由于小说修辞的多层次性,使小说修辞的伦理认同关系更为复杂。

在故事层面,小说人物之间的关系是现实伦理关系的折射。小说作者与读者都需要关注人类伦理关系的复杂性,以及由此导致的各种情感的丰富性。

---

① 蓝纯编著:《修辞学:理论与实践》,外语教学与研究出版社 2010 年版(下同),第376 页。

② [美]韦恩·C.布斯:《修辞的复兴》,第 264 页。

③ 饮冰(梁启超):《论小说与群治之关系》,见陈平原、夏晓虹编:《二十世纪中国小说理论资料》(第一卷),北京大学出版社 1997 年版(下同),第 50 页。

这种复杂性与丰富性,不仅是生活复杂性的折射,也是小说作者显示自己独特眼光的机会。在古往今来的小说中,小说几乎涉及了人类生活的所有层面:天—人、国—人、家—人、人—人,自然、社会、政治、家庭、爱情、死亡等主题,是小说永恒的母题。然而,每个时代都有其社会禁忌,从《金瓶梅》到《洛丽塔》,各种禁书的存在,正是种种社会禁忌的折射。由于这些社会禁忌,使得某些伦理问题成为一种社会无意识。因此,不仅小说故事表现出来的伦理关系有其重要意义,其所未曾表现的伦理关系同样也有其重要意义。一个时代的小说中的盲区,代表着一种潜在的社会症候,寓示着时代的伦理边界。

在叙事层面,小说的形式与技巧也与伦理问题直接相关。在人类文明史与小说史上,许多伦理话题依旧处于禁忌状态,如吃人(鲁迅)、乱伦(张资平、萨德、纳博科夫)、奸尸(沈从文)等,要表现这些话题,也就需要作者通过特定技巧对故事进行特殊处理。因此,不仅对故事的选择代表着一种伦理取向,而且对叙述者与叙事方式的选择同样代表着一种伦理倾向。狂人、白痴、亡灵等特殊叙述者,为表现特殊伦理话题提供了某种便利。这时的叙述者并不是对故事进行"全盘实录",而是根据其生活经验进行过滤,表现自己的倾向性。

在叙述层面,隐含作者对小说叙事的伦理分析与透视则是一个更为复杂的话题。小说的伦理主题,不仅具有现实针对性,而且具有超越性。在小说发展上,时代需要对小说伦理主题的影响显而易见,如五四时期的婚恋自由、抗战时期的同仇敌忾、土改时期的翻身闹革命等,重大历史事件对小说伦理主题的选择产生了根本性的制约与影响。但小说不仅需要表现时代,而且应该超越时代。因此,其对伦理关系的关怀,不仅应该具有现实针对性,而且应该具有前瞻性。这不仅包含对个体的终究关怀,而且包括对社会的终极关怀;不仅指向生命对自身的意义,而且指向生命对自然、对社会、对人类乃至对宇宙的意义。也就是说,小说的伦理关怀,虽然始终以个体为基点,但其意义指向则包含了多个层面,不仅指人自身的意义,而且指向人对于社会发展(并不仅仅指当下社会),对于人类发展的意义。在这方面,经常会出现人类发展的前瞻性与意识形态的保守性之间的矛盾。相对而言,一切时代的主流意识形态都趋于保守,为了维护现存秩序,主流意识形态都会划定其合法性与合理性边界。但小说不能仅仅关注或维护现存秩序,而经常指向了某种理想,因此,小说不能只是某种现存秩序的说明书。

2. 理性认同

小说修辞的伦理认同绝不是一种抽象的道德宣讲,而是始终与具体的人物活动结合在一起的。这种形象性也便是小说区别于伦理学之所在,小说作者的伦理态度经常隐藏在对故事的讲述中。无论作者还是读者,对小说伦理意义的发现都离不开理性的运作。共通的理性思维方式,是小说修辞交流中最重要的桥梁。没有基本的理性认同,不可能发生作者与读者之间的修辞交流;而小说之所以能够流传甚广,也与人类的理性思维方式直接相关。"人同此心,心同此理",使得小说可以在不同时代不同民族之间传播。

小说修辞的理性认同是衡量小说能否成其为小说的一个重要依据。小说作者与读者之间的良好修辞关系,通常也以理性认同作为重要的平台。这种理性认同对小说修辞的不同层面有着不同的要求。是否能够在具体的故事中发现新颖性,是否能够在叙事中展现足够的逻辑性,是否能够在叙述中体现某种规律性,是小说作者与读者共同的理性追求,也是小说修辞的伦理认同能否实现的重要因素。

在故事层面,读者首先关注的是故事的新颖性。好奇心是人类发展的动力之一,人们总想知道自己所不知道的事情,而小说是使用最为广泛的传递陌生经验的手段。中国早期小说,无论是历史小说、写情小说还是志怪小说,都强调非常态经验的传递。小说的"好奇"倾向,使得故事的新颖性是小说修辞认同的一个重要基点。尽管小说在发展过程中,出现了情节弱化、冲突内在化等特点,但情节弱化背后实际上存在着另一种陌生化,即相对于情节型小说的陌生化;冲突内在化则是将陌生化的领域转向的心理领域,由常人未曾经历的外在经历转向常人未曾经历的内在体验。小说的故事层面的新颖性,满足了小说读者的认知欲望,实现小说的认知功能。

在叙事层面,读者与作者对小说的理性要求在于叙事的逻辑性。尽管小说故事可以虚构,而且受述者被假定为接受叙述者所说的一切,因此神魔小说、武侠小说与穿越小说并没有因其不可能在现实生活中发生而被排斥在阅读视野之外;然而,良好修辞契约的同样建立在人类的基本理性经验之上,作者与读者都需要认同基本的叙事逻辑。相关性、可验证性、一致性、时效性、客观性①等理

———————

① 参见蓝纯编著:《修辞学:理论与实践》,第 360 页。

性判断标准,对小说叙事有着重要意义。没有这种逻辑性的基本认同,不可能建立稳定的叙事契约。换言之,叙述者可以确立基本的叙述前提与原则,如神魔世界、武侠世界,但这一虚构出来的世界中,同样有其内在约束性与逻辑性,故事的发展应该按照这一世界的原则展开,遵循这一世界的基本逻辑。对这种最基本的叙事成规的认同,是小说修辞契约建构的出发点。

小说的故事与叙事,满足的是读者理性层面的好奇心与逻辑感,但这显然并不是作者的主要目的。作者试图让读者认同的,应该是其对生活的独特发现,也就是对生活经验的意义的探询。因此,在叙述层面,双方可能存在一个更高的层面,即对意义的深刻揭示,对世界本质与规律的发现。不论读者的接受能力如何,他们阅读小说存在着一种潜在的需要,即深化对生活的思考。因此,虽然作者与读者在对生活的理解可能不一样,对生活理解的深度也可能不一样,但这种潜在而基本的理性需求,是构建双方认同关系的合适的平台。在这一层面,不仅需要得出了具体结论,更重要的是同时展示一种观察与分析世界的方法。也就是说,叙述层面的评价,不仅是对具体事件的分析与评价,而且是一种带有方法论意义的分析与评价。在这一层面的理性认同,读者不仅关注作者的结论,而且关注作者如何得出结论,从而获得方法论的启示。因为对理性认同的不同层面的强调,不同时代不同风格的作者对读者的理解力提出了不同要求,由此出现外显型问题小说—幽暗型先锋小说等小说类型。

总体而言,小说作者与读者之间的理性认同,对小说提出了三个基本要求:一是能唤起读者的注意;二是能够让读者完成自然化过程;三是尊重读者的主体性,有深入思考空间,读者不只是被动接受,或完全不知所云。

3. 审美认同

肯尼斯·博克认为,在直接修辞交流中,修辞主体对修辞受众的仪表、神态、语气以及肢体语言等方面的认同,对修辞交流的效果会产生重要影响。在小说修辞交流中,因为交流的间接性,这些直观可见的因素被排除在修辞交流过程之外,但这并不意味修辞交流中的直观因素或美学因素并不重要。相反,小说修辞的直观因素,也就是小说的具象化的审美因素,对小说修辞交流的实现有着重要影响。贺拉斯所说的"寓教于乐"的"乐",显然包括审美愉悦,凸显出小说伦理认同与审美认同之间的内在关系。梁启超所说的"熏浸刺提"与小说修辞的审美认同相关,这种审美认同对小说修辞效果具有潜在而深远的影响。

在小说叙事的不同层面,同样有着不同的审美诉求。

在故事层面,人物的具象性与个性化,是作者与读者审美认同的基本要素。文学是人学,小说更是人学。小说中的人物(幽灵、动物、神仙等在小说中都是人的变形),不论是情节型小说,还是淡化情节甚至淡化人物的新小说,人物始终是小说中行为的主体,是作者与读者实现相互认同的中介。任何作者与读者都不可能去认同"物",这是他们成为"人"的先决条件。新小说对物的强调,实际上还是在强调作者作为人对物的观照方式的转变,而不是将人当成纯粹的物去进行观照。在小说的发展过程中,人物形象似乎逐渐变得模糊,一方面,人物的外在特征由鲜明变得模糊,肖像描写的比重日渐下降,以至于读者难以把握人物的肖像特征,另一方面,人物内在心理活动也表现出趋同倾向。但这种人物的模糊并不说明人物的个性化与具象性已经被弱化或消解,而是说明小说作者对人之所以为人的特征表现出更深层的关注。他们对潜意识的书写,对人物行为特征的弱化,在一定程度上,是试图彰显"人"相对于其他事物的独特性,试图找到"人之为人"的根本属性。

对小说故事中人物的审美要求是一种审美成规,对小说叙事中的技巧要求更是一种审美成规。中国小说的"传奇"色彩,不仅在于故事之"奇",也在于叙事之"奇",也就是故事的"传"法。能够让人拍案惊奇,往往由于故事与叙事的双重效果。正因为叙事技巧的重要性,古今中外的小说家不断翻新出奇。不同时代的小说作者,对小说叙事的时间、空间问题进行了多重探讨,丰富了小说的叙事技巧。然而,小说叙事技巧能否获得成功,并没有明显的规律可循,如罗伯特·路易斯·斯蒂文森所言,"使一部作品成功的东西,在下一部中将是不合适的或无生气的。"[1]因此,对小说叙事技巧的分析,重要的不是找出规律,而是找到具体作品的成功之处,提升读者的鉴赏能力,拓展小说修辞发展的可能性。

在叙述层面,隐含作者与隐含读者对叙述语体的审美认同具有基础性的地位,是作者与读者之间实现审美认同的重要元素。人物语言的个性化属于故事层面,叙述语言的审美化则属于叙述层面,是隐含作者与隐含读者沟通的

---

[1]　转引自[美]W.C.布斯:《小说修辞学》,第67页。

重要桥梁。肯尼斯·博克认为,在口语修辞中,"只有当我们能够讲另外一个人的话,在言辞、姿态、声调、语序、形象、态度、思想等方面做到和他并无二致,也就是说,只有当我们认同于这个人的言谈方式时,我们才能说得动他。"①言辞、姿态、声调、语序等与受众并无二致,这对口语修辞非常重要,对书面修辞同样非常重要。采用什么样的语体进行叙述,跟作者的审美情趣、价值立场乃至身份意识都有着密切联系,是其与读者进行交流的基本纽带。小说语体至少具有三个维度:实用性、审美性、意识形态性,涉及作者与读者之间的民族认同、时代认同、社会地位认同、审美取向认同,是作者的叙述风格的重要侧面。成熟的作者对小说的审美风格有着独特的追求,而读者也会对叙述语言的审美风格作出自己的判断。这种叙述语言的审美风格是作者与读者之间进行更高层次的修辞交流的重要保证。

然而,与技巧的多样化相似,风格也同样要求多样化。"虽然一种风格要被接受就必须以某种方式引人入胜,但是,并不存在一种普遍的风格特征。"②这一论断显然有些独断,好的语言风格总会具有一定特征,如具体性、生动性、复义性、启发性等。

4. 价值交融与价值排序

小说修辞各个层面的各个认同维度相互影响相互制约。没有纯粹的技巧,也没有纯粹的目的,好的小说总是"要求作者尽职尽责,将道德伦理融入对形式美的热爱之中"③。同时,无论什么技巧,都应该服务于小说修辞的总体效果。"任何一个故事都不能以它是否描绘了某种特定的暴力行为或语言来判定它是好是坏。故事的好坏全在于整个故事中细节呈现的位置和方式。"④内容与形式从来就是结合在一起的,"小说的形式和整体性本身就是价值观念,它们与它们如何表达意义是不同的和分开的。"⑤

小说修辞认同维度的不可分割性,实际上也就是小说的"立人"命题的不可分割性。人总是具体的人,是理性、伦理与审美多维统一的人。小说修辞的

---

① ［美］肯尼斯·博克:《动机语法》,转引自刘亚猛:《西方修辞学史》,第345页。
② ［美］W.C.布斯:《小说修辞学》,第228页。
③ ［美］韦恩·C.布斯:《修辞的复兴》,第215页。
④ ［美］韦恩·C.布斯:《修辞的复兴》,第257页。
⑤ 程锡麟、王晓路:《当代美国小说理论》,第9页。

认同关系基于小说对"人"的内涵的丰富性的理解,是"立人"目标的具体化。然而,不同的作者与读者对"立什么人"与"如何立人"有着不同的理解,因此,他们对小说修辞的认同维度也必然有着不同程度的侧重。同时,对某一维度的强调通常也会带来另一些维度的相应变化。如布斯对加缪等人的评价,"这些作品使读者对于某一些准则感到困惑,只是为了强化另一些准则"①,不同作家多不同维度的强调,使小说修辞认同维度表现出多种价值排序。

纵观小说发展史,小说的伦理认同维度始终存在,其具体的伦理内涵也在不断变化。从强调三纲五常到强调个性解放,从强调阶级意识到强调个体自由,小说道德观念的内涵在不断改变,小说关注伦理问题这一倾向则始终如一。然而,小说修辞的伦理认同在不同时代不同作者那里有着不同的重要性,伦理关怀并不是小说的唯一目的或最高目的。贺拉斯强调寓教于乐,已隐含着对"乐"的基础地位的肯定。然而,对于"乐"的过分强调可能冲淡小说的"教"。与此同时,小说的"乐"同样可以区分出不同层次。一种是满足于故事层面的感官之"乐",这是一种直观的"乐",依靠故事的新颖和离奇以及情感上的直接反应。另一种则是更高层面的审美之"乐"。先锋小说(任何时代都有先锋小说)的技巧创新,正是对小说的审美之"乐"的不断追求。由于先锋小说有着不同的价值排序,使得先锋小说经常出现认同障碍,但这种认同障碍从另一个角度讲又是其"乐"的原因。

肯尼斯·博克的动机语法与戏剧主义批评模式,对于分析小说修辞的价值排序具有重要启示意义。在肯尼斯·博克看来,任何修辞行为都包含五个要素:行动(act)、情势(scene)、施事者(agent)、手段(agency)、目的(purpose),但不同的修辞者会对不同的修辞要素进行强调,从而折射出不同的世界观。对情势的强调意味着唯物论世界观;对行动的强调意味着经验主义世界观;对施事者的强调意味着理想主义或个人主义世界观;对手段的强调意味着实用主义世界观;对目的的强调意味着神秘主义世界观。②

综上所述,对小说修辞的认同维度,可以得出以下结论:

(1)小说家的修辞目的是说服读者认同其价值排序,而不是单纯的伦理

---

① [美]W.C.布斯:《小说修辞学》,第330页。

② 参见蓝纯编著:《修辞学:理论与实践》,第372页。这五个术语的翻译,现在国内还未统一,本书采用刘亚猛的译法。

目的。

（2）为了实现这一目的,小说家必须寻找到与隐含读者的认同基点。

（3）不同小说家的目的不同,其找到的认同基点不同,由此形成小说的不同风格与流派。

（4）对小说的评估,在于其是否能够说服读者认同其价值排序,这种评估不仅包含对隐含作者的价值排序是否符合隐含读者需要的判断,同时包含着对其修辞技巧的判断。因此,这一评估体系兼顾了小说的内容与形式。

（5）小说修辞目的的实现,很大程度上取决于二者之间认同基点的选择以及其有效性,但同时也受到其他认同维度的影响。

无论哪种认同,都存在一个发展问题。小说修辞的作用,就是"通过不断指导我们(读者)的理智、道德和情感的进展来提高效果"。[①]

二、认同方式

由于小说修辞认同的多维性,以及价值排序的多样性,不同时代不同民族的小说作者对小说修辞目的有着不同认识,不同读者也有着不同的需要,因此,小说的修辞目的及其实现方式存在多种可能,小说修辞由此出现多种认同方式。小说能否实现良好的修辞认同效果,一方面固然取决于二者之间价值判断与价值排序的合理性,另一方面则取决于二者之间认同方式的有效性。没有良好的认同方式,再好的目的也无济于事。

在肯尼斯·博克看来,实现相互认同的方式主要有三种:强调通过共同的情感来与听众建立亲情关系的同情同一;由于大家共有某种反对的东西而形成联合的对立同一;以及无意识层面的不准确同一。[②] 肯尼斯·博克对认同方式的分类,对小说修辞认同方式有着重要启示意义。根据小说作者与读者之间的相对位置与互动程度,以及实现认同时相互妥协的程度,可以将小说修辞的认同方式分为权威型认同、协商型认同与错位型认同。不同的认同方式,虽然存在一定的历史承续,但更多时候表现为一种多元共生。

---

① ［美］W.C.布斯:《小说修辞学》,第285—286页。
② 参见邓志勇:《修辞理论与修辞哲学:关于修辞学泰斗肯尼思·伯克的研究》,学林出版社2011年版(下同),第45—48页。"同一"为"认同"的另一种译法,其英语原词都是 identification。

1. 权威型认同

权威型认同与肯尼斯·博克所说的同情型认同有着重要相似,也就是作者与读者认同相似的价值观念。然而,肯尼斯·博克的同情型认同并没有注意修辞主体与受众之间的相对关系。在小说修辞的权威型认同中,可以明显看出作者与读者之间的不对等。

在一个主流意识形态处于稳定与支配地位的时候,阐释主流意识形态合法性与合理性的小说,其作者在很大程度上会表现出一种卫道士姿态,由此赋予自己以一种代言人身份。由于其所依据的是当时占主导地位的价值观,因此,他认为自己是意识形态的代言人,因此也是读者的代言人。在他看来,读者理所当然地被包含在主流意识形态之中。这样,作者被主流意识形态赋予了权威地位,而读者也认同其权威地位。无论在伦理还是理性或者审美层面,权威性认同中的作者都处于主导地位。

凭借从共同认同的价值体系获得的权威,作者因此也表现出一种对读者进行"宣讲"的姿态,向读者阐释各种价值规范,而读者则处于相对被动的位置。他们对作者的反作用,主要通过他们认同的价值体系间接作用于作者,但在修辞交流过程中,作者显然并不着重考虑他们的直接反应,由此也使得小说修辞表现出一种超稳定结构,作者进行修辞技巧创新的动力不足。

2. 协商型认同

协商型认同方式与肯尼斯·博克的对立型认同有一定相关性,因为协商总是基于差异而得以展开。

这种认同模式,大多出现在王纲解纽的时代,社会上多种意识形态同时并存,相互竞争。意识形态竞争必然也会导致伦理道德规范、理性思辨方法、审美时尚情趣等各个层面的相互竞争。在这种情况下,作者与读者之间稳定的认同结构难以为继,作者对读者的宣讲姿态更难获得读者的认同。因此,修辞真正成为一种"交易",也就是作者与读者围绕伦理、理性与审美等轴线进行多重协商。作者与读者一方面不断相互质疑,一方面又不断相互让步,由此形成一种新的共识。"只有质疑才能带来探究。质疑本身又来自于敌对的道德定位间的冲突而非安然重温之前已有的道德定位。"[①]道德层面如此,理性与

---

① ［美］韦恩·C.布斯:《修辞的复兴》,第 261 页。

审美层面同样如此。

通过这种协商,作者获得暂时的叙述权威。这时,作者的传道者身份也便变成协商者身份。这种身份使他必须考虑读者的多重需要,并在多个层面向读者靠拢,由此换取读者对他的某些观点的认同。由于认同维度的多元性,以及不同作者对不同层面的特殊强调,使得这一认同方式存在多种变体,这也正是修辞的正常形态。"良好修辞学……就是说,使同类参与到相互劝说的行为中去,即相互质询的行为。"①小说修辞由此也成为一种作者与读者之间的"对话"与"潜对话"。

3. 错位型认同

错位型认同是一种"错误"的认同,是作者的目的与读者的反应并不一致的认同。从根本上讲,任何认同中都包含着一定程度的"错位",但在后现代语境中,这种"错位"则成为一种理论上的必然。

协商型认同中的作者与读者,虽然不再认同传统价值规范,但并不意味着他们没有确定的价值旨归。相反,他们之所以协商的原因,正是他们试图寻找基本的价值认同基点。而在后现代主义眼中,"道统"本身就是值得怀疑与批判的对象,因此,他们试图否定一切道统,转而追求自己体验的独特性。在后现代主义眼中,世界是一种碎裂的图景,与读者的认同也是一种值得怀疑的事物。

然而,尽管作者可能否定这种认同的可能性,但小说修辞交流的实现还是需要依靠认同这一纽带。作者只要试图发表或者已经发表自己的小说,就已经说明了作者试图与人交流,其中自然潜含着某种目的。他们对自身独特感受的不可交流性的强调,在一定程度上,只是他们试图凸显出其独创性的一种策略,因为从根本上讲,人都是被既有文化建构起来的,任何所谓的不可重复性都是一种夸大其词的表述。处于同一时代语境中的人,其自身的独特性不可能脱离其生存的背景,因此也便不可能完全不能被同时代的人所感受。从细微的地方讲,每个人都与众不同,不可复制,从宏观的角度讲,则每个人都不可能不与别人相同,因为我们都是被同样的文化与生存背景所建构。在这种情况下,作者虽然采取一种"非道"姿态,表现出一定的"独白"口吻,但作品一

---

① [美]韦恩·C.布斯:《修辞的复兴》,第54页。

旦发表,就已经表示其是一个修辞的产物,同时也在追求修辞认同。

由于作者对自己独特体验的强调,使得这种修辞交流与修辞认同表现出一种模糊性与不确定性。由于作者强调自身的独特性,因此,他自己经常会主动与"道统"疏离,由此无从找到确定的评价与定位标准。也就是说,在作者自己那里,价值标准与价值排序就是不确定的,或者说是他故意要表述为模糊与含混的。这种模糊与含混,在读者那里自然成为一种阐释的自由,读者可以根据自己特定的语境进行自己的阐释。因此,他们得出的价值判断与价值排序表现出鲜明的不确定性。在这种情况下,读者与作者之间的价值判断与价值排序经常出现错位。尽管一定程度的错位就像一定程度的误读一样,在小说的修辞交流中必然存在,但在后现代的错位型认同关系中,错位变得无从判断,因为根本没有所谓的"正位"与之对应。

尽管小说修辞的认同方式,存在一定的历史发展脉络,但这并不是否认小说修辞的认同方式的共时性。在特定历史时期,不同认同方式可能同时并存。当下显然就是这样一个时代。

第二章　中国小说修辞的历史视域

　　小说修辞复杂的张力结构,使小说修辞具有丰富的可能性。但就具体民族具体时代的小说创作而言,其小说修辞风貌具有历史必然性。小说修辞动态系统的各个要素都存在鲜明的历史性。小说的修辞语境总是历史的具体的语境,这一特定语境造就了特定的作者与读者,孕育了特定的修辞话题,制约了小说作者与读者之间建构修辞契约的可能方式以及小说修辞策略的创新空间。社会文化的历史发展,可能改变一个时代的思维模式,进而改变读者与作者的审美成规,从而促使作者调整自己的修辞策略,发展自己的修辞技巧,最终改变小说修辞的整体风貌。根植于中国历史文化传统的中国小说修辞,必然受到时代语境与民族语言文化心理的影响,从而表现出鲜明的时代性与民族性特征。

第一节　修辞语境的历史性

　　西方修辞学的鼻祖——亚理斯多德认为,修辞并不仅仅是一个孤立的技术问题,而是一个复杂的动态体系。一个好的演讲者,并不仅仅是一个掌握各种修辞技巧的人,而是一个善于判断何种技巧在特定场合中最合适的人。他首先需要判断这是什么场合,由此确定演讲方式。诉讼演讲、政治演讲与典礼演讲就是依据演讲的场合与目的进行区分。其次,他需要确定他面对的听众是什么类型,是青年人、中年人,还是老年人,只有揣摩与把握不同类型听众的心理特征,演说者才可能激发或控制他们的情感反应。第三则是判断什么样的话题适合在特定场合讲演。① 尽管亚理斯多德并没有就这一问题展开具体

---

① 参见亚理斯多德:《修辞学》,罗念生译,生活·读书·新知三联书店 1991 年版。

论述,但作为修辞发明的主要内容之一,话题是后来的西方修辞学家极为关注的内容。选择与发明读者感兴趣的话题,是修辞能否取得成功的重要前提。修辞策略与修辞技巧乃至修辞效果,在一定程度上都以修辞话题为基点。

这种由修辞情景(场合)、修辞受众(读者)以及修辞话题(主题)联合构成的修辞语境,同样是小说修辞的大背景。这一背景,不仅存在着一种共时关系,同样存在着一种历时演变。这种历时性是小说修辞的一个重要特征,同时也是判断小说修辞成功与否的重要依据。

一、修辞情景的历史性

小说作为一种带有目的性的话语行为,不可能脱离修辞情景的制约与影响。"小说本身同时也可理解成是诗歌形式的修辞反应"①,必然处于一定的修辞情景之中,它总是试图通过说服读者认同作者的观点,从而使其参与到改变修辞情景的进程来。然而,无论结构主义叙事学,还是小说修辞学,以及修辞性叙事学,都存在着一定程度忽视修辞情景的倾向。离开小说叙事的修辞情景,也就难以对小说叙事的修辞目的、修辞效果以及艺术价值进行准确判断。同时,由于修辞情景构成的具体性,它也必然具有鲜明的历史性。

由于中国传统社会的超稳定结构,中国传统小说的修辞情景中,虽然人物、事件、物体等因素不时变换,但这些人物、事件、物体之间的关系,却没有发生重大变化。自给自足的小农经济、以儒家伦理为核心以道释为补充的文化体系以及以封建宗法制度为支柱的政治体制,三者相互依托,共同支撑中国传统社会的超稳定结构。皇帝可以变,但小农经济不会变,君君臣臣父父子子的规则更不会变。这种生产力与生产关系、经济基础与上层建筑之间的"和谐",使得小说的修辞情景难以发生根本性的变化。层出不穷的新鲜事件给了传统小说无尽的题材,但传统社会的经济模式划定了小说生产与传播的可能方式,传统社会的封建意识形态则划定了小说修辞话题创新与修辞技巧创新的可能空间。传统小说中虽然存在从唐传奇到《聊斋志异》的文言小说与从说话到章回小说白话小说两个支流,但两个支流在价值观念方面并没有根

---

① 〔美〕劳埃德·比彻尔:《修辞情景》,顾宝桐译,见肯尼斯·博克等:《当代西方修辞学:演讲与话语批评》,第 129 页。

本差异。

　　鸦片战争的爆发,将中国强行推向了世界,从而改变了中国人物、事件、物体之间的关系结构。由此开始的"被动世界化"进程,改变了中国传统社会超稳定的"内循环"体系,不得不开始一定程度的"外循环"。首先是经济方面的影响。由于国外工业产品的传入,使得传统的手工生产处于一种完全的劣势,也使得国内"先觉者"不得不改变传统的生产模式,使生产力有了一定程度地发展。这种生产力的发展,逐渐带来了生产关系的调整,促进了资本主义的萌生与发展。经济基础的改变,也必然影响政治体制的变革,由此引发了"百日维新",并最终导致了辛亥革命,持续了几千年的封建帝制终于在中国历史上谢幕。处于上层建筑最高层的传统文化,也在清末民初的下层启蒙与上层维新、尤其是"新文化运动"中受到根本性的冲击。这种经济、政治、文化领域的变革,虽然与小说修辞的关系或远或近,但都对小说修辞产生了重大影响。现代生产方式改变了小说的生产与传播途径,使小说逐渐由"听"的对象转变为"看"的对象,从根本上改变了小说作者与读者之间的修辞契约关系;政治上的动荡与变革,为小说修辞话题的发明直接提供了的材料;文化上的革新,则为改变小说作者与读者的审美成规提供了可能。梁启超的"小说界革命",无疑是一次重大的修辞革命。但由于这一时期的经济、政治、文化发生变革的过程并不同步,因此这一时期的小说修辞也表现出一直鲜明的过渡性特征。

　　"新文化运动"之后,西方的"现代"理论逐渐在中国各个方面占据主导地位。经济上的"现代"生产方式、政治上的"现代"民族国家、文化上的"现代"话语体系成为 20 世纪中国社会的"主旋律"。对这种"现代"体系的认同,是 20 世纪中国小说所面临的修辞情景的核心。虽然不同时期不同流派的作家对于"何为现代"的理解并不相同,鲁迅的现代与沈从文的现代、老舍的现代与路翎的现代、丁玲的现代与赵树理的现代、柳青的现代与王蒙的现代,都存在一定差异,但他们对民族独立与国家富强、社会现代化与人的现代化的追求,则是一脉相承。同时,由于不同作家对于修辞情景中各个因素的不同侧重,使得这一时期的小说修辞形态表现出重大差异。从五四的问题小说到左翼的革命文学再到解放区的翻身叙事,这一类紧贴时代脉搏的小说叙事,较为关注民族的富强与社会的现代化。这类小说侧重修辞情景中的政治因素,对修辞情景作出直接反应,同时也自觉参与到了修辞情景的改造之中。而创造社的个性解放,京派的"土气"与新感觉派的"洋味",则致力于拉开叙事与现实政治的距离,更为关注人的现代化与文化的现代化等问题,从另一个方面参与到了修辞情景的建构过程之中。

现代小说修辞的多样化,与当时中国政治上的区域分治、经济上的相对自由以及文化上的思想多元有着密切的关系。这种状况随着大陆被解放而终结,小说修辞的多样性也随之终结。共产党在大陆全境的胜利,建立了统一的中央政府,改变了此前的政治分治状态;而计划经济体制则将所有行业所有个体纳入到了中央统筹中,改变了此前的经济自由状态;最后,意识形态的统一,也使得文化领域呈现一元化的趋势。这种三位一体的社会管理模式,在一定程度上表现出与传统社会的相似性,也使得这一时期的小说修辞表现出一种浓厚的"返古"倾向。

"文化大革命"的结束以及此后的改革开放,使这种包罗一切的社会管理体制发生转变,政治开始对经济与文化进行有意识的松绑。市场经济的兴起与文化多元主义的兴起,使小说修辞获得了更广阔的自由空间。尤其是后现代主义思潮的涌入,使得这一时期的小说在意识上相对有些"超前"。这种前现代、现代、后现代并存的修辞情景,使得这一时期的小说修辞表现出一种明显的分化。

二、修辞受众的历史性

尽管理论家将小说读者划分成有血有肉的实际读者、作者的读者、叙述读者、理想的叙述读者①等多种形态,但无论哪一种读者,都存在着一个历史演变的过程。一方面,无论是真实读者还是作者设想出来的理想读者,都是被既有文化建构出来的,他们身上始终打着时代的烙印;另一方面,小说家通过自己的修辞创新,强化或改变读者的价值判断与审美成规,从而推动着读者的改造与更新。正是这种价值判断与审美成规的承续性与变异性,构成了修辞受众的历史性。

1.修辞受众价值观念的历史性

影响读者的价值判断是小说修辞的主要目的,但读者既有的价值判断,又

---

① 拉比诺维茨的四维度读者观,参见申丹等:《英美小说叙事理论研究》,北京大学出版社 2005 年版,第 250 页。

是影响小说家进行修辞选择的重要前提。小说的阅读有"一种基本要求,读者们要知道,在价值领域中,他站在哪里。——即,知道作者要他站在哪里"。① 作者是否能够对读者的价值判断进行预先判断,把握读者的价值需求,是小说修辞能否取得成功的重要因素。对于小说家而言,大体有两种修辞倾向,一种是强化既有价值判断,即所谓"载道";另一种是批判既有价值判断,即所谓"叛道"。但无论"载道"还是"叛道",其成功与否,都要看其是否能获得读者的认同。

由于中国传统社会的超稳定结构,传统小说一直在有意无意地维护与强化封建价值体系为主。在中国几千年的文明史上,虽然经历了多次改朝换代,但很少发生"王纲解纽"的现象。"王"可以变,"纲"却从来未变,"三纲五常"一直是中国社会数千年超稳定结构的支柱。在这种超稳定的社会结构中,普通人只有"暂时做稳了奴隶"与"想做奴隶而不得"②两种命运。几千年的"奴化"教育,使传统中国人难以跳出"主—奴"二分思维模式。在这样的背景中,读者最常见的就是两种想象,一种是安于本分的奴才能够获得某种方式的回报,甚至由奴才变成主子,实际上也就是另一种形式或另一种阶层的奴隶或奴才;另一种则是不守本分的主子获得报应,从而劝惩其他主子不要穷凶极恶。这两种想象都要求小说家提供能够给他们带来替代性满足的白日梦,中国小说由此形成了几千年"瞒与骗"的传统。受众关心的不是自己的生存现状,而是梦境中的"可能"。正是在这种受众期待中,虽然传统小说读者绝大多数都是普通百姓,但小说中的主要人物,却极少出现普通民众。③ 帝王将相、才子佳人、英雄侠客甚至花仙狐鬼这类读者仰慕与企盼的人物形象,一直统治着小说的舞台。

鸦片战争在一定程度上打破了国人"上国天朝"的迷幻心态,使得诸多先觉者开始睁开眼睛看世界,西方文化作为一个参照系开始进入国人的视野。

① ［美］W.C.布斯:《小说修辞学》,华明等译,北京大学出版社1987年版,第83页。
② 鲁迅:《灯下漫笔》,见《鲁迅全集》第1卷,人民文学出版社2005年版(下同),第225页。
③ 唯一的例外可能是晚明时期。由于资本主义的萌芽,以及统治阶级的衰败,使得"王纲"出现了松动,重商思想与个性意识有所发展,从而使得普通商人乃至妓女也可以成为小说的主角。如《卖油郎独占花魁》等。

此后的教育制度改革,使得更多的人接触到新思潮,西方的政治、经济、文化思想开始进入中国,关于现代"人"的思想逐渐成长。这些接受新思潮的先觉者,充当着西方信息接受者与西方信息发送者这一双重角色。通过先觉者的传介,使当时小说受众的价值判断产生了性质上的变化,他们不再要求小说提供一个白日梦,而是要求小说让读者认识到生活的真相,从而促进社会变革。这种读者性质的转向使"小说界革命"的"新民"命题成为可能,以及现代小说的"立人"命题成为可能。

新中国成立后的理想主义(或者可以说空想主义)激情,却使小说修辞交流出现一种新的互动模式。无论传统小说还是现代小说,读者对小说修辞的影响,都以真实读者为依托。新中国成立后小说的修辞互动,职业读者与"理想读者"取代真实读者成为交流的主体。各种批评家凭借政治话语的权威性,根据意识形态的要求,构建出"理想读者",借用"理想读者"的超越性与普适性,对小说修辞进行直接干预。通过这种转化,新中国成立后的"理想读者"成为意识形态向小说修辞进行控制的工具。在这种摈弃真实读者感受的小说修辞互动中,"理想"(或空想)成为小说修辞的重要依据。

新时期小说修辞重新向真实读者回归。但这种回归同时也导致了读者的分化,使小说修辞也产生重大分化。先锋小说、严肃小说以及通俗小说都有着其各自的受众群体,也由此形成各自的价值判断标准。

2. 修辞受众审美成规的历史性

受众的价值判断影响着小说家修辞目的,受众的审美成规则影响着小说家的修辞效果。在审美趣味方面,小说家与读者之间同样存在着一种互动关系,一方面是受众既有的审美成规是小说家修辞创新的前提,另一方面小说家的修辞创新又可能改造受众的审美成规。正是这种相互影响,使得受众的审美成规也呈现出一种历史演进的历史。

中国传统小说"白日梦"性质实际上隐含着另一个命题,那就是小说主要讲述的不是"普通人"的生活与事迹,而是"异于常人"者的生活与事迹。读者这种对于"异于常人"的关注,使得传统小说不论是文言小说还是白话小说,都表现出鲜明的以情节为中心的"传奇"倾向。对于情节——尤其是不同寻常的情节的关注,是传统小说的一个重要审美成规。现代小说读者关注的不再是"白日梦",而是要打破这种"白日梦",发现"近乎无事的悲剧"①背后的原因。这时现实生活中的普通人才真正进入小说的视野,以人物为中心,尤其是以普通人物为中心,成为新的审美成规。新中国成立后的"理想读者"关注的是意识形态使命,因此,如何表述"理想",是这一时期"理想读者"的审美成规。至于新时期真实读者的分化,也导致了读者审美成规对小说修辞的影响产生了重大分化。

小说受众的审美成规不仅对小说修辞的发生有着重要影响,也对小说修辞的接受与评价有着影响。当时过境迁,小说修辞当时所面对的传统读者转换成现代读者,严肃可能会变成滑稽,讽刺可能会变成反讽。这种受众的历史性,不仅体现在对传统小说的解读中,如对《范进中举》的讽刺性解读与同情型解读;而且体现在对现代小说的解读中,如对《创业史》的言志型解读与宣传性解读。因此,受众审美成规的历史性是影响甚至左右小说修辞的发明与接受的重要因素。

三、修辞话题的历史性

小说家对修辞话题的选择,与修辞情景及修辞受众联系在一起。由于修辞情景与修辞受众的历史差异性,使得小说家修辞话题的发明也表现出鲜明的历史差异性。"文学是人学",小说更是"人学","人"永远是小说的修辞话题的主角。任何小说都潜含着一个关于"立人"的命题,然而,不同时代小说家关于"立什么人"与"如何立人"的理解,却有着鲜明的历史差异性。

在传统小说中,关于"人"的理解,始终建立在等级意识上。"普天之下,莫非王土,率土之滨,莫非王臣",在传统社会中,所有人,都是"王臣"。这种"臣民"意识是传统小说中关于"人"的理解的核心词。而"臣民"的另一重含义,用鲁迅的表述,便是"奴"。"主—奴"的二分法,是"三纲"内在的支配性的结构,君臣、父子、夫妇中,一方具有绝对的权利,另一方则只有服从的义务。权利与义务的分割,是传统小说中"人"的根本属性与鲜明特色。因此,传统小说关于"人"的设计,实际上都是关于"奴"的设计。无论"英雄"还是"男

---

① 鲁迅:《几乎无事的悲剧》,见《鲁迅全集》第6卷,人民文学出版社2005年版(下同),第383页。

女"，都强调臣民的自安其分，使臣民在能暂时做稳奴隶的时候心甘情愿地做奴才，由奴在身者变成奴在心者。《三国演义》的拥刘反曹，强调的是正统观念以及忠君意识；《说岳全传》的精忠报国，更是直白的"臣民"意识；《李娃传》等小说的大团圆结局，是对女性的忠贞的一种表彰；《莺莺传》的始乱终弃，是对女性不贞的一种惩罚；《柳毅传》等作品的命运突转，则是对其坚守传统伦理的一种犒赏。这种"瞒与骗"的大团圆构想，在为读者提供了一个白日梦的同时强化传统"主—奴"意识。而在求做奴隶而不得的时代，小说家则表现出一定的"劝惩"意图，如果"主子"不能做好自己的本分工作，让大家都能做稳奴隶，便可能导致严重后果。《长恨歌传》、《水浒传》等是对君的劝惩，《金瓶梅》、《醒世姻缘传》等则是对夫的劝惩。但这种"劝惩"的真正目的，依旧是要"臣民"甘于为"奴"，主子作恶的报应同样是一个弥补"奴"的心理不平衡的"白日梦"。至于传统小说中的"鬼神"一脉，虽然受到了"出世"的道教与佛教的影响，但由于儒家文化的主导地位，所谓"世外"也不过是"世间"的一个投影。《封神演义》中的人物不过换上了一套神的外衣；《西游记》中取经的原因，是为了给唐太宗襄灾祛病，孙悟空等人修成正果，不过是在佛的等级中获得一席之地。至于《四游记》等小说中的主人公，历尽磨难得以成仙，也不过成为"化外之民"，"一人得道鸡犬升天"的梦想，更是凸显出传统伦理的统治力。

晚清的"新民说"，在一定程度上，突破了传统的"臣民"意识，转换成一种"国民"意识。"国民观"强调个体对于国家与民族的忠诚，而不是强调对于君主个人的忠诚。但这种"国民观"，主要关注的依旧是个体的义务，而不是个体的权利。这种"国民"义务观，不仅表现在《新中国未来记》等所谓"新小说"中，而且表现在《玉梨魂》等所谓"鸳蝴派"小说中。

五四前后的"新文化运动"，引进了西方的人权意识，使得"人"得以浮出历史地表。"人"在两个方面不同于"民"："人"生而平等，"人"是权利与义务的统一。这种"人"的观念使现代小说的修辞话题得以从根本上改变，"立人"成为现代小说的核心命题。现代小说"立人"虽然表现出两种倾向：一是从《祝福》到《太阳照在桑干河上》强调人的平等的人道主义路向，二是从《沉沦》到《财主底儿女们》强调个体权利的个性主义路向，但二者都凸显与张扬了"人"的权利，由此与传统小说强调"民"的义务形成鲜明对立。

　　通过阶级革命夺取政权的共产党在建立高度统一集中的社会管理体制后,出于社会建设与社会改造的需要,更加重视"先进"与"典型"的培养与塑造。因此,这一时期小说修辞话题,更关注"超人",而非"常人"。这种"超人"可以是英勇献身的革命者,也可以是公而忘私的建设者,但他们身上都有着一个共同的本质,那就是"胸怀天下",以集体与阶级利益为中心,而不是以个人利益为出发点。这显然出现了一种向"义务"的回归倾向。

　　然而,无论是现代的"常人"人权观,还是新中国成立后的"超人"义务观,都与现代主体意识直接相关。在后现代主义眼中,人的主体性则成为一个待解构的神话。受西方后现代思潮影响的带有后现代色彩的小说中,核心修辞话题也便由"主体性的人"变成了"非主体的人"。他不是被偶然性支配(新历史主义),就是被社会规则支配(新写实主义),或者被自己的本能支配(新浪潮小说、身体写作)。理性与主体性等现代概念,在后现代思潮中被碾成碎片。

　　作为修辞反应的前提条件,修辞语境制约着小说叙事选择的可能空间。因此,对于小说叙事进行价值评判,必然也不能离开修辞语境。正是在一定的修辞语境中,作者进行修辞选择与文本构建,也是在一定修辞语境中,读者对文本进行修辞反应。然而,作者的修辞语境是一种过去时,而读者的修辞语境则是一种现在时。这种时间的落差,使得对小说叙事进行修辞价值评判时,不能不进行双重考量:一方面是看作者的修辞反应是否及时适当,另一方面则是看修辞语境自身的时效性。作者是否能够在既定的修辞情景中,依据受众的阅读期待,选择合适的修辞话题,是决定小说叙事的修辞效果与修辞价值的重要前提。

第二节　修辞契约的历史性

　　小说修辞交流的横向轴包括作者—隐含作者—叙述者—人物—人物—受述者—隐含读者—读者多个层面多个要素,这些要素在具体的文本中存在多种复杂关系。如何调节与处理小说修辞交流横向轴各个要素之间的距离与关系,关系到小说修辞契约建构的和谐性与稳定性。这种修辞调节不仅具有共时性特征,而且具有历时性特征,时代语境不仅制约了小说叙述内容的可能性,也制约着小说叙述方式的可能性。由不同时代小说家对于这一横向轴各要素之间关系与距离的处理与调节,可以梳理出修辞契约与时代之间的错综复杂的关系,从而把握修辞契约的演变规律。其中的关键问题有叙述语言的选择、叙述距离的调节以及叙述权威的建构等三个方面。

一、叙述语言的历史性

小说语言体式与意识形态、思维方式、审美趣味以及修辞成规密切相关,是修辞契约建构的前提与基础。文言与白话、旧式白话与欧式白话、政治化大众语与个性化大众语,意味着不同的思维方式、意识形态与审美趣味。作者通过语言体式选择自己潜在的受众群体,读者通过语言体式判断作品可接受度,由此相互了解对方最基本的意识形态与审美趣味,以及不同的思维方式与修辞成规,进而了解对方基本的修辞立场,建立基本的修辞契约。

尽管中国古代小说存在文言小说与白话小说两大支流,但语言似乎从来不是问题。这两个传统因为有着各自的受众群体与审美成规,一直和平共处,相安无事。文言小说的阅读者主要是文人,白话小说的主要阅读者(听众)则主要是市井小民;前者与诗骚相近,后者则与史传为邻;前者近雅,后者近俗。但它们同属小说家族,在传统文学王国中的地位都不高,属于"难兄难弟"。它们之间虽有雅俗之分,但相对于诗歌与散文,却都属于"俗"的范畴。因此,谁也不曾想过要通过写作小说成为文坛的领袖或文学的正宗。在这种情形中,小说语言与小说本身一样,被人们忽视。

在晚清的时代变局中,梁启超试图改变文学的格局,不仅要将这一传统文学观视为不入流的文体"抬入文坛",而且要将它摆在最高处。这种文学格局观念的大变革,使小说语言问题得以凸现。传统诗文之所以能够占据文坛霸主地位,主要因为其"高雅",因"曲高和寡"而获得最高尊重,梁启超则试图颠覆这种文坛排位方式,强调以文学对普通人的影响力来定文学之高下,于是小说尤其是白话小说得以独占鳌头,小说语言体式问题也随之凸显。

梁启超在强调小说对普通民众影响力的同时,虽然也曾强调小说之所以能够对读者发挥影响力是因为其"熏浸刺提"的艺术感染力,却没有意识到这种感染力与小说的语言艺术及修辞技巧密不可分。当他以"海淫海盗"将传统小说全部打倒时,忽略了如何继承传统小说的语言艺术与修辞技巧,这使

"新小说"的白话更接近"新闻语体",强调直白而非韵味。这种偏向也使得辛亥后出现一股骈体复兴浪潮,以文言写情的鸳鸯蝴蝶派小说得以兴起,与读者对"新小说"的语言体式的审美疲劳不无关系。

五四新文学的文白之争,比晚清的文白之争有更丰富的意味,它不仅传统与现代之争,中西之争,也是雅俗之争。这时小说家倡导的白话实际上是欧式白话,是用西方现代语法进行规范化了的白话,有明显的书面化倾向。这种书面化倾向,导致了现代白话的"高雅化",由此引来了第二次语言问题大讨论,即大众语运动。这一在 20 世纪 20—30 年代发起的运动,在当时并没有产生重大影响,直到在 40 年代的解放区,由于政治力量的支持,大众语才成为文坛的主导语体。然而,也由于政治的支持,使得大众语最终也被政治驾驭。新中国成立后大众语言中层出不穷的政治语汇,无疑正是语言政治化的一个明显标志。新时期政治对文学的松绑,也使得小说语言体式得以松绑,由此表现出真正的个性化。

小说语言体式制约着作者—读者之间修辞契约的建立。文言、旧式白话、欧式白话、政治化大众语分别与士大夫、传统市民、现代知识分子、政治化群众的审美趣味形成对应关系,背后潜含着重抒情、重情节、重人物以及重政治的修辞成规。新时期个性化的语言,同样与小说的个性化直接对应。

二、叙述权威的历史性

声音"指叙事中的讲述者(teller),以区别于叙事中的作者和非叙述性人物"[1],然而,叙述声音又并不仅仅指叙述者,同时包含着"话语权"的意味,小说的叙述声音,不仅指"谁在发声"的问题,而且关系到"谁能发声"、"为什么他能发声"等问题。因此,声音"这个术语已经成为身份和权力的代称"[2],折射出各种社会文化权力之间的博弈。"叙述声音位于'社会地位和文学实践'的交界处,体现了社会、经济和文学的存在状况"[3]。叙述声音是否具有权威,如何获得权威,关系到小说修辞交流的可靠性,绝大多数小说家都会认真考虑

---

① [美]苏珊·S.兰瑟:《虚构的权威》,黄必康译,北京大学出版社 2002 年版(下同),第 3 页。
② [美]苏珊·S.兰瑟:《虚构的权威》,第 3 页。
③ [美]苏珊·S.兰瑟:《虚构的权威》,第 4 页。

如何建构叙述声音的权威性。"每一位发表小说的作家都想使自己的作品对读者具有权威性,都想在一定范围内对那些被作品所争取过来的读者群体产生权威,尽管这种想法也许是具有强烈的反作者权威倾向的。"①在某种程度上,这种权威性实际上就是小说修辞的重要目的。只有构建了这种权威性,并且让读者接受了这种权威性,小说家才可能实现自己的叙事目的。

然而,叙述声音如何获得权威性,以及如何处理叙述声音与现有大众认同的权威之间的关系,是一个极为复杂的问题。兰瑟将叙述声音分为三种模式:"作者型"、"个人型"和"集体型"。"作者型声音""表示一种'异故事的'、集体的并具有潜在自我指称意义的叙事状态"②,与第三人称全知叙述对应;"个人型叙述声音""表示那些有意讲述自己的故事的叙述者"③,也就是叙述者与主人公是同一人的第一人称叙述;所谓"集体型叙述声音"则"指这样一系列行为,它们或者表达了一种群体的共同声音,或者表达了各种声音的集合"④,指叙述者代表一个群体的叙述或者叙述者本身就是一个群体的叙述。这三种模式构成着不同形式的权威,作者型叙述与个人型叙述互为背反:"作者型叙述被理解为虚构,但其叙述声音又显得更具有可信度;而个人型叙述往往被当作自传体,但其叙述声音的权威又往往名正言顺。"⑤而"集体叙述声音指这样一种叙述行为,在其叙述过程中某个具有一定规模的群体被赋予叙述权威;这种叙述权威通过多方位、交互赋权的叙述声音,也通过某个获得群体明显授权的个人的声音在文本中以文字的形式固定下来"⑥。兰瑟的论述具有重大启发性,但她并没有深入论述叙述声音何以具有"权威性"。叙述权威不仅与叙述声音的模式相关,更与现存意识形态权威相关,与后者的关系更容易发现叙述权威的历史性与意识形态性。

兰瑟认为,"社会行为特征和文学修辞特点的结合是产生某一声音或文本作者权威的源泉"⑦,也就是说,叙述权威不仅与文本内的修辞特点相关,而

---

① ［美］苏珊·S.兰瑟:《虚构的权威》,第 6 页。
② ［美］苏珊·S.兰瑟:《虚构的权威》,第 17 页。
③ ［美］苏珊·S.兰瑟:《虚构的权威》,第 20 页。
④ ［美］苏珊·S.兰瑟:《虚构的权威》,第 22 页。
⑤ ［美］苏珊·S.兰瑟:《虚构的权威》,第 22 页。
⑥ ［美］苏珊·S.兰瑟:《虚构的权威》,第 23 页。
⑦ ［美］苏珊·S.兰瑟:《虚构的权威》,第 5 页。

且与文本外的社会行为相关,包含"由作品、作家、叙述者、人物或文本行为申明的或被授予的知识荣誉、意识形态地位以及美学价值"①。这一界定指出了叙述权威在内容上包含知识、意识形态以及美学价值三个方面,在形成上则是由作者—叙述者—读者之间的互动完成。这从两个层面凸显出了叙述权威的历史性。

一个时代的知识水平、意识形态以及审美成规,划定了叙述权威内容上的可能性。在传统小说中,"天不变道亦不变"的"道",不仅统治着意识形态,也统治着审美领域,甚至认知领域,因此传统小说中的叙述权威与封建思想体系直接相关。现代小说则从多个向度对这一体系进行解构,现代性话语体系取代前现代性话语体系,使得民主、科学、自由、理性等词语成为现代小说叙述权威的关键词,其核心就是人的主体性的建构。而后现代小说则将人的主体性视为神话。解构、颠覆、碎裂、游戏等词,成为理解后现代小说的叙述权威的关键词。

不仅叙述权威的具体内容有着鲜明的历史性,而且小说家获得叙述权威的过程与方式也有着鲜明的历史性。传统小说中的叙事声音,基本是集体型的,这并不是说小说的叙述者是一个"集体",而是小说的叙述者自觉地采用集体的价值标准,从而表现出明确的"载道"意识。这种"集体型"叙述权威,使得这一时期的小说讲述表现出"宣讲"姿态。现代小说则是从对传统的"叛道"开始。这时的叙述者虽然相信自己把握了真理,但他也明确知道大众与自己实际上并不持相同或相近的价值立场,他的叙述权威更多地表现为一种"作者型"权威。他凭借自己的坚信,与大众的价值体系进行对垒,并试图从根本上改造大众的意识。尽管现代小说作者与读者的价值体系可能不同,但双方对理性的认同,则是双方交流的基点,而在后现代小说中,作者对真理的确信已经消解,在某种程度上,叙述者也并不抱有太多"劝转"读者的成分,甚至作者与读者之间对理性的理解也难以取得共识。在这种情形中,小说的叙述权威表现出一种"个人型"特征,叙述者追求的不再是自己对事件的阐释与评价获得广泛认同,而只是自说自话,无论叙述者还是读者对事件的阐释与评价都趋向多元化。

---

① [美]苏珊·S.兰瑟:《虚构的权威》,第5页。

三、叙述距离的历史性

作者对其与隐含作者—叙述者—人物—人物—受述者—隐含读者—读者这一交流链条中各要素之间距离与关系的处理与调节,是小说修辞契约的重要内容。这种调节同样受到一定历史条件的影响,表现出一定的历史特性。

1. 作者与读者关系的历史性

作者与读者之间的关系与距离必然影响作者的修辞选择。

中国传统小说作者与读者的修辞交流方式,白话小说以讲—听为主导,而文言小说则以写—看为主导,这两种传统一直泾渭分明。对于讲—听的交流方式而言,一次性的过程、公共化的场合,使得情节的吸引力以及即时的道德判断成为重要制约因素。"讲故事者是对读者有所指教的人",经验与教训是讲故事者的主要关注点,"一个故事或明或暗地蕴含某些实用的东西"①。通过故事,讲故事者与听故事者实现了经验交流,"讲故事的人取材于自己亲历或道听途说的经验,然后把这种经验转化为听故事人的经验。"②

与讲—听传统中讲故事者与听故事者和谐共处同一时空不同,写—看传统也意味着写小说者与看小说者在时空上的分离,这使作者与读者之间的关系,由集体交流变成个体交流,公共交流变成私密交流,每个读者都可以在一个私密空间中与作者进行私密交流。这种私密性使叙述的内容获得了某种突破,"写小说意味着在人生的呈现中把不可言诠和交流之事推向极致"③,相对于故事的教诲,小说更为关注"生活的意义"④。作者不必考虑某些话在公共场合中讲出来时受到的即时的道德评价,读者也不必因为处于一种公共空间而必须作出某种即时的道德反应。尽管本雅明认为小说读者为了理解与把握这种不可言诠的"意义","小说的读者则很孤独,比任何一种文类的读者更孤独"⑤,但这种孤独同时也意味着自由。这种空间的分离与时间的延宕,给予

① [德]本雅明:《讲故事的人》,见阿伦特编:《启迪:本雅明文选》,张旭东、王斑译,生活·读书·新知三联书店 2008 年版,第 98 页。
② [德]本雅明:《讲故事的人》,见阿伦特编:《启迪:本雅明文选》,第 99 页。
③ [德]本雅明:《讲故事的人》,见阿伦特编:《启迪:本雅明文选》,第 99 页。
④ [德]本雅明:《讲故事的人》,见阿伦特编:《启迪:本雅明文选》,第 110 页。
⑤ [德]本雅明:《讲故事的人》,见阿伦特编:《启迪:本雅明文选》,第 110 页。

作者与读者双方一种充分思考的可能性,赋予小说修辞以更多的可能性。

这种写—看的分离主要存在于中国传统文人小说中,如唐传奇以及《金瓶梅》、《红楼梦》等作品,作者在写作之初就已经预设了与读者进行私下交流的可能性。然而,与工业化时代小说的大范围传播相比,传统文人小说的传播范围由于技术、成本以及文化等方面的限制,使得文人小说的私下交流具有明显的自我限定性。作者在写作之初就预想自己写作不是为了尽可能多的可能读者,而是为了某些特定的"知音"。这限定了叙述的主旨不在于启蒙大众,而在于寻求"知音"认同。因此,在他们的写作预设中,实际上已经排除了更大更广泛的社会意义的存在,是一种典型的"小众写作"与"小众阅读"。

现代印刷术使写—看这种交流方式得以更迅速地普及,从而改造了传统的写—看关系,小说不再是寻求"小众"认同,而是寻求"大众"认同。这将传统的"讲—听"与"写—看"二者结合了起来,使现代小说中的作者—读者关系实现了根本性的转变。一方面,写—看中作者与读者在时空上的分离,使得双方获得了更多的可能性。看的可重复性取代了听的一次性,这使作者不必过于考虑读者的理解问题,从而可以设置更多的阅读障碍。这种阅读障碍的设置有时甚至超出了故事本身成为读者关注的中心,于是"讲什么"的重要性降低,而"怎么讲"的重要性提升。"怎么讲"的相对独立性与重要性的凸显,是现代印刷术带来的重要影响之一。在传统"讲—听"中,尽管"怎么讲"也是吸引听众的重要手段,但"怎么讲"未曾获得自身的独立性,始终依附于故事情节这一主体。另一方面,现代印刷术使得"写—看"不再是"小众"的专利。传统文人小说受众有着多重条件,不仅要有钱有闲,还要有古文功底。现代印刷术使小说生产与传播的成本大为降低,白话的推广又使得小说对读者的文化要求降低,更重要的是,作者有意识向读者靠近,这些因素结合起来,使小说读者迅速扩张。这种"大众"写作将传统讲—写的优势融合了起来。一方面,它继承了传统"讲"故事追求尽可能多的受众的特点,另一方面,现代"写"小说继续了"写"在空间与时间上分离性,使作者—读者之间的交流成为一种私密交流。

通过私密交流寻求大众认同,在表面上构成了一组悖论,在深层则赋予现代叙事修辞以丰富的可能性。在传统小说中,无论是讲—听还是写—看,实际上都存在着一种潜在的读者依赖,前者是试图通过迎合听众的期待而获得尽可能多的受众,而后者则是期待读者的理解而获得少量的"知音"。这种对读者的依赖,明显限制了小说修辞创新的可能性。现代叙事则凸显出作者与读者的互动。作者一方面固然寻求读者的理解,另一方面则也寻求对读者的改造。这种改造不仅表现在思想启蒙层面,同样也表现在形式启蒙层面。作者不仅可以通过小说修辞进行价值启蒙而且可以通过形式创新进行审美改造,使读者理解与接受作者关于"怎么写"的形式创新的意义,小说修辞因此获得重大解放。在后现代小说中,作者与读者之间的沟通平台也被解构,写—看之间的联系在一定程度上也被解构,读者的看与作者的写之间,成为相互分离的两个阶段。这种分离,虽然带来了双方的自由,但也带来了意义的消解。

2. 隐含作者与叙述者关系的历史性

尽管布斯提出的"隐含作者"引起了众多的争议,但这一概念对于理解小说修辞的复杂性具有重要意义。布斯并不是试图通过这一概念否定真实作者的重要性,因为隐含作者是由真实作者创造出来的,隐含作者不过是真实作者的一个面具。"无论在生活的哪一方面,只要我们说话或写东西,我们就会隐含我们的某种自我形象,而在其他场合我们则会以不尽相同的其他各种面貌出现。"①真实作者通过隐含作者对小说叙事的内容与方式进行选择,而读者则通过这些选择,重构隐含作者这一形象,"我现在阅读时,相信从字里行间看到的是当年作者所进行的选择,这些选择反过来隐含作出选择的人"②。正是通过隐含作者的选择与重塑,作者与读者之间实现了交流与沟通。当读者与隐含作者相互认同时,小说也便实现了它的修辞目的。

隐含作者是真实作者的"面具",叙述者则是隐含作者创造出来的面具的"面具"。隐含作者作为真实作者"被创造出来的自我"③,与真实作者存在多重对应关系。而叙述者则具有更大的自由,不一定与隐含作者对应,他可以是"自我",也可以是"非我",可以"可靠",也可以"不可靠"。这种真实作者—

①　[美]韦恩·C.布斯:《隐含作者的复活:为何要操心?》,见 James Phelan、Peter J. Rabinowitz 编:《当代叙事理论指南》,申丹等译,北京大学出版社 2007 年版(下同),第 66 页。

②　[美]韦恩·C.布斯:《隐含作者的复活:为何要操心?》,见 James Phelan、Peter J. Rabinowitz 编:《当代叙事理论指南》,第 79 页。

③　[美]韦恩·C.布斯:《隐含作者的复活:为何要操心?》,见 James Phelan、Peter J. Rabinowitz 编:《当代叙事理论指南》,第 80 页。

隐含作者—叙述者之间的对应与错位,造就了小说修辞的丰富可能。但这种可能性同样有着历史的规约与限制。

传统小说中,隐含作者与叙述者之间的关系比较确定,叙述者基本上可以视为隐含作者的代言人。这种"代言"性质一方面与传统小说的"写真"特征有关,另一方面则与传统小说的"载道"意识有关。从《搜神记》到《聊斋志异》等笔记小说中大量的超自然现象的描述,在现代人眼中自然"不可靠",但在特定历史时期的作者眼中,却是真实可信的,叙述者并没有背离作者的判断。在《西游记》等神魔小说中,虽然人物与事件显得荒诞不经,明显超出现实常规,但叙述者的判断依旧与隐含作者一致,体现出隐含作者的游戏态度与价值立场。这种叙述者与隐含作者在事实、价值以及感知上的一致性,构成了传统小说叙述可靠性的基础。真实作者、隐含作者、叙述者在传统小说中构成一个和谐的叙述共同体。

现代小说诞生的前提是价值观的更新。这种新的价值观,在真实作者—隐含作者—叙述者之间打入了一个楔子,破坏了传统的叙述共同体。价值观念、认知方式与情感立场等多个方面的对立,导致传统小说的叙述共同体的分裂,民主立场与专制传统、科学理性与蒙昧迷信、平等意识与等级观念针锋相对。中国小说现代转型过程中作者与读者之间的多重对立,使叙述者的重要性得以凸显。如何调节叙述者与隐含作者以及真实作者之间价值判断、认知方式、情感态度的差异性,在作者与读者处于分裂状态的价值、情感与认知方式之间建立一座桥梁,是现代小说叙述者的首要使命,现代小说由此出现多种不可靠叙述与多种不可靠叙述者。

不可靠叙述,按照其不可靠的轴线,可以区分为认知、情感与价值三个维度。现代小说的启蒙立场,已经暗含着一个重要命题,即隐含作者与隐含读者在价值判断方面存在巨大差异,由此使得隐含读者需要启蒙。这种价值观念的对立,扩大了作者与读者之间的距离,如果叙述者直接宣讲作者的价值观,无疑容易使读者觉得叙述者的价值体系"不可靠"。与此同时,现代作家"直面惨淡的人生"的认知方式,对于一直试图在小说中寻找白日梦的传统读者而言,也是一种挑战,容易导致其认为叙述者认知方式的"不可靠"。这种作者与读者之间价值判断与认知方式的距离,使得叙述者必须在情感方面拉近与读者的距离,实现某种意义上的"修辞交易"。正因为如此,人道主义在现代小说中始终占据主导地位。

与多种不可靠叙述直接相关,现代小说中出现多种"不可靠叙述者"。作为现代小说转型标志的《狂人日记》选择"狂人"这一不可靠叙述者讲述故事,包含着历史必然性。通过不可靠叙述者,作者将自己的真实观点隐瞒起来,将价值判断的权力交给了读者,由此缓解了隐含读者的焦虑。启蒙如果采用直接的宣讲(可靠叙述)当然有着其优越性,但也容易给人以一种高高在上的感觉,使作者—读者成为一种师生关系。不可靠叙述则在表面上将判断的主动权交给了读者,从而激发了读者的参与意识。从不可靠叙述中得出的结论,显得更像是读者自己得出来的,由此使启蒙成为一种"内化"运动,而不仅仅是"可靠叙述"的那种外在的灌输。

因此,可靠叙述者与不可靠叙述者,不仅表现为一种修辞手法的差异,而且体现为一种新型的隐含作者与隐含读者之间的契约关系。不可靠叙述的出现与兴起,是现代叙述的一个"现代"性标志。"文化大革命"期间,"不可靠叙述"的消失,无疑也是一个重大的历史事件。

在后现代小说中,不可靠叙述表现出某种变异。后现代语境中,隐含作者与隐含读者之间的距离变得更大,后现代主义不仅对现代价值体系进行全面解构,甚至对现代认知方式也进行全面解构。在这种修辞情景中,隐含作者与隐含读者之间的沟通变得更为艰难。它不仅对读者的价值判断形成挑战,也对读者的认知方式形成挑战,后者甚至是后现代小说更为主要的目的。后现代叙述中的不可靠叙述,割断了现代不可靠叙述中作者与读者之间共同的认知纽带——对"理性"的确信,使二者之间的沟通变得困难,但其中也隐含着对读者认知方式进行改造的"启蒙"意味。王小波的《红拂夜奔》等作品,天马行空般的想象将读者拉入了另一个世界,拓展了思维乃至对生活的意识的边界。

3. 叙述者与人物及读者之间关系的历史性

弗莱在其名著《批评的解剖》中,曾经根据叙事作品中的主人公与现实人物的位置,将文学分为神话、传奇、高模仿、低模仿与讽刺几种类型,并且由此建立了一种文类的历史演变模式。① 这种模式对于理解小说的类型及其历史

———————

① 参见[加]诺斯罗普·弗莱:《批评的解剖》,陈慧等译,百花文艺出版社 2006 年版(下同),第 45—47 页。

演变也有着重要意义。大体而言,传统小说表现出"高模仿"特征,现代小说与"低模仿"对应,而后现代小说则与"讽刺"有相似之处。

然而,弗莱的文类区分,只注意到小说中的人物与现实中的人物(读者)之间的关系,而没有注意到叙述者与人物的关系,以及叙述者—人物—读者之间的相对位置的变化。将叙述者—人物—读者之间的关系纳入视野,可以更清晰地看到这组关系更为复杂的历史演变过程。

弗莱这一分类潜含着一个重要前提,就是将叙述者的位置固定在与"现实人物"(读者)等同这一层面。事实上叙述者相对于人物的位置并非一成不变,这种相对位置的改变将带来叙述风格的改变。叙述者如果站在与高模仿的人物相平行的位置或站在与低模仿人物相平行的位置以及站在与反讽人物相平行的位置,可能带来整个分类体系的变化。同样是现实生活中的"人",从不同叙述者的相对位置看来,可以表现出高模仿、低模仿甚至讽刺意味。在现代人道主义者眼中,真正的"人"无疑属于高模仿的对象,小说主要表现的还是"非人"的生活,无论《祝福》还是《沉沦》,是《子夜》还是《骆驼祥子》,其中都未曾出现真正的"人",但叙述者并没有高居于人物之上,而是对人物抱有深刻的同情,由此使得写"非人"生活的作品,依旧是一种低模仿的作品。在革命者眼中,普通人则成为批判的对象,从《田野的风》到《欧阳海之歌》,革命文学与新中国成立后小说的主角都是超于常人的英雄,而叙述者常常也以"超人"的眼光审视带有"超人"意味的人物,二者依旧处于同一层面,由此使小说依旧表现出一种低模仿意味。到了后现代叙述中,现实意义的人则成为一个碎裂的神话,成为一种没有自由意志的存在,《红拂夜奔》中红拂无法选择自己的死亡方式,折射出"人"的种种困境,"人"由此成为一种反讽的对象。

叙述者与人物的相对位置可以导致修辞风格的变化,读者与人物及叙述者相对位置的变化则可以导致小说修辞效果的变化。《儒林外史》等作品的讽刺意味,建立在作者与读者的共谋上,是二者对处于较低位置的人物的一种共同的审视。一旦读者自觉认同人物,与人物处于同样的水准,讽刺也便转化成了低模仿。而《千万别把我当人》等作品的反讽意味则依托了叙述者的伪装,一旦读者并不能意识到叙述者的伪装,认为叙述者与自己处于同一水平,反讽也马上消失。

这种复杂关系的演变,同样有着潜在的历史脉络可循。在以等级制度为背景的传统小说中,高模仿始终是其主要形态。低模仿与反讽,在一定程度上随着现代"人"的平等意识产生而产生。

第三节　修辞策略的历史性

小说修辞横向轴的交流,必须依赖于小说文本的建构,因此小说修辞的纵向轴始终具有其不可或缺的独特意义。对故事—叙事—叙述三者关系的处理,是小说家进行修辞选择与修辞创新的重要领域,它不仅关系到小说修辞横向轴各种关系的处理,而且关系到小说对世界—文本—意义关系的处理,是小说修辞策略的核心内容。而对这三者关系的处理,同样有着其历史演变轨迹。

图示:

$$\text{叙述(意义)}$$

作者—隐含作者—叙述者—人物　叙事(文本)—人物—受述者—隐含读者—读者

$$\text{故事(世界)}$$

一、故事—世界:真实—虚构关系的历史性

作为人类生活的折射与反映,小说故事总是与现实生活世界存在各种联系,在小说的故事层面,如何处理小说故事与现实世界的关系,一直是小说家需要面对的重要课题。小说家对小说是否能够反映现实,如何反映现实以及能否能够影响现实等问题的认识,决定了小说家的修辞策略与修辞技巧。不同历史时期的小说家对这些问题的回答并不一样。

由于历史在中国文化中的特殊地位,中国传统小说存在较为明显的史传意识,小说总是试图往历史上靠,小说经常被视为"野史"。"小说家者流,盖出于稗官"[1]这一经典表述,包含着一种矛盾意味,小说一方面因为是"野"史而被轻视,另一方面又因为是野"史"而被重视。这种史传意识,使得小说家认为小说也与历史一样,应该是对现实的"写真"。这种"写真"意识不仅表现

---

[1]　班固:《汉书·艺文志》,转引自方正耀:《中国古典小说理论史》,华东师范大学出版社2005 年版(下同),第 8 页。

在《三国演义》等历史题材的小说中，而且体现在记载奇闻异事的小说中，如干宝便将《搜神记》也视为"实录"。为了提升小说的地位，传统小说家与小说理论家有意识地强化小说的"实录"倾向。明代以后，小说家逐渐突破"写真"观念，意识到小说的"虚实相生"。但是，小说在进行虚构时，依旧试图找到一个现实的坐标。《西游记》、《封神演义》等神魔小说中的唐太宗与商纣王，无疑就是将幻想与现实联系了起来的支撑点。①《红楼梦》的"满纸荒唐言"，可以说是传统小说对虚构性最集中的表述；然而，这种满纸荒唐，不过是"甄士隐"（将真事隐去）的迷幻术，并不意味着没有真事，而是在暗示小说的虚构与生活的真实之间存在潜在的对应关系。正是这种对应关系，为后来的"索隐"提供了依据。因此，传统小说观在某种程度上，可以称为"写真"理论，强调小说世界与现实世界在"真实"的人事这一层面的相关性。这种"写真"理论，在"新闻化"的晚清小说中表现地尤为突出。

现代小说则以"写实"为标志。传统的"写真"隐含着小说故事与生活世界在现象层面的直接对应，现代的"写实"则不是强调小说故事与生活世界在现象上的对应，而是强调与现实生活在本质上的对应，关注的不是表面的"真实"，而是本质的"真实"。他们关注的不仅仅是发生过什么，而是为什么会发生这样的现象，由此发现这种现象背后的社会历史根源，甚至由此展望未来的发展路向。因此，无论鲁迅还是郁达夫都明确指出，不能将小说中的人物与现实生活中的人物对号入座，赵树理与孙犁同样承认自己小说中的人物经过了提炼加工。但所有现代作家都认为自己发现了历史的某种"本质"，"典型论"因此成为现代小说的不二法门。

新中国成立后理想主义的风行，使得小说也不再"写实"，而是"写梦"。小说家关注的不是现实怎样以及为什么会这样，而是现在的人应该怎样，以及未来应该怎样。历史题材小说证明我们现在的生活是过去革命者的理想，现实题材小说则告诫我们现在应该如何，才可能实现未来的理想生活。而无论历史题材还是现实题材，都存在将历史与现实理想化的倾向。《青春之歌》、《红岩》论证昨天的历史都是正确的历史；《创业史》、《山乡巨变》论证了现在

---

① 董说的《西游补》，可能是传统小说中非常少见的"纯"虚构小说。不过，这篇小说的情节是由《西游记》衍生而来，因此也可以说不是"独立"的作品。

的变革都是正确的变革;《李双双》写出了社会主义的"天堂"落到地上;《欧阳海之歌》写出了共产主义精神的万丈光芒。在这种理想主义的观照下,一切似乎都蒙上了梦一般的轻纱。

新时期以来,后现代思潮的涌入,使"真实"成为被解构与怀疑的对象。在这一情形下,小说观也出现了多重分化。有坚持"写实"传统的现实主义小说家,也有认为想象是生活的重要组成部分的小说家(王小波),更有小说无所谓真实世界,有的只是真实的写作行为的小说家(马原)。

小说家对小说故事与现实世界之间关系的处理,深层支配因素实际上是一个时代一个民族关于现象与本质之间关系思考的方式。在中国传统思维模式中,"千江有水千江月",有水的地方便有月,但"月"永恒不变,能变的只有"水"。尽管现象变动不居,但与现象对应的"道"与"理"永恒不变。体现在小说中,便是故事可以变,而且应该变,但其中的意味永远不能变,三纲五常永远不能变。因此,虽然水都可以映月,但此水非彼水,为了增强对读者的吸引力,小说家更关注的是对题材("水")的选择,而不是主题的提炼("月");关注事件本身的吸引力,而不是事件的"典型化"。① "写真"因此与"载道"相得益彰。

现代小说"写实"理论的内在依据实际上是现代深度模式。现象背后隐含着本质,但现象与本质并不直接对应。现象体现的是偶然性,本质体现的则是规律性与必然性,在现象与本质之间存在着矛盾,因此,小说家需要"透过现象看本质",才能从偶然性中发现必然性。这就需要小说家选择与提炼最能表现必然的偶然,也就是最能表现本质的现象,因此,需要运用"典型化"的手段,对生活的原生态偶然进行加工。不论浪漫主义强调的主观真实,还是现实主义强调的客观真实,其内核都是现代深度模式。

新中国成立后的理想主义,表面上看来带有浪漫主义色彩,实质上与浪漫主义存在本质差异。浪漫主义强调主观(情绪)真实,而新中国成立后的理想主义则强调理想激情。它强调通过理想的视镜反观现实,从而使现实蒙上了一层理想的雾纱。这种理想主义,在一定情境下可能有着情绪的真实,但时过

---

① 这并不是说传统小说中没有"典型化"的行为,而是说他们没有"典型化"的意识。他们的艺术加工在某种程度上,是自己也没有意识到的"自发"行为,而不是一种有意识的"自觉"行为。

境迁,却难以让人产生广泛的认同。《创业史》第一部影响广大,第二卷却难以为继;《艳阳天》获得巨大成功,但作者同样无法进行现实的顺延,只能通过《金光大道》进行历史的追溯,这种困境无疑折射出这种理想主义的内在矛盾。

后现代主义的主要特征就是解构现代主义的深度模式,小说因此表现出一种碎片化的迹象,故事世界的仿真性被解构,逻辑性被解构。《虚构》的标题就已经暗示出其主题,《苍老的浮云》的标题折射出作者的时间意识。但在后现代的碎片化背后,同样潜含着后现代对于"真实"的一种设想。也许,那就是他们的"真实"。

真实观也影响到小说家的情节观。对于"写真"而言,要提升小说的吸引力,就必须选择较有吸引力的故事,由此注重情节的离奇与曲折。"写实"强调本质真实,注重典型环境中的典型人物,人物成为核心,情节只是表现人物的手段。对于"写梦"而言,重要的是提供远景,激发动力。而对于后现代小说而言,对情节及其逻辑链条的解构,是其重要特征。

对故事—世界关系的思考,决定了小说家的真实观与情节观,从深层折射出人类思维模式的历史演变。

二、叙事—文本:展示—讲述关系的历史性

小说家在故事层面如何处理小说故事与生活世界的关系,反映了小说家的真实观,而小说家在叙事层面如何处理讲述与展示之间的关系,则反映了小说家的形式观与技巧观。"文学形式是作家本人所采纳的与某一公众之间的接受惯例相一致的形式。这一作用就是将特定历史时期的文化产品以传统或惯例方式加以了具体的运用。因此它必然是一种历史和社会化的产物。"[1]对讲述与展示之间关系的处理,同样具有鲜明的历史性。

1. 讲述与展示关系的历史性

虽然布斯否定了讲述与展示之间的绝对区分,同时否定了将"讲述"与"传统"、"展示"与"现代"进行对应的思考方式,但讲述与展示此消彼长的关系,却折射出小说修辞的发展脉络与历史演变规律。

---

[1]　程锡麟、王晓路:《当代美国小说理论》,第234页。

如众多学者指出的那样,"展示"与"讲述"都不是"现代"才有的修辞技巧,但不同时期小说中展示与讲述所占比重的变化,折射出一定时代小说修辞的主导特征。中国早期小说曾经存在大量"展示",如《世说新语》中的人物描写,作者很少对人物进行评价,而只是将人物言行展示给读者;唐传奇由于其与"诗骚"的关系,使得其极为关注"韵味",从而非常注意"展示"。但这种"展示"实际上已经隐含着主题先行的倾向。《世说新语》中的"德行"、"雅量"的区分,使得这些"展示"成为论证主题的材料;唐传奇的"劝惩"意味,同样消解了"展示"的复义性。更重要的是这种"展示"艺术在此后"说话"传统中被改造甚至消解。由于说书人面对的是一群市井听众,因此不可能大量使用"展示"让听众慢慢琢磨,而必须用讲述详尽地告诉听众小说中的人物性格及相关背景。这种首先就交代人物性格的"某生体"①,可以说成为中国传统小说的主导修辞特征之一。小说中的人物性格早已确定,其后故事的发展不过是这一性格的演化或证明。《三国演义》中的刘关张一出场,就介绍了其出身及个性。虽然在此后的故事发展中并不缺乏展示的场景,如温酒斩华雄、长坂坡断流等,但这些展示在功能上不过是对前面讲述的性质的一种阐释而已。哪怕是在《红楼梦》中,实际上也还是讲述占主导地位。每个人出场时,基本上都有"赞曰"②。林黛玉的"心比比干多一窍,病比西施胜三分"的特质,在一出场便已交代明白,此后一直笼罩统摄全书。与这种"讲述"相得益彰的,是传统小说的"载道"意识。全知全能的叙述者,在这里成为"道"的化身。正是通过这一全知全能的叙述者,"道"才得以融入文本,融入故事。

五四时期受西方思想熏陶与艺术熏陶的小说家,不仅对传统的"道"产生了怀疑,而且对传统的讲述方式产生了怀疑。他们普遍持一种启蒙立场。"启蒙运动就是人类脱离自己所加之于自己的不成熟状态"③,实现启蒙的要

---

① 这是五四时期的一个概念,用以指《聊斋志异》中用简短篇幅讲述一个人物的生平的小说。而其开头,经常采用"某生,年方二十,家贫,性木讷"的形式。因此被称为"某生体"。

② "赞曰"这一形式,本来出自"诗话"、"词话"体小说,但在纯白话创作中,实际上还是有这种隐形的"赞曰",如《水浒传》、《三国演义》中,关于某个人物出场时,总会进行一番介绍。如对宋江的介绍,补充了一大段"人称及时雨"的性质界定。这种性质界定,在功能上,相当于"赞曰"。

③ 康德:《答复这个问题:"什么是启蒙运动?"》,见康德:《历史理性批判文集》,何兆武译,商务印书馆 1990 年版(下同),第 22 页。

诀就是"允许他们自由"①,尤其是"公开运用自己理性的自由"②。也就是说作者不应该代替读者进行判断,而应该引导读者自己作出"理性的"判断。因此,对于现代小说家而言,重要的不是告诉读者判断结果,而是告诉读者如何进行判断。在这种文化背景中,展示的重要性超过了讲述,环境的重要性也随之凸显,因为环境经常只能"展示"而难以"讲述"。在传统小说中,环境经常是情节的附属物,林冲风雪山神庙,庞统命陨落凤坡,环境只是为情节发展提供某种机缘。而现代小说强调书写"典型环境中的典型人物",《边城》中的渡口,《上海的狐步舞》中的舞厅,环境不仅与人物命运相关,也与人物性格相关。

对展示的重视与现象—本质这一现代深度模式密切相关。展示的虽然是现象,但在现象背后隐含着本质,因此"展示"也可以是"讲述",作者的价值判断可以通过展示得以显现。而在后现代主义眼中,现象—本质这一深度模式已被解构,小说文本—意义的对应关系自然也被解构,小说由此回到了文本自身,从而使得"讲述"也成为"展示"。所有的文本,包括作者多种讲述方式试验,都成为一种不含价值判断的展示。如元小说的"叙述圈套",作者自由地出入文本,但这种讲述并不指向价值问题,而只是一种关于讲述方式的游戏。这种讲述本身也就成为一种后现代"展示",展示出文本—意义关系被解构后的碎裂图景。

2. 讲述的历史性

讲述与展示此消彼长的历史演变,潜含着讲述方式的历史演变。前现代的"讲述"意味着作者"赋予"文本意义,而现代通过"展示"进行"讲述",意味着文本蕴含意义,后现代的"讲述"则消解意义。这三种"讲述"意味着三种不同的讲述姿态与讲述方式。

在传统小说中,叙述者采用的是"宣讲"姿态。③ 这个全知全能的叙述者,无论在哪一方面都超出读者。他站在超出读者的位置上,不仅告诉读者发生

---

① 康德:《答复这个问题:"什么是启蒙运动?"》,见康德:《历史理性批判文集》,第23页。
② 康德:《答复这个问题:"什么是启蒙运动?"》,见康德:《历史理性批判文集》,第24页。
③ 宣讲接近于巴赫金的"独白",强调价值的单一性。但笔者认为,巴赫金的"独白"用"宣讲"可能更恰当,因为这一概念实际上包含着一种价值的宣讲或灌输意味;而后现代叙述更适合用"独白"这一概念,因为他们并不强调与读者的交流互动,而表现出一种自言自语的倾向。

了什么,怎样发生,而且还告诉读者应该从故事中得出什么教益。传统小说的读者很难与作者对话,作者也从来没有想着也与读者进行平等对话。

现代小说通过"展示"进行"讲述",则包含着一种对读者的尊重,意味着赋予读者以"运用自己的理性的自由",从而形成一种开放结构,隐含着与读者进行"对话"的可能。在传统"讲述"中,文本的意义由作者主导,表现出一种单义性;现代通过"展示"进行"讲述",由于作者的"退隐",小说的意义呈现出多元化倾向。在这种多元体系中,读者与作者以及人物处于一种平等地位,使作者与读者之间的对话与潜对话成为可能。

后现代的"讲述"则表现出一种"独语"倾向。由于文本—意义对应关系的解构,作者与读者之间没有了共通的价值平台。作者的讲述只是对碎裂的后现代图景的又一次碎裂化表述。同时,作者的讲述只是众声喧哗中的一个声音,他们不关心听众的反应,而只是关注自己讲述的行为过程,讲述成为一种作者的独语。

3. 展示的历史性

"怎么讲"是一个历史命题,"怎么看"以及"看到什么"同样是一个历史命题;"讲述"具有历史性,"展示"同样有着历史性。与"讲述"中"谁讲"中的这一比较清晰的"谁"相比,展示中的"谁"看则比较模糊。"真正"的"展示"一般都试图取消读者与对象之间的中介,使读者似乎是直接面对事物本身,因此"谁看"的"谁"似乎消失了。然而,这一看似消失的"谁"正是"展示"的历史性的根基,他决定了看到什么,以及怎么看。通过"谁看"可以发现"展示"内容的历史性与"展示"方式的历史性。

小说是人类生活的反映,但不是所有的生活都会成为小说展示的内容。柄谷行人将"风景的发现"与"疾病的发现"视为日本现代文学的一个重要事件①,尽管风景与疾病一直存在,但直到日本现代文学才发现风景与疾病的意义。与此相似,农村与无意识也在生活中早已存在,但直到中国现代小说才发现农村与无意识的意义。

"农村"的发现是现代小说"展示"的一个重要"发现"。作为一个农业大

①　参见[日]柄谷行人:《日本现代文学的起源》,赵京华译,生活·读书·新知三联书店2003 年版。

国,中国存在悠久的"田园"文学传统,但直到现代小说才将农村作为一个重要的叙述对象。在西方工业文明的影响与观照下,农村才得以摆脱传统"田园"诗意,成为"落后"的代名词或传统文化的化身,被赋予多重意义。从五四时期的"乡土小说"到解放区的"乡土小说",从新中国成立后的"农村小说"到新时期的"农村小说",农村在中国现当代小说中出现的多次意义转换,从中甚至能够窥探中国现当代小说的演变历史。"无意识"则是现代小说"展示"的另一个重要"发现"。传统小说也有人物的心理描写,但这种心理描写主要处于意识层面。现代小说转型的一个重要内容,则是对人物潜意识的描写与展示。这种描写对象的出现,与现代心理学的诞生与发展有着直接的因果关系,与一个时代对于"人"的理解密切相关。

展示的历史化的另外一个层面,则是展示方式的历史化。如同马克思所言,"眼睛成为人的眼睛,正像眼睛的对象成为社会的、人的、由人并为人创造出来的对象一样。因此,感觉在自己的实践中直接成为理论家。"①对于展示而言,重要的不仅在于"看到什么",而且在于"怎么看"。

"感觉也有其历史,这一人所共知的思想,如马克思所说,是我们自身历时性的一个里程碑。"②人类的艺术感觉对象,在一定程度上,是由这种历史化的感觉能力"生产"出来的。詹姆逊指出,现代艺术之所以现代,就是这种感受能力"生产"出不同于传统的客体。这种感受能力与社会历史发展过程紧密联系在一起。"感性认识这种未应用(在科学研究中)的剩余能量只能自行重组,开展新的半自治性活动,生产自己特定的客体,即本身即是抽象和物化过程之结果的新客体,致使旧的具体的统一体一方面分割成可衡量的维度,另一方面变成纯粹的颜色。"③詹姆逊的论述有着重要的方法论意义。小说叙事中展示的演变,同样是基于感受能力的"生产"。因此,"描写是唯一特殊的时刻,在这个时刻可能探讨并研究所说的投入,尤其当争夺描写的客体并在叙事

---

① [德]马克思:《1844年经济学哲学手稿》,中共中央马克思恩格斯列宁斯大林著作编译局译,人民出版社2000年版(下同),第86页。

② [美]弗雷德里克·詹姆逊:《政治无意识》,王逢振、陈永国译,中国社会科学出版社1999年版(下同),第215页。

③ [美]弗雷德里克·詹姆逊:《政治无意识》,第215页。

本身内部集中注意对抗的企图时更如此"。① 描写对象的选择,以及描写的方式,都是一种历史的产物,有着重要的意识形态意味。传统小说对帝王将相的凸显,现代小说对普通人物的聚焦,后现代小说对碎裂化场景的渲染,不仅是展示对象的不同,更是展示方式的变异。

然而,这种描写"在叙事过程可以真正发生作用之前,它必须保证获得读者的首肯"。② 读者的首肯包括两个层面,一是读者认同作者选择的描写对象,这一描写对象也是读者认同的"欲望"对象,二是读者认同作者的"感受—表达方式"。这种读者与作者之间的相互影响,显示出作者—读者之间适应—改造的相互性。一方面,作者的感受方式必须考虑读者的接受能力,这为其"陌生化"划定了边界,树立了目标;另一方面,作者的感受—表达方式也改造着读者的阅读与欣赏习惯。叙事"成规"的演进史,也是读者的适应史。这种相互作用力,推动了小说描写的演变。从传统小说中细致的肖像描写到现代小说中的心理幻觉描写,从现实主义的逼真到现代主义的表现,从外在戏剧性到内在戏剧性,小说的展示与描写方式折射出人类感受的历史。

三、叙述—意义:现实—理想关系的历史性

小说的故事世界基于现实世界,同时也折射出作者的理想世界。在叙述层面,不同时期小说家处理叙述—意义的方式不同,他们处理现实与理想的关系的方式也不尽相同。

在传统小说中,出于对"写真"的强调,小说的故事世界与现实世界有着密切联系,故事世界一定程度上也是现实世界的一部分。为了使小说具有吸引力,他们更为关注的是现实世界中的"奇闻异事",而不是现实世界中的常态。英雄将相的"英雄"叙事与才子佳人的"男女"叙事,以及神魔狐妖的"鬼神"叙事,都不是生活中的常态。这种"奇异性"在一定程度上正是传统小说的理想世界。它通过讲述一个"源于"现实又高于常态的故事,表达了一种常人难以企及的理想。也正是通过这一"理想世界",小说家给了读者一种白日梦式的补偿。然而,这种"理想"使传统小说在"写真"时"失真",千篇

---

① [美]弗雷德里克·詹姆逊:《政治无意识》,第 141 页。
② [美]弗雷德里克·詹姆逊:《政治无意识》,第 142 页。

一律的大团圆结局①无疑是一种"理想化"的处理,是对读者白日梦心理的迎合。

现代小说以正视现实为基点,同时指向理想世界的建构。晚清小说的"新闻化"虽然在艺术上比较粗糙,但在正视现实方面却与现代小说相通。新文化运动以后,小说家更是将"揭出病苦,引起疗救的注意"②视为小说的主要使命。虽然不同小说家对于"病苦"有着不同的关注重心,如文学研究会关注生活中的困苦,创造社则更为关注精神上的苦闷,但他们都指向现实世界中普通人的生活。这种表面上"非—理想主义"倾向的小说,其实质却是一种写"非人的生活"的"人的文学"。小说家通过批判现实世界的不合理,来鼓励人们创造一个新世界,而不像传统小说那样,通过选择现实世界中的"理想"处境来论证现实世界本身的合理性。

现代小说的批判精神暗含理想意味,解放区的诸多小说则从正面阐释新社会的理想。不过,解放区小说的理想世界同样有着现实生活的基础,新中国成立后的理想主义则在一定程度上割裂了理想与现实之间的关系。这时的小说家不是从现实中去构建理想,而是以理想反观现实,于是现实生活本身也被理想化。

新时期受后现代思潮影响的那部分小说创作,以消解崇高为口号,理想自然也成为一个被解构的对象。同时,在后现代那里,现实本身也是一个值得怀疑的对象。因此,文本回到了它自身,成为一个独立世界,与现实无关,也与理想无关。

第四节　修辞认同的历史性

小说修辞语境、修辞契约以及修辞策略的历史性,必然影响到小说作者与读者之间的认同关系,不同时代的作者与读者,在认同排序与认同方式上都会存在明显的差异。

---

① 悲剧意识的缺乏,一直是传统文化研究者与传统文学研究者甚为关注的一个话题。
② 鲁迅:《我怎么做起小说来》,见《鲁迅全集》第 4 卷,人民文学出版社 2005 年版(下同),第 526 页。

一、认同排序的历史性

尽管在小说修辞交流中，各个认同维度都会发挥作用，但是由于不同修辞语境中的修辞契约与修辞策略不同，小说作者与读者对修辞认同的各个维度有着不同的排序，从而使其表现出一种鲜明的历史性。

1. 传统小说的认同排序

传统小说对"传奇"的推崇，折射出其注重故事层面创新的倾向。这种认同模式中，作者与读者首先关注的就是认知方面的新鲜性，其次是伦理方面的复杂性，最后是审美层面的具象性。

在古代中国相当长的时间内，由于"天理"的既定性，小说的修辞目的就是维护名教纲常这一"天理"。这种修辞目的的既定性，使得小说作者与读者在一定程度上只能关注的"故事"层面的创新，故事的新颖性与情节的曲折性成为小说的首要命题。中国传统小说读者与作者对"传奇"的推崇，显示出对小说故事新颖性与传奇性的追求。大家都希望看到一个自己没看到过没经历过的故事，由此来满足自己对生活的好奇心。无论是白话小说还是文言小说，历史小说或狭邪小说，讲述的都是常人很少经历的故事。就是《金瓶梅》与《红楼梦》等关注日常生活的小说，其中的"日常生活"也并不是普通人能有机会体验的。虽然这些小说当时能够唤起诸多上流社会人士的共鸣，由此获得"写真"的美名，但小说之所以能流传广远，其中隐含着小说对普通读者好奇心的利用。大体而言，这种由宋元话本肇始，以《金瓶梅》与《红楼梦》为集大成者的日常生活转向，并没有弱化传统小说的故事性，而只是将对故事性的追求由宏大的历史舞台转向了日常生活。

就伦理维度而言，传统小说也是强调故事层面伦理关系的复杂性与丰富性。小说故事的传奇性，来源于人物经历的传奇性。独特的人物经历必然包含独特的人物关系，由此使得传统小说故事层面的伦理关系表现出独特的复杂性。落难才子中状元，虽然后来变成了一个老套模式，但其中折射出当时作者与读者对这一伦理关系的关注。他不仅意味着改变了人物命运，实际上也改变了人物之间的伦理关系。虽然这种伦理关系的改变，并没有动摇传统的价值观，相反强化了传统价值观，如秀才及第之后，一人得道鸡犬升天，家人亲戚朋友都跟着沾光，无疑是对传统等级制度与家族制度的肯定；但是这种伦理关系的改变,也折射出民众对改变现实的渴望。

这种伦理关系的复杂性与丰富性,也是小说故事传奇性的一个重要因素。《金瓶梅》在很大程度上,就是因为其反映的社会伦理关系的复杂性而获得称道。它描绘了一幅广阔的生活画卷,从中可以看出当时的诸多伦理关系。西门庆的每一个妻妾后面,实际上都包含着一种独特伦理关系。正是通过西门庆的各个老婆,小说将笔触延伸到了社会的各个阶层,各个领域。《红楼梦》中的伦理关系虽然较为简单,主要集中在亲情与爱情领域,但这种豪门的钩心斗角,对普通读者而言,不啻一个全新领域。至于《转运汉巧遇洞庭红》、《卖油郎独占花魁》等拟话本小说,更是反映日常生活中独特伦理关系的范本。

就审美维度而言,传统小说也较为关注故事层面的具象化。为了实现这一目的,传统小说在两个方面表现出独特的审美品格。一是对人物的外在表现特别重视,传统小说中人物出场是一个特别重要的场合,这时不仅要介绍人物的出身与性格,更重要的是要给读者留下一个视觉形象,因此人物的肖像描写在传统小说中占有特别重要的地位。《红楼梦》中林黛玉的笼烟眉,和《三国演义》中许褚的赤膊,虽然在审美情趣上有天渊之别,但其中体现出的对人物肖像的重视却一脉相承。这种肖像描写,与介绍人物出身的"某生体"叙述一样,由于其模式化成为饱受诟病的对象,但其也塑造了传统小说的故事层面的审美风格。另一个特点,则是对人物动作,尤其是细节动作的特别关注,这是使人物真正具象化的重要手段。

由于传统小说的传奇性,一般对传统价值观念并不形成根本性的挑战,因此传统小说在叙事层面与叙述层面的创新动力并不是很强。

2.现代小说的认同排序

现代小说的"写实"意向,注重新的价值观念的建构,伦理认同成为小说修辞的主要目的。然而,为了实现作者与读者之间的伦理认同,必须建立作者与读者进行有效沟通的公共平台,因此理性认知与审美趣味的更新具有不可或缺的意义。小说在叙事层面的逻辑建构与艺术技巧的更新,成为小说修辞的重要问题。

传统小说关注小说的故事层面。而晚清以来的中国社会文化语境已经发生巨大变化,传统"天理"在西方文明的冲击下开始解体,由此使得重构"道统"成为新小说的主要修辞目的。傅兰雅试图以小说来除"三弊":鸦片、时文、缠足,虽然尚未涉及中国的"天理",但其现实指向性与社会批判性已与传统小说表现出巨大差异。梁启超试图以小说实现"新民",唤起民众的政治意识,将传统属于"肉食者"专利的国家大事,真正扩展到"匹夫"层面,这一倡导带有更为明显的"启蒙"意识,无疑是中国小说观念的一次重大革命。这种革命的意义并不在于"新小说革命"创作出来的多少杰出作品,而在于政治意识的下沉。在这个层面上可以看出晚清"小说界革命"的重大历史功绩。随后鲁迅明确提出的"立人"观念,获得了时代的共鸣,由此也形成对传统"天理"观念的全面解构。在这一过程中,作者与读者之间的认同维度排序出现了一次重大转变,那就是对伦理认同的重视程度得到了重大提升,由此也导致小说对叙事层面的逻辑与技巧的重视得到提升。

与传统小说很少指向现实问题不同,现代小说基本上都是针对现实问题产生的。因此,小说作者与读者不仅关注伦理的复杂性,更关注伦理的现实针对性。傅兰雅的除三弊,两项指向了民族的体质,一项指向了民族的思维方式。梁启超的"新民说",试图强化民众的政治意识,从而促进民族的进步。鲁迅的"立人"观,虽然与梁启超的"新民"说对"人"有着不同的理解,强调"尊个性而张精神",但"人立而后凡事举"①的表述中依旧可以看出其现实针对性。至于后来的革命文学等,现实针对性则更为明显。

这种现实针对性自然有着其合理性。由于传统"道统"的崩毁,需要确立新的道统,因此两种价值观念自然会出现直接交锋。为了论证各自道统的合理性,不同的小说作者与读者需要利用不同的资源。相对于传统小说向过去寻找理论资源,现代小说选择现实生活作为论证自己价值观念合理性的资源,显然更为便利,也更有说服力。这也是为什么现代小说不太关注科幻题材,主要创作现实题材的小说的重要原因之一。对历史题材的关注,通常出现在表现现实生活受阻的时候,历史题材也不过是借古讽今。现实不仅是小说的来源,也成为小说价值判断的标准。

然而,要使读者认同作者的伦理价值观念,需要建构读者与作者进行有效沟通的话语平台。对于现代小说而言,这一平台的建构首先依靠理性认知层面的相互认同。小说叙事层面的逻辑性超越小说故事层面的新颖性,成为读

---

① 鲁迅:《文化偏至论》,见《鲁迅全集》第 1 卷,人民文学出版社 2005 年版,第 58 页。

者与作者理性认同的关键。作者与读者都不仅关注发生了什么,更关注事件"怎么样"发生。在传统小说中,人们为了故事的新颖性,常常可以不顾其现实可能性,落难才子中状元这类故事,并不因为其在现实生活中不太可能发生而失去其受众,新时期这类故事则成了"瞒与骗"的代表。是否可能发生,成为小说叙事"逼真性"的一个重要标准。为此,当人们讨论《阿Q正传》的荒诞色彩的时候,鲁迅直接站出来,说这是写实,甚至担心现实中有更为荒诞的现实。在这种情况下,小说的"真实性"成为一个最高标准。它虽然不是已经发生,但应该是可能发生;小说不是生活的复制,但应该反映生活的逻辑。

这种现实倾向自然也会影响到小说的审美认同。由于小说的现实针对性,小说故事的具象性得到了更大程度的强调;同时,现代印刷技术的进步,使得小说的传播成本大为降低,小说的传播方式出现了一次大的革命,传统小说中一直保留的"说—听"痕迹逐渐淡化,"写—看"成为主导交流方式。前者使小说修辞技巧创新成为必要,后者为小说修辞技巧创新具有可能,传统小说的表现手法显然不够用了。"说—听"虚拟语境中的交流假定小说修辞交流是一种公共场合下的一次性交流,而"写—看"则使其变成私密空间中的可重复性交流。在这种情况下,作者与读者可能寻找共多的共谋机会,以实现更高层面的阅读快感。小说叙事技巧得到了大力发展,在叙事时间方面,倒叙手法得到了普通运用;在叙事视角方面,第一人称叙事快速流行。而这些技巧在传统小说中极为罕见。

3. 后现代小说的认同排序

后现代主义对理性、价值、真实等观念的质疑,使得小说的修辞认同本身也成为一个可以质疑的话题,小说作者与读者在伦理层面与逻辑层面的相互认同的重要性自然随之下降,小说回归"叙述"本身。对小说叙述层面的强调,使得后现代小说特别关注小说的修辞技巧创新。

后现代主义对小说的"逼真性"进行了深刻质疑。如果说小说是人创作的话,那么,无论怎样追求小说的逼真性,都不能掩盖其人为性的特征。因此,在后现代主义眼中,追求逼真性本身就是一个错误。他们认为展示小说本身的虚构性,显然更接近"真实"本身。这种"元小说"观念,对小说修辞产生了重大影响,叙述技巧由此获得更多的重视。

实际上,无论在哪种认同模式中,隐含作者的叙述干预总会出现。但是这种干预有着不同的目的,也有着不同的重要程度。在传统小说"说—听"交流模式中,说书人对叙事不时干预,"如果说书人与人物同时生并时长"之类的话语,其目的不是为了解构故事本身的独立性与自洽性,破坏叙事的逼真性,而是为了强化故事的独立性与叙事的逼真性。其言外之意是"我也不能干预故事的发展,故事是独立于我的"。在现代小说中,隐含作者是真正"隐含"于其中,一般并不会突然冒出来说话,以维持小说故事的统一性与叙事的逼真性。而在后现代小说中,隐含作者则不再是"隐含",而是非常明显地在文本中出现了,由此凸显出小说本身的虚构性。最为典型是王小波小说中的王二,与马原小说中那个叫做马原的汉人。这种对叙述技巧的关注,使作者对自身的不可重复性也特别关注。所谓的先锋作家与新生代作家,都强调自己的独特性,不愿被贴上某一标签。因此,他们不断追求叙述方式的创新。其中,对于隐含作者的"面目"的多样性的探讨,是他们关注的一个重要侧面。从元小说的全面介入,到"零度"的置身事外,"一切皆有可能"。这种审美风格追求的多样化,无疑是对现代小说中常见的"现实主义"的一种极大的丰富,由此也带来了中国小说对"形式主义"的真正重视,凸显出形式的审美重要性。

这种对叙述技巧的凸显,带来对小说理性认同的转化。虽然后现代主义试图解构小说的逼真性,拆解其逻辑性,但这种解构本身,依旧属于理性思考范畴,丰富了人们的认知方式,扩展了人们的认知领域,隐含着一种关于生活的再思考。王小波曾经指出,"生活有真实和想象两个部分"[①],人类的精神生活也是一种真实存在,甚至比我们的现实生活更重要,"有种文艺理论以为,作品应该'源于生活,高于生活',但我以为,起码现实生活中的大多数场景是不配被写进小说的。所以,有时想象比摹写生活更可取。"[②]不仅我们看到、听到的、经历的是一种真实存在,而且我们想过的,也是一种真实存在,不能因为我们想过的东西没有留下痕迹,就成为一种虚幻,小说正是保留我们的精神存在的最好手段。在一定程度上,这种想象是一种更高的真实,证明我们自己的精神生活所可能达到的境界。马原的叙述圈套、格非的叙述迷宫,其指向中心虽然各有不同,但实际上都没有超出王小波的论述。

---

① 王小波:《王小波文集》第二卷,中国青年出版社 1999 年版(下同),第 494 页。
② 王小波:《〈未来世界〉自序》,见《王小波文集》第四卷,中国青年出版社 1999 年版(下同),第 326 页。

　　对理性的质疑的另一个重要问题,就是对叙事的逻辑性的质疑与消解。在后现代主义看来,人的行为与思想都带有极大的偶然性,并不能完全用理性与逻辑解释。在意识之下还有潜意识,而潜意识实际上是无法认识的,因此人的行动有时也是无法理解的。后现代也便试图描写这种没有逻辑性的人生常态。残雪、韩东、李冯以及须一瓜等人,都试图打破寻常的逻辑链条,表现生活中的非理性因素。这种非理性,不仅体现在故事层面,也体现在叙事层面,更多的则体现在叙述层面。

　　理性层面对真实的质疑,也带来伦理方面对现实针对性的质疑。后现代小说似乎都极力回避所谓的道德判断,但他们实际上都只是质疑当下的道德判断,而不是回避更深层的道德判断,由此也使得他们的小说更关注叙述层的超越性。格非的迷宫中,将许多现存道德判断融为一体,使其成为一种混杂的喧哗。但他似乎在更高的层面冷笑。而王小波则以悲悯的眼光,看着芸芸众生的荒唐表演。

　　尽管中国小说修辞在漫长的发展过程中,其认同维度的重心出现了一种历史转移的现象,但这并不意味着小说修辞认同重心转移就是一种线性发展的过程。在一定程度上,这种历时发展,更像一条河流,其中有主流,有支流,有顺境,有逆境,更多的时候是各种倾向混杂在一起,是一种相互交融,而不是一种前赴后继。这一情形,在 20 世纪中国小说修辞发展中,可以看得更为清楚。

二、认同方式的历史性

　　对小说修辞认同维度排序的历史性阐释,实际上已经隐含着对小说修辞认同方式的历史性阐释。不同时代作者与读者在如何实现相互认同方面,也存在历史制约性。

　　中国传统小说中,作者与读者之间并不存在根本的价值冲突,他们都处于同一"道统"之中。然而,"闻道有先后",因此,作者通常以"先闻道者"自居,由于对"道统"的"先知"而获得了叙述权威,读者也认同作者这一身份。在这一交流模式中,作者无论在理性、伦理还是审美层面,都处于权威地位,作者通常以"传道者"身份对读者进行"宣讲",使得传统小说表现出鲜明的"权威型"认同特性。中国传统小说虽然存在文言小说与白话小说的分野,表现为两种不同的审美风格,面对两个全然不同的读者群体,但作者的权威地位都来源于对"道统"阐释权的垄断。

进入 20 世纪后,"道统"的解体使作者与读者之间共通的价值体系开始分崩离析。一方面是传统价值观念试图维持其统治地位;另一方面则是其不可避免地走向衰亡。与此同时,现代价值观念虽然开始萌生,但同样没有占据统治地位。双方的此消彼长与互相渗透,导致了作者与读者之间的认同方式发生巨大改变。没有任何作者能够垄断"道统"的阐释权,作者与读者必须进行相互协商才可能获得最大程度的相互认同。这种协商不仅包括伦理层面,同样包括理性层面与审美层面,各个层面的协商相互制约,相互影响,由此形成一种新型互动模式——"对话"。梁启超的新小说革命,实际创作成就远远落后于其理论意义,一个重要原因就在于新小说过于强调自己的伦理权威,而对读者的理性认知尤其是审美情趣不甚关注,因此也使得读者难以真正认同其伦理价值判断。谴责小说试图迎合读者的好奇心,但作者也部分放弃了对读者进行更高层次启蒙这一目的,从而使小说作者与读者之间并没有实现真正的协商与认同。直到到五四时期,随着以鲁迅小说为代表的现代小说崛起,这种现代协商认同模式才得以真正建构起来。五四小说的作者与读者在伦理观念、理性认知与审美情趣等方面都产生了巨大分化,但在这种分化中,有一种共同的认识,即传统的价值体系与传统认知方式已不适合现代社会的发展。在这一大前提下,在对现代化进行探讨的过程中,五四小说作者与读者建立了一种"协商型"认同模式,在伦理维度,以对读者合理欲望的肯定,换取读者对新的伦理规范的认同;在理性维度,他们以对生活本质的发现,换取对故事新颖性的强调;在审美维度,以对读者的新身份的认同,换取读者对作者新的审美情趣的认同。

这种现代协商认同模式,在后现代主义眼中,存在难以调和的矛盾,因为后现代主义对"中心—边缘"关系的解构,实际上也否定了建构"道统"的可能性。在这种情况下,一切表述都是私人性的,一切表述都接近独白。然而,由于表述本身就不可能是完全私人的,任何人表达时所采用的都是公共符号,因此,所谓彻底的私人性是后现代永远不可能解决的一个悖论。在这一悖论语境中,独白也会获得其阐释空间,而且是相对更为自由的空间,作者与读者都不用过于担心所谓的"共识"。作者表达他想表达的,读者关注他想看到与能看到的。在这样一种交流语境中，双方可能实现一种"错位型"认同，双方对同一文本的理解，可能全然不一样。当王小波总是强调自己的目的就是讲一个好的故事的时候，有读者总是试图从中发现微言大义；当残雪总是试图阐释自己作品中的微言大义的时候，有读者却认为这不过是故弄玄虚。虽然错位认同在小说修辞中永恒存在，就如同所谓误读永恒存在一样。但后现代主义的错位，并不是一种"误读"，相反，是后现代小说的"正读"，也便是说，是作者与读者都鼓励并认同的解读方式。这种有意的"错位"，成为后现代小说的一道独特风景。

第五节　修辞类型的历史性

由于修辞语境、修辞契约、修辞策略、修辞认同的历史性，不同时段的小说修辞也表现出一定的共性，由此形成相应的修辞类型。根据小说的修辞语境、修辞契约、修辞策略与修辞认同等方面的历史特征，可以将中国小说修辞大致分为传统—阐释型修辞、现代—建构型修辞与后现代—解构型修辞三种类型。

一、传统—阐释型修辞

对于具有超稳定的政治、经济、文化结构的传统社会而言，小说叙事的主要任务就是封建意识形态的再生产。尽管中国历史上经历多次改朝换代，但封建专制制度与封建意识形态从来没有受到真正的冲击。通过多种途径的潜移默化，传统纲常思想已经内化为作者与读者共有的"日用而不知"的社会无意识。传统小说修辞的主导情境，就是由这种"社会无意识"支撑起来的价值体系，"三纲五常"成为传统小说阐释的"天理"，小说中的人物与事件不过是"三纲"这一"天理"的人间体现。《西游记》可以说是传统小说中最具有叛逆色彩的作品，孙悟空天生就没有父母，见到玉皇大帝也不磕头，授业之师也早已与他划清界限，至于女色与家庭，更是与孙悟空无缘。这种无君无父无妻的"三无主义"可能是对三纲最彻底的否定，写出了传统小说对于"自由"与"平等"的想象的极致。然而，这种"三无主义"终究存在其内在局限性，以至于孙悟空大闹天宫之后，被如来佛压到了五指山下。为了从五指山下脱身，孙悟空不得不拜一无所能的唐僧为师，不得不屈服于紧箍咒的约束，他对自由的追求不得不屈从于规则的束缚。他成佛后虽然外在的金箍没有了,但外在的金箍约束实际上已内化为内在的自我约束。孙悟空的境遇于是成为中国文化的一个寓言:任何反叛者都无法逃出如来佛的手掌心,而成佛的最高境界就是将外在约束转化为自我约束。收起心猿意马的孙悟空,再也没有"皇帝轮流做"的念头,通过认同现有的等级制度而被现有等级制度认可,实现彻底的"奴化"。

在这样的修辞情景中,"驯民"(驯化臣民)是小说叙事的主要修辞话题。"天有十日,人有十等,下所以事上,上所以共神也。故王臣公,公臣大夫,大夫臣士,士臣皂(皂),皂臣舆,舆臣隶,隶臣僚,僚臣仆,仆臣台。"①让每个人都各安其位,是"驯民"的关键。这种"驯民"要求,不仅体现在《平山冷燕》、《玉娇梨》乃至《红楼梦》等男女叙事中,同样体现在《三国演义》、《水浒传》等带有"叛逆"色彩的英雄叙事中。《三国演义》中的"君臣如手足"的政治蓝图,实际上以君臣之大防为前提。桃园结义时"长兄如父",刘备因此获得绝对的权威。《水浒传》"四海之内皆兄弟"的"平等"理想,最终还是一种"家文化"的排座次,从而确定"家长"至高无上的地位。

传统小说中的人事不过是天理的一种投射,作者的使命便是阐释天理,因此,他获得了一种"集体型"叙述权威,成为传统价值的阐释—宣讲者。为此,隐含作者通常选择可靠叙述者与读者进行沟通。这一叙述者在价值立场、情感态度乃至认知模式方面都与隐含作者以及读者十分接近。这种接近一方面使得传统小说容易被读者接受,另一方面也为传统小说提出了一个问题,那就是如何吸引读者。正是在这一压力下,传统小说注重故事的新鲜性与情节的曲折性,由此形成传统修辞较鲜明的审美特征。

二、现代—建构型修辞

现代社会的产生以对传统价值观念的全面批判为基点。自鸦片战争以来,国民的"万邦上国"与"天下中心"意识受到强烈冲击,但传统的意识形态与政治制度并没有多大改变。1894 年甲午战争失败,给全民族带来一种巨大的屈辱感,由此引发了 1898 年的百日维新。这些重大历史事件,推进了中国

---

① 孔颖达:《左传春秋正义·卷四十四》,见阮元校刻:《十三经注疏》,中华书局 1980 年版(下同),第 2048 页。

思想的近代转折。一方面,西方政治思想的传入对传统意识形态与政治体制产生了一定的冲击;另一方面,百日维新的失败,使中国大多数知识分子意识到中国社会难以实现从上到下的改良,由此将目光转向了从下到上的革命,开始重视下层启蒙与思想革命。在这一修辞情景中,"新民"成为小说重要的修辞话题。但这种"新民"与"驯民"还是存在着内在联系,直到新文化运动以后,西方人权观念的传入,才真正使得小说的修辞话题转化为"立人",由此形成对传统小说的全面颠覆。

新的价值体系的传入是现代修辞发生的前提。它解构了传统小说叙事中隐含作者—人物—隐含读者之间存在价值共同体,使价值观念趋向多元,由此激发了小说作者与读者进行对话(论辩)的必要。现代修辞正是一种基于对话与论辩以实现作者与读者相互认同的修辞方式。由于读者的认同不再是理所当然,这也使得隐含作者不能以高高在上的态度进行价值的阐释与宣讲,而必须在尊重读者的主体性与平等地位的前提下进行对话。由此,现代小说成为一种"主体"间的交流,而不是一种单向度的交流。这种对隐含读者的尊重,也影响到叙述者—人物—受述者之间的关系的设定。现代小说中不可靠叙述明显增多,这显然是一种向读者出让判断权的尝试。现代小说选择"狂人"①之类的叙述者,显然就是试图通过不可靠叙述者引导读者作出自己的判断,而不是通过叙述者作出自己的判断。同时,现代小说中不断增多的第一人称叙述,同样是一种不可靠叙述,叙述者"我"与隐含作者之间的距离已经被广泛认可。作者通过第一人称叙述者"我",可能拉近与读者的情感距离,但背后潜含着一种召唤结构,召唤读者对其价值判断以及认知方式进行反思。

尽管在隐含作者与隐含读者之间存在着价值距离,但现代修辞同样存在着双方沟通的纽带,那就是现代的理性精神与人权意识。这种现代意识赋予隐含作者一种"作者型"叙述权威,使隐含作者与隐含读者能够基于理性与人权,对小说中的人物与事件进行价值判断。双方价值判断的结论可能不同,但二者之间的"对话"却可以由此展开。在现代中国的现实语境中,小说叙事的主题虽然有过多次转换,从五四的个性解放到左翼的阶级翻身再到抗日战争

---

① 　参见拙文:《中国现代癫狂叙事的修辞策略与认同困境》,《文学评论》2011 年第 6 期,已收入本书附录。

的民族解放,修辞诉诸理性与人权的基本取向始终未变。

三、后现代—解构型修辞

如果说现代修辞的沟通平台是主体意识与理性精神的话,那么,在后现代语境中,这些平台逐渐失效,理性与主体等大词都成为被质疑的对象,边缘对中心形成一种强有力的挑战。在世界范围内,是弱势民族对强势民族的挑战,由此引发后殖民主义思潮;在性别领域是女性对男性的挑战,由此形成女性主义思潮;在意识领域是非理性对理性的挑战,由此引发非理性主义思潮。人类的自主性神话随着"逻各斯"的解构而不成片断,人类曾经的共有的沟通平台也不再被人信任。每个人都可以言说,但每个人都不信任他人的言说,于是世界变成一种纷繁杂乱的"独语"的和声,充满着无意义的喧哗。

这种"独语"显然不同于传统叙述的"宣讲"。在传统语境中,只有宣讲者一个人在说话,其他的人都是听众,这种宣讲有明确的说话对象,明确的意义指向,所有听众都保持沉默听他讲话,因此这一话语行为的意义极为明晰。而后现代的独语,则是所有的人都试图说话,但没有谁愿意聆听别人说话;所有人都试图表达自己的想法,但很少人试图建构与他人进行有效沟通与对话的话语平台。

在中国的现实生活中,后现代社会并未来临,因为所有国人都还在关注"现代"社会的实现,关注个性解放、民主、自由、平等、理性等现代价值的实现。然而,20 世纪 80 年代末以来,以经济建设为中心这一口号的提出,一切向钱看成为一种社会风尚,现实经济利益的最大化成为个体追求的首要目标。这种社会思潮导致了中国社会的原子化,人们难以找到共同的精神价值平台,由此也使得真正的对话难以展开。经济利益上的利己主义虽然并不与个性、民主、自由等现代价值直接冲突,有时甚至相互促进,但对利己主义的过分强调则必然导致人们话题的失焦,大家关注的焦点不再集中于这些现代价值,由此导致一种话语平台的分裂。西方后现代思潮为论证这种社会意识的合理性提供了理论资源,使得某些作者与理论家的眼光表现出一种"超前性",从而有意识地加剧了社会的原子化、言说的个体化与意义的碎片化。

在后现代主义看来,小说修辞的主要目的不再是对价值的认同,而是对言说权力的认同。与后现代的平面化、碎裂化、去主体、去深度、去中心相关,后现代小说修辞中的叙述者不再充当价值评判者的角色,理性权威也受到质疑。现代修辞因为价值的多元而试图通过修辞来实现价值认同,后现代修辞则因为话语方式的多元而试图通过修辞来实现话语权力的认同。现代修辞作者与读者进行沟通的平台是主体与理性,后现代修辞作者与读者进行沟通的平台则是话语权力,也就是说,承认每个人都有言说的权力。在这一基础上,寻求话语权力的最大化以及最广泛的认同,也许就是后现代修辞的目的。

在这种修辞模式中,作者与读者的关系也被彻底改造了。与后现代对逻各斯的解构相似,后现代叙述中,读者对于作者的叙述权威的解构也在同步进行。重要的不是作者说了什么,而是读者读到了什么。读者在传统修辞中属于从属—边缘地位的角色,在现代修辞中是与作者平等的主体,在后现代修辞中则隐然成为另一个中心,对作者的中心地位提出了巨大挑战。在后现代修辞中,作者的主导地位不仅受到读者的严重质疑,同时也被作者有意识地进行自我解构。通过元小说与戏拟等方式,作者让自己站在读者的位置对自己的叙述进行拆台,从而实现与读者位置的置换。

后现代主义对逻各斯的质疑,使后现代小说中的人与事不再专注于主体与理性这些现代价值规范,表现出一种碎裂化的形态。小说中的人物与情节均成为解构对象,故事的逻辑联系被消解,人物典型被消解,剩下的只有碎片化的事件。这种后现代修辞虽然不再以现代的价值认同为目标,但在一定程度上,意味着一个现代之后的"自由"与"平等"。虽然在尚未完全实现现代价值目标的中国显得有点不合时宜,但却体现出一种思维的超前性,意味着另一种启蒙:思维方式的启蒙。

第三章 现代修辞的萌生
（1895—1917）

以 1895 年傅兰雅举行的"新小说"竞赛为起点，中国小说开始由传统修辞向现代修辞转型。在此之前，中国小说的修辞目的主要表现在两个方面，"驯民"与"娱众"，这两个方面都很少对现实问题进行直接回应。在此前的几十年间，虽然也出现了一批有较大影响的作品，如以宣鼎《夜雨秋灯录》（1877）为代表的笔记体志怪小说，以俞樾整理的《七侠五义》（1889）为代表的侠义公案小说，以韩邦庆的《海上花列传》（1894）为代表的狭邪小说，但这些小说都沿袭传统小说"教化"与"娱乐"的双重目的。贪梦道人的说法表现出当时的流行观念，"书中之大旨，无非是惊愚劝善，感化人心，善恶分明，使忠臣义士，得留名于后世，邪教乱臣，尽遭报应循环，使读者有悦目赏心之欢，拍案惊奇之乐。"①韩邦庆的《海上花列传》，虽然艺术成就较高，能以"记载如实，绝少夸张"②的笔法，达到"平淡而近自然"③的境界，但其主题与人物依旧未脱狭邪一路。1895 年阴历五月初二日（阳历 1895 年 5 月 25 日），傅兰雅于《申报》刊登《求著时新小说启》，征求以改变时弊为主题的新小说，由此带来小说观念的转变。传统研究一向以 1897 年严复、夏曾佑的《本馆附印说部缘起》的发表作为近代小说起点。美国学者韩南则认为，应该以 1895 年 5 月传教士傅兰雅发起小说竞赛为起点。从学理上说，韩南的看法应该更为合乎历史事实。首先，前者的发表并没有产生现实后果，《国闻报》后来并没有附印

---

① 贪梦道人：《永庆升平后传》（又名《续永庆升平》1893）自序，转引自王同舟主编：《中国文学编年史·晚清卷》，湖南人民出版社 2006 年版（下同），第 337—338 页。

② 鲁迅：《中国小说史略》，见《鲁迅全集》第 9 卷，人民文学出版社 2005 年版（下同），第 272 页。

③ 鲁迅：《中国小说史略》，见《鲁迅全集》第 9 卷，第 275 页。

小说,因此,《缘起》充其量只是一种理论提倡,并没有创作支撑其理论。傅兰雅的小说竞赛则收到了 162 篇参赛小说,同时促成了两部具有近代意味的小说——《熙朝快史》、《花柳情深传》(又名《醒世新编》)的写作与出版。① 其次,傅兰雅的理论主张,实际上可以视为后来的"小说界革命"的先声。他的广告词从主题与形式方面,都为小说划出了新的要求:"窃以感动人心,变易风俗,莫如小说。推行广速,传之不久辄能家喻户晓,气息不难为之一变。今中华积弊最重大者,计有三端:一鸦片,一时文,一缠足。若不设法更改,终非富强之兆。兹欲请中华人士愿本国兴盛者,撰著新趣小说,合显此三事之大害,并祛各弊之妙法,立案演说,结构成编,贯穿为部,使人阅之心为感动,力为革除。辞句以浅明为要,语意以趣雅为综,虽妇人幼子皆能得而明之。述事务取近今易有,切莫抄袭旧套。立意毋尚稀奇古怪,免使骇目惊心。"②因此,本文认同韩南观点,认为中国近代小说转型的起点应该是 1895 年。

傅兰雅的时新小说征文,包含着小说观念的重大转变,一是小说应该直指时弊,干预现实;二是小说的价值观念应该更新,不应再以维护名教为中心,而应以建构新人为中心,为此他提倡通过时新小说促进去除鸦片、时文、缠足等"三弊"。这三弊的说法,鸦片指向了当时的男性,而缠足则指向了当时的女性,时文则指向了当时的文化建设,指向了当时人们思维的弊端。这些立论主张极为具体,其意义指向极为深远,鸦片指向了民族体质,缠足指向了女性健康与民族审美,时文则指向了民族的思维方式。这次小说竞赛虽然没有取得良好成绩,但体现出一种小说观念的根本性转变,由对社会的维护转为对社会的批判,由对传统价值观念的肯定转向对现行价值规范的反思。

但这一由傅兰雅肇始的小说修辞现代转变过程,并没有在晚清民初完成,直到 1918 年《狂人日记》的发表,现代修辞才宣告正式确立。在这一转型过程中,由于政治经济文化氛围的变化,使小说的修辞受众以及修辞话题发生转变,并最终影响到小说的修辞契约的建构、修辞策略的选择以及修辞认同的实现。中国小说家一方面向西方借鉴现代修辞策略与修辞技巧;另一方面却难

---

① 参见[美]韩南:《新小说前的新小说——傅兰雅的小说竞赛》,见[美]韩南:《中国近代小说的兴起》,徐侠译,上海教育出版社 2004 年版(下同)。

② 转引自[美]韩南:《新小说前的新小说——傅兰雅的小说竞赛》,见[美]韩南:《中国近代小说的兴起》,第 158 页。

以摆脱传统修辞的影响,由此表现出鲜明的过渡性特征。在此期间,尽管以辛亥为界,表现出主题与风格的差异性,但总体上表现出一致性。

第一节　修辞语境的近代化

自 1840 年鸦片战争以来,中国被推入一个自己以前一直试图回避的世界,由此被动卷入了世界化与现代化的进程。然而,1840 年洋人的坚船利炮打开了中国的大门,却没有击毁中国人的大国心态,部分先觉者虽然产生了忧患意识,却依旧做着"制夷"的美梦。因为英美等"夷人"终究离中国很远,所以大多数人还可以在四邻中保持"上国天朝"心态。1894 年中日甲午战争失败,国人才突然意识到这种"上国天朝"的梦也做不成了,于是终于惶惶然起来,开始反思自己为什么会败于同种的小国近邻。这种反思使中国近代的"师夷"由"技"发展到"政",由技术的学习发展到对制度的反思。鸦片战争以来的经济、政治、文化变革,极大地影响了小说修辞的受众群体与话题发明。在一定程度上,中国小说修辞的现代转型,起因于中国小说修辞的外在语境压力。

一、修辞情景的近代化

清末民初的小说修辞情景有着其历史独特性。在被动世界化与被动现代化的过程中,中国社会前所未有的大变局,使一切新生的将生未生,也使一切腐朽的将死未死。这种混沌与混乱,是近代修辞情景表现出一种鲜明的过渡性。

1. 政治文化氛围的近代化

1895 年的"公车上书",虽然对中国当时政局没有产生实质性的影响,但作为一个象征性事件却有着丰富的意味。它一方面标志着作为当时的"知识分子"的士人"干政"意识的勃发;另一方面则意味着他们对中国制度不满,由此倡议"变法"。尽管在中国历史中并不乏士人干政议政的先例,但这一次干政有着显著不同。首先这次士人干政具有世界性视野,以前士人干政与变法诉求大多基于内患,此次则主要基于外忧;二是现代性视野,他们诉诸的变法参照系虽然是日本这一与中国有众多相似的国家,但他们看重的不是日本与中国之同，而是日本与中国之异，即日本的现代政治制度。这种基于民族主义的世界性与现代性政治视野，是中日甲午战争带给中国士人的一个副产品。"单就民族主义而言，它作为一种精神状态当然可以上溯数十年。像王韬、郭嵩焘和马建忠等人，都有民族主义的思想形态，但是民族主义作为一种思想运动和广泛的意识，很清楚只是在1895年以后才出现的；因为有了学堂、学会；尤其是有了社会精英的报刊，才使它的出现成为可能。"①这种民族主义兴起的代表就是当时的士人团体。

1898年的百日维新，是公车上书的延续与实践。它为中国知识分子提供了一次短暂的实践机会，其失败最终打破了大多数知识分子对上层统治阶级的幻想。随后兴起的义和团运动，又使得他们对民众保持了警惕与距离。义和团运动的反帝精神值得肯定，但其忠君意识与盲目排外以及迷信思想，则无疑是民族文化的糟粕。这种封建迷信与反帝排外结合产生的盲动暴力倾向，对当时的知识分子产生了巨大的冲击。无论革命派还是改良派，都注意到了民众的力量，同时也意识到对民众进行启蒙的必要。由此，中国的近代化路向由自上而下的"新君"转换为自下而上的"新民"。然而，"新民"前提却还是"君"与"国"，立足点依旧是政治。

1894年的中日战争失败是中国近代史一个重要的历史转折点，而1911年的辛亥革命则是另一个重要转折点。辛亥革命在一定程度上是对1895年以来的政治改革诉求的回应，它推翻了帝制，为几千年的中国封建帝制画上了一个句号，尽管此后尚有袁世凯称帝与张勋复辟的余波，但并不能改变历史的走势。

然而，这一时段虽然有着百日维新与辛亥革命等历史大事的发生，但中国的国际与国内形势并没有根本改变。在国际方面，帝国主义的压迫依旧；国内方面，政权形态上还维持着中央集权，政权性质上依旧是封建专制。皇帝的退场不过是皇帝世袭制的退场，而不是皇帝权威的退场，新兴民主势力尚不足以与传统威权势力抗衡。这种时代氛围的过渡性为近代小说提供了不同的修辞话题。

---

① ［美］费正清编：《剑桥中国晚清史》下卷，中国社会科学院历史研究所编译室译，中国社会科学出版社1985年版（下同），第379页。

皇帝这一巨大历史存在的弱化与退场，以及传统主要意识形态生产机制——科举制的废除，为中国文化带来了一个巨大的空白。为了抢占这块空白之地，各种势力你方唱罢我登场。一方面是不愿退场的传统文化；另一方面则是主张各异的外来文明，任何人都不再具有主宰这片空白场地的能力，文化由此呈现为混沌状态。这种混沌的文化氛围，也是近代小说修辞新旧杂糅的文化根源。声光物电的现代科技与忠孝节义的传统伦理在这一时期小说中并存，凸显出这种过渡文化氛围对小说话题的影响。

2. 传播方式的近代化

政治文化氛围的转换，为小说提供了不同的话题，而经济语境的转换，则改变了小说流通环境，进而改变小说的修辞方式。如陈平原先生指出的那样，晚清的传播媒介改变，极大地促进了小说叙事模式的转型，[①]同时也对中国小说修辞产生了巨大影响。

第一，现代传媒改变了作者—读者的交流模式，传统小说以"讲—听"为主导的交流模式转换为以"写—看"为主导的交流模式，这对小说修辞产生了极为深远的影响。首先是修辞话题的选择，群体性的听转变成个体性的看，使得作者可以与读者进行更隐秘也可能更深入的交流。尽管近代小说并没有像晚明小说那样出现风行一时的"性爱"[②]等私密题材，但"革命"、"反满"等政治性话题，因为其实际上处于违禁状态而成为一种与读者的"私密交流"。吴趼人的短篇小说《查功课》就以速写的方式记录了晚清学生看违禁品《民报》的场景，以私密方式讲述公共话题是近代小说修辞的新命题与新机遇。其次，一次性的听变成可多次进行的看，使作者不用过于担心读者的理解能力，由此可以在叙事方式上进行更多创新。吴趼人《九命奇冤》的倒叙手法，在一次性的说书艺术中显然难以实现，而在可以多次进行的小说阅读中，却可以较大地激发读者的兴趣，因为阅读的速度与节奏都由读者自己把握，甚至阅读的顺序也可以由读者自己把握。对于某些性急的读者而言，他可以选择先了解结果，再细细地品读事件发展的过程；而对于某些粗疏的读者，他则可以在文章的接

---

① 参见陈平原：《中国小说叙事模式的转变》，见《陈平原小说史论集》上卷，河北人民出版社 1997 年版（下同）。

② 晚明的"私密写作"，在某种程度上，还是一种"公共写作"，因为在那个时代，谈"性"说"情"是一种社会时尚，而不一定是一种私密交流。

榫处,重新回过头来看小说的开头,从而使故事变得流畅。至于晚清小说中大量使用的隐喻修辞,更是这种书面传播的产物。无论是《老残游记》中的"白日梦",还是《狮子吼》中的"白日梦",都基于作者与读者之间的一种默契。

第二,由于现代印刷技术与现代媒介的逐步普及,使小说的地位随之上升。传统的雕版印刷艺术,有利于诗文等篇幅短小意义隽永的文体的传播,而小说,尤其是长篇白话小说,其印制成本限制了其流通数量与流通广度。因此,小说的"传播权"主要把握在"说书人"手中。"说书人"的"俗人"地位,使小说的地位随之降低,历代就少有人将小说抬进"文苑"。现代传播媒介与现代印刷技术,使长篇小说的发行成本大为降低。小说可以不通过"说书人"直接面对读者,读者也可以不通过"说书人"直接面对小说。这种"中间人"的省略,使小说像诗文一样,不再依靠"俗人"做中介,而逐渐成为"文人"的事业,从而提升了小说在文坛的地位。加上梁启超等人对小说的吹捧,使得小说的地位极大提升。强调"新"小说由文人创作,是小说地位得以提升的重要原因,而小说地位的提升,又吸引了更多文人创作小说,这种正相关巩固小说在文苑的地位。

第三,现代稿酬制度的初步建立,强化了作者—读者之间的修辞互动。现代传媒的发展,不仅导致了说书人丧失了"中间传播者"的地位,更重要的是导致了说书人丧失"中间经纪人"的位置,使小说作者与其作品产生的经济效益直接相关。从这一刻开始,对小说经济效益的考量,成为小说家不得不面对的一个重要问题。这对小说修辞有着双重作用:一方面是稿费制度为小说家提供了生活来源,从而使小说家具有了一定的人身独立性,使写小说成为一种正常的职业;另一方面则可能强化小说家对经济力量的依附,使他不能不考虑受众的兴趣与爱好。这为理解近代小说作者与读者之间的修辞互动提供了一个新的角度。一方面是小说家试图制造某种热点,从而吸引读者的眼光;另一方面则是读者以自己的审美成规,制约小说家的修辞选择。在近代小说发展的 20 年中,以辛亥革命为界,经历了一次重要转折,前期的政治小说盛行与后期的言情小说盛行,形成一种鲜明对照,前者的政治关怀与后者的个体关怀,在外在表现上呈现为鲜明对立。辛亥革命以前,社会对晚清政府的腐败有目共睹,因此形成了一股强大的谴责小说浪潮。辛亥革命暂时使这种谴责失去了靶子,虽然新政权的成立并没有改变整个社会面貌,但在一定程度上消耗了作者与读者的激情。对社会的失望,使得他们将目光投向了个体的命运。言情小说在辛亥后乘机兴起,乘的正是读者政治激情消退商业激情凸显的东风。在这种小说主题的重大转型中,包含着一种明显的作者—读者主从关系的异动。辛亥革命前小说家处于主导地位。无论是傅兰雅对"除三弊"的大声疾呼,还是梁启超倡导"小说界革命",抑或是徐念慈、黄人等对小说审美性的追求,小说家总是在试图创造、引导、提升读者的价值观念与审美情趣。由于富国强民的民族想象是这一时期重要命题,小说家对这一命题的呼应获得了广大的市场,甚至成为一种时尚,众多读者都自愿融入这一时代主旋律。而辛亥革命之后,一方面是民众对政治的失望,另一方面是政治的高压态势,使得众多读者觉得富国强民只是一个与自己无关的美丽神话,同时意识到小说与这个美丽神话之间也并不存在此前诸多小说家所说那种必然联系,由此对"新小说"产生一种审美疲劳,读者的传统审美趣味对小说家形成了一次反扑,读者因素成为小说创作中的主导因素。

无论是小说家主导还是读者主导,在表面的宏大主题或娱乐主题背后,起着深层制约因素的实际上是经济因素。现代传播制度所衍生的现代稿费制度,使作者不得不考虑小说的发行量。无论是小说家对读者价值观念的引导,还是对读者审美情趣的迎合,都潜存着一个命题:接受市场的检验。近代印刷技术的发展以及近代图书发行体系的成熟,以及近代书报行业的发展,使得小说写作成为一种新兴职业。无论是政治小说的以义相交还是鸳蝴小说的以乐相交,小说的最大任务变成获得读者的认同,使其愿意花钱来买。正是这种互动关系,导致了近代小说 20 年的发展历程中,出现了由政治到言情,有白话到文言的曲折历程。

尽管民初的文言言情小说盛行看起来是一种大的退步,但在实质上却可以说是一次小说使命的大的回归,使小说成为一种"个体"的与"文化"的事业。无论对于作者还是读者,小说都还原到其本来面目。它摆脱了政治小说的沉重负荷,成为一种"自娱"与"娱众"的手段。这种宽松的文化语境,在一定程度上,也孕育了民初小说斑斓七彩。民初小说的真正问题不在于鸳蝴小说的个体回归与娱众倾向,而在于其忽视了文学自身的挑战,不是以修辞创新而是以修辞复古来满足读者的需要,使得鸳蝴小说最终失去创新动力。

二、修辞受众的近代化

无论是近代小说家对读者的引导,还是对读者的逢迎,都折射出读者地位的重要性,表现出一定的"读者中心"倾向。这种"读者中心"以读者的近代化为前提,是小说修辞近代化的一个重要层面。传统小说受众主要包括两类人,一类是识字的文人,另一类则是不识字的听众,相对而言,后者所占的比例比前者大得多。清末民初的小说读者,无论在构成上还是性质上都出现一些与传统小说读者不同的因素。近代教育体制的建立与近代知识体系的普及,使具有近代知识的识字者大为增加,为小说带来了不少潜在的读者(而非听众)。这些新增读者近代小说修辞转型产生了影响重要。

1. 近代小说读者的新兴类型

近代小说理论家已经注意到小说读者的不同类型,报癖的《论看〈月月小说〉的益处》中,列出了六类读者:"官场"、"维新党"、"历史家"、"实业家"、"词章家"以及"妇女",①强调他们都能通过阅读《月月小说》获得好处,由此凸显出小说的重要性。徐念慈更关注学生、军人、实业、妇女②四类读者,强调应该根据不同读者选择不同的小说改良方式。这几类读者,尤其学生、妇女以及编辑,是近代小说读者中的新兴力量。近代小说作者为了小说的发行量,不能不有意识地根据读者的不同需要调整自己的写作姿态与叙述目的。这种根据不同读者调整叙述目的与修辞技巧的自觉意识,标志着小说修辞意识开始由"作者中心"逐渐向"读者中心"转型。

(1)小说的学生受众

教育体制的改革是近代社会变革的一项重要内容,也是推动社会发展的一项重要动力。这种改革最初是从民间开始的。1891年,康有为在广州建立一所小规模的私立学校——长兴学舍,旨在培养学生的政治觉悟。此后,各地有识官员也加入教育改革行列,极大地推进了新式学堂的建立与普及。1895年以后,张之洞、盛怀宣等在地方改组学院和创办新学堂。1896年,李端棻等

---

① 报癖:《论看〈月月小说〉的益处》,见陈平原、夏晓虹编:《二十世纪中国小说理论资料》第一卷,北京大学出版社1997年版(下同),第340—345页。

② 觉我:《余之小说观》,见陈平原、夏晓虹编:《二十世纪中国小说理论资料》第一卷,第337—338页。

送呈要求普遍建立新学堂的奏折。1896—1898 年,教育改革之风席卷全国。① 这一改革虽然因百日维新失败而中断,但也留下了一些重要成果,其中包括 1898 年成立的京师大学堂。1904 年教育改革被列入政府议事日程,满清政府制定了一套以日本教育管理制度为模板的学堂行政管理规章。1905 年 9 月,清政府决定于次年废除科举。此后,近代学堂迅猛发展。据学部统计,1904 年学堂总数为 4222 所,学生总数为 92169 人,到 1909 年,学堂已经发展到 52348 所,学生为 1560270 人。② 尽管此时的教学人员与教学内容大都还是换汤不换药,但科举制的废除以及承认女性的受教育权(1907 年),还是为现代知识分子的萌生提供了土壤,为近代小说培养了大批潜在与现实的近代化读者。

与近代教育改革培养大批潜在近代化读者相呼应,近代的各种学会则为这些潜在读者的思维更新提供了另外一条途径。从 1895 年 11 月康有为建立"强学会"算起,到 1898 年,一共七十六个学会曾被各种报刊报道过。这些学会并不全是集中于少数沿海大城市,而是分设在十个省三十一个不同的城市,其中二十五个在内地。这种分布的广泛性,无疑在扩大新思想的影响方面起到了巨大作用。"它们虽然分散各地,但在传播新思想方面却成为补充新式学堂和改头换面的书院之不足的重要组织手段。"③

这种具有一定新思想的潜在读者的扩大,是小说修辞近代化的关键因素。他们支持了小说叙事目的的近代转型,支撑了"政治小说"的读者市场。

(2)小说的报刊业受众

近代工商业的发展,为众多受过近代教育的学生提供了较多工作岗位。尤其是近代报刊业的发展,使报刊编辑成为一个特殊的受众群体,他们不仅是小说的直接读者,同时也是引导读者的读者,即编审读者。他们的趣味在很大程度上影响着当时的阅读倾向。维新前后是中国报刊业发展的第一次高潮。《时务报》、《知新报》、《湘报》、《湘学报》、《国闻报》等由与维新运动密切相关的人士创办的报刊,号称能在大地区或全国范围内大量发行,其中影响最大的

---

① [美]费正清编:《剑桥中国晚清史》下卷,第 373 页。
② [美]费正清编:《剑桥中国晚清史》下卷,第 428 页。
③ [美]费正清编:《剑桥中国晚清史》下卷,第 375 页。

《时务报》发行量最高曾达万余份。这些报刊与此前的报刊不同，"维新运动时期出现的报纸显然是一种新型报刊的开端，即一种与早期通商口岸报刊不同而属于社会精英的报刊的开端"①，它们的出现标志着"现代的公共舆论在中国的开端"②。这一带有现代意味的公共空间的开创，不仅提升了小说的地位，也引导了小说的修辞转型。一个重要的现象就是，各种报刊的政治倾向虽然大体主导了该报刊的文学倾向，但文学同时也保持着自身的相对独立性。徐枕亚的《玉梨魂》发表在革命派的《民权报》上，就凸显出编辑的个人爱好对小说风尚的重要影响。

（3）小说的妇女受众

1907 年，女学的解禁与发展，为小说培养了一批近代女性读者。如果说传统女性"无才便是德"，近代的下层启蒙运动却极为重视占人口总数一半的女性，因此女性的缠足被提升到了关系国家与民族命运的高度。1883 年，康有为在家乡创办第一个不缠足会。外国传教士傅兰雅（John Fryer）在 1895 年5 月举办新小说大众竞赛时，就明确将缠足视为"三弊"之一。"他在竞赛中寻找的是有社会意义的小说，必须对他眼中的中国社会的'三弊'——鸦片、时文和缠足予以抨击并提出救治办法。"③这种直接诉诸女性的启蒙意识，可以说是中国小说近代化的一个重要标志。这种下层启蒙与小说女性读者的自觉密不可分。尽管近代小说史上可以考证的女性小说作者不多（主要是弹词作者），但明确以女性为受众的作品，却并不鲜见，如姬琐的《黄绣球》，程宗启的《天足引》等。

这种小说受众与小说叙事目的之间的互动，在近代小说创作中并不是孤例。近代小说中另一种题材的缺席，从一个反面证明了受众与话题之间的互动，那就是农民题材小说在近代的缺席。在近代小说中，曾经出现过农民的身影（《海上繁华梦》与《市声》等），但无论是前者书写的农民在都市中的沦落，还是后者书写的农民在乡村的奋起，都不是农民的"原生态"情境，而是染上了浓厚都市文化与工业文明色彩的关于农民的"想象"，与传统的乡土文明没

---

① ［美］费正清编：《剑桥中国晚清史》下卷，第 378 页。

② ［美］费正清编：《剑桥中国晚清史》下卷，第 379 页。

③ ［美］韩南：《新小说前的新小说——傅兰雅的小说竞赛》，见［美］韩南：《中国近代小说的兴起》，第 149 页。

有太多干系。这种农民题材的缺席显然与农民受众的缺席直接相关。

2. 近代小说读者的性质转化

近代小说读者的转型,不仅体现在新兴读者类型的出现方面,更主要地表现在读者性质的近代化方面。近代小说读者性质的转型,主要体现在知识结构、伦理意识与审美情趣三个方面。

近代小说读者知识结构的转型与近代科学知识的普及直接相关。在鸦片战争以来,魏源"师夷长技以制夷"的口号逐渐深入人心,西方的科学技术逐渐传入中国,各种新名词逐渐进入普通人的视野。自然科学知识的普及,带来了小说中各种"科学想象"以及各种科学术语,对小说家的修辞选择产生了直接影响。《玉梨魂》中以"蓄音器"、"摄影箱"①来比喻耳目,可见科学名词的普及程度,科幻小说的兴起更以读者的知识结构转型为前提。然而,在近代小说中,传统观念与现代科学名词长期同时并存。《老残游记》中的黄龙子、青龙子、赤龙子等世外高人代表的道教修行与福尔摩斯代表的逻辑思辨和平共处,正折射出这种过渡情态。

近代小说读者不仅其在知识结构方面新旧杂糅,在伦理意识方面同样新旧杂糅,表现出更明显的过渡性。他们接受了西方现代思想的点滴教育,初步具备了民族国家、平等、自由、民主等方面的观念。这种民族国家意识的兴起以及民主意识的初步普及,使得"王纲"开始解纽,为近代小说种种"大逆不道"观点的流行提供了可能,"谴责"之风得以兴起。然而,虽然传统的"忠君"意识随着西方民主观念的传播得以削弱,政治领域内的皇帝权威被弱化,但以父为子纲与夫为妻纲为核心的传统家庭伦理观念并没有受到严重的挑战,相反,这种作者与读者对传统家庭伦理的认同,成为小说家实现自己修辞目的的重要基点。《孽海花》对女性不贞的谴责与对社会的谴责同时并存,《老残游记》则通过家庭理想建构一种人道理想。

读者的知识结构与伦理意识决定了读者接受新事物的潜在限度,但并不意味着他们接受新事物的现实程度。这时小说读者的知识结构与伦理意识,无论是在性质上还是在程度上,都处于新旧杂糅的阶段。一方面是"格致学"

---

① 徐枕亚:《玉梨魂》,见吴组缃等主编:《中国近代文学大系·小说集》第 6 卷,上海书店 1991 年版,第 450 页。

的似是而非,另一方面则是民主观念的似是而非。对新事物的好奇心使他们关注小说中关于科学与民主表述,而传统的思维惯性则使他们倾向于躲进自己安全的避风港。如何将读者接受新事物的可能性转化成现实性,需要作者修辞手段的激发,也就是说,小说家必须注意读者的审美情趣,才可能取得最大的修辞效果。

在某种程度上,读者的审美情趣对小说修辞的影响更为根本。因为一旦读者对小说作者的修辞手法不予认同,小说作者就不可能获得读者,更不可能实现其商业利益以及启蒙目的,而读者的审美情趣相对来说又是最难以改变的。读者的知识结构可以随着教育的普及而改善,伦理意识可以随着社会风气的进化而进化,但其审美情趣却可能更为内在,更为根本。正是在这方面,近代小说读者的近代性也表现得淋漓尽致。一方面,如众多研究者指出的那样,近代读者对新的小说叙事方式表现出一定程度的认同,但另一方面,传统的审美趣味依旧占有主导地位。这主要表现在几个方面:章回体的文体形式、情节化的叙述动力、全知叙述者的叙述模式在近代小说中依旧占据主导模式,其中可以看出近代小说作者与读者审美情趣的过渡性。

三、修辞话题的含混性

修辞情景与修辞受众影响了小说家对修辞话题的选题。修辞情景限定了小说家修辞话题选择的可能性,任何小说家都不可能超出自己的时代选择修辞话题;修辞受众则意味着小说家修辞话题选择的现实性,小说家总是根据不同的修辞受众的知识结构、伦理意识以及审美情趣确定自己的修辞话题。

韩南的"除三弊"实际上已经潜含了后来的"新民"命题。鸦片与缠足,分别代表了当时对男性与女性戕害最大的两种"弊端",而"时文"则是对当时民众思想进行约束与戕害的"弊端",因此,"除三弊"也就是试图从身体与精神两个层面,进行"新民"的建构。这与严复提出"鼓民力、开民智、新民德"[①]的"新民"之方,有着高度的相似性,严复的"鼓民力"这一主张,同样以反缠足与禁鸦片为中心。梁启超的"开民智、兴民权、育民德"的"新民"主张,最为系统

---

① ［美］本杰明·史华兹:《寻求富强:严复与西方》,叶凤美译,江苏人民出版社1996年版(下同),第77页。

全面,但与前人论述存在渊源关系。这种"新民"的倡导,可以说是近代小说修辞话题的核心。

　　"文学是人学",一代有一代之文学的潜台词,就是一代有一代之人学。小说更是"人学",所有小说都包含着"立人"的命题,但有意识地"立新人",则是近代文学才有的事。曹雪芹的《红楼梦》可以说是中国古典小说在"立新人"方面取得最高成就的作品,贾宝玉的价值观已经包含了诸多新因素,但作者在主观层面却很难说具有培育新人的自觉意识。至于其他的创作,则不脱"帝王将相才子佳人"。1872 年,蠡勺居士借引进外国小说的机会,对传统小说"导淫"、"海盗"、"纵奸"、"好乱"四弊进行了反思,①但他对传统小说之"弊"的分析,实际上还不脱离传统价值规范,还没有达到梁启超将小说与新群治联系起来的高度。至于《海上花列传》等作品,同样未能跳出三纲五常的规范,小说中的价值观与人生观还是以占统治地位的封建等级观念为主导。傅兰雅的广告词,则有意识地以培育新人为目标,并以此作为衡量小说价值的价值标准。这种自觉意识,凸显出近代小说与传统小说的本质差异。后来梁启超的《论小说与群治之关系》更加强化了小说与"新民"的内在联系。

　　1. "新民"的突破

　　近代小说的"新民"主张,大体对应了近代的"新民"理论,大致包括"鼓民力"、"新民德"、"兴民权"与"开民智"几个方面。

　　傅兰雅的"除三弊"侧重于"鼓民力"。由于这一改良主义的主张较为切实可行,因此在当时获得较广泛的呼应。在晚清小说中,专注于"强民体、鼓民力"的小说并不在少数。除了韩南指出的新小说之前的两部"新小说"——《熙朝快史》(1895)与《花柳情深传》(又名《醒世新编》1897)——的主题直接与"除三弊"有关之外,颐琐的《黄绣球》、思绮斋的《女子权》、静观自得斋主人的《中国之女铜像》等关注妇女解放的晚清小说,基本上都与反缠足有关;至于反鸦片之流毒,则在包括四大谴责小说的诸多作品中都曾出现。"积弱积贫"的现实,使得这一时期的小说家,不能不注意到"民体"与"民力"问题。

　　作为一个在中国工作的外国人,"除三弊"是就事论事,没有触及中国社

---

　　① 　参见蠡勺居士:《昕夕闲谈小序》,见黄霖、韩同文选注:《中国历代小说论著选(修订本)》上,江西人民出版社 2000 年版(下同),第 630—631 页。

会问题的根本。作为本国人,严复、夏曾佑则试图追本溯源。"有人身所作之史,有人心所构之史,而今日人心之营构,即为他日人身之所作",小说影响人的心理,人的心理影响行动,进而影响历史发展。作为营构人心、传承改造"天下之人心风俗"利器的小说,因此可以说"为正史之根"。① 尽管他们在这里并没有明确提出"新民"的主张,但已经为梁启超的论述埋下了伏笔:如欲创造明天的历史,必须先改造今日之人心;而要改造今日之人心,则必须改造今日之小说。梁启超的《论小说与群治之关系》正是顺着这一思路进行发展与发挥,由此得出论断:"今日欲改良群治,必自小说界革命始;欲新民,必自新小说始。"②严复等发轫、梁启超正式提出的"新民"话题,其核心是改良"群治",也就是重在"新民德"。"新民德"主张实际上是晚清"谴责小说"的内在支柱。鲁迅认为谴责小说的发达与时人对政府的不满直接相关:"盖嘉庆以来,虽屡平内乱(白莲教、太平天国、捻、回),亦屡挫于外敌(英、法、日本),细民暗昧,尚啜茗听平逆武功,有识者则已翻然思改革,凭敌忾之心,呼维新与爱国,而于'富强'尤致意焉。戊戌变政既不成,越二年即庚子岁而有义和团之变,群乃知政府不足与图治,顿有掊击之意矣。其在小说,则揭发伏藏,显其弊恶,而于时政,严加纠弹,或更扩充,并及风俗。"③鲁迅不仅解释了"谴责小说"兴起的缘由,同时也论述了谴责的主要内容包括时政与风俗,而不是单指个体,至于小说家进行"谴责"的依据,无疑还是基于道德。谴责小说很少出现对制度的反思,其重心始终是对人物的批判,尤其是对人物的道德批判。《官场现形记》中对龌龊官场的暴露,《二十年目睹之怪现状》中对见利忘义的亲族的书写,《老残游记》中对道德理想主义的展望,都潜含着道德命题,尤其是社会公德——也就是梁启超所说的"群治"问题。这种道德批判与中国传统文化的道德主义密切相关。

　　谴责小说关注"公德",言情小说则关注"私德"。辛亥革命以后,公共领域的政治话题让位于私密空间中的爱情话题。在这种话题中,个人的私德占

---

　　①　几道、别士(严复、夏曾佑):《本馆附印说部缘起》,见陈平原、夏晓虹编:《二十世纪中国小说理论资料》第一卷,北京大学出版社 1997 年版(下同),第 27 页。
　　②　饮冰(梁启超):《论小说与群治之关系》,见陈平原、夏晓虹编:《二十世纪中国小说理论资料》第一卷,第 53—54 页。
　　③　鲁迅:《中国小说史略》,见《鲁迅全集》第 9 卷,第 291 页。

有更重要的地位。无论是苏曼殊的《断鸿零雁记》，还是徐枕亚的《玉梨魂》，家庭与个人的纠葛、情与理、情与欲的冲突，是小说的主要内容，而如何处理这些冲突，则是小说家人物建构的基本立足点。与传统小说中的等级观念不同，近代言情小说中已隐含着个性主义的萌芽。

梁启超不仅提倡"新小说"，更身体力行地写过"新小说"中的一类——政治小说。他将政治小说视为小说之最上乘，这也便涉及他"新民说"的另一个层面——"兴民权"。在晚清政治小说中，虽然存在着立宪派与革命派之分，前者如梁启超自己未完的《新中国未来记》、玉瑟斋主人的《回天绮谈》①、春飔的《未来世界》、佚名的《宪之魂》、藤谷古香的《轰天雷》等，后者如震旦女士的《自由结婚》、冷情女史的《洗耻记》、陈天华的《狮子吼》、怀仁的《卢梭魂》、静观子的《六月霜》、羽衣女士的《东欧女豪杰》等，二者虽然对中国的前途有着不同的思考与设计，如立宪派只是试图削弱"君权"，革命派则试图颠覆"君权"，但双方都开始关注"民权"，由此表现出与传统小说的专制意识截然不同之处。

最后，"开民智"也是近代小说"新民"的一个重要层面。佚名之《论小说与社会之关系》中，认为小说"当补助我社会智识上之缺乏。夫我社会所以沉滞而不进者，以科学上之智识，未足故也；以物质上之智识，未有经验故也"。②这也就指出了小说开民智的两个方面：科学知识与社会知识。

反迷信一直是近代小说的一个重要话题。不仅壮者的《扫帚迷》、嘿生的《玉佛缘》等作品直接以反迷信为主题，就是《官场现形记》等谴责小说，也在其中融入了科学意识，对当时流行的鬼神迷信进行了抨击。科幻小说与开启民智有着更为直接的关系。科幻小说"掇取学理，去庄而谐，使读者触目会心，不劳思索，则必能于不知不觉间，获一斑之智识，破遗传之迷信，改良思想，补助文明，势力之伟，有如此者！"③荒江钓叟的《月球殖民地小说》、东海觉我

---

① 此书据范伯群观点，应为译作。不过范伯群也未指出究竟译自何书。译者玉瑟斋主人即麦仲华，为康有为女婿。参见范伯群：《中国现代通俗文学史》（插图本），北京大学出版社 2007 年版。

② 佚名：《论小说与社会之关系》，见陈平原、夏晓虹编：《二十世纪中国小说理论资料》第一卷，第 168 页。

③ 周树人：《〈月界旅行〉辨言》，见陈平原、夏晓虹编：《二十世纪中国小说理论资料》第一卷，第 68 页。

（徐念慈）的《新法螺先生谭》等小说"经以科学，纬以人情"①，在传统的神魔小说之外，另开一条开启民智的道路。

　　反迷信与科幻小说关注科学知识的普及，而侦探小说则更关注科学的思维方式。作为中国最早引进的小说门类，侦探小说曾经风行一时，获得时人的器重。"如果说当时翻译小说有千种，翻译侦探要占五百部上。"②这种风行，除了因为当时人们认为西方侦探小说注重"人权"之外，还因为侦探小说注重"科学"思维方式，"访诸一般读侦探案者，则曰：侦探手段之敏捷也，思想之神奇也，科学之精进也，吾国之昏官、聩官、糊涂官所梦想不到者也。吾读之，聊以快吾心。或又曰：吾国无侦探之学，无侦探之役，译此者正以输入文明。"③侦探小说不仅以"科学之精进"开启民智，更重要的是其重视证据的"求实"精神与注重逻辑的思维方式，对民智产生了更大的影响。无论当时还是以后，都有将侦探小说视为一种思维训练方式的读者与作者存在。至于黑幕小说，在小说史上一向臭名昭著，但其最初倡导者，却同样抱有"开民智"的念头，认为自己是在启读者社会知识之蒙。黑幕小说得名于 1916 年 9 月《时事新报》"黑幕大悬赏"的征文启事，"上海五方杂处，魑魅魍魉群集一隅，名为繁盛之首区，而实则罪恶之渊薮，魔鬼之窟穴而已。……本报本其救世之宏愿，发为下列问题，特备赏金，广征答案。世之君子，倘有真知灼见，务乞以铸鼎象奸之笔，发为探微索引之文。本本源源，尽情揭示。……共除人道蟊贼，务使若辈无逃形影，重光天日而后已。"④这一宣言与谴责小说的"揭发伏藏，显其弊恶"⑤有着相通之处，但二者在目的上有着明确的不同，谴责小说"意在匡世"，而黑幕小说则"意在揭源"。尽管后来的新文学作家将黑幕小说扫入了历史的垃圾堆，但其当时的风行，却也反映出当时读者希望了解社会的阅读期待。

----

　　①　周树人：《〈月界旅行〉辨言》，见陈平原、夏晓虹编：《二十世纪中国小说理论资料》第一卷，第 67 页。
　　②　阿英：《晚清小说史》，东方出版社 1996 年版（下同），第 217 页。
　　③　中国老少年（吴趼人）：《〈中国侦探案〉弁言》，见陈平原、夏晓虹编：《二十世纪中国小说理论资料》第一卷，第 213 页。
　　④　载上海《时事新报》1916 年 9 月 1 日第 3 张第 4 版《报余丛载》栏征稿启事。转引自范伯群：《中国现代通俗文学史》（插图本），北京大学出版社 2007 年版（下同），第 221 页。
　　⑤　鲁迅：《中国小说史略》，见《鲁迅全集》第 9 卷，第 291 页。

2."新民"的局限

近代小说的"新民"话题,与传统小说表现出鲜明的差异性。无论是鼓民力、新民德、还是兴民权、开民智,都与传统小说中愚民倾向与奴化意识形成鲜明对比。然而,由于近代小说家的历史局限性,这一修辞话题只是一个过渡性的话题。无论是在傅兰雅那里,还是严复与梁启超那里,"新民"最终都指向"新国",而不是指向"新人",指向了"民"之义务,而不是"人"之权利。这种局限性也体现在"新民"的各个层面。

近代以来,众多有识之士对中国"积弱积贫"的原因及解决之道进行了深入思考。他们最早开出的药方,就是"鼓民力",而要鼓民力,首先就要"强民体"。因此,禁鸦片与反缠足,作为强男体与强女体的重要内容被提了出来。然而,"鼓民力"的出发点是国富,因此"强民体"也便成为一种工具性的存在,而非一种本体性的存在。彭养鸥的《黑籍冤魂》讲述了吴家五代为鸦片所害的故事,借以警醒世人。绿意轩主人的《醒世新编》则通过正反两方面的对比,凸显"除三弊"的重要性,但其最终的衡量标准,不过是魏家五姊妹都得了善果,不仅家业发达,而且人丁兴旺。在总结各人发家致富的经验时,众人得出"革时弊以策富强"的途径,就是先戒去鸦片、缠足与时文,"再加上我们中国的三纲五常的至理,一体一用,兼权并行,何怕我们中国不富强"。①

绿意轩主人对"三纲五常的至理"的推崇体现出近代小说在道德方面的保守倾向。而谴责小说对官场腐败的抨击以及对家庭乱伦的揭露,则开始怀疑三纲五常的合理性与合法性。尤其是刘鹗对那些借清官之名谋升迁之实的酷吏的批判,更深入地揭示了传统官场伦理生态的真相。这些谴责小说与梁启超所提倡的新"群治"与新"公德"相关,表现出一定的进步性。对于男女交往这一私德领域,当时的小说家同样有着新的思考。震旦女士自由花的《自由结婚》指出结婚自由对于社会自由与国家自由的基础性地位。"天下有那一事不要自由?为何许多男女都放着别的自由不管,独独于这嫁娶自由死命不肯舍呢?岂不是因为结婚自由为男女一生大事,结婚失了自由,就要终身受累吗?老夫且愿我自由的男男女女,爱一切自由如结婚一般,我祖国就不怕无

---

① 绿意轩主人:《醒世新编》,见《中国近代珍稀本小说·七》,春风文艺出版社 1997 年版(下同),第 370 页。

自由之日了。"①符霖《禽海石》同样勾勒出了"情"的重要性，"余以为造物之所以造成此世界者，只是一'情'字。世界上一切形形色色，如彼山川人物、草木鸟兽，何一非情之所集合者？"②在这些情中，男女之情有着其特殊重要性，"儿女之情，情之小焉者也。特是人为万物之灵，自人之一部分观之，则凡颠倒生死于情之一字者，实足为造物者之代表。是以善言情者，要必曲绘夫儿女悲欢离合之情，以泄造物者之奥秘而不厌其烦"，作者写这篇言情小说，就是希望"与天下有情人共读之。读之而能勃然动其爱同种、爱祖国之思想者，其即能本区区儿女之情而扩而充之者也"③。作者虽然承认儿女之情是一切情的基点，但同时指出个体的小情应该转化为民族的大情，个体的情感应该服从国与族的需要，由爱恋人，扩大为爱同种、爱祖国。徐枕亚的《玉梨魂》以哀情著称，最后却需要以爱国与革命作为自己哀情合法性的证明。近代言情小说将个体的情感与民族的命运联系起来的倾向，凸显出近代小说中私德的"非私人性"以及个体相对于国家与民族的"义务性"。

这种私德的更新包含着"公德"意识，近代小说中私德的"复古"，更是凸显私德与社会的关系。吴趼人这位谴责小说大家，后期开始攻击婚恋自由。苏曼殊这一被陈独秀视为"新人"的作家，在这方面实际上也乏善可陈。在《绛纱记》中，苏曼殊写了一位借自由逐利的女性卢氏，她始则与霏玉"自由恋爱"，终则与绸缎庄主"自由结婚"，其"自由"成为"逐利"的代名词与遮羞布。因此，苏曼殊得出结论，"女必贞，而后自由"④。虽然苏曼殊也清楚地认识到这只是一个局部现象，"方今时移俗易，长妇姹女，皆竟侈邪，心醉自由之风，其实假自由之名而行越货，亦犹男子借爱国主义，而谋利禄"⑤，但由此推断出"女子之行，唯贞与节"⑥，则不能不让人觉得他的思想存在与传统一脉相承之处。

---

①　犹太遗民万古恨：《自由结婚》，震旦女士自由花译，见《中国近代珍稀本小说·六》，春风文艺出版社 1997 年版（下同），第 297 页。

②　符霖：《禽海石·弁言》，见《中国近代珍稀本小说·八》，春风文艺出版社 1997 年版（下同），第 141 页。

③　符霖：《禽海石·弁言》，见《中国近代珍稀本小说·八》，第 141 页。

④　苏曼殊：《绛纱记》，见《苏曼殊文集》，线装书局 2009 年版（下同），第 93 页。

⑤　苏曼殊：《碎簪记》，见《苏曼殊文集》，第 113 页。

⑥　苏曼殊：《焚剑记》，见《苏曼殊文集》，第 98 页。

　　"新民"中最重要也是最具现代性的内容可能就是"兴民权"。对民众权利的重视,可以说是近代小说中最具有现代意味的主张。在传统社会中,三纲这一严格的人身从属制度,规定了每个人的位置,个体的权力与义务被绝对地区分开来。一方拥有绝对的权力,另一方则只能履行绝对的义务,尤其是在君主与臣民之间,更是如此。近代的"兴民权"试图改变这种绝对态势,强调民众相对于君主的权力。无论革命派小说还是立宪派小说,都重视"民权"对"君权"的制衡力量。然而,"兴民权"的终极旨归还是指向了"君权"与"国权",而不是"人"权;同时,兴"民"权也只是注意到了政治领域,注意到了"君为臣纲"的不合理性,而对个体在家庭领域、社会领域的权力,则较少注意。《玉梨魂》的满纸哀情,正是因为女主人公白梨影恪守寡妇不再嫁的古训,其中依稀可以看出"夫为妻纲"的影子,女性并没有对自己身体的处置权。

　　至于在开民智方面,近代小说同样存在着多重局限与矛盾。这种局限性首先表现为科学精神不彻底。近代小说家虽然意识到迷信对中国民众的负面影响,但为实现其劝惩目的,经常又借用传统的鬼神或超自然力量来进行说教。彭养鸥的《黑籍冤魂》最后借牛面显形来进行劝惩,刘鹗的《老残游记》更是直接让老残在阴曹进行游历以告诫世人,曾朴的《孽海花》中的命定论,同样显出传统宿命论的影响。开启民智的局限性的另一个方面,则是近代小说家对社会知识缺乏必要的分析能力。这不仅体现在谴责小说的有闻必录的自然主义,也体现在黑幕小说搜奇猎异的读者迎奉。因为科学分析能力的欠缺,使谴责小说在群众的娱乐精神以及商业利润的刺激下,演化为黑幕小说,并最终使黑幕小说成为诲淫诲盗的代名词。

第二节　修辞契约的过渡性

　　由于近代小说读者与作者两方面的思维局限性,这一时期的修辞契约也表现出明显的过渡性。在叙述语言的选择上,出现文言与白话的反复;在叙述权威的建构上,出现代言与立言的两难;在叙述距离的调节上,出现启蒙与审美的分裂。

一、叙述语言:白话与文言的反复

近代小说的"新民"话题与小说语言关系极为密切。为了达到最大的修辞效果,"新小说"主要采用白话进行叙述,由此与晚清的白话文运动形成一种良性互动。1876 年申报馆创办了第一份白话报——《民报》,但很快夭折。时过境迁,1897 年 11 月创刊的《演义白话报》成为白话大潮涌起的先声。清末至少 130 种白话报刊,①增强了白话文运动的声势,扩大了白话的影响。以白话报刊为主要媒介的"新小说",自然成为晚清白话文运动的主力军。

然而,晚清的白话文运动存在一个重要局限,那就是文言与白话的共存分治:文言是上等语言,主要用于上层社会的精神交流,如文人之间的诗词唱和;而白话则主要用于下层社会的实用启蒙。因为普通百姓不能理解文言,为了使百姓能够明白事理,就必须使用他们能够听懂读懂的白话。语言的工具性与审美性在这里被截然分开,白话注重语言的工具性,而文言则注重语言的审美性;同时,语言的意识形态性也被凸显与强化,白话是下等人使用的语言,文言则是上等人使用的语言。

晚清小说家与小说理论家,从小说的修辞效果这一角度,特别强调了小说语言的重要性,尤其是白话的重要性。严复、夏曾佑谈到小说的"五易传"时,有三易与语言相关,第一易传就是"书中所用之语言文字,必为此种人所行用"②,第二易传是"书中之所陈,与口说之语言相近"③,第三易传则是"简法之语言"④,这三"易传"凸显出白话对于小说的重要性,然而,对"易传"的强调实际上还是基于语言的工具性与"实用"目的。这种对语言工具性的强调,使晚清的白话文运动以及晚清小说的白话化存在严重局限。他们没有意识到语言的工具性与审美性是语言的当然属性,白话可以审美化,文言同样可以工具化,而是将白话的工具性与文言的审美性割裂开来,甚至将二者对立起来。

---

① 夏晓虹:《晚清白话文运动的官方资源》,《北京社会科学》2010 年第 2 期。
② 几道、别士(严复、夏曾佑):《本馆附印说部缘起》,见陈平原、夏晓虹编:《二十世纪中国小说理论资料》第一卷,第 25 页。
③ 几道、别士(严复、夏曾佑):《本馆附印说部缘起》,见陈平原、夏晓虹编:《二十世纪中国小说理论资料》第一卷,第 25 页。
④ 几道、别士(严复、夏曾佑):《本馆附印说部缘起》,见陈平原、夏晓虹编:《二十世纪中国小说理论资料》第一卷,第 26 页。

这种文言、白话的共存分治,一定程度上了消解了作者与读者增强白话的审美性的动力,实际上取消了白话发展的可能性,对于读者而言,"凡文义稍高之人,授以纯全白话之书,转不如文话之易阅"①,对于作者而言,习惯文言之人,专用"白话体裁,下笔之难,百倍于文话"②。如果白话只是工具而不能成为审美的对象,作者与读者都可能不愿花太多力气去提升其审美品格,由此也可能使注重审美的小说的叙述语言向文言回归。

辛亥革命以前,晚清小说的主流是白话小说。从"新民"的目的出发,小说家们几乎无一例外地选择了更能"通于俗"的白话作为载体。梁启超在自己仅有的小说中运用了"笔端常带感情"的新文体,晚清四大谴责小说家无一不是白话报刊的主力。白话的盛行与晚清小说"新民"的修辞意图直接相关,而辛亥以后骈俪"中兴"则与民初的"娱众"有着直接联系。民初鼎足而立的哀情骈俪名作:徐枕亚的《玉梨魂》,吴双热的《孽冤镜》,李定夷的《霣玉怨》,同于 1912 年开始连载,一时洛阳纸贵,显然不是偶然。而曾经在 1903 年就以白话翻译兼创作《惨世界》的苏曼殊,在 1912 年改用文言写《断鸿零雁记》,更不是偶然。"以俗言道俗情者,正格也;以文言道俗情者,变格也。"③变格而能风行,背后自然有着其社会历史文化原因。

就写作主体而言,与文言流行相对应的是小说修辞目的的改变,小说不再是进行大众启蒙的工具,而是个体表达情感的载体。小说启蒙使命的弱化,使作为启蒙工具的白话的重要性随之降低,小说语言的审美性成为小说家关注的重要目标。传统文人逞才使气的习性,取代启蒙大众的责任感,在小说界中占据上风,文言文与骈俪体也就成为表现他们个人才气的工具。

就阅读群体而言,在接受了长期的启蒙宣讲与白话灌输之后,也产生了审美疲劳。尤其是一直不曾适应白话小说的士大夫阶层,忽然看到了符合自己审美情趣的作品,自然极力吹捧,由此形成一种新的审美时尚,使得徐枕亚等

---

① 姚鹏图:《论白话小说》,见陈平原、夏晓虹编:《二十世纪中国小说理论资料》第一卷,第151 页。

② 姚鹏图:《论白话小说》,见陈平原、夏晓虹编:《二十世纪中国小说理论资料》第一卷,第151 页。

③ 吴曰法:《小说家言》,见陈平原、夏晓虹编:《二十世纪中国小说理论资料》第一卷,第524 页。

人的创作一时洛阳纸贵。

　　就语言的自身发展而言，骈俪体的"复兴"也意味着为小说语言的发展提供了又一种可能性。曾有论者指出，近代小说语言的多样性是一种更为丰富的现代性，五四以后白话文的一统天下则意味着现代性的贫乏与单一。这一论断有着重要的启发意义。晚清的白话向民初的文言的转向，潜含在语言演变的规律：小说语言的发展，是作者、读者以及社会三者之间的合力的结果。近代小说语言的这种自我发展，造就了近代小说语言的丰富性。

　　然而，晚清的白话向民初的文言的回潮，其内核还是语言的工具性与审美性的分离。也就是说，民初的文言小说在注重语言的审美性的时候，又回到了传统语言的等级圈套，由"审美性"掉入意识形态的牢笼。这种语言的意识形态性与审美性的纠结，使得新文化运动将白话的审美性作为一个突破口，来颠覆文言的等级观念。近代小说语言的丰富性，折射出来的还是近代小说语言的过渡性。

二、叙述声音：代言与立言的两难

　　近代小说叙述语言白话与文言的反复，同时也折射出隐含作者在建构叙述权威上的一种两难困境。近代小说家一方面需要建构自己的言说方式与价值体系；另一方面，他们又无法摆脱传统言说方式与价值规范的影响，因此他们在叙述权威建构方面表现出代言与立言的两难。

　　就传统小说而言，"天不变道亦不变"，价值观的一元化是传统小说叙述声音权威性最可靠的保证。有着几千年历史的中国传统文化，总体形成以儒家为主导，以释道为补充的超稳定的文化格局。它们分工协作，共同维持中国超稳定的社会结构。儒家关注现实伦理，道家关注人的精神世界，佛教则在现世中划出一个狭小的"世外"空间，为现世中极端事件提供一种平衡的可能性。这种超稳定文化的核心还是儒家的等级观念，君臣、父子、夫妻之间的"主—奴"差异是中国人心中的"天道"，也成为中国传统小说叙述权威的内在基点。《水浒传》的"造反有理"最终演化成"曲线报国"，"四海之内皆兄弟"最终还是需要"英雄排座次"的等级架构；《红楼梦》的"木石前盟"终究敌不过"金玉良缘"；至于奉旨成婚与天下大赦，更不过是凸显君权至高无上的滥调。哪怕是"海淫海盗"，同样有着"天理"的影子，如《肉蒲团》的劝惩宣言，

《金瓶梅》的因果报应。"天理"这一既定价值规范的权威性,赋予传统小说家以叙述权威,小说是"天理"的阐释,作者则是在"代圣贤"宣讲,但传统"天理"在近代受到了挑战,"状元宰相"、"才子佳人"、"江湖盗贼"、"妖巫狐鬼"①之类的思想被全盘否定,传统小说被视为生产与传播这类思想的罪恶渊薮。在这种情形下,小说的叙述声音必须寻找新的权威性,这也就要求小说家由"代言"转向"立言"。但这种新权威的建构,不可能一蹴而就。由于小说家与读者的双重原因,近代小说家表现出一种"代言"与"立言"的两难。

这种两难处境的出现,首先因为读者与作者价值观念存在难以弥合的巨大差异。尽管梁启超、严复、夏曾佑等人极力提倡新小说,尤其是政治小说,但这些有识之士的幡然思变只是小众的共鸣,难以成为社会的共识。这时的政治小说,无论立宪还是革命,其目的都是引进西方民主制度,对传统等级专制制度形成一种根本性的威胁。这种民主观念对于当时的广大民众而言显得颇为超前。政治小说的这种超前性,使梁启超等人的极力倡导在精英阶层获得了回应,但在民众中并没有产生重大影响,政治小说并未成为晚清"新小说"的主潮。

谴责小说后来居上,成为"新小说"的主力军,其获得广泛认同意味着作者找到了与读者价值认同的最大公约数。一方面,当时社会民众普遍对现实不满;另一方面大家对造成这种现实的真正原因认识并不是很深刻,对于未来终究应该如何没有明确的信念。因此,谴责小说的现实批判为民众的不满情绪找到了一个宣泄口,但同时并没有对民众现存的价值观念进行严肃的挑战,由此获得了广大读者的认同。

谴责小说流行,同时也折射出近代小说叙述权威的困境,虽然作者努力尝试不再"代言",但同时也没有真正"立言",没有建构一种新的价值观。随后言情小说的兴盛,同样折射出这种"代言"与"立言"的两难。由于近代"自由"观念的普及,婚恋自由终于作为一个重要社会问题进入了人们的视野。对于传统的"父母之命媒妁之言"而言,这无疑是一种革命性的颠覆。但民初

---

① 饮冰(梁启超):《论小说与群治之关系》,见陈平原、夏晓虹编:《二十世纪中国小说理论资料》第一卷,第 53 页。

言情小说在这方面同样不敢走得太远,小说家由此出现一种思与行的背离。在思想上,小说家承认婚恋自由的合理性,但在行动上,他们还是表彰那些遵守传统道德规范的人物,哀情由此成为这一时期小说的主流。《玉梨魂》一方面写何梦霞与白梨影之间的"浓情似火";另一方面则强调这种浓情终究要"止乎礼义",因梨娘坚守寡妇不再嫁的信条而演化成悲剧。《断鸿零雁记》一方面对三郎与几位女性的交往穷形极相;另一方面则凸显三郎的恪守清规。这种思与行的矛盾,使得民初的言情小说对自由的追求,最终以"情愿不自由,也是自由了"①为归宿。

三、叙述距离:启蒙与审美的分裂

在传统社会中,由于所有民众都认同相同的"天理",作者与读者之间无论在价值观念、认知方式以及审美情趣方面,都有着高度的相似性,因此,传统小说基本不需要考虑作者与读者之间的距离调节问题。这种作者与读者之间各个层面的相互影响与相互促进,使得传统小说成为"中国群治腐败之总根源"②。近代小说的"新民"观使小说家必须对传统价值观念进行正面挑战,由此出现作者与读者之间的差异与距离。如何调节隐含作者—叙述者—人物—受述者—隐含读者在理性、伦理、与审美方面的距离,成为近代小说修辞契约建构的一个重要命题。

在这方面,近代小说表现出一种启蒙与审美分裂的迹象,也就是说,隐含作者与隐含读者对理性启蒙与审美情趣的强调处于分裂状态,没有将二者和谐统一起来。

晚清以来的"新小说"带有浓厚的启蒙意识,注重新价值观念的输入。这种新价值观念的输入可能引发作者与读者之间的正面冲突。为了弱化这种作者与读者之间价值冲突,近代小说家强化了与读者的情感认同。《新中国未来记》、《狮子吼》等政治小说诉诸国人当时对国富民强的想象,而《官场现形记》、《二十年目睹之怪现状》等谴责小说则诉诸国人对现实的不满。由于这种情感的认同,使得读者不再十分排斥新的价值观念,进而认同新的价值

---

① 胡适:《病中得冬秀书》,见《尝试集》,人民文学出版社 2000 年版(下同),第 17 页。

② 饮冰(梁启超):《论小说与群治之关系》,见陈平原、夏晓虹编:《二十世纪中国小说理论资料》第一卷,第 53 页。

观念。

然而,晚清的政治小说与谴责小说强调了价值观念的更新,却忽视了读者的审美情趣,他们拉近了与读者的情感距离,却推远了与读者的审美距离。对小说审美性的忽视,是晚清到辛亥的小说的通病。辛亥后鸳蝴小说的兴起,显然是对晚清小说忽视读者审美情趣的一种反拨与报复。民初小说家以文言写鸳蝴小说,表现出向传统审美情趣回归的倾向,拉近了与读者审美情趣的距离,从而获得了巨大的成功,并由此形成一种新的审美时尚。然而,这种审美时尚却同样存在巨大的缺陷,那就是价值体系也向传统回归。"发乎情止乎礼义"的情节设置,从根本上取消了人的属己性:人的情感与欲望不是个体存在的理由,只有"礼义"才是个体存在的依据。

这种启蒙与审美的分离,直接影响了近代小说隐含作者—人物—隐含读者之间的认同模式。在传统小说中,由于隐含作者与隐含读者之间认知、伦理与审美的高度同一,因此读者与作者在小说人物评价方面形成一种合作与共谋关系,有着相似的判断。对于传统小说中比读者低的人物(《儒林外史》中的范进等),读者与作者站在同等的高度嘲讽人物;对于传统小说中比读者高的人物(《西游记》中的孙悟空、《三国演义》中的关云长),读者与作者同样对人物表示仰慕;对于传统小说中与读者相似的人物(《卖油郎独占花魁》中的秦重),读者与作者同样对人物表示认同。然而,传统小说读者无论对人物是嘲讽、仰慕还是认同,基本上都是认知、价值与审美三者的统一。近代小说由于作者与读者之间沟通的单维化,导致了作者对人物判断的单维化,也使得读者对人物的认同也趋于单维化。在理想派小说中(《黄金世界》等),读者可以从作者那里知道人物的理想,却难以了解人物的审美倾向;在写实派小说中(《官场现形记》等),读者可以随同作者谴责人物的道德水平,却难以了解人物的认知水平;在言情小说中(《断鸿零雁记》等),读者可以随同作者认同人物的审美情趣,却难以认同作者对人物命运的阐释。

第三节　修辞策略的过渡性

近代修辞语境的过渡与转型,以及修辞契约的解体与重构,使得小说家不得不调整修辞策略。但由于近代小说家在思维模式与艺术技巧方面与传统还有着密切联系,因此,他们的修辞策略也表现出鲜明的过渡性。

近代小说在对故事—世界、叙事—文本与叙述—意义之间关系的处理上,已经表现出与传统小说的差异性,但与叙述语境、修辞契约的过渡性相似,这一时期的修辞策略同样处于一种过渡状态。首先,在故事—世界层面,近代小说家都希望以小说来"新民"与"新群治",这一命题强调小说建构理想人物与理想世界的能力,潜含着对小说虚构性的认同与肯定;但为了获得读者的认同,他们又特别强调"实录",由此导致近代小说中虚构—写实的分离。其次,在叙事—技巧层面,近代小说家对讲述与展示的处理,一方面意识到在作者与读者之间没有了传统说书人的中介,因此应该注意"展示",但作者有时还是残存着"说书人"的口吻,使得讲述实际上还是占有重要地位。最后,在叙述—意义层面,近代小说的意义支点不再是不变的"天道",由于西方现代思潮逐渐传入,出现了种种新思想,由此使得近代小说的理想世界变得不确定;同时由于小说家对新思想一知半解,且与传统观念存在千丝万缕的关系,使得这一时期的文本中展现的理想社会比较含混,或者与现实脱节。

一、故事建构:实录与空想的分化

近代小说理论家已经认识到小说是"纪人事而不必果有此事"①之书,其中隐寓着"难言之理"。这说明近代小说理论家对小说的虚构本质有着比较深刻的认识,认为小说应该通过不必实有之事,寓示难言之理。然而,近代小说理论并没有指出"事"与"理"之间的关系何在,以及如何建构这种关系。作为小说创作的实践者,小说家更没有明确的"典型"意识。这种"事"与"理"的分离,使得近代小说在记录式的实写与空想式的虚构两极之间来回摆动。

梁启超将小说分为"理想派"与"写实派"两大类,这大体也可以用于概括近代小说。前者如梁启超的《新中国未来记》、陈天华的《狮子吼》、碧荷馆主人的《黄金世界》、震旦女士自由花的《自由结婚》、荒江钓叟的《月球殖民地小说》等;后者的类型更多,不仅包括谴责小说,而且包括徐枕亚的《玉梨魂》、苏曼殊的《断鸿零雁记》等言情小说,甚至包括黑幕小说。然而,无论是写实派

---

① 几道、别士(严复、夏曾佑):《本馆附印说部缘起》,见陈平原、夏晓虹编:《二十世纪中国小说理论资料》第一卷,第25页。

还是理想派,近代小说都未曾很好地处理现实世界与故事世界的关系。

就写实派而言,近代小说表现出强烈的"新闻化""实录"倾向,强调"事真"。通过这种"真事",小说家强化了自己叙述的权威性。众多近代小说家都试图将小说描述成自己亲历、亲闻或亲睹的经历,从而缩小故事世界与现实世界的距离,赢得读者的信任。《老残游记》中的自传色彩,《孽海花》中与历史的直接重合,《官场现形记》中的新闻集锦等,都是试图将小说与现实事件直接关联的尝试。《二十年目睹之怪现状》则代表了近代小说中一种更为普遍的艺术尝试:叙述者声称故事来源于他人的书信或日记,由此证明小说确有其事。《玉梨魂》甚至走得更远,作者最后带着友人来到了小说中何梦霞与梨娘相恋之地,由此证明小说确是"实录"。至于《时事新报》首倡的"黑幕小说",更是明确指出其"纪实"倾向:"黑幕者,本报本其改良社会之宏愿,特创之一种纪实文字也。"①

近代小说的"实录"意识与当时新闻传媒的兴起有着直接关系。首先,新闻报刊是近代小说兴起的依托,绝大多数小说都首先在新闻报刊上与读者见面。其次,很多近代小说家同时兼任新闻报刊的编辑。如李宝嘉、吴趼人、徐枕亚等人,都曾身兼作者与编辑的双重身份。这种小说与新闻传媒的密切关系,使得新闻对小说的内容与形式都产生了重大影响,由此出现小说的"新闻化"。在内容方面,很多小说的题材,如李宝嘉的《官场现形记》等作品,以及"黑幕小说"中的材料,直接来自于报刊新闻;包天笑的《天笑启事》可以见出当时风气之一斑:"鄙人近欲调查近三年来遗闻轶事,为《碧血幕》之材料,海内外同志如能贶我异闻者,当以该书单行本及鄙人撰译各种小说相赠。"②更重要的是,新闻对新鲜性与新奇性的要求,也影响到小说的写作方式。

这种"新闻化""实录"倾向,存在着重大局限,最根本的一点就是对现实缺乏分析与提炼。他们写的就是他们看到与想到的。由于小说的新闻化,使得他们更多地关注事物的新奇性,而不是分析事物的深刻性。众多论者都意识到近代小说缺乏深意、笔无藏锋,真正原因大概就在于这种"实录"意识。因此,尽管这种新闻化的"实录"倾向,对于扩大小说的影响有着重要作用:小

---

① 《本报裁撤黑幕栏通告》,《时事新报》1918 年 11 月 7 日,转引自范伯群:《中国现代通俗文学史》(插图本),第 224 页。

② 王同舟主编:《中国文学编年史·晚清卷》,第 468—469 页。

说反应现实生活的迅速化有利于小说反作用于社会,小说的新闻化也使得小说可能有更多的读者;但是这种新闻化倾向却也消解了小说的可能深度,使其成为一次性消费的对象,而不是可能重复消费的对象。由谴责小说到黑幕小说,近代小说的"实录"最终走进了死胡同。

如果说近代小说的"写实派"由于其"新闻化"实录而缺乏深度的话,近代小说的"理想派"则由于其过于趋向理想甚至空想而让人觉得失真。近代的"理想派"小说同样试图强化小说的"写真性",如《新中国未来记》、《狮子吼》等假托是获得某人的笔记,《黄金世界》、《月球殖民地小说》、《绛纱记》(苏曼殊)等作品则强化对现实世界的描写,表现出对现实生活苦难与困境的关注,小说中对国势衰微、战乱频频、人们流离失所,甚至被强行抓到海外做猪仔等的描写,都是现实生活的直接描摹;然而,为了展现出他们心目中的理想社会,他们不是将理想设置到未来(《新中国未来记》、《狮子吼》等),就是在现实世界之外布置了一个理想化世外桃源(《老残游记》、《黄金世界》、《月球殖民地小说》、《绛纱记》等)。无论哪种方式,都未能勾勒出现实世界与理想世界之间较为合理与现实的桥梁,现实世界与理想世界的勾连显得极为突兀,使其表现出强烈的空想色彩。

二、叙事技巧:讲述与展示的杂糅

近代传媒与印刷技术的发展,不仅影响到小说故事层面的改造,而且影响到小说叙事层面的选择,影响到小说家对讲述—展示的运用。现代传播方式改变了传统小说交流中占主导地位的"说—听"模式,使小说成为作者与读者之间进行书面交流的艺术载体,进而影响作者的修辞策略。出于对读者"看"的尊重,小说家更应该注意如何让读者"看"到他想看到的,而不再是让读者"听"到他能听到的,作者应该将部分判断权移交给读者。这意味着作者应该增加"展示"的分量,降低"讲述"的比重。黄人在《小说小话》中"小说之描写人物,当如镜中取影,妍媸好丑,令观者自知,最忌掺入作者论断"[1],明确指出小说家应该让读者"看"出人物性质,而不是任由作者通过"讲述"来论断人

---

① 蛮(黄人):《小说小话》(选录),见陈平原、夏晓虹编:《二十世纪中国小说理论资料》第一卷,第258页。

物。近代小说家在这方面也作出了不少尝试。李宝嘉《官场现形记》等小说的"新闻化"倾向，隐含着引导读者"看"的意图；吴趼人《二十年目睹之怪现状》以"我"作为一个视角人物，直接引导读者"看"；刘鹗《老残游记》采用人物视角，同样是为了引导读者"看"。至于苏曼殊《断鸿零雁记》中的"余"，则兼叙述者与主人公于一身，"余"本身也已成为一个"展示"对象。

然而，近代小说家虽然不再以说书人的身份进行创作，但他们身上还是继承了着说书人的基因。传统说书人对小说叙述方式的重大影响，使近代小说家讲故事的方式还是打着说书人的烙印，"隐身说书人"始终潜藏在他们小说的字里行间。这首先表现在近代小说家对章回体的继承方面。近代小说的文体样式虽然出现了较大变化，但其与传统章回小说的联系非常明显。晚清小说绝大多数中长篇小说中"欲知后事如何，且听下回分解"的"听"，无疑是传统讲述"说—听"的残留印痕；吴趼人在《二十年目睹之怪现状》将其改成"且待下回再记"，可以说是一种由"说"到"写"的自觉；徐枕亚的《玉梨魂》与林纾的《金陵秋》等小说，不再保留这一套话，但每章还是保留了标题；到苏曼殊的《断鸿零雁记》，则只标出章次，与西方现代小说有了更多的形似。然而，章回体不仅是一种形式，也是一种内容，其背后承载的是传统小说对情节的重视，而重视情节正是"讲述"得以吸引听众注意的一个重要手段。

近代小说的"讲述"，不仅表现在"章回"形式，而且表现在作者的随意介入。常有论者指出近代小说中视角的不统一，如《二十年目睹之怪现状》中视角人物"我"叙述时的笨拙，《老残游记》中不时跳出人物视角等，这种不统一正是作者介入留下的鲜明的印记。近代小说这种视角的不统一，也正是展示与讲述杂糅（不是有机融合）的明证。

三、意义阐释：现实与理想的割裂

近代小说故事层面"实录"与"空想"的两极分化，叙事层面讲述与展示的杂糅，从根本上讲，根源于叙述层面的隐含作者对现实与理想之间关系的理解与把握的浅表化。"实录派"关注现实生活中的实事，但对现实缺乏应有的分析，无法发现时代的发展趋势。尽管此时的有识之士已"幡然醒悟"，但他们所能够想象的不过是现实的不足与为，因此"人心思变"，他们对社会历史发展规律的认识还存在着诸多局限。因此，他们大多看到的只是事物的表面，而难以涉及事物的本质,以至于表现出一种"无理想"状态。而"空想派"虽然向往理想社会,但对于这一理想社会终究应该如何设计,他们还没有明确的观念。这不仅表现在近代小说出现了多种理想,如立宪派的理想社会(《新中国未来记》),革命派的理想社会(《狮子吼》),以及回归传统的理想社会(《老残游记》、《绛纱记》),而且表现在所有这些理想都缺乏一种可行的设计。这些理想社会都接近空想,设计者由于未能正确把握现实与理想之间的关系,因此根本找不到通向理想的道路。《新中国未来记》、《狮子吼》等构想未来的作品之所以未完成,大概不仅由于时间问题,更重要的可能还是作者本身就未曾思考成型。《黄金世界》、《绛纱记》等作品,则将发现世外桃源式的理想社会的可能性完全寄于偶然,同样表现出小说家未曾把握现实与理想之间的必然性联系。

近代小说这种现实与理想的割裂,折射出近代小说家思维方式的历史局限性。在传统思维中,"天不变道亦不变",现实"人事"不过是"天理"的人间展示,因此,现实生活中的"人事",都包含有"天理"的投射。近代社会中,"天理"成为一个被质疑的概念,但现代"现象—本质"的深度思维模式并没有由此得以建构,"天理—人事"的投射模式还是占主导地位的思维模式。因此,在"空想派"小说家那里,被置换的只是"天理",而不是这一思维模式,他们运用的还是试图通过改造"天理"来改造"人事"的"唯心主义"思维方式。这种基于改造"天理"以改造"人事"的思维,"人事—天理"的关系被颠倒,忽视了"人事"的基础性地位,也使得改造"天理"成为一种"空想"。对于"实录派"而言,则表现出另一种情况。由于"天理"成为一个被质疑的概念,因此,"天理—人事"之间的对应关系,也同样成为被质疑的关系。"人事"被还原成一种简单的事实,他们同样没有意识到"人事"的基础性地位,未能在"人事"的现实中发现未来的因子,因此,他们仅仅是人事的"纪实",而未能展现理想的光辉。

第四节　修辞认同的过渡性

近代小说由于处于一个前所未有的大变局中,一切都混沌不明,因此小说修辞交流的横向轴与纵向轴都表现出一种混沌状态。叙述层面隐含作者在价值判断上的含混,叙事层面叙述者艺术手法的含混以及故事层面人物观念的含混,使得这一时期作者与读者之间的修辞认同,也表现出一种鲜明的过渡性。在认同维度上,他们由于过于强调某一方面而显得有些单一,在认同方式上,也因为这种对单一维度的强调而显得支零。

一、认同维度的单一性

1895 年,傅兰雅提出"除三弊",表现出明显的改造读者意图,标志着中国小说修辞的重大转型。在此之前,小说作者与读者之间基本不存在重大的价值差异,作者之所以能够占据权威位置,并不是因为他们拥有什么新的价值体系,而是因为他们拥有大家都认同的价值体系,所谓权威不过是先知先闻者而已。傅兰雅的除三弊则明确提出了新的价值体系,因此,作者与读者之间出现了裂变与对立,由此也要求小说建构新的修辞认同模式。梁启超的小说界革命,沿着傅兰雅除三弊的思路,将小说的作用抬得更高。然而,无论傅兰雅还是梁启超,都没有重视小说修辞认同中多个层次与多个维度之间的统一性,因此在强调更新小说修辞的伦理目的的同时,忽视了小说的审美认同的重要性。梁启超以传统小说对民众的重大影响为依据,推断出小说的重要性;与此同时,他又因为传统小说伦理观念的落后,将传统小说一棍子全部打死;而他对新小说与传统小说是否存在关系以及存在何种关系的论述则语焉不详。他虽然强调小说的熏浸刺提等艺术效果对小说伦理效果的重要性,但对二者之间的关系并未进行系统梳理。对他而言,小说只是一种宣扬新价值体系的工具,因此,他的新小说理论,从小说修辞的角度讲,存在一个巨大的内在矛盾。他试图让自己的价值观念被读者认同,但他并没有试图重构新小说的认同模式,反而依靠传统小说的权威认同模式。新小说试图依靠自己在价值观念上的权威性,对读者进行灌输,忽视了读者的主体性,由此也导致了新小说的理论成就明显大于其创作成就。

在对读者的重视方面,晚清谴责小说明显超出了政治小说。一方面,晚清谴责小说对现实的关注,比起政治小说的乌托邦来,更容易引起读者的兴趣;另一方面,晚清谴责小说的猎奇心态,也与读者一拍即合。这种新闻化相对于传统小说是一次重大的认同转型,将传统读者对道统与梦境的关注,转化为对道统崩坏的现实的关注;同时,这种新闻化在一定程度上为新文学运动培养了读者。然而,这种作者对读者的猎奇心态的迎合,以及新闻化的快餐式写作方式,使得谴责小说同样忽视了如何实现熏浸刺提的艺术效果。

徐念慈等人较早意识到这一问题的存在。他们对梁启超等人将小说抬得太高表示质疑,由徐念慈对当时各类小说销量情况作出的分析,可以发现,新式读者在当时可以说是百里挑一:"记侦探者最佳,约十之八九,记艳情者次之,约十之五六,记社会态度记滑稽事实者又次之,约十之三四,而专写军事、冒险、科学、立志诸书为最下,十仅得一二也。"①徐念慈由此得出判断,"余约今之购小说者,其百分之九十,出于旧学界而输入新学说者,其百分之九,出于普通之人物,其真受学校教育,而有思想、有才力、欢迎新小说者,未知满百分之一否也?"②读者的这种购买倾向可以看出当时读者的审美趣味。晚清小说读者,从语体角度讲,更容易接受文言小说,从小说文类来讲,则更容易接受侦探小说等与传统小说重故事情节相似的小说类型。这实际上也对小说修辞提出了一个重要问题,那就是如果不能改变读者的审美情趣,如何可能改变读者的价值观念。

民国时期的鸳鸯蝴蝶派,虽然没有明确的理论主张,但其风行正反映出特定时期的受众心理。这一流派从本质上讲不过是传统的才子佳人小说的回光返照,但其中还是添加了一些时代的气息,如辛亥革命的背景与半新半旧的价值观念。这种时代气息凸显出作者与读者之间对新事物的认同。

总体而言,近代小说的认同模式,相较于传统小说的认同模式而言,增加了一些新的要素,如对现实的关注,以及对新的价值观念的认同。无论傅兰雅、梁启超、徐念慈还是徐枕亚,他们都强调小说中的现实因素,并试图通过小说展现自己对现实的新的价值判断。但他们对新的价值体系的强调,主要还是集中在伦理层面,而对小说修辞认同的其他层面则缺乏必要的重视,更谈不上进行改造。在理性层面,作者还是一味强调"新奇",新闻化的有闻必录,使得小说成为新鲜事件的大杂烩,缺乏内在的逻辑性,更谈不上对现实本质的深刻发现。在审美情趣上,则更加乏善可陈,谴责小说与鸳鸯蝴蝶派小说等,一

---

① 觉我(徐念慈):《余之小说观》,见陈平原、夏晓虹编:《二十世纪中国小说理论资料》第一卷,第335页。

② 觉我(徐念慈):《余之小说观》,见陈平原、夏晓虹编:《二十世纪中国小说理论资料》第一卷,第336页。

方面放弃了传统小说在人物塑造方面的成功技巧;另一方面则维持着传统小说对情节性的追求,从而表现出一种模式化倾向。

近代小说认同维度的单一,实际上是近代小说对于小说"立人"含义理解的单一。政治小说关注政治的人、谴责小说关注社会的人、鸳鸯蝴蝶派小说关注审美的人,但人的建构实际上是一个全面的、立体的、多维的过程。近代小说人认同维度的单一,明显受制于近代社会对人的理解的深度,表现出极大的历史局限性。

二、认同方式的残缺性

晚清民初小说的作者与读者,在认同维度的内在性质上已出现一些新的变化,如伦理认同中现代观念的引进、审美认同中现代文类的创新以及理性认同中现代思辨的萌生等,但这种认同维度性质的变化却没有协调一致,形成一个统一的整体,由此也使得近代小说作者与读者之间的认同方式出现强调某一维度而忽视另一维度的偏差。

传统小说中的作者在理性、伦理与审美等各个层面都处于权威地位,三个维度协调一致,共同服务于封建意识形态的生产与再生产;近代小说的作者在一定程度上,已经丧失其不言自明的权威地位,因此需要与读者进行一定程度的协商,以换取读者对作者的认同。真正成功的协商应该在多个维度之间同时进行,而近代小说作者却通常过于强调某一维度,忽视其他维度,从而导致失衡,最终也导致了协商的失败。

对梁启超提倡的政治小说而言,新的伦理观念是其重心,为了让这种伦理观念能够被尽可能多的读者所接收,梁启超等人同时提出改变小说的叙述语体,以白话进行叙述,从而拉近作者与读者之间的距离。然而,这种以白话为中介的语体革命,并没有获得成功。主要原因有两个:其一,白话不仅是一种工具,而且有其审美成规。与传统白话小说联系在一起的,是梁启超所言的造就小说熏浸刺提等艺术效果的相关手段。而梁启超只是注意到白话与普通百姓之间的工具性联系,而没有注意到白话与民众的审美性联系,因此,买椟还珠,近代白话小说失去了小说应有的魅力。其二,梁启超等人对读者的定位并不准确。白话虽然是普通民众日常使用的语言,但并不因此就可以断言,白话小说就能够理所当然地获得读者。相反,在近代小说读者中实际上还是掌握文言者占主体与主导地位。传统白话小说在民众中有广泛受众,但这些受众不是通过阅读,而是通过聆听来欣赏传统小说。而新小说面对的是真正的"读"者,他们的理解水平以及期待视野显然高出那些仅仅能"听"白话小说的大众,因此,他们也不会满足于白话的工具性,而要求白话的审美性。然而,在当时流行的观念中,白话还是下层人所用的话语,白话小说作者也并没有提供除了用于下层启蒙之外的更多的论证,因此,语言的等差还是文言优于白话。这也就导致了近代小说,试图以新语体的使用换取读者认同的协商最终失败。

对于谴责小说而言,他们走的是另外一条道路,那就是试图以对读者好奇心态的满足,唤起读者对现实的关注。谴责小说的谴责时弊,在思路上与政治小说有一致之处。但与政治小说的乌托邦色彩不同,谴责小说更关注现状。因此,他们采用最新兴起的新闻化写作手法,有闻必录,有奇必录。这是对读者的猎奇心态的一种迎合,但同时也存在着对读者的改造,那就是对丑陋现实的关注。然而,谴责小说的平面化倾向使小说也失去了小说之特性。传统小说对于人物具象性的强调,以及情节逻辑化的追求,在这种新闻集锦式的写作中,被消磨殆尽,于是小说在猎奇完毕后,只剩下简单重复,缺乏深刻反思。其对读者的长远影响,也便乏善可陈了。

民国后的鸳鸯蝴蝶派小说,则是一次向传统小说审美情趣的回归。无论是有"语皆艳无字不香"的骈文语体,还是"卅六鸳鸯同命鸟,一双蝴蝶可怜虫"的情节模式,都不过是传统才子佳人小说的回光返照。正是因为这种向传统审美情趣的回归,在民初的语境中,获得了被政治小说与谴责小说的审美取向压抑良久的传统文人的热烈欢迎,也使得其审美情趣得到了释放。但是,这种传统审美情趣的回归,显然也冲淡甚至压倒了作者的价值启蒙取向。读者满足于同命鸟与可怜虫唤起的热泪,而忽视了人物为什么会成为可怜虫的社会语境与个体因素,以至于在一掬同情之泪之后,只关注其中的诗词唱和,而不是"是七尺男儿,死当为国;作千秋雄鬼,生不还家"①的革命激情。

从这三种近代影响最大的小说类型,可以看到,近代小说作者并没有忽视与读者之间的认同互动,以及作者与读者之间可能进行的协商与交易。但是,

---

① 吴双热:《〈玉梨魂〉序》,见陈平原、夏晓虹编:《二十世纪中国小说理论资料》第一卷,第499页。有意思的是,吴双热的这一联,在《红岩》中被改成"是七尺男儿生能舍己,作千秋雄鬼死不还家"。

由于近代小说作者对于小说究竟应该怎样发展,显然还处于探索阶段,他们似乎还没有意识到小说的各个层面与各个维度是一个有机整体,因此,在过于强调某一层面的时候,常常也忽视了另外一些重要的维度,由此也使得近代小说的协商修辞认同模式,还只能是处于探索阶段。

第四章　现代修辞的确立
（1918—1949）

　　1918年5月鲁迅《狂人日记》的发表,标志着中国小说现代修辞的确立。从此文的发表到中国共产党领导的中央政权建立,这一段时间的小说修辞表现出鲜明的现代特征。与清末民初将小说视为直接改造社会的工具不同,现代小说不仅关注小说修辞目的的现代性,同时关注小说修辞手段的现代性,从而统一了小说修辞的目的与手段,实现了小说修辞目的与手段的现代转化。尽管这一时期的小说修辞,由于修辞语境的变化出现了多次主题转化,从五四时期的个性解放,到左翼小说的阶级解放,再到抗日战争中的民族解放,但是,这一时期小说的社会理想基本以西方现代社会为模仿蓝本,话语体系基本以西方现代性话语体系为参照对象,由此形成与传统修辞截然不同的性质,表现出一种杂多中的统一,"立人"①成为现代小说修辞的核心命题。更为重要的是,现代小说建构了一种新型的作者—读者协商认同模式,从而将传统的宣讲型修辞转化为协调型修辞,通过协调以实现读者与作者之间的相互认同,从而让"人"可能自"立"起来,由此也促成了"立人"命题的两个层面:"立什么人"与"如何立人"和谐共振,共同发展。尽管其中存在多重曲折,但现代小说的"立人"命题还是向不同广度与深度发展。

第一节　修辞语境的现代化

　　与近代小说所处的混沌状态不同,现代小说的修辞语境中,各种现代因素已经占据主导地位。"新文化运动"的迅猛发展使民主与科学意识成为时代

---

①　鲁迅:《文化偏至论》,见《鲁迅全集》第1卷,第58页。

主旋律,多年内战与外战导致了中国政治上的分治,但不论国统区还是解放区,都以民主与科学为核心的现代话语体系为评判准绳,现代生产方式的确立使小说的流通方式已完全书面化。尽管不同小说家对"现代"的理解不同,但大多数人已经明确意识到中国应该更主动地融入"现代化"与"世界化"的时代大潮中,这与近代小说"中体西用"的游移不定首鼠两端形成鲜明对照。因此,尽管现代小说所面对的修辞语境出现诸多变化,但其内在理路却始终保持着一致之处。

一、现代视野中的修辞情景

袁世凯的死亡带来中央集权的瓦解,中国从此陷入长期的战争分裂状态。先是军阀混战,后是南北分治,北伐以后则是国共内战,日本大规模侵略中国之后,更是形成了敌占区、国统区与解放区三大板块。解放战争中的国共分治,在大陆解放后变成了隔海分治。虽然这一时期中国政治上处于分裂状态,但各种爱国势力在性质上有着根本的一致性,那就是对独立富强的现代民族国家的追求。实现国家的独立富强必须注意经济发展,现代科技与现代化生产方式由此得到重视。这种现代社会理念与现代生产方式,决定了这一时期社会的"现代"性质。

1. 现代化的社会氛围

现代中国的各种爱国力量都表现出对现代社会的追求,但对于如何实现这一理想则存在不同的路向。政治上的分治,为各种不同的社会现代化路向提供了竞争的机会,也为从不同向度不同程度参与了这一现代化进程的现代小说提供了更多的自由空间。

首先,政治分治使政府对于小说家的直接控制变得艰难。如国民党曾经采用多种手段对小说家进行恐吓、攻击,甚至人身监禁,但对租界的小说家却鞭长莫及,对解放区的作家更是难以置喙。其次,政治分治为意识形态的竞争提供了可能。不同区域的政权因为有着对立或竞争的政权存在,不得不强化宣传自己的意识形态合法性的工作。这种宣传要取得最佳效果,就必须尊重知识分子的主体性,因此,他们经常赋予小说家以一定程度的意识形态独立性。抗战期间,解放区为了凸显自己在意识形态方面的优越性,主动邀请各种知识分子到延安参访,从而影响知识分子的立场,扩大解放区的影响。这种相对的独立与自由,折射出这一时段意识形态的竞争性质,而不是强制性质。最后,政治的分治弱化了各种政权对出版机构的控制能力。新闻与出版物是意识形态再生产的主要路径,对出版物的控制,也就是对意识形态再生产的控制。正是出于这种考虑,国民党自执掌全国政权以来,一直试图强化对新闻与出版物的控制,从而建立了多种检查制度,如 1928 年公布的《指导党报条例》、《指导普通刊物条例》、《审查刊物条例》,1929 年颁布的《宣传品审查条例》和《出版条例原则》,以及 1930 年颁布的《出版法》等。以这些法规为依据,国民党曾多次发起搜书、禁书运动,但由于各种以革命宣传为目的的地下出版社以及以营利为目的的盗版者的存在,国统区的小说出版实际上较为自由。

不仅现代政治语境对小说叙事有着重要影响,现代经济发展同样对小说叙事有着重要的影响。现代出版技术的进一步提升,现代稿酬与版税制度的进一步完善,使得现代小说家具有了更多的自由。更重要的是,随着新闻报刊对社会生活影响力的扩大,小说家不仅可以通过笔杆子谋得生存与发展,更可以获得社会声望,从而对社会发生影响。鲁迅的版税曾经是文学史家非常关心的一个话题,沈从文凭一支笔在北京站稳脚跟,已经成为文坛的一个神话。他们对现代社会发展的影响,更是人们直到现在依旧在探讨的问题。这种社会地位的改变强化了现代小说家的社会使命感。相较而言,近代小说家更多地将写小说视为一种谋生的手段,如吴趼人、李宝嘉、徐枕亚等职业小说家更关注小说的经济效益与社会反响(在一定程度上也意味着经济效益),而不是关注小说对时代发展路向的影响;在某种程度上,他们与传统的说书人将说书视为一种职业没有本质区别。而现代小说家则自觉将自己当成社会精英,试图回答社会中存在的各种问题,为社会发展指明方向,引导社会发展潮流。无论是鲁迅对传统文化的批判,还是沈从文向原始文明的回归,或者赵树理对传统文化的改造,都是站在时代前沿的思考。

2. 现代化的文化氛围

小说家所处的政治与经济环境,划定了小说家叙事内容的选择空间与小说家言说的自由空间;小说家所处的文化氛围,则划定了小说家可能的阐释方式。在这方面,西方现代性话题体系的传入,对现代小说修辞的发生与确立具有决定性的影响。

1915 年 9 月,陈独秀主编的《青年杂志》(从第二卷开始改名《新青年》)创刊,这一事件被视为"新文化运动"的发端。1917 年,《新青年》与北京大学及绍兴会馆结盟后,对中国文化界更是产生了巨大影响①。以《新青年》为主要阵地的"新文化运动",主动敞开文化意义上的国门,大量引进西方现代文化思潮,使得中国文化与世界文化开始真正的沟通与交往。

尽管现代中西文化论争中的各方,无论是对于中国文化还是西方文化的理解,都从来没有统一的界定与立场,周作人、朱光潜等人理解的"静穆"的希腊与鲁迅理解的"尚武"的希腊截然相反,胡适、徐志摩想象的"民主"的西方与陈独秀、李大钊想象的"革命"的西方全然不同,梁漱溟坚守的"哲学"传统与梅光迪坚守的"文学"传统也显得两样,但无论哪种路向都表现出鲜明的现代特征,他们都是他通过一种现代性的眼光对西方或传统进行观照与评判。这种对中西文化及其关系的不同理解,导致了中国文化界后来激进主义、保守主义、自由主义等多种路向,但这些看似对立路向不过是"现代"的不同表现,继承了相似的"现代"基因。

首先是进化史观。激进主义与自由主义虽然对于未来理想以及如何实现理想有着不同的理念,但都有着对社会进步的确信。至于保守主义表面上看起来是一种复古主义,但与传统复古主义的"向后看"不同,保守主义是"向前看",是一种针对西方现代化的局限性提出的"超前"观念。

其次是逻辑思维。中国传统思维的主要形态是前逻辑思维。因为逻辑化、体系化的欠缺,使得从利玛窦到黑格尔再到德里达等西方哲人都认为中国没有"哲学"。由于西方逻辑的传入,中国传统文化中占主导地位的断章随感式语录文体与寓言化思辨方式,逐渐被西方的逻辑思维与论文体裁所取代。无论激进主义、自由主义、保守主义,采用的都是逻辑思维与论文体裁,使其成为文化界占主导地位的思维方式与文体形式。

最后则是深度模式的建构。这是现代文化之所以"现代"的关键因素。詹姆逊曾经列出的四大深度模式:辩证法的现象—本质、精神分析的明显—隐含、存在主义的确实性—非确实性、符号学的能指—所指,②这四种深度模式

① 参见陈方竞:《多重对话:中国新文学的发生》,人民文学出版社 2003 年版(下同)。

② 参见《后现代主义与文化理论——杰姆逊教授讲演录》,唐小兵译,陕西师范大学出版社 1986 年版(下同)。

在不同时期都曾被介绍进中国文化界,其中辩证法的现象—本质深度模式对中国现代文化界产生了颠覆性的影响,它与进化史观一起,改变了国人对世界与事件的理解与阐释方式,现象不再仅仅是天理的一种投射,而是蕴含着本质,蕴含着时代与社会发展的趋势。

这种现代文化的确立,决定了现代小说对人物与事件的阐释与描述的方式。传统小说的轮回史观(《老残游记》等近代小说依旧如此)让位于现代小说的进化史观,传统小说对现象的描述(近代小说的"实录"精神,也是注重现象的表征)让位于现代小说对本质的揭示。同时,由于这一时期的小说家处在古今中外的漩涡中,各种思想的激烈交锋,要求个体作出自己的选择。这种选择的自由性,造就了现代小说的丰富性。①

二、现代教育下的受众群体

与近代小说读者的过渡性质不同,现代小说的读者已经表现出较鲜明的现代特质。在中国现代化过程中,现代化的高等院校充当了关键角色。1912年,国民党元老蔡元培出任教育总长,锐意改革。他提出了"五育"(军国民教育、实利主义教育、公民道德教育、世界观教育、美感教育)并举的教育方针,注重人的全面发展。在教育部的倡导下,诸多在晚清换汤不换药的新式学堂,逐渐被改造成现代教育机构。1917年1月,蔡元培出任北京大学校长,以"思想自由,兼容并包"为治校方针,对北大进彻底改革,使其成为现代大学的典范。这些改革使清末民初在国外受过现代教育的留学生群体有了真正的用武之地,转身成为中国文化界的传薪者。在这种现代教育体制的培育下,出现了众多具有鲜明现代意识的小说读者,他们使此前保持沉默的精英知识分子有了潜在的对话对象与启蒙对象,影响了中国小说修辞的发展路向。在此之前,鲁迅、刘半农、叶圣陶、胡适等人就已经在"鸳蝴派小说"杂志上发表过小说,茅盾更是与改革前的《小说月报》关系匪浅,他们当时的小说大多带有浓厚的"鸳蝴气"。新式读者的出现为现代修辞的出场准备合适的氛围,使这些小说家有意识地改变了自己的言说方式与修辞方式。

---

①　这种说法显然与王德威先生认为现代小说的现代性道路越走越窄相对立,但却更接近历史真实。

1. 读者类型的现代构成

现代新式读者主要包含以下几个来源:

(1)新式学生的兴起。这是现代小说读者的主体。由于现代教育体制的确立与推广,使得接受现代教育的大学生与中学生越来越多。他们的出现极大地影响了现代小说的修辞话题与修辞策略。作为新式学生中的一个特殊群体,现代女学生的兴起也成为影响小说修辞的一个重要因素。早在 1907 年,中国就有了女性受教育权的鼓吹与实践,《玉梨魂》中的"鹅湖女学"是近代女性教育的一个缩影。1911 年,公立小学开始录取女生,到 1920 年已经成为一种全国性潮流。在高等教育界,国立北京大学 1920 年开风气之先,率先允许女生来到这个一向是清一色男生的校园。这群具有现代自由观念的女学生,潜在呼唤着婚恋自由,由此使现代小说中关于婚姻自由的话题获得了极为广泛的共鸣。

(2)新式工人的成熟。现代教育也为现代工商业提供了新式工商业从业者。这种新式工商业从业者,与传统的学徒教育不同,不再仅仅关注自身的命运,而是开始思考国家、民族与阶级的命运。郁达夫《春风沉醉的晚上》中的烟厂女工人,可以视为这一时期具有初步自发阶级意识的工人代表。因为这一部分读者的存在,现代小说家不断调整自己的叙述姿态与修辞策略。如何促成工人读者阶级意识的觉醒,是"大众语运动"的出发点,也是"左翼"小说试图进行革命"启蒙"的对象。

(3)关于农村受众的想象与现实。五四时期,由于"人道主义"的影响,在传统小说中几乎从未占据过主要位置的农民,忽然成为小说舞台上重要的角色。他们由于身受几千年沉重的政治与经济压迫,成为历史中数量最大同时最没有话语权的一群人。这一"沉默的大多数"被五四小说家"发现",成为人道主义者关注的重要对象,由此在五四时期形成了一个写农民的小小的高潮。由于鲁迅的《故乡》等作品的示范性作用,许钦文、蹇先艾、许杰、彭家煌等人的"乡土写实小说"都是以农民为关照对象、然而,这一时期农民虽然成为乡土写实小说的主角,但农民本身并没有成为小说的主要受众。随后的"大众语运动"虽然试图解决这一创作与阅读相互脱节的问题,但因为小说的创作与发行都与广大的农村没有多少干系,以至于这时农民叙事的读者依旧是城市人。这一问题在解放区得到了较好的解决。为了发挥小说在解放区"新文化运动"中的最大效果,解放区政权极为重视小说的"民族作风与民族气派",要求小说为群众"喜闻乐见"。这种政治导向,对解放区小说产生了重大影响,农民受众的审美趣味,影响了解放区小说的发展路向。

2. 读者性质的现代转化

现代小说读者的社会身份虽然不尽相同,但在性质方面则有着一些根本的相通之处。这种共同的性质决定了他们的"现代性"。

现代教育的一个鲜明特征就是现代西方科学话语体系的普及。这一点不论在早期的学生,还是中期的工人抑或后期的农民身上,都有着鲜明的体现。对现实的科学与常识化的阐释代替以前的迷信与神话式的阐释,是所有现代读者都应该具备或作者要求读者具备的一种素质。这在对疾病的描写与阐释方面表现地最为明确清晰。从鲁迅的《药》,到巴金的《家》再到欧阳山的《高干大》,运用科学的观念去解释疾病已成为一种时代共识。在人文社会科学领域,现代读者不像近代读者那样停留在思变的阶段,而是希望找到如何变的道路,他们希望在小说中发现本质与规律,由此找到通向未来理想的途径。

现代教育不仅带来了广大受众认知方式的改变,更导致了广大受众的价值体系的改变,传统三纲的影响开始消退。辛亥革命颠覆了君权,使现代民主意识有了初步的成长;以"打倒孔家店"为主要任务的"新文化运动",则使众多青年对传统的父权与夫权产生了质疑,由此走出传统的宗法家族的管制。尼采名言"重新估定一切价值"不仅在五四时期被广大青年奉为圭臬,成为批判传统家族伦理的武器,而且是随后一切社会价值批判的指针,左翼的阶级革命,抗战的文化反思,都潜含着价值重估意味。解放区的文化运动,在某种意义上,是五四"新文化运动"的继承与发展:"目前在苏北所要开展的文化运动,应该是一个新文化运动,应该是一个普遍的深入的新的启蒙运动","为什么应该是一个普遍深入的启蒙运动呢? 因为它与过去中国许多次文化运动均有不同点,均更加普遍深入,如过去'五四'后的新文化运动,一般来说,还只在中国知识分子中尽了启蒙的作用,但今天我们就不只要在知识分子中进行启蒙运动,而且主要的是要在一般的人民中,特别是劳动人民中,农夫农妇中,进行启蒙运动。应该吸收一切的人民,连农村中的老太婆、厨娘及小孩子等等,均参加到这个新文化运动中来! 都要使他从黑暗、愚昧、盲从和迷信中解放出来,使他们具有新的人生观与世界观,使他们对于现实,对于前途,对于国家民族,都有新的希望与新的理解"①。解放区的这种"新文化运动"是一种更大范围的"价值重估"。现代中国的这种价值重估在现代读者与现代作者构建了一个理性互动平台,由此构建协商对话的可能。

读者的知识结构与价值体系决定了小说的修辞话题,而读者的审美情趣则决定了小说作者的修辞技巧。为了实现小说的修辞目的,小说作者必须注意读者的接受水平与审美情趣。在五四时期,由于读者以学生为主,因此小说家们可以在技巧方面大肆创新。技巧使读—写双方形成一种共谋关系,对技巧的发现与领会是对读者阅读鉴赏能力的一种肯定,也是读者阅读快感的重要来源之一。但新技巧对于工人受众与农民受众而言,则可能是一种障碍。他们没有学生那样高超的解读能力,更没有那样充裕的时间,因此新的技巧只会增加读者与作者之间的隔膜,而难以产生共鸣的快感。对于工农受众而言,传统的叙述方式可能更容易引起共鸣。毛泽东由此提出了一个重要的命题:小说的语言与形式的"民族化"问题,而所谓"民族化"就是以工农大众的审美趣味为中心。通过这一策略,解放区小说实现了的普及,获得了广大工农大众的认同。然而,尽管对工农大众审美情趣的强调存在一种"复古"的倾向,但这一时期的工农受众同样属于现代读者这一群体,他们同样接受了现代理念的某些启蒙。解放区的文化运动不仅继承并普及了五四一些启蒙课题,如婚恋自由、民主选举、科学意识(尤其表现在疾病治疗、小孩分娩以及女性健康等方面),而且提出了五四所未能提出的解决手段。同时,农民受众的审美情趣实际上也已经被改造,粗俗、猥亵等民间元素,被极大地改造与约束,以凸显解放区的"健康向上"的精神风貌。

三、现代话语中的修辞话题

现代小说的修辞情景与修辞受众的现代化,决定了现代小说修辞话题的现代化,其核心就是从"新民"到"立人"——由"国民"到"个人"的转化。

就历史使命而言,现代中国与近代中国并没有本质区别,这时的国人追求

---

① 刘少奇:《苏北文化协会的任务》,见胡采主编:《中国解放区文学书系·文学运动·理论编·一》,重庆出版社 1992 年版(下同),第 63 页。

的依旧是民族独立与国家富强,但在对个体与国家、民族之间关系的理解方面,却发生了一次大的转变。近代小说中的"新民"是以国家、民族为中心,"新民"的目的是国家富强与民族独立,因此,"新民"强调的依旧是"民"的义务。现代小说"立人"的终极目的虽然还是"立国",但"立国"的目的同样是为了"人"服务,由此凸显出"人"的权利。现代小说修辞确立的标志——《狂人日记》,从表面上看来,是一种历史的偶然,但在深层却反映出一种历史的必然。"狂人"对身体属己性的认识,标志着现代"个人"的意识的萌生,凸显出个体存在的自身价值。郁达夫《沉沦》与徐枕亚的《玉梨魂》的对读,则更清晰地表露出现代小说"人"与"国"关系与近代小说"民"与"国"关系的理解的差异性。同样是情感失意,近代小说《玉梨魂》中的何梦霞想到的是自己作为国民对于国家的义务,觉得自己应该死得有价值,因此最后在辛亥革命中报国捐躯。《沉沦》中的"他"关注更多的则不是自己对于国家的义务,而是国家对自己的责任。投海前,"他"直接控诉:"祖国呀祖国! 我的死是你害我的!""他"希望祖国富强,是因为"你还有许多儿女在那里受苦呢!"①他没有考虑自己应不应该自杀,或者"以死报国",而是想着国家的贫弱导致了自己被欺侮与歧视。在国家—个人的关系中,"他"更强调的是自身的权利,而不是自己对于国家的义务。

　　郁达夫在《沉沦》中揭示了现代"个人"与"国家"关系的演变,鲁迅在《伤逝》中则借子君之口,揭示了现代"个人"与"家族"关系的转变,子君"我是我自己的,他们谁也没有干涉我的权力"②喊出了一代人的心声。是从"个人"的生存状态与生存权利出发,还是从"国民"的责任与义务出发,是现代小说"立人"与近代小说"新民"的本质区别。

　　现代小说中崇尚个性解放的一脉,自然是以"个人"为中心,现代小说中强调人道主义的一脉,同样是以"个人"为基点。人道主义本质上是一种换位的个人主义,意味着个体从关注自己的生存状态与生存权利这一立场进行换位思考,从而关注他人的生存状态与生存权利。它以个体平等为基点,以个性主义为底色,其核心依旧是对个体权利的尊重。

---

　　① 郁达夫:《沉沦》,见《郁达夫文集》第一卷,花城出版社、生活·读书·新知三联书店香港分店1982年版(下同),第58页。
　　② 鲁迅:《伤逝》,见《鲁迅全集》第二卷,人民文学出版社2005年版(下同),第115页。

　　这种以个性主义为底色的人道主义是现代小说修辞话题的主导倾向。五四时期文学研究会与创造社的差异,并不像他们当时论争时那样水火不容,就如同个性解放与人道主义一样并非水火不容。随后的自由主义文学与"左翼"文学,也并没有二者表面看来或文学史家渲染的那种鲜明的对立性。"左翼"文学虽然关注到了"第四阶级",出现了"群"的形象,但"群"依旧是由"个"组成,并由"个"所代表。无论是茅盾《农村三部曲》中的多多头,还是叶紫《丰收》中的立秋,抑或蒋光慈《咆哮了的土地》中的张进德,受压迫阶级的革命或"群"的意识,都源于"个"的觉醒,源于争取或维护自身利益意识的觉醒。至于那种背叛自己阶级出身的革命者(如《咆哮了的土地》中的李杰),更是一种坚持"人道主义"的"个性解放"。解放区文学在血脉上与五四文学同样有着密切联系,解放区文学关于阶级翻身的想象与叙述,同样是以五四时期那种个人权利的觉醒为基点。在解放区小说中,潜含着一种"利益交换"机制:"革命为翻身,翻身闹革命",翻身与革命之间的形成一种互利机制。孙犁《山里的春天》潜在地揭示了解放区的利益交换与补充机制。山里的女人因为自己的丈夫参军去了,所有的劳动任务都落到了她身上,因此恨乌及屋,对所有的军人都产生反感。然而,当作为军人的"我"代替"她"的丈夫劳动,由此填补了她家因劳动力不足产生的损失后,"她"对军人以及丈夫的态度马上随之改变。"军民一家亲"之所以能够获得认同,正是因为这种利益补偿机制在背后作为支撑。因此,虽然解放区小说中的翻身主要是阶级的翻身,解放主要是群体的解放,但这种阶级翻身与群体解放并没有抹杀个体的利益,而是以对(特定阶级)个体利益的尊重为基点。赵树理《邪不压正》中聚财转变了对革命的态度,是因为革命政府维护了他的利益。丁玲的《太阳照在桑干河上》、周立波的《暴风骤雨》等小说中"工作组进村—斗地主—参军"的三段式,也是以革命带来的利益再分配为核心。虽然解放区的利益再分配与五四时期的人道主义有着一定的距离,它并非对所有人一视同仁,而且存在阶级暴力,不是以平等为最高标准,而是以翻身为基本准则(翻身实际上还是一种不平等,只是将以前的不平等翻了个个而已),但这种翻身,还是以这一特定的"群"中的"个"为旨归。

第二节　修辞契约的现代化

现代小说修辞语境的变化,也意味着小说修辞交流横向轴各因素之间关系的变化。现代化的作者肩负着新的使命,现代化的读者则提出了新的要求,通过完善白话的审美功能、强化作者型叙述权威、凸显与读者的对话关系等措施,现代小说建构了一种作者—读者间的新型修辞契约。

一、叙述语言:工具与审美的对立统一

近代小说的语言策略潜含着对语言的工具性与审美性的内在区分,由此使得近代小说叙述语言出现白话—文言之间的游移与反复。导致这种反复的深层原因可能就是近代小说语言与传统意识形态之间存在着密切关系,士大夫对等级观念的认同与对文言审美性的强调实际上紧密联系在一起。正因为语言与意识形态之间的密切关系,五四白话文运动对白话文唯一合法性的强调隐含着现代民主观念。它以被最广大的普通民众使用的语言作为标准语言,彻底改变了近代将白话视为启蒙"下等人"的工具的观念,这种对传统语言等级的颠覆也意味着对传统社会等级的挑战。

要真正实现这种语言的意识形态改造,必须统一语言的工具性与审美性。因此,摆在五四白话文运动倡导者面前的一个重要任务就是强化白话的审美性,使白话的工具性与审美性统一起来,由此才可能确立白话对文言的终极优势地位。

强化白话的审美性这一白话文运动的主要任务,从表面上看,小说并不是其主战场,因为白话小说在中国文学史上已经有了悠久传统。白话文运动首选的突破口是诗歌创作,这不仅因为诗歌是白话还未占领的领域,而且因为诗歌是最为强调语言审美性的文体。只要证明白话也能写诗,尤其能写出好诗,对于白话审美性的质疑自然不攻自破。这种思路正是白话文运动主将胡适的思路。然而,就白话文运动发展的实际情况而言,小说是五四白话文运动的真正主力。

众所周知,包括首倡者胡适的创作在内的早期白话诗,实际上还残存着浓厚的文言诗痕迹(如整齐的五言或七言),而且也很难说达到了"好诗"的高度

（明白如话）。同时，在建设"国语的文学、文学的国语"这一过程中，由于诗歌语言本身对陌生化而不是规范化的追求，使得其对"国语"的贡献不是很大，而小说这一拥有最大文学受众的文体则承担了更大的责任。事实证明，现代小说不仅是白话战胜文言的主力军，也是促进白话现代转换的主力军。

就五四白话文运动而言，现代白话实际上处于双重战线作战的态势。一是对文言文的战线，另一则是对传统白话的战线。他们追求的不仅是白话文相对于文言文的优势地位，同时也在追求白话文本身的现代化，这两个方面相互促进，相辅相成。新文化运动的主将们一方面以白话的普及性反对文言的狭隘性；另一方面则以新式白话的严谨性反对旧式白话的含糊性，由此强调新式白话的"科学性"。胡适在《文学改良刍议》中提出的八大主张中，第三条就是"须讲求文法"①，而传统白话并没有系统的语法理论。在胡适看来，不讲文法，便是"不通"，不通的文学自然是"死文学"，要建设"活文学"，②首先就须有"活"语言，也就是符合语法规范的语言。这种对语法的要求潜含着白话的现代化要求。

以西方语言的精密性来对传统白话进行观照，可以发现传统白话与文言文一样也存在"不讲文法"的弊病，这也就要求现代小说家以西方语言的语法精密性来改造白话，使其能够完整准确地表情达意。这种语言的严谨性一方面固然与语言的工具性相关，另一方面也与语言的审美性相关。五四小说中受人诟病的"文艺腔"，首先就表现在其使用的"陌生化"的欧式白话上，小说的叙述语言与真正的"引车卖浆者流"使用的语言有着重要区别。这种文艺腔，一方面固然是五四小说"脱离"普通群众的表现；另一方面则正是其追求语言现代化与语言审美性的证明，是小说家精英意识在语体上的体现。五四白话的"精英"倾向，对"文言"的"精英语言"地位形成根本性的挑战，并最终实现了语言意识形态的变革。

---

① 胡适：《文学改良刍议》，见胡适选编：《中国新文学大系·建设理论集》（影印本），上海文艺出版社 2003 年版，第 34 页。在 1916 年的《寄陈独秀》中，这一条列为第五条，为"须讲求文法之结构"，见同书第 33 页。

② 胡适的文学改良主张包括两个层面，一个是内容方面的"真"与"假"，一个方面则是形式上的"活"与"死"。由于此处主要涉及语言问题，因此也便不论及其"真文学"与"假文学"观点。

　　五四小说对于语言审美性的追求,不仅体现在叙述语言的严谨性与文艺腔,而且体现在追求人物语言的个性化。在这方面,五四小说虽然也表现出一定程度的局限性,那就是部分人物语言与叙述者语言一样,带有浓厚的"文艺腔",但是,哪怕是在这种人物语言的"文艺腔"中,同样可以见出现代小说家对人物语言审美化与个性化的追求。首先,五四小说自觉利用人物语言去表现人物性格,而不再像近代小说那样,利用人物语言去传达观念,从这方面理解,人物语言的"文艺腔"同样是一种性格的表征,是一种时代风貌的展示;最重要的是,这一时期在语言的个性化方面,众多作家取得了突出成就,树立了现代小说人物语言描写的样本。鲁迅、叶圣陶等人的写实笔调与冰心、凌叔华等人的抒情气质,在叙述语言上表现出明显的差异,但在人物语言上,却表现出某种一致性,那就是都注重对人物语言性格化、含蓄化(潜台词)、精炼化等审美属性的追求。

　　虽然五四小说以白话的工具性与审美性的统一为追求目标,但由于其"现代化"过程中的"精英化"倾向,使其"工具性"实际上有所弱化。这导致了五四白话成为一种"精英语言",与真正的"大众语言"存在着明显的距离。出于对现代白话的"工具性"的追求,文化界随后掀起了"大众语运动"。在白话战胜了文言文之后,众多曾经追求白话的审美性的人,开始大踏步地后退到了强调语言的工具性,为此不惜削弱现代白话的科学性与严谨性,提出以拼音代文字等观点。不过,由于文学语言自身的发展规律,这一倡导并没有取得实际成效。

　　"大众语运动"这一由文人语言向下变异的语言变革,因为忽视了大众语言本身的审美属性而失败,而解放区由农民语言向上提升的小说语言变革,则因为强调大众语言本身的审美属性而获得了极大"成功"。与瞿秋白提倡文人要依据宣传的目的改造自己的语言形成鲜明对照,毛泽东则抓住了语言之根,那就是语言不仅是一种表达方式,而且是一种思维方式与情感体验方式。"什么叫做大众化呢?就是我们的文艺工作者的思想感情和工农兵大众的思想感情打成一片。而要打成一片,就应当认真学习群众的语言。"①只有在理

————————

① 　毛泽东:《在延安文艺座谈会上的讲话》,见《毛泽东选集》第三卷,人民出版社 1991 年版(下同),第 851 页。

解群众的语言的前提下,才可能了解其思维方式与情感方式。瞿秋白等人注意到了知识分子与民众的脱节,但他仅仅将语言视为一种工具,而不是一个本体,使得知识分子与大众之间始终隔着一层,大众语运动从某种意义上讲,可以说是晚清白话文运动的一次重复,实际上还是对语言的工具性与审美性的一次人为割裂。而毛泽东则注意到语言的本体地位,注意到了语言与思维方式以及情感体验方式之间的直接关系。因此,他认为,要改变文人的情感立场,也就必须改变其语言立场。同时,他在无意识中,兼顾了文人的"审美"情结,"民众就是革命文化的无限丰富的源泉"①,人民大众的活生生的语言,以其活泼、新鲜、粗犷而具有一种豪放的美,解放区作者的任务,就是表现这种以前没有被发现与被书写的"美"。在这里,"美"的内涵出现了突转,精致的美让位于粗糙的美,再生的美让位于原生的美,"审美"活动的实质是一种"审俗"活动,由此对中国现代语言产生了深远影响。当"以粗为美"、"以俗为美"成为一种时尚,整个民族的审美品格随之改变。但无论如何,这里还是保留了文人的"审"美空间。通过保留这种"审"的主体性,使文人的被改造成了心甘情愿的自觉行为。

尽管现代小说语言出现了几次重大变化,但这些变化并不是近代小说白话—文言的反复,而是白话自身的一种内在发展。其前期对审美性的强调与后期对工具性的强调,并没有导致二者之间的对立与分离。就前期白话而言,虽然存在着精英化倾向,但其合法性基础却是语言的大众化;后期的大众化倾向,其背后则隐含着情感共鸣的审美性要求。这种工具性与审美性的统一与侧重,促成了现代小说丰富多彩的语言风格。

二、叙述声音:立言与言志的和谐互动

由于现代深度模式的确立,以及西方知识的传入,现代小说家表现出一种自信。虽然他们可能表现出不同的姿态,如鲁迅的绝望,郁达夫的颓废,沈从文的复古等,但这些姿态都是现代性的产物。与近代小说家在传统与现代之间表现地摇摆不定不同,现代小说家都在追随现代性的脚步,就是张恨水等通

---

① 毛泽东:《新民主主义论》,见《毛泽东选集》第二卷,人民出版社 1991 年版(下同),第708 页。

俗小说家,同样也紧跟时代潮流,并没有表现出明显的反现代迹象。

这种自信赋予了现代小说叙述声音以一种较明确的现代"权威"。然而,与传统小说中的"集体权威"不同,现代小说叙述声音表现出很明显的"个体性",由此表现出一种"作者型"权威特征。由于现代性本身的多样与分化,因此现代小说的叙述声音不可能是一种单声部的独唱,而是一种"复调"。每个小说家都可以表现出他的确信,他们的声音汇合起来,就成为整个社会的"复调"与"和声",他们都只是这一现代"复调"中的一个声部。从五四的启蒙到左翼的革命,从抗日战争时期的民族独立到解放战争时期的阶级翻身,现代小说经历了不同主题的演变,也经历了不同手法的演变;在这一过程中,不少作家(如郁达夫、茅盾、丁玲等)在不同阶段的创作主题甚至创作风格多次随着时代的转变而转变,这些渐变或突变使现代小说显得复杂多变而又丰富多彩。然而,在这种丰富性与复杂性背后,潜含着现代小说家在思维方式上的一致性,他们都有着某种对现代思维模式以及现代思维成果的"确信"。这种"确信"表现在小说话题方面,就是对"立人"的关注与追求;表现在叙述声音上,则是对"立言"的关注与追求。

现代小说家基于自身思辨而获得的"确信",使现代小说叙述声音表现得自信而开放。在现代小说发展过程中,曾经出现过多次论战,每次论战都表现出一种你死我活的态势,如五四时期创造社与文学研究会之间的论争,20 世纪 30 年代左翼文学与民族主义文学之间的论争,以及 40 年代的民族形式、现实主义论争等,这些论争有时超出了文学论争的范围,但这些"你死我活"的论争并没有由批判的武器变成武器的批判,因此现代小说界也没有形成"一言堂"。这些论争表现出来的"你死我活"姿态,在某种程度上只是试图争夺自己的叙述权威与话语分量的手段,是一种表现他们确信自己主张的一种姿态。他们的自信态度,也是他们对受众发挥情感作用力的一种重要修辞手段,是使他们的声音获得权威性的一种重要途径。

"立言"的"多样化"与"个体性",使现代小说在表现出一定程度的"载道"意味的同时表现出一种明确的"言志"倾向。现代小说家有不同的主张,但这些主张都是小说家基于自身独立思辨得出来的结论。这种独立性,使他们的创作从本质上来说是一种"言志"。尽管在外在表现上,鲁迅在五四时期就说自己写小说要"听将令",是一种"遵命文学",但这种"遵命",并不是取消小说家自身的主体性与独立判断的"遵命",而是一种因为有共同目标而产生共鸣的遵命。至于解放区小说,很多人也将其视为"载道"作品,但其实质还是与新中国成立后的小说有着重要区别。解放区小说虽然有浓厚的意识形态意味,但这种意识形态意味出于小说家的"确信",出于他们真诚的信仰。这种真诚决定了现代小说中,无论早期的"遵命",还是后期的"载道",都是一种"言志"。用周作人的话说,就是"载自己之道者即是言志,言他人之志者亦是载道",①区分言志与载道的根本区别,在于诚与不诚。

三、叙述距离:价值与情趣的双重改造

由于西方现代性话语体系的全面引进,现代小说在处理作者—人物—读者之间的关系方面,显然比近代小说更为复杂,同时也出现更多可能。通过调节隐含作者—叙述者—人物—受述者—隐含读者之间在认知方式、价值体系以及审美情趣等方面的距离,现代小说家实现了对读者价值体系与审美情趣的双重改造。

在审美情趣方向,现代小说的作者表现出与传统审美情趣决裂的倾向。近代小说中,无论是辛亥前的注重启蒙还是辛亥后的注重审美,都包含着对传统读者的审美情趣的一种迁就,这从长篇小说占近代小说的主导地位可以见出一斑。对长篇小说的重视,无疑是重视情节的审美情趣的具体表现,因为只有相当的长度,才可能表现离奇与曲折的故事。在这种情况下,读者很难接受短篇小说,"读书人看惯了一二百回的章回体,所以短篇便等于无物"②。现代小说的诞生则是以现代短篇小说的兴起为标志。与近代小说关注情节的离奇曲折不同,现代小说则致力于挖掘现象背后的本质,其关注的不是故事的创新,而是意义的发现。因此,现代小说不再以情节为中心,而是以人物为中心。这为短篇小说提供了发展空间,同时也对读者的审美情趣形成了正面挑战。

与短篇小说的兴起同步的,是现代小说的悲剧意味的加强。对于现代小

---

① 周作人:《自己所能做的》,见《周作人文类编·本色》,湖南文艺出版社 1998 年版(下同),第 145 页。
② 鲁迅:《域外小说集序》,见《鲁迅全集》第 10 卷,人民文学出版社 2005 年版(下同),第 178 页。

说的"立人"而言,其前提自然是"人"的发现。但是,在一个"所住的并非人间"①的社会中,大量存在的是"人"的毁灭。这种社会与"人"的矛盾与对立,使得现代小说表现出浓厚的悲剧色彩,这同样对传统小说追求的"大团圆"审美情趣形成挑战。近代小说已有打破"大团圆"的趋向,但谴责小说更多地呈现出闹剧色彩,哀情小说则更多地属于人物自身原因。现代小说不仅主要关注普通人的悲剧,而且揭示了悲剧的社会原因,由此表现出与近代小说不同的风貌。

解放区小说对故事性的强调以及对大团圆结局的喜剧风格的张扬,表面上看是对传统小说一种回归。然而,不仅丁玲、周立波、孙犁等人曾经是新文学的践行者,就是赵树理、马烽、孔厥等在解放区成长起来的小说家,同样是在新文学熏陶下成长起来的。他们的"民族形式",同样潜含着一定程度对传统审美情趣进行改造的时代命题。传统的猥亵、离题、夸张等因素,在新的"民族形式"中被逐渐淘汰。

现代小说对传统审美情趣的挑战,其根本目的,还是在于读者价值观念的启蒙与更新。现代小说以"人"的毁灭为主要内容的悲剧风格,折射出现代小说家对理想社会与理想的"人"的双重向往,它们将批判的锋芒指向了传统的"奴隶"道德与等级制度。解放区小说以"新人"为主角的喜剧叙事,在一定程度上,构成了对五四以来的悲剧风格的一种回应,意味着五四小说所追求的理想的一种实现,其中同样包含着对传统价值的解构。这种价值体系的重构,形成从《狂人日记》到《暴风骤雨》的现代小说一以贯之的主题。

这种对传统价值体系与传统审美情趣的双重挑战,显然拉大了作者与读者之间的距离。但这种距离的扩大,同时也形成了一种召唤结构,隐含着作者对"理想读者"的召唤。从五四小说开始,现代小说家开始有意识地区分与界定可能读者,并由此进行自我定位。《青年杂志》创刊时,就因为对读者的定位不准而失败。陈独秀意识到这一问题后,将杂志的读者界定为"新"青年,并从第二卷开始将其定名为《新青年》。这种读者的明确化,显然也增强了(理想)读者与作者的认同感。此后各种文学杂志的成败,都与杂志对读者群

---

① 鲁迅:《记念刘和珍君》,见《鲁迅全集》第3卷,人民文学出版社2005年版(下同),第289页。

的定位有关。

这种召唤结构,潜在地增强了读者与作者的认同感。然而,要实现这种双重改造,还需要更让人信服的因素,这也就需要小说家在认知与情感方面作出更有效果的距离调节。为了证明现代小说家所宣扬的价值体系的正确性,现代小说家在认知方面,无疑处于一个高出人物与读者的位置。他们不仅拥有更为丰富的知识,更重要的是掌握了更先进的认知方式。对现代深度模式的把握,使得他们不仅注意到了现象,更注意到现象背后的本质,由此了解历史发展的规律。这种现代认知方式,超出了处于事件之中的人物,也超出了沉迷于现象的读者,从而为作者价值体系提供了权威性。五四时期的"启蒙"到抗日时期的"救亡",现代小说家始终站在时代的前列,这也证明他们的认知方式的"先进性"。

然而,这种超出人物与读者的认知方式,能够增强作者的权威性,但很难强化读者对作者的亲近感。在这方面,现代小说家强化了与读者的情感联系。尽管他们在认知、价值乃至审美等方面,都处于一个高于读者的层面,但他们在情感方面,却始终试图与读者保持平等。他们与读者"感同身受",对人物保持一种与读者相似的情感判断,喜读者之所喜,怒读者之所怒,从而极大地缩小了与读者的距离。对于祥林嫂(鲁迅《祝福》)的悲惨命运,作者与读者一样同情;对于潘先生(叶圣陶《潘先生在难中》)的表里不一,作者与读者一样嘲笑;对于小二黑(赵树理《小二黑结婚》)的心想事成,作者与读者一样欢喜;对于程仁(丁玲《太阳照在桑干河上》)的思想误区,作者与读者一样担心。这种情感上的平等,极大地拉近了作者与读者之间的距离,使二者之间建立了真正的联系,从而也使得现代读者可能接受作者的认知方式、价值体系以及审美情趣。

第三节　修辞策略的现代化

小说修辞语境的现代化与小说修辞契约的现代化,对现代小说家提出了新的要求。面对新的情境、新的读者、新的话题,小说家必须调整自己的修辞策略,才可能与读者进行更好的交流互动。在这方面,中国现代小说家比近代小说家表现得更为自觉主动,对西方现代小说修辞策略的理解与把握也更全面深入,从而克服了近代小说的一些缺陷,实现了中国小说修辞策略的现代化。近代小说在故事选择—叙事技巧—叙述阐释三者关系的处理出现相互脱节,现代小说则沟通了这三个层面,把握了三者之间的内在关联。现代小说通过典型理论沟通写实与虚构之间的关系,通过凸显隐含作者沟通展示与讲述的关系,通过把握内在规律沟通现实与理想之间的关系,从而形成较系统的现代小说修辞策略。

一、故事建构:写实与虚构的统一

近代小说实录与空想的两极分化,其内在制约因素就是近代小说家对现象—本质辩证关系把握的欠缺,因此倾向于写实的小说家最终流入猎奇的黑幕,倾向于理想的小说家则沉浸于虚幻的空想。现代小说从诞生伊始就强调的直面人生、不加讳饰的写实倾向,表面上与近代的"实录派"相似,但其内核明显不同。近代小说的"实录派"为了小说的吸引力,更关注情节本身的离奇性,因此生活的真相经常在这种"离奇性"的过滤下被遮蔽,这也是近代小说之末流成为诲淫诲盗教材的原因之一。现代小说强调反对"瞒与骗",更关注生活的本来面目,关注生活中"近乎没有事情的悲剧"①。这种"近乎无事",削弱了小说的吸引力,而对"悲剧"的发现却增强了小说的穿透力。

如何从"近乎无事"的生活中发现"悲剧",这是现代小说要解决的第一个难题。现代小说的"写实"并不是"实录",包含着作者对生活的提炼与升华。这种提炼也就是把握"典型环境中的典型人物"②典型化的过程。通过典型化,现代小说家沟通了小说虚构与写实之间的内在联系。典型化不是类型化(在近代小说中,不乏类型化与脸谱化的描写,如"苟才"之类的命名,显然就是类型化的产物),也不是个别化(近代小说的新闻化倾向,其实已经包含着个别化的命题,也就是说,小说中的人物与新闻中的人物一样,是真实的,个别化的,甚至可以在现实生活中找到门牌号码的),而是本质化与个性化的统一。小说中的人,不是现实生活中的活生生的某一个,也不是"某一类",而是"这一个"。他不仅具有较为独特鲜明的个性,更重要的是,从他的个性化行

---

① 鲁迅:《几乎无事的悲剧》,见《鲁迅全集》第 6 卷,人民文学出版社 2005 年版,第 383 页。
② 恩格斯:《74.恩格斯致玛·哈克奈斯》,见《马克思恩格斯选集》第 4 卷,人民出版社 1995 年版(下同),第 683 页。

为中可以看到社会历史发展的某种内在本质以及规律性。这种典型化不仅体现在现实主义小说实践中，而且体现在浪漫主义与现代主义的小说实践中，鲁迅《狂人日记》中的"狂人"，叶圣陶《潘先生在难中》的潘先生，赵树理《邪不压正》中的聚财，与郁达夫《沉沦》中的"他"，郭沫若《残春》中的爱牟，以及冯至《伍子胥》中的伍子胥等，都是特定历史文化背景中的"这一个"。通过"这一个"让读者看到"这一类"与"这一群"，使得现代小说表现出与近代小说截然不同的面貌。

典型化具有写实与虚构双重意味，即细节上的真实性与整体上的虚构性。对生活细节真实性的关注，是现代小说"直面人生"的一个重要表征，也是典型化的前提条件。通过这种真实的生活细节，小说家拉近了与读者之间的距离。但是，这种生活细节的真实同样不是对生活的照搬，而是经过了作者的选择、加工，并进行了重新组合。鲁迅曾经明白指出，"所写的事迹，大抵有一点见过或听到过的缘由，但决不全用这事实，只是采取一端，加以改造，或生发开去，到足以几乎完全发表我的意思为止。人物的模特儿也一样，没有专用过一个人，往往嘴在浙江，脸在北京，衣服在山西，是一个拼凑起来的角色。有人说，我的那一篇是骂谁，某一篇又是骂谁，那是完全胡说的。"[①]认为"文学作品，都是作家的自叙传"[②]的郁达夫，在读者将《茫茫夜》中的主人公于质夫的行为嫁接到他头上进行谴责时，明确否定小说人物与真实作者之间的直接对应关系。读者认为，"像你这样的人，竟有那些行为干出来。你非但不自知耻，反而将他来作招牌，煽动青年学生，使他们堕入禽兽的世界里去，总而言之，你不该提倡同性恋爱的。"而郁达夫则认为这是读者的人身攻击，与小说无关。"我对此第一不服的，就是读者好像把《茫茫夜》的主人公完全当成了我自家看。"[③]无论鲁迅还是郁达夫，都强调了小说人物的虚构性。

通过虚构与写实的结合，现代小说不仅实现了细节的真实性，营造了小说的真实感，而且凸显了本质的真实性，强化了小说的意义。现代小说这种典型

---

① 鲁迅：《我怎么做起小说来》，见《鲁迅全集》第 4 卷，第 527 页。

② 郁达夫：《五六年来创作生活的回顾》，见《郁达夫文集》第七卷，花城出版社、生活·读书·新知三联书店香港分店 1983 年版（下同），第 180 页。

③ 郁达夫：《〈茫茫夜〉发表以后》，见《郁达夫文集》第五卷，花城出版社、生活·读书·新知三联书店香港分店 1982 年版（下同），第 125 页。

化营造出的浓厚的"真实感",首先建立在材料的"真实性"上,这种"真实性"不仅体现在人物细节的真实性上,而且体现在环境的写实化上。现代小说时空环境的写实化包含双重意义,其一是小说时空环境中的一些要素可以在现实中找到对应的坐标,如《阿Q正传》中的辛亥革命;其二则是小说中的时空环境与现实时空一样,有着现实逼真性,遵循现实生活中的自然规律。这种写实化的时空,一方面意味着现代小说题材与风格的狭隘化,科幻小说几乎从现代小说中消失(只有老舍的《猫城记》等寥寥可数的几部作品带有科幻意味),武侠小说、神魔小说等想象时空中的叙事被挤压到边缘地位;另一方面则凸显出现代小说对现实的关注,凸显出现代小说对"真实感"的要求。

现代小说家营造"真实感"的目的,不是为了强调现象的"写真性",而是为了凸显本质的"真实性"。小说的故事不是实有,但却是应有,符合人物性格以及未来的发展趋势。当郑振铎质疑鲁迅《阿Q正传》中阿Q要求革命这一情节的真实性与合理性的时候,鲁迅不但进行了反驳,而且进行预言,由此说明阿Q性格的统一性:"中国倘不革命,阿Q便不做,既然革命,就会做的。我的阿Q的运命,也只能如此,人格也恐怕并不是两个。民国元年已经过去,无可追踪了,但此后倘再有改革,我相信还会有阿Q似的革命党出现。我也很愿意如人们所说,我只写出了现在以前的或一时期,但我还恐怕我所看见的并非现代的前身,而是其后,或者竟是二三十年之后。"[1]鲁迅的预言在后来的革命与"革命"文学中,不断得到验证。从《小二黑结婚》中的金旺兄弟到《芙蓉镇》中的王秋赦,他们都继承并发扬了阿Q"我要什么就是什么,我欢喜谁就是谁"[2]的"革命"精神。至于赵树理《小二黑结婚》将小二黑的原型岳冬至斗争致死的悲剧命运改造成大团圆的喜剧结局,虽然是一种理想化表述,但其中隐含着对新生活的向往,由此成为解放区小说版的婚姻法教科书。

二、叙事技巧:讲述与展示的协奏

现代小说在故事建构方面的典型理论,要求叙事层面表达技巧的同步更新,现代小说家由此对讲述与展示之间的关系进行了相应调节。由于现代小

---

① 鲁迅:《〈阿Q正传〉的成因》,见《鲁迅全集》第3卷,第397页。
② 鲁迅:《阿Q正传》,见《鲁迅全集》第1卷,第539页。

说更为注重对生活本质的揭示,因此传统小说的情节化倾向被弱化,人物刻画成为小说的重心。小说重心的这种转移可能降低小说的吸引力,因此,如何在刻画人物的同时增强小说的吸引力,如何在揭示本质的时候避免太多议论,这是小说现代化对小说叙事技巧提出的挑战。

为解决这些矛盾,现代小说家一方面需要强化小说的"真实感",另一方面则要避免的传声筒式的议论,"作者的见解越隐蔽,对艺术作品来说就越好。"①这两种手段都离不开"隐含作者"。有意识地彰显隐含作者的地位与作用,是现代小说修辞的一个重要特征。

作为作者创作小说时表现出来的独特身份、状态与立场的"第二自我",隐含作者是一种客观存在,存在于任何时代的小说之中。然而,作者是否能够自觉地利用了"隐含作者"这一身份来调控自己与叙述者、人物以及隐含读者之间的距离,由此实现相应的修辞效果,则是现代小说才开始思考的问题。

传统小说中的叙述者、隐含作者与真实作者,无论是在认知、情感还是价值方面,都没有明显的距离。《红楼梦》的叙述者与作者曹雪芹及生活中的曹雪芹、《老残游记》的叙述者与作者刘鹗或生活中的刘鹗虽然在功能与身份上有一定区别,但在价值观念方面却没有任何矛盾。更重要的是,传统小说中的"隐含作者"实际上是"显性作者",他经常通过讲述对小说进行直接干预,由此表现出"传道"倾向。现代小说则试图凸显"隐含作者"的"隐含性",通过作者的"退隐",强化读者的主体地位,让读者通过自己的眼睛"看",通过自己的脑袋"思",从而较为艺术地实现小说的叙事目的。

这种"隐含性"首先表现为现代小说增大了作者—隐含作者—叙述者之间的距离。这种距离的扩大,最突出地表现在现代小说中第一人称叙述的激增方面。早有论者指出,第一人称叙述并不是现代小说才出现的一种现象,《二十年目睹之怪现状》早已有过这方面的尝试(更早的则是《游仙窟》与《浮生六记》等)。然而,近代小说的第一人称,虽然带有明显的"虚构"色彩,但其目的却是强调小说的"实录"性质,作家采用笔记等形式是为了强调所叙故事的"真实性",同时,在这个"我"与作者之间,也没有明显价值判断差异。现代小说中的"我"则是现代小说家自觉进行虚构的产物,"我"不是为了证明故事

---

① 恩格斯:《74.恩格斯致玛·哈克奈斯》,见《马克思恩格斯选集》第 4 卷,第 683 页。

的"真实性"的手段,而且"我"也不再代表作者的真实意图。《狂人日记》中的"我"和"余"的双重第一人称,已经彻底解构了作者与"我"的直接对应可能,《孔乙己》中作为小伙计的"我"自然与作者难以同一。读者不能只是根据"我"的判断对小说中的人物进行价值判断,而是必须通过对小说"展示"内容的思考来进行自己的价值判断。

不仅现代小说的第一人称叙述拉大了作者与叙述者的距离,由此凸显出"隐含作者"的重要性,在第三人称叙述中隐含作者与叙述者的距离同样在拉大。郁达夫等人带有明显"自叙传"色彩的"人物内视角"叙述,与第一人称叙述没有本质区别,小说家同样强调叙述者与作者的距离。至于鲁迅《示众》等采用现代小说中罕见的"客观视角"进行叙述的作品,其叙述者与作者的非同一性,更是显然易见。

现代小说的全知叙述同样强化了"隐含作者"的"隐含性"。这种"隐含性"主要表现在现代小说是通过"展示"来进行"讲述",也就是将作者的观点潜含着对人物与事件的选择与描写之中,使"隐含作者"真正成为"隐含"于作品中的"作者",而不是直接在小说中露头的作者。然而,这种隐蔽并不意味着作者判断的消失,而是意味着作者通过选择"展示"内容而表现自己的价值判断,"展示"总是带有倾向性的"展示"。郁达夫曾为《茫茫夜》等作品中"展示"的客观性进行辩解:"若说我的描写,是一种提倡,那更是冤罪了。我不过想说现代青年'对某事有这一种倾向',我并非说你们青年'应当这样的做'!"①但这种辩解并不能抹杀这部作品颓废色彩与色情倾向,因为选择哪些内容,已经涉及判断。现代"乡土小说"对农村与农民生活的"客观"描写,隐含着现代小说价值判断的重要转折,它"发现"了这一传统小说从未关注的场景与群体,将其推向了前台,由此引发了大家对农民命运的思考。现代小说选择这种"非人生活"进行展示,与传统小说选择"非常人生活"进行展示,凸显出现代小说的人道主义倾向与直面惨淡人生的求实精神。现代小说对知识分子"展示"方式的历程,同样可以看到现代小说对知识分子评价演变的历程。从《沉沦》中"他"的多愁善感,到《家》中觉慧的朝气蓬勃,再到《太阳照在桑干河上》中文采的自鸣得意,现代小说对知识分子"展示"的变化折射出现代

---

① 　郁达夫:《〈茫茫夜〉发表以后》,见《郁达夫文集》第五卷,第 126 页。

中国对知识分子评价的变化。

三、意义阐释：现实与理想的互动

现代小说对本质的发现与揭示，也意味着对时代与历史发展规律与趋势的把握，现代小说由此实现了现实与理想的互动。

现代小说的"立人"话题潜含着"立社会"的理想。"人"的建构，不是一种个体工程，而是一个社会工程；不仅需要思想文化方面的改造，更需要社会制度层面的改造。就文化而言，中国传统文化不是将人看得太高，就是将人看得太低，"大家都做着人，却几乎都不知道自己是人；或者自以为是'万物之灵'的人，却忘了自己仍是一个生物"①；就社会而言，"中国人向来就没有争到过'人'的价格，至多不过是奴隶，到现在还如此，然而下于奴隶的时候，却是数见不鲜的"②。要实现"立人"理想，必须从文化改造与社会重构等多个方面入手。③

由于与传统文化以及传统政治之间的密切关系，近代小说虽然也意识到现实中存在的种种问题，但并没有找到问题的症结，与此也导致了近代小说现实与理想的脱节。现代小说则不仅确立了"立人"的理想，同时也试图指明通向这一理想的道路。他们通过对现实进行深入分析，试图发现事物发展的规律。尽管不同作家由于各自的思路不同，切入点各异，得出的结论也不一样，但试图通过发现规律性，建立沟通现实与理想的桥梁的思路则是一致的。

对于五四一代人而言，他们并没有在中国社会中见过真正的人，但他们参照西方现代社会，从反面立意，揭示"人"不应该如何生活。五四小说从写"非人"的生活入手，将周作人大力提倡"人的文学"落到了实处。从鲁迅笔下害怕被吃的狂人（《狂人日记》），到郁达夫笔下的性苦闷者（《沉沦》），从浙江农村害怕死后被剖成两半的寡妇（鲁迅《祝福》），到贵州山村中被沉潭的小偷（蹇先艾《水葬》），这种对"非人"生活的"写实"背后，饱含着五四一代人的人

---

① 周作人：《常识》，见《周作人文类编·人与虫》，湖南文艺出版社 1998 年版（下同），第 381 页。

② 鲁迅：《灯下漫笔》，见《鲁迅全集》第 1 卷，第 224 页。

③ 参见拙文：《躯体的解控与去魅——周氏兄弟关于"人的解放"的一个重要视角》，《鲁迅研究月刊》2003 年第 12 期。

道主义热情,饱含着他们对"人的生活"的渴望。通过这种描画,作者提出了人物为什么会"非人化"这一问题,由此将批判的矛头指向了中国社会政治经济文化制度各个层面。后来的小说家正是顺着五四的思路,反思通向"立人"理想的道路。由于小说家们侧重点不同,使得他们也得出了不同的结论。

就"立人"的文化路向而言,鲁迅的改造国民性问题,在沈从文、老舍、钱钟书、张爱玲甚至孙犁等人那里得到了回应,虽然各人的结论基本不同,对传统文化与"立人"关系的理解南辕北辙,关于"人"的理解也趋于多样,但试图从文化的角度思考现代"人"建构的思路却有着内在的一致性。

在现代小说中,更为主流的趋向则是从社会角度思考"立人"的理想途径。五四时期揭示的"非人"生活,从根本上指向了社会不公,随后的左翼小说对这一问题作出了更为明确的回答,不仅指出了造成这种社会不公的原因,而且指出了改造这种社会不公的道路。左翼小说认为,"非人"的生活包括非人的政治生活与非人的经济生活,要想获得"人的价格",首先就需要解决政治与经济问题,而改变现存的不合理的政治与经济制度的道路就是阶级革命。解放区小说将左翼小说的想象落实到了现实层面,使现实与理想实现了真正的沟通,形成一种对五四小说的喜剧式回应。

虽然现代小说从思想倾向上讲,存在着民族主义、自由主义以及激进主义多种形态,由此也表现出多种关于"人"的理解以及多种"立人"的方式,但是由于现代小说家大多坚信自己把握了历史规律,了解了时代发展的动向,由此产生出一种对自己的确信。这种对自己观念的确信是现代小说区别于近代小说犹疑与分裂的重要特征之一。

第四节　修辞认同的现代化

现代小说修辞契约与修辞策略的重构,对小说作者与读者之间的修辞认同也产生了重大影响。现代小说不仅重视认同维度的立体性,更注重认同方式的协商性,由此建构了现代协商型认同模式,实现了中国小说修辞认同模式的现代转型。

一、认同维度的立体性

与近代小说对作者与读者之间的认同维度偏重单一层面相比,现代小说作者与读者都已逐渐具有较为完善的小说意识,二者之间的认同维度表现出多元统一性。

在价值观念层面,现代小说以对传统价值观念的颠覆为起点,也以其为目标。"人的文学"的提出,为现代文学树立了一个目标,也为现代小说树立了一个目标。对于"人"的理解,现代小说也摆脱了近代小说的那种狭隘性,不再只是强调个体对于国家与民族的作用,而是强调个体自身的独立性。鲁迅"尊个性而张精神"[①]的主张揭橥的个性主义大纛,在五四时期得到了广泛呼应。此后的阶级革命与抗日战争,都对传统价值观念形成了巨大冲击。阶级革命中的集体意识与阶级意识,是对传统利己主义的彻底颠覆,也是对传统乡土观念的全面解构。抗日战争中兴起的民族意识固然有传统夷夏之防的影子,但根本上还是基于现代民族国家观念。

这种对传统价值观念的解构,由于有外在政治文化语境的现实促进作用,由此显得阻力较小,但现实语境并没有使得新价值观可以理所当然地获得认同,尤其是在新的价值观念与传统核心价值观念有着深层冲突的时候。作为传统价值观念的核心因素,家无疑是中国人永远的"图腾"。国是家的放大,家是国的折射,因此个体与家庭之间的关系,在一定程度上,代表了中国人的整个伦理关系。在已经内化为无意识的家族观念前,新价值体系——个性主义、阶级意识、民族斗争,都难以畅行无阻,由此也使得现代小说作者在试图让读者认同其新价值观念的时候,不能仅仅就事论事,而是要寻找其他的维度。

现代小说在理性认同方面的重要性由此得以凸显。与近代小说依旧注重小说故事的新颖性不同,现代小说将目光转向了常人,这自然削弱了小说故事的传奇性。然而,现代小说在削弱故事传奇性的同时,实际上也弱化了故事的偶然性,凸显了故事的必然性。因为传奇性正是建构在偶然性上,常态则在很大程度上反映了必然。对小说故事的必然性的强调,使小说在价值判断方面的说服能力也得以增强。

---

① 鲁迅:《文化偏至论》,见《鲁迅全集》第 1 卷,第 58 页。

　　小说故事层面的常态化,体现出现代小说对必然性的强调;小说叙事层面对逻辑性的强调,同样隐含着现代小说对必然性的强调;现代小说对必然性的强调,是作者与读者理性认同的重要平台。现代小说叙事对逻辑性的关注表现在两个层面。首先是小说故事的发展符合小说自身的逻辑。《狂人日记》中的狂人发病时喊救救孩子,病愈后则去候补,正反映了狂态与常态之间的鲜明对立;《骆驼祥子》由人变成非人的巨大转化隐含着其自身发展的内在逻辑;《太阳照在桑干河上》中程仁一步步走向成熟是个体顺应时代的必然。然而,现代小说叙事的逻辑性,更深的层面则是指小说故事本身来自于生活,是生活的某种本质的反映,一种生活中的必然。这一层面的逻辑性对于理解现代小说的修辞认同有着重要影响。传统小说的传奇性,使得其对生活的反映也只是一种偶然与例外。秦重能够独得花魁是一种偶然,并不具有可复制性,其他人并没有想着要去模仿。至于落难才子中状元之类的事情,更加只是读者心中一个美丽的梦想,并没有任何人想着也去中个状元。因此,传奇具有一种梦幻色彩。现代小说的常态则隐含着一种生活逻辑,小说中所讲述的实际上都是生活中很有可能发生的故事,读者很有可能就会和小说中的人具有同样的命运。《狂人日记》中的狂人是生活中狂人的影子,他的命运折射出现实生活中的狂人的命运,潜在地也折射出所有人的命运。《祝福》中的祥林嫂似乎与我们不远,而四爷更是始终就在我们身边。沈从文的小说,由于故事的特殊性,带有较强的传奇色彩,但其中目不识丁的人物,无疑也是生活中的人物的真实写照。至于鼓吹革命或者抗日的小说作品,无疑都带有明显的示范功能。《家》中的觉慧,鼓励了很多人离家出走;解放区大量小说结尾时的参军,更是号召了众多青年入伍。

　　这种对生活本质的反映,也带来了现代小说的审美风格的重要变化。如众多研究者指出的那样,现代小说主要以现实生活为依托,以想象世界为背景的小说极为罕见。如果说在传统小说中一直长盛不衰的神魔与志怪小说,因为现代"科学"观念的普及而难以为继的话,那么,与神魔小说一样强调想象的科幻小说,在中国并没有因此而填补神魔小说退位留下了的空间,则从一个侧面反映出现代小说作者与读者审美趣味的转变。由于对现实的关注,现代小说作者与读者都推崇"写实",因而在一定程度上排斥"想象"。强调通过"细节的真实"来描写"典型环境中的典型人物"的现实主义成为小说揭示世界的本质的不二法门。

与现代小说的现实主义倾向相关,是现代小说作者与读者对小说叙述语体的审美转向。对于强调小说与生活之间存在直接联系的现代小说而言,文言显然不合时宜。将人物日常说的话,再翻译成文言表达出来,本身就是对生活的一种扭曲。因此,现代小说特别强调白话的运用,而且从根本上颠覆了传统的语言等级观。在传统文人眼中,因为文言是读书人的专利,所以文言是高雅的象征;在现代社会,白话因为被所有人日常使用而成为民主的象征。鲁迅等人在明白语言与身份意识的关系之后,语言立场随之转变,开始不遗余力地进行了白话文的推广工作。在这里,他们不再像近代小说作者那样,将白话文只是视为下层启蒙的工具,而是将其视为一种具有自身独立价值,具有独立审美空间的一种语体,由此强化了白话的审美特性。不再只是强调其工具性,同时也强调白话的审美性。

这种认同维度的统一性,实际上也意味着现代小说对于"人"的理解的立体化,对于小说"立什么人"的理解的立体化。所谓人,并不能仅仅依照其对社会的作用来进行界定,仅仅根据其伦理关系来进行界定,而是具有多重身份与多种需要的自足体。

二、认同方式的协商性

"立人"命题不仅包括"立什么人",也就是作者与读者之间认同维度的立体性这一层面,而且包括"如何立人",也就是对作者与读者之间认同方式的多样性这一层面。现代小说对于"人"的丰富性的理解,也使得现代小说修辞的认同方式更为复杂,从而建构了比较完善的协商认同模式。

现代小说不仅在价值观念上进行了创新,在叙述方式与审美情趣方面,同样进行了创新。要让读者认同这些创新,作者没有了传统小说那种不言自明的权威,必须与读者进行多重对话;通过双方的协商互动,才可能实现双方最大可能的相互认同。

现代小说的协商认同以双方的相互尊重为起点。在伦理认同方面,尽管现代文学所处的是传统价值观念解体的时代,但这并不足以保证新价值可以不证自明,因此,现代小说作者通过尊重与肯定读者的合理欲望,以换取读者对新价值观念的认同。五四时期的个性解放,最容易引起年轻读者认同的就是婚恋自由问题。茅盾在 1921 年 8 月写的《评四五六月的创作》中，对文学的题材进行了统计："描写男女恋爱的创作独多"①，有七十多篇，占了总数的60%以上，如果加上其他题材中涉及婚恋的，要占到总数的百分之八九十。茅盾的调查反映出当时作者与读者之间最关心的问题，由此也可以看出五四小说修辞认同的切入点。普罗小说的风行从另一个角度反映了作者与读者之间的认同纽带，那就是对社会不公的共识。对社会不公的批判，尊重与肯定了人的生存权。每个人都应该拥有生存权，这是普罗小说最合理的基点；至于其中的罗曼蒂克因素，则投合了才从家族中尝到解放滋味的年轻人的浪漫情绪。解放区小说对阶级斗争的肯定，与普罗小说有一脉相承之处，那就是对人的合理欲望的肯定。这时的阶级意识还没有成为一个抽象概念，而是以每一个个体为基础，由此，解放区小说对阶级欲望的肯定，还是通过对每一个个体的欲望的肯定来展现，而不是如同解放后小说，将个体欲望强行纳入阶级欲望之中。这种对个体欲望的肯定：不论是五四小说以及随后的自由主义小说对个性解放的肯定，还是普罗小说以及解放区小说对个体生存权的肯定，从根本上讲，都是对个体合理欲求的肯定。这种对个体欲求合理性的肯定，为作者与读者实现价值观念的相互认同找到了比较坚实的基础与平台。

对读者合理欲望的肯定，实际上还是需要建立在读者的理性自觉之上，其前提就是读者能够自己意识到自己的欲望是合理的，这也就需要读者具有清明的理性意识。在这方面现代小说显然也作出了其巨大功绩。现代小说在理性认同方面，作出了很好的尝试，那就是作者在一定程度上退隐，通过展示让读者进行自己的判断，而不是由作者代劳。《狂人日记》的双声话语，让读者不得不进行自己的判断。创造社内在的心理描写与文学研究会外在的动作描写，表面上看来风格迥异，但从根本上讲，都是一种"展示欲"的表现，也就是试图通过详尽的展示，让读者获得尽可能多的进行判断的信息。创造社的心理描写，与传统的讲述存在巨大差异。后者是作者代劳，对人物进行介绍与判断，而前者则是将人物心理展现出来，作者并不代为进行判断。这一点也可以从郁达夫与鲁迅等人同时否认小说中的人物就是作者本人这一说法中看出些

---

① 茅盾：《评四五六月的创作》，见《茅盾全集》第十八卷，人民文学出版社 1989 年版（下同），第 132 页。

许端倪。他们否认作品中的判断就是作者本人的判断,由此促使读者不要过于依赖作者。

但这种展示,如果要让读者有进行独立判断的可能性的话,那么也就必须尊重与依靠读者自身的日常经验,因此现代小说讲述的大都是普通人习以为常的故事,但是,在这种习以为常中,却常常隐含着"近乎无事的悲剧"。将人们日历而不知的悲剧凸显出来,也就近似于用聚光灯将人们的日常生活常态的某一点凸显出来,由此也便可能引起大家的关注。因此,现代小说在与读者的理性认同方面,比起具体的价值观念改造而言,可能具有更为深远的意义,那就是培养了一批具有独立思考意识的理性的读者,促进了读者的理性的发展。

这种对读者理性的尊重与认同,通过对日常生活的展示得以实现,也就必然带来现代小说审美情趣上的巨大转变。传统小说的传奇性,满足了读者的好奇心,现代小说的写实性,显然不再可能获得传奇效果了。这也就要求小说作者采用新的审美创造,以吸引读者的关注。在这方面,现代小说也取得了很大的成绩。一方面,现代小说作者在叙事技巧上不断创新,以技巧上的新颖取代故事的新颖,由此满足读者的好奇心。郁达夫的内心独白引起了广泛关注;鲁迅的叙事的特别更是获得了高度认同。至于沈从文的湘西世界,与解放区的传奇回归,其中自然有对故事新颖性的追求,但同时也没有忽视叙事技巧上的创新。沈从文自己多次强调文体试验;赵树理的"文摊"则是对五四文体的反拨。另一方面,现代小说强调尊重读者的身份意识,由此换取读者对新的审美情趣的认同。这一点突出地表现在现代小说对白话文体的认同上。白话是人们日常使用的语言,但是,在传统小说作者那里,白话是不入流的语体。这不仅表现在白话小说在整个文学层级中的地位不高,更表现在白话小说在小说中的地位也不高,总是处于最下层。近代小说试图拉高小说的地位,却并没有找到白话小说的合法性基础,因为他们还是将白话视为下层启蒙的工具。现代小说则试图从根本上颠覆这种等级秩序。现代民主观念与"劳工神圣"的社会思潮,从理念上提升了使用白话的普通人的社会地位,为白话社会地位的提升奠定了合法性基础。现代小说作者,通过对白话语体的认同,表现自己对使用白话的普通大众的社会身份认同,由此换取读者对作者新的叙述语体的认同,以及由此导致的风格变异的认同。但五四时期的欧式白话,与传统白话并不完全一致,因此也导致了读者与作者之间新的隔阂。为此,现代小说不断进行语体改造,这一尝试,在解放区,由于政治力量的介入,一定程度上得以实现。

现代小说的认同协商,本质上讲,也就是现代小说"如何立人"。传统小说的宣教式修辞方式,权威型认同模式,在一定程度上,取消了读者的主体性,使其成为一个被动的容器。而现代小说的协商型认同模式,则强调读者的主体性,由此也激发读者对自身主体性的明确认识。因此,现代小说不仅在认同维度上丰富了对于"立什么人"的解读,而且在认同方式上强调让"人"自"立"。协商认同模式就是一种让人自立的方式。

第五章　现代修辞的转向
（1949—1976）

1949 年 10 月,中华人民共和国的成立,标志着中国终于实现了民族独立,中国由此逐渐走上了中国特色社会主义建设道路。然而,从新中国成立到"文革"结束,大陆无论在政治体制、经济体制还是文化体制方面,都奉行严格的计划模式,这种外部语境的变化对小说修辞产生了巨大的影响;同时,经过文代会对小说家进行的人员筛选以及多次文艺界的批判,政府完成了对小说家的意识形态改造;革命时期行之有效的阶级斗争理论,在和平时期被人为地推广为普适性理论,这些因素的共同影响,使这一时期的小说修辞表现出与现代修辞不同的特性。

第一节　修辞语境的一元化

早在延安整风时期,中国共产党就在解放区加强了在政治、经济与文化领域的一元化领导,以强化对解放区有限的人力与物力资源进行更高效的配置与使用。新中国成立后,这一在战争时期起到巨大作用的社会管理模式,在大陆境内得到全面推行,同时也将战争思维模式带到了和平时期。这对新中国成立后小说修辞语境产生重大影响。

一、规约化的修辞情景

中央政权的成立,标志着中国大陆地区的统一与独立,也标志着中国共产党的权威地位在大陆地区的确立。这一改变,使得整个社会所面对的修辞情景出现极大变化。

1. 一元化的政治经济体制

新中国的成立，从根本上改变了中国社会。毛泽东在开国大典上宣告"中国人民从此站起来了"，不仅是一种对外的宣示，也是一种对内的宣示。它一方面标志"中国"人民摆脱了异族奴役与帝国主义的压迫，从此自立于世界民族之林；另一方面则标志中国"人民"相对于压迫者而言站起来了。虽然"人民"的含义在此后的社会变迁中始终变动不居，但"人民"一词，为所有自以为是国家与社会主人的个体，提供了认同基点与归宿。当几乎所有的人都以"人民"的一份子自居的时候，这个社会给人提供的激情与想象空间几乎是无限的。在这种激情的影响下，新中国成立后的"人民"经历了多次"波澜壮阔"的社会运动，如抗美援朝、"三反"、"五反"、社会主义再教育、合作化运动、反右运动、大跃进运动、"伟大的无产阶级文化大革命"等。这些运动涉及新中国成立后的政治、经济、文化、社会各个层面，影响到"人民"的生产、生活以及思想。它们构成了新中国成立后小说叙事的大背景，也是新中国成立后小说叙事的出发点以及题材来源。

然而，当现实为小说家提供了大量重大事件的时候，小说家对事件的阐释空间，却越来越小。与新中国成立前的政治分裂相对照，新中国成立后的大陆处于共产党的一元统治之下，普天之下莫非王土，政治的一元化，使政治对文学的控制也日渐强化。这种控制不仅表现在意识形态控制方面，更表现在经济控制上面。在解放前，小说家可以凭借比较"现代"的稿费与版税制度，在政府对出版物市场控制力弱化的情况下，凭借作品的稿费谋取生存之资，由此也得以保持人格的相对独立。而新中国成立后，计划经济体制的建立，使每个人都必须依赖政府分配的岗位与经济来源生产生活。专业作家急剧减少，绝大多数小说家转变成为各种"工作人员"。他们的主要生活来源不是稿酬，而是工资，也就是他们为"国家服务"所得的报酬。小说写作成为他们"为国家服务"的一种方式。至于专业作家，也随着新中国成立后各级出版社的国有化以及多次稿酬制度改革，通过稿费获取生活来源的道路也越来越窄。这种计划经济体制，强化了小说家对政府经济上乃至人身上的依附关系，使作家的言说自由度与独立性受到了根本性的制约。如果他要自说自话，可能会因此丧失生活来源甚至人身自由（如胡风），就算他不顾一切说出来，也可能没有任何读者与听众（如顾准）。

2. 一元化的思想文化氛围

由于"以阶级斗争为纲"的国内政策以及"一边倒"的外交政策,使得这一时期的文化环境,成为"马克思主义"的一言堂。非马克思主义的思想资源以及代表人物,都成了阶级斗争的对象,被扫进了历史的垃圾堆。更重要的是,对于马克思主义的阐释权,也没有赋予每个"人民",而是把握在极少数人手中。这使人们的思维只可能拘囿于经特定人物阐释后的"马克思主义",大家思考的边界也只能是马克思主义。然而,一旦个体对马克思主义的理解不合特定规范,就马上可能被踢出马克思主义阵营,成为"反革命"分子。因此,尽管从胡风到丁玲到周扬,他们都认为自己是真正的马克思主义者,但在不同时期因为不同原因被剥夺对马克思主义的阐释全,成为反革命。

这种经过特定阐释的"马克思主义",使这一时期的文化界对西方文化采取总体排斥态度,对传统文化采取彻底批判立场。对"资产阶级"文化的拒绝,使新中国成立后小说失去了西方参照系,而破四旧等理性缺位的反传统运动,则使新中国成立后小说失去了传统参照向度。然而,与对传统文化的外在清除形成鲜明对照的是,传统文化中的专制与独裁思想移形换位,进入"马克思主义"内部。宫廷政治、个人崇拜、愚民政策、唯我独尊等传统统治文化沉渣泛起。这种思想的一元化,使得这一时期的小说,在总体上表现出其一致与相似的平庸性。

二、理想化的受众群体

在这种一元化的修辞语境中,读者也被意识形态统一了起来。现代小说的读者是多元的,新中国成立后的读者则是一元的。由于政治、经济、文化的高度统一,互相协作,使得政治可以用意识形态的标准对读者进行改造,由此构建新中国成立后标准化与理想化的读者。

在这一语境中,无论是工农商学兵的身份差异,还是"讲—听"与"写—看"的交流模式差异,没有太大意义,因为理想化读者的意识形态是完全一致的。如洪子诚所言,"在当代,'读者'在大多数情况下,是被构造出来的,是不被具体分析的概念",批评中使用"读者"概念,"往往作为权力批评的延伸",[①]这里所

---

① 洪子诚:《中国当代文学史(修订版)》,北京大学出版社 2009 年版(下同),第 25 页。

使用的"读者",显然也就是批评家所建构的"理想读者"。因此,将这一时期小说读者分为理想读者、编审读者、批评读者与现实读者,虽然分类标准比较含混,但更有助于理解这一时期读者对小说修辞的影响。

1. 小说读者的构成

对于新中国成立后的小说修辞而言,最重要的一个概念就是理想读者。虽然所有小说家在写作时可能都会考虑到这一对象的建构,但由于小说家自身的差异,理想读者从来就不曾整齐划一。在读者多元化的时代,小说家关于理想读者的构想也是多元的,《阿Q正传》的理想读者与《边城》的理想读者并不一样,茅盾心目中的理想读者与赵树理心目中的理想读者也不一样。对于新中国成立后的小说家而言,关于理想读者的想象却高度一致,那就是这一受众群体必然对共产党感恩戴德,对新社会交口称赞,对敌人深恶痛绝,对同志热情洋溢。总之,他们在道德上是高尚的,在政治上是进步的,在文化上是朴实的。无论是《青春之歌》、《红旗谱》、《保卫延安》、《红岩》、《林海雪原》等革命历史题材小说,还是《创业史》、《山乡巨变》、《欧阳海之歌》等现实题材小说,作家关于理想读者的想象,没有什么两样。

如果说关于理想读者的想象潜在制约了小说家的修辞空间的话,现实中的编审读者,也就是各个文学杂志的编辑,对于作者的作用更为直接。相对于这一群体,小说家处于一种更为被动的地位。他们要想让自己的作品能与读者见面,就必须接受编审读者的考核,为此甚至不得不对自己的文章进行修改。王蒙的成名作《组织部来了个年轻人》被编辑改成了《组织部新来的青年人》。编审读者对小说作者,无论是艺术上还是思想上抑或是语言上,都表现出实在的权力。正是在编审读者的指导下,《红岩》经历了复杂而漫长的组稿与改稿过程,编审读者全程介入了小说创作的每一个环节。罗广斌与杨益言曾经一再强调,他们不是专业作家,是因为团中央的同志要求他们"破除迷信,解放思想"①,他们才在革命回忆录《在烈火中永生》的基础上进行小说创作。小说创作对于他们而言是一项政治任务而不是自发的文学活动。据钱振文考证,关于渣滓洞集中营的革命回忆,并不是首先由罗广斌、杨益言等人发起的,而是由任可风、钟林、王国源等更有写作功底的人首

---

① 杨益言:《关于小说〈红岩〉的写作》,《新文学史料》1980年第2期。

先开始写作的。① 但是由于"政治上的可靠",罗广斌、刘德彬等人被选中为"写作者"。"大家知道,《红岩》这本小说的真正作者,是那些在'中美合作所'里为革命献身的许多先烈,是那些知名的和不知名的无产阶级战士。我们只是做了一些概括、叙述的工作。"②但是,要想完成这种概括、叙述的工作,也不是一件易事。初稿《禁锢的世界》因为作品基调低沉,色彩阴暗,受到广泛的批评。经过编审读者多次组织改稿,他们的写作才获得广泛的集体认同。虽然编审读者对小说创作的介入在现代出版制度成立以来就存在,但编审读者对小说创作的介入之深及其介入的意识形态视角,则凸显出这一时期的独特性。

编审读者是在小说创作过程中介入,批评读者则是在小说创作之后介入。在当时的语境中,他们对小说创作有着非常重要而直接的影响。作为主流意识形态的代言人,批评家占据着话语的制高点,拥有无上的权力。从十七年的周扬,到"文革"的姚文元,这批职业读者划定了小说创作的可能疆域。

至于现实生活中活生生的读者,在这一语境中,并没有多少言说空间。他们没有挑选自己阅读对象的权力,也没有发表自己独立看法的权力。在大多数时候,他们都被想象成理想读者,被职业读者所"代表",如冯雪峰就曾经以读者来信的方式,发表自己对某些作品的看法;而一旦真实读者不愿"被代表",发出了自己的声音,他们马上可能"因言贾祸",如缪丹就因给《人民日报》写信为胡风鸣冤而成为人民的敌人。作为"被代表"的一群,真实读者成为一个数量庞大而又沉默无声的群体。

2. 小说读者性质的转变

这种同质化的读者构成,尤其是同质化的"理想读者"的构成,同样可以进行多个层面的性质。这种性质分析对于理解这一时期的小说修辞有着重要意义。

首先,这一同质群体在知识结构方面,与现代科学体系有着直接关联。新中国的成立,使最广大的群体都可能接受新式教育。这一时期现代教育的逐

---

① 参见钱振文:《"深描"一件被人忽略的往事——细说〈红岩〉作者们解放初期的第一次"文学"活动》,《渤海大学学报》(哲社版)2008 年第 4 期。

② 罗广斌、杨益言:《创作的过程 学习的过程——略谈〈红岩〉的写作》,《中国青年报》1963 年 5 月 13 日。

步推广普及,以及各种扫盲班的建立,使得全国的文盲率极大降低,基本的现代科学知识得到了尽可能迅速与广泛的传播。然而,由于意识形态挂帅,科学的求真精神在意识形态的统摄下不可能得到完全的发展,科学甚至成为意识形态的奴婢与空想的帮凶。当钱学森先生认为亩产万斤也有科学依据的时候,科学也就成为意识形态的一块遮羞布。与此同时,社会科学中的辩证思维,在"一句顶一万句"的社会风气中,也不可能有存在的空间。这种意识形态与科学之间的背离,可以说是这一时期读者的知识结构的主导特征。

意识形态对读者的影响甚至主导作用不仅表现在对读者认知结构的影响方面,更体现在读者价值体系建构方面。对于这一时期的理想读者而言,革命伦理是唯一正确的伦理,也是他们对作者的基本要求。因此,革命历史题材小说论证革命伦理在过去无往不胜,现实题材则强调革命伦理会给人带来光辉未来。只要按照革命伦理的要求,人们就可以步入未来的黄金世界。

理想读者的价值体系,在一定程度上,是由批评读者所"代表"的。他们不仅代表了理想读者的价值体系,而且"代表"了理想读者的审美情趣。作为沉默的大多数,这一时期真实读者不可能表现自己的审美情趣,他们与小说家之间已经没有了直接联系,甚至没有间接联系。真正有发言权的人是那些职业批评家。这些职业批评家以"读者"的名义,将"民族形式"再度狭义化为"批评读者"理解的"民族形式","喜闻乐见"被狭义化为职业读者的"喜闻乐见",最后被狭义化为某一人(如江青)的"喜闻乐见"。

三、革命化的修辞话题

在政治化的修辞情景中,小说的修辞话题也随之革命化,成为塑造超出常人的"革命者"与"带头人"的形象,以"引领"普通读者走上革命的康庄大道。从《青春之歌》(杨沫)中的林道静、《红岩》(罗广斌、杨益言)中的江姐、《林海雪原》(曲波)中的杨子荣等革命历史题材中的人物,到《山乡巨变》(周立波)中的刘雨生、《创业史》(柳青)中的梁生宝、《欧阳海之歌》(金敬迈)中的欧阳海、《金光大道》(浩然)中的高大泉等现实题材中的人物,他们都表现出鲜明的"先进性"。

革命者形象,在现代小说中并不鲜见。从左翼文学到解放区文学,革命者一直是现代小说关注的重要对象。然而,在现代小说中,对革命者的塑造并没有因其革命就否定了革命者的个体欲求。风行一时的"革命+恋爱"模式折射出现代小说对于革命者双重属性的理解,他们一方面认为革命者应该具有献身精神,另一方面还是尊重革命者作为个体追求爱情的权力。在解放区小说中,同样肯定了革命者追求利益的合理性。赵树理《孟祥英翻身》中的孟祥英,周立波《暴风骤雨》中的赵玉林,丁玲《太阳照在桑干河上》中的程仁,孔厥、袁静《新儿女英雄传》中的牛大水、杨小梅等革命者形象,都对革命给自己带来的利益有清醒认识,由此也增强了他们的革命自觉性,其中潜在地包含着一种利益交换机制。而新中国成立后小说中的革命者,变得更为"纯粹"。他们与现代小说中拥有自身权利与合理欲望的"个体"形象形成较鲜明的对照,表现出鲜明的"集体性"与"公共性"。

这种"集体性"首先表现在新中国成立后小说中的主要人物都具有鲜明的阶级意识。"谁是我们的敌人?谁是我们的朋友?这个问题是革命的首要问题。"①也是新中国成立后小说的首要问题。敌—我关系不仅在革命历史题材中存在,在现实题材中同样存在。② 对这种非友即敌的阶级思维方式的强调与强化,不仅仅是一种战争思维的延续,更出于强化人们集体认同感的现实需要。新社会是阶级翻身的成果,因此,人们对新社会的认同首先就需要对阶级的认同。这种集体认同,凸显出"我们"利益的共同性,在一定时期内是增强社会凝聚力的重要手段。这种阶级意识,与现代小说中的"个"的意识表现出一种相反的特征,而与近代小说的"民"表现出一定程度的相似性。然而,与近代小说中"民"不同的是,这一时期的理想人物表现出一种强烈的主人翁意识。无论是革命历史题材小说中对于革命者的书写,还是对新中国先进者的书写,他们都因属于"我们"这一阵营而被赋予了合法性与正当性,他们因为与革命阵营联系在一起而具有强烈的主人翁意识与无穷的力量感。因为这种集体性,他们确立了自己的人生归宿,无论生死,他们都能够在集体中找到属于自己的位置。

与这种"集体性"联系在一起的,是新中国成立后小说中人物的"公共性"。现代小说中,对革命者合理欲望的尊重,通常都表现为对人物私密空间

---

① 毛泽东:《中国社会各阶级的分析》,见《毛泽东选集》第一卷,第 3 页。
② 陈思和先生认为,这是因为新中国成立后人们尚保持一种战争思维方式。参见陈思和:《中国新文学整体观》,上海文艺出版社 2001 年版(下同)。

的尊重,革命者除了革命,还有属于他个人的空间。"革命+恋爱"中的爱情,以及解放区小说中物欲,显然都是"私密性"话题。新中国成立后小说中的革命者则被压缩到了单一的公共空间,个体的私密性被排除在外。周立波《山乡巨变》初版写到刘雨生因为与张桂贞离婚而哭泣,受到了尖锐批评。① 柳青《创业史》中梁生宝的爱情,被置于领导的审视之下。在公共空间中,革命者不再是作为个体存在,而是作为阶级与集体的代表存在,他的一言一行都与集体相关。无论他是行使权力,还是履行义务,都与他在这一公共空间中的社会地位相关,与他"个人"则没有多大关系。而在公共空间中,党的标准是评价人物的终极依据,由此也强化了党的至高无上的地位。《青春之歌》中林道静要努力改造自己,以符合党的要求;《林海雪原》与《保卫延安》中的每一个战士都要执行上级分配给他们的本职工作;《组织部来了个年轻人》中的林震所能指望的就是区委书记的支持;《金光大道》中的高大泉干脆成为党的化身。

公共空间对个体私密性的挤压,也就是对个体欲望的挤压。如众多研究者指出的那样,这一时期的小说叙事中,很少私人场景,就是偶尔出现卧室之类的私人空间,也已被公共化。私人空间的公共化从根本上压缩了表现个体欲望合理性的可能性。因为欲望,尤其是性这一人类最根本的欲望,在本质上,都是私人化与私密化的。新中国成立后小说——尤其是"文革"小说中,性基本上消失,不仅折射出当时的禁欲主义倾向,而且折射出当时对个人与个人主义的终极消解。通过消解或者说抹杀私人欲望,小说将人物的私密性这一维度排除在视野之外,从而使人物只能在公共空间中出场。而只要是属于公共空间的事物,意识形态就可以进行控制,集体主义也就可以大行其道。

第二节　叙述契约的政治化

尽管这一时期的小说在修辞话题的发明方面,其理想主义色彩明显有别

---

① 在作家出版社 1958 年第一版的《山乡巨变·上》中,关于刘雨生离婚时的描写为"李主席在窗子外面,故意高声跟别人谈话,来掩盖他的哭泣声"。(第 136 页)而在 1959 年人民文学出版社第一版中变成了"刘雨生动手写离婚申请。李主席在窗子外面,故意高声跟别人谈话,来掩盖他们说话的声音"。(第 142 页)没有了"哭泣"字样,这是一个颇有意思的修改,由此不仅可以看出意识形态的介入,同时也可以看出情爱生活中个体感觉的消隐。

于传统小说,带有明显的建构意图以及"启蒙"意味,但由于政治对文学控制的强化,这一时期的小说修辞契约表现出向传统回归的倾向,以认同并阐释现有价值体系为主要使命。同时由于修辞情景与理想读者的双重约束,这一时期的小说家进行修辞选择与修辞发明的自主性非常有限,其与真实受众之间交流的有效性与真实性受到极大削弱。

一、叙述语言:语言与政治的结盟

随着共产党的治权由解放区扩大到整个大陆地区,共产党对知识分子的控制范围与控制能力也随之扩大。尽管新中国成立后没有再进行"延安整风"那样的大规模、全员参加的思想改造运动,但新中国成立后通过文代会及各级作协的多次"过滤",以及文坛的多次批判运动,使延安整风形成的一整套价值体系迅速普及,对包括国统区知识分子在内的所有知识分子产生了巨大影响。与此相关,解放区的审美情趣也迅速成为主导的审美时尚,解放区大众化的小说语言,逐渐取代欧式语言,成为小说家"正宗"的叙述语言。更重要的是,潜含在这种大众语言背后的政治因子在新中国成立后反宾为主,成为语言中的主导因素,使新中国成立后小说语言日趋政治化、抽象化。

毛泽东意识到语言与情感及思维的内在联系,因此,他在衡量知识分子价值立场、情感态度与思维方式是否转变的时候,一个重要标准就是是否使用"人民大众"的语言。然而,由于特定的政治需要,"人民大众"的含义始终变动不居,最后被狭义化为"劳动人民"或者"工农阶级"。因此,"大众语言"虽然具有来自于基层的通俗性,本质上却是政治性的。

新中国成立后小说语言的通俗性构成了中国当代"以俗为美"审美时尚的语言基础。由于审美教育缺乏,绝大多数"劳动人民"不明白什么是精致与典雅。日常生活中的大白话,成为小说的主导语体,无论人物语言还是叙述语言,运用方言俗语都成为一种时尚。《山乡巨变》的方言,"山药蛋派"的土语,在批评家那里都受到了高度推崇。与生活直接关联的真实感与鲜活感,使这种方言土语显示出蓬勃的生机与活力。然而,这种来自民间的语言,在充满生气的同时,同样也带着民间的粗俗。尤其是当它与政治结盟形成一种单一的审美时尚时,对于小说语言而言则是一种厄运。赵树理的小说语言形象化与脸谱化共存,通俗化与政治化同在。无论是《小二黑结婚》中对三仙姑"驴粪上下了霜"的肖像描写,还是《"锻炼锻炼"》中"小腿疼"与"吃不饱"的绰号命名,其语言的确通俗形象,但这种通俗形象的语言同时也将人物脸谱化、定型化。更重要的是,这种粗俗的民间语言实际上包含着明确的意识形态判断,民间的善恶二元对立与政治的敌我二元对立形成一种同构互动。通过将意识形态与语言的民间性结合起来,小说家占据了政治、道德与审美的制高点,使大众叙述语言成为一种审美时尚。这种语言的通俗化,与20世纪二三十年代的大众语运动提出的通俗化存在性质上的差异。后者的出发点是为了使自己的思想能够被普通民众所理解,他们将语言视为一种宣传的工具,目的是"使俗通",而不是"通于俗",在他们心目中,知识分子在价值规范与思维方式方面都高于普通民众。而新中国成立后知识分子与人民大众的关系由原来的"化"大众转为大众"化",语言通俗化也由重在"使俗通"转化为重在"通于俗",大众语言是知识分子向人民大众学习的重要手段。然而,这一"人民大众"是一种意识形态化的"大众",其政治地位实际上是根据其对政治的作用得以划分,因此,所谓的"大众语言"实际上也是一种经过意识形态改造的语言,而不是一种原生态的语言。一个明显的例证,就是新中国成立初期小说语言的"洁净化",在《保卫延安》《山乡巨变》等作品中,并没有"人民大众"的口头禅。

这种语言的洁净化与政治化,在随后逐渐演化为"去语境化"。因此,《林海雪原》中的杨子荣,因为在扮成土匪时说了"黑话"而在"文革"期间受到大肆批评。对于政治而言,重要的是人物说了什么,而不是人物在什么语境中说什么以及为什么这么说。语言的政治化(去语境化),必然导致语言的脸谱化。人物能够说什么话,预先就已根据其阶级身份划定。一个黑五类没有说喊共产党万岁的权力,一个反革命不能说任何关于人类美好的语词。语言在这里成为一种图腾,一种象征,甚至一种实体,对"毛主席"这个词的亵渎,等同对毛主席本人的亵渎。

维特根斯坦说"想象一种语言就是想象一种生活方式"①,剥夺人们对某种语言的言说权力,也就是剥夺人们对某种生活方式的想象权力。通过这种语言的剥夺,人们的生活也被剥夺与压缩成单一的维度。这种对语言权力的

---

① [英]维特根斯坦:《哲学研究》,陈嘉映译,上海人民出版社2001年版(下同),第13页。

剥夺通常通过以下几个步骤得以实现：

首先是对"反革命"语言的剥夺。话语权的分配与再分配是革命的一项重要内容，也是社会改造的重要手段。《创业史》中的郭世富，因为是富裕中农，他所说的话，不管有理没理，都被判定为错误。《欧阳海之歌》中的薛新文，因为是代指导员，因此错误也要改成"误会"。通过剥夺反革命者言说的权力，也剥夺了他们想象生活的权力，生活呈现为革命者的单一平面。

其次是对知识分子语言的改造。当民主、启蒙等词汇从小说语言中被驱逐出去，知识分子不能再想象自己的生活方式，而只能想象那些几千年面朝黄土背朝天的百姓的生活。百姓对生活的想象，主要是对物质性生活的想象，而不是对超越性生活的想象，哪怕他们每天都在高歌新生活，他们的灵魂依旧扎在土地上。知识分子则是超越的，对知识分子的语言的剥夺，在某种意义上，是对一个民族想象能力的弃绝与割裂。

最后则是语言写实维度的取消。由于语言的政治化，以及由此出现的去语境化，语言与现实之间的联系也被割断。语言不能想象一种超越性生活，而只能想象政治的无限可能性。"人有多大胆，地有多大产"的语言膨胀成为一种时尚。人们不是试图去用语言表现生活，而是试图用语言"创造"生活。以政治的想象取代现实的判断，正是政治化语言的巨大作用，也是其历史使命。在构建这一时期的民族想象与民众想象方面，这一时期的小说语言可以说"功不可没"。然而，这种语言的"本体化"，消解了人的独立地位，变成"语言说人"，而不是"人说语言"。小说家必须让人物按照既定的方式说话，就是小说家自己也必须按照既定的方式说话。

二、叙述声音：代言与威权的共振

新中国成立后高度计划化的修辞语境，从各个层面强化了意识形态对小说的控制，也使得这一时期的叙述声音表现出高度的一致性。它不再像现代小说那样呈现为一种多声共鸣，而是一种多人齐唱。这种齐唱揭示了新中国成立后小说向传统集体型权威的回归。

现代小说的作者型权威存在多种依据与来源，这一时期叙述权威最关键的来源则是主流意识形态的肯定。作为主流意识形态的化身，"超级读者"的认同成为小说作者获得政治肯定的唯一通道，也是其叙述权威的唯一来源。

在这种情况下,小说家的主要使命就是实现主流意识形态的生产与再生产,完成"教育与改造"劳动人民的任务。他们不能"立言",更难"言志",大多数时候都只是充当"传道"的"代言人"。尽管不同时期,高层对主流意识形态的界定有着多次变化,不同小说家对于所谓主流意识形态的理解也不尽相同,但小说家自觉向当时的主流意识形态靠拢,从而获得叙述权威的思维模式,却完全一样。从萧也牧《我们夫妇之间》中知识分子自觉的自我改造,到杨沫《青春之歌》中知识分子自觉的自我改造;从柳青《创业史》中农民自觉的阶级意识,到浩然《金光大道》中农民自觉的阶级意识,从杜鹏程《保卫延安》中军人的忠诚,到金敬迈《欧阳海之歌》中军人的忠诚,小说家始终试图树立一个"先进者"的样板,以便让"劳动人民"效仿与学习。

然而,相对于理论家这些"超级读者",小说家显然属于低一级的"传道者",并不具有对理论的阐释权。因此,尽管他们努力进行自我改造,以便使自己能够成为合格的"代言人",但由于变化总比计划快,对于大多数小说家来说,他们之所以出名似乎就是为了被打倒。经过新中国成立以来的多次论争与批判,到"文革"期间,文坛就只剩下挥舞大棒的姚文元与孤独走在金光大道上的浩然的身影。

正是通过将一个又一个小说家打倒,主流意识形态阐释者才得以树立自己的权威。他们通过批判小说家"代言"资格,为意识形态的发展指出了"前进"的方向,为"合格"的"代言人"提供了奋斗的目标。也正是通过成为权威阐释者批判的对象,小说家变相完成了自己的"代言"使命。

三、叙述距离:认知与审美的对峙

作为权威阐释者的批评家是这一时期小说的一类特殊读者。这种特殊读者的出现,尤其是他们对小说创作影响力的增强,使得这一时期小说作者与读者之间的关系,出现了重大转变。在某种意义上,小说家不再是为普通读者与现实读者进行创作,而是为了这类特殊读者进行创作。这种关系的转变,彻底颠覆了作者相对于读者的优先地位,重要的不再是作者写了什么或想要写什么,而是特殊读者从中读出什么。这类特殊读者(包括编辑与批评家)或者以主流意识形态权威阐释者的身份对创作进行直接调控;或者化身为理想读者对创作进行间接调控。这种特殊读者的特权地位,凸显出了小说家"受教育"

的从属地位。

然而，尽管特殊读者控制着作品的阐释权，但小说的真正受众还是广大普通的现实读者，他们的喜欢或厌恶决定了小说接受的广度。作为需要被"教育与改造"的对象，他们在认知水平、价值体系与审美情趣方面，显然都处于一个比作者低等的水平。这种特殊读者与普通读者之间的反差，使得这一时期小说修辞表现出一种精神分裂症状。小说家一方面必须迎合高于他们的特殊（理想）读者的审视，另一方面又要关注低于他们的现实读者的需要，而这两方面又经常表现出一种矛盾对立状态。这意味着这一时期的小说家必须同时为两个相互矛盾的读者群体进行创作。在现代小说那里，特殊读者（理想读者）与普通读者虽然存在矛盾，但是二者还是存在着一致性，特殊读者通常也是作为普通读者作出他们的评价。在新中国成立后的小说界，这种一致性被肢解，特殊读者不再考虑普通读者的需要，而是考虑意识形态的需要。这种特殊读者与普通读者的分离，使小说家在创作中时常无所适从。

这种精神分裂更关键的原因，在于特殊读者对于小说家的要求也存在一种内在矛盾。一方面，特殊读者要求小说家完成"教育与改造"普通读者的任务，另一方面则要小说家自觉接受"理想读者"的"再教育"，也就是要求小说家既是群众的老师，又是群众的学生。为了协调这一矛盾，小说家与读者之间出现了一种认知—价值—审美的分裂与对峙。特殊读者掌握意识形态上的制高点，小说家则拥有将意识形态形象化的专业技能，但这种专业技能必须以是否能够被普通读者的审美情趣接受为准绳。也就是说，小说家一方面要迎合特殊读者的意识形态要求，另一方面则要迎合普通读者"喜闻乐见"的审美要求；小说家需要运用来自特殊读者的意识形态视角对小说材料进行观照与改造，进而运用能够为普通读者所能接受的叙述技巧讲述故事，从而沟通理想读者与现实读者的要求，达到意识形态宣传的目的。认知—审美—价值不再统一于作者，而是分属于不同群体。

至于小说中的人物，在某种意义上也不再具有独立价值，而只是作者与读者之间认同的媒介，作者与人物之间在认知—情感—价值三个方面都缺乏必要的张力。作者要么全然认同人物，要么全然否定人物，没有所谓的中间状态，而不像现代小说那样，保持一种批评的同情。读者对于人物同样如此，他们将人物视为作者思想态度的化身,并以此来进行道德与审美评价。作者—人物—读者之间不再是一种张力结构,只剩下非此即彼的单维联系。

第三节　修辞策略的政治化

新中国成立后小说修辞语境的一元化,以及修辞契约的政治化,极大地限制了这一时期小说修辞策略的创新空间。为了满足意识形态的需要,小说家在一定程度上颠倒了现实与理想的关系,现实世界的基础地位被弱化,理想世界的地位得到了凸显。这种错位对这一时期的小说修辞策略产生了重大影响。

一、故事建构:典型与写实的分裂

现代小说以典型论沟通了真实与虚构的关系,使小说在进行人事虚构的同时,能够揭示本质真实,让读者从中看到更深刻的意蕴。然而,以典型论为核心的现实主义,在新中国成立后逐渐演变为以"任务论"为中心的"社会主义现实主义"。按照苏联作家协会的界定,"社会主义的现实主义,作为苏联文学与苏联文学批评底基本方法,要求艺术家从现实底革命发展中真实地、历史地和具体地去描写现实。同时艺术描写底真实性和历史具体性必须与用社会主义精神从思想上改造和教育劳动人民的任务结合起来。"[1]这种"任务论"在"典型论"上套上了一个紧箍咒,使得小说的真实性必须服从"改造与教育劳动人民"的任务。大跃进时期,毛泽东提出"革命的浪漫主义与革命的现实主义相结合"后,"两结合"马上以"大跃进"的速度迅速统治整个文坛,"革命的现实主义"(社会主义现实主义)被"革命的浪漫主义"再度改造与削弱。到了"文革"时期,"'写真实论'、'现实主义广阔的道路'论、'现实主义的深化'论、反'题材决定'论、'中间人物'论、反'火药味'论、'时代精神汇合'论"以及电影界的"'离经叛道'论"[2]等"黑八论"被全部打翻在地,现实主义受到

---

① 转引自周勃:《论现实主义及其在社会主义时代的发展》,见《中国新文艺大系 1949—1966·理论史料集》中国文联出版公司 1994 年版(下同),第 639 页。

② 《林彪委托江青召开的部队文艺工作座谈会纪要》,见《中国新文艺大系 1949—1966·理论史料集》,第 228 页。

根本性的批判,"典型"不仅被狭义化为"无产阶级英雄典型"①,而且被切断了与现实的联系,"文艺创作如果受真人真事的局限,就违反典型化的原则,不能从广度和深度的结合上对生活进行集中概括,因而不利于表现作品的革命主题,不利于塑造无产阶级高大丰满的英雄形象"②。这种与现实割裂的"典型",在越来越接近"高大全"的同时也意味着越来越"假大空"。"十七年"时期小说中的人物,如《青春之歌》中的林道静、《山乡巨变》中的刘雨生、《林海雪原》中的杨子荣、《创业史》中的梁生宝,在职业读者的批评下,一改再改,从而使人物变得更加"完美",使小说更能完成"教育与改造劳动人民"的任务。然而,这种人物越是"完美",就越是与政治离得近而与现实离得远。到了《欧阳海之歌》中的欧阳海,《金光大道》中的高大泉,作者则从一开始就有意识地迎合了政治的需要,不再受"真人真事"限制。

二、叙事技巧:讲述与展示的失衡

为了凸显出"任务"的重要性,这一时期小说在讲述与展示关系的处理上,也表现出一种失衡状态。讲述重新占据主导地位,评论干预大幅增加。

由于审美趣味向普通读者的靠拢,新中国成立后小说重新注意"讲"故事。"讲故事"首先表现在注意小说的情节性,这种情节性自然要求小说家更多地"讲述"。《红岩》、《红旗谱》、《林海雪原》、《保卫延安》等革命历史题材小说,因为革命斗争的尖锐性而自然具有情节性,就是《山乡巨变》、《创业史》等农村题材小说,"敌我斗争"也是小说不可或缺的成分。更重要的是,新中国成立后小说中种种应意识形态要求的情节设置,不得不依靠讲述进行展开。《保卫延安》中一系列"奇迹",很难通过展示表现出来。如因为喝了苦水,很多战士都拉肚子,但为了赶时间,战士们干脆不穿裤子,就让粪便顺腿流下去;周大勇突发奇想,准备用手枪打飞机;李振堂老人从悬崖上跳下去却奇迹般生还;王老虎死里逃生回到部队;这些"奇迹"显然都服务于作者的理念:"世界

---

① 初澜:《塑造无产阶级英雄典型是社会主义文艺的根本任务》,见洪子诚编:《二十世纪中国小说理论资料》第五卷,北京大学出版社 1997 年版,第 601 页。

② 方进:《要塑造典型,不要受真人真事局限》,见洪子诚编:《二十世纪中国小说理论资料》第五卷,北京大学出版社 1997 年版(下同),第 607—608 页。

上,有什么痛苦和力量,能制服我们? 没有。"[1]战争时期可以依靠党创造无数奇迹,和平时期同样如此。然而,在新中国成立后小说中,党的形象通常不是通过具体人物呈现,而是通过一种纯粹的理念出现。《创业史》中的梁生宝一碰到困难,马上就想到"有党领导,咱怕啥?"[2]但在他心目中,党不是由党员组成的,而是由党章构建的。因此,虽然郭振山也"在党",并且党内职务在他之上,但他对却郭振山等带有私心的党员不以为然。这种经过抽象化、提纯化的"党",自然也难以通过展示呈现。

为了更好地"讲述",隐含作者的评论干预大幅增加。为了让读者更清楚地领会小说的叙述目的,隐含作者不时对人物与事件进行评论,以引导读者进行正确判断。然而,这一时期的隐含作者表现出一种"非人格化"倾向,也就是说,隐含作者不是真实作者的"第二自我",而是意识形态的"第二自我"。隐含作者的评论干预,通常不是作为个人发言,而是作为某种价值规范发言。罗广斌、杨益言《红岩》的整个写作过程体现着组织的意见;金敬迈《欧阳海之歌》中增删刘少奇《论共产党员修养》,体现的都不是他自己的意志;至于"文革"中的集体写作,如"《虹南作战史》是以贫下中农'土记者'为主体同当地农村基层干部、专业文艺工作者相结合集体创作的。《新桥》也是以工农兵创作组为主吸收其他单位创作组共同写出来的"[3],更是集中体现了"领导出思想,作家出技巧,群众出题材"的"三结合"方针。

新中国成立后"非人格化""隐含作者"的讲述与评论,极大地弱化了这一时期小说情感属性的私人性,因为私人性情感经常是人格化的,只有公共情感才可能非人格化。这种"非人格化"使得小说中的情感只剩下"公共情感"的单一维度。从《保卫延安》中周大勇等人对毛主席的忠诚,到《创业史》中梁生宝对党的忠诚,再到《欧阳海之歌》中欧阳海对战士使命的忠诚,这些"公共情感"不过是意识形态的另一幅面孔。

---

① 杜鹏程:《保卫延安》,人民文学出版社1956年版(下同),第328页。
② 柳青:《创业史》第一部,中国青年出版社1960年版(下同),第106页。
③ 高昆山:《努力突现无产阶级专政下继续革命的伟大主题——试论无产阶级文化大革命后长篇小说创作的收获》,见洪子诚编:《二十世纪中国小说理论资料》第五卷,北京大学出版社1997年版(下同),第598页。

三、意义阐释:理想与现实的错位

新中国成立后小说中"非写实"的"典型"与"非人格化"的"讲述",其修辞目的都是为了凸显出意识形态所关注的"理想"。对于新中国成立后的主流意识形态而言,重要的不是"实有"或"能有",而是"应有"或"想有"。他们强调的是希望现实变成什么样子,而不是关注现实可能变成什么样子,他们对现实的观照,是经过理想过滤后的观照,而不是原生态的观照。这种理想对现实的反观,使这一时期的小说在叙述层面的意义阐释方面表现出一种独特形态。

在解放区小说中,尽管几乎所有小说都表现出一种乐观情调,但并没有小说家为读者提供一个切实具体的黄金世界,小说家尚只注意到"翻身—革命"之间关系,关注当下的革命斗争,因此大多数小说都以民众踊跃参军保卫翻身果实结束。这显然与解放区当时所面临的外部威胁相关。然而,新中国成立后的和平环境使政治家可以畅想"未来",小说家也可以畅想"未来"。由于政治对小说"教育与改造劳动人民"的要求,使小说家必须通过政治设计的理想化未来来反观现实,对现实人事进行重新选择与组合。

这种对未来的"畅想"以及理想的反观,主要包括两种时态。一种是过去时态,即站在现在这一时间点反观过去对未来的畅想,同时以现在的理想状态反观过去的现实;另一种则是现在时态(隐含将来时态),即站在现在这一时间点对未来进行畅想,同时以理想中的未来反观现在的现实。

在新中国成立后的很长一段时间里,人们都沉浸在胜利的喜悦中,并真心诚意地感谢共产党带来了翻天覆地的变化。人们对共产党的光辉奋斗历程,有着极大的兴趣。在这一社会期待下,对历史的阐释被提上了重要日程。《青春之歌》、《红旗谱》、《三家巷》等关注共产党早期活动的作品,《新儿女英雄传》、《烈火金刚》、《平原枪声》、《铁道游击队》等抗日题材的作品,以及《红日》、《红岩》、《保卫延安》、《林海雪原》等回顾解放战争的作品,几乎构成了一部中共党史。由于过去的理想变成了现在的现实,因此,从现在的现实再去反观过去的理想,自然能够找到比较充分的依据。然而,这种从现实结果出发对过去的反观与阐释,带有浓厚的成王败寇的痕迹。如对于国民党抗日时期正面战场的正面表述,时至 21 世纪才逐渐露头,而对大革命时期国民党的正面论述，到目前为止似乎都还未曾出现。在这种"理想"的反观与阐释下，历史真正成为"当代史"，成为"教育与改造"劳动人民的重要手段。正是在这种反观下，姚雪垠《李自成》中的主人公成为具有现代革命意识的农民起义领袖。

由于有当下的现实作为过去的理想的佐证，历史题材小说中人物对未来的畅想，尽管有着某种人为拔高与提纯的迹象，但终究还有所本，因此这一时期历史题材小说创造成就比较高，也比较能够经受时间的检验。但这一时期对未来的畅想显然没有这样好的命运。新中国成立后，党为民众描画了众多的理想蓝图，其中最重要也最吸引人的就是社会主义远景。尽管关于这一远景的设计经历了多次变化，从十到十五年完成社会主义改造到三年实现过渡，从七十五年超越美国到七年超越美国，从追求经济文化发展到每七八年再来一次文化大革命，这种远景变化的速度让最善于紧跟政治的小说家都难以跟上其节奏（这也是这一时期不断有人被打倒的根本原因之一），但以远景来反观现实，则是小说家们唯一可能的选择。因此，《创业史》、《山乡巨变》等作品致力于证明合作社的优点，《"锻炼锻炼"》（赵树理）致力于强调改造民众自利思想的必然，《李双双小传》（李準）则大唱"大跃进"的赞歌。现实中日渐凋敝的农村，在这一时期的小说中几乎见不到踪影。

如何评价这种从理想反观现实的"理想主义"小说，是当代小说史上的一个重要难题。以现在的现实再去观照当时的远景，当下的现实便成为对当时理想的一种嘲弄。以现在的农村联产承包责任制反观当时的合作化运动，以现在的科学发展观反观当时的大跃进，以现在的经济建设为中心反观当时的文化大革命，自然可以发现后者的局限，同样也可以证明文学紧跟政治的局限。然而，小说中的"理想"可以被现实发展证明正确与否，但小说的"理想主义"是否也能够被现实发展证明正确与否？

第四节　修辞认同的政治化

一元化的修辞语境，政治化的修辞契约与修辞策略，重构了新中国成立后小说作者与读者之间的认同关系。在这一背景中，二者之间的政治认同成为其首要目的与必然归宿。

一、认同维度的政治化

新中国成立后意识形态的一元化,对小说发展产生了巨大影响,也使小说修辞的认同结构发生根本性的改变。作者与读者通过文本进行的修辞交流,不再是一种私密交流,而成为一种处于代表意识形态的"超级读者"审视之下的公共交流。这种超级读者的审视,不仅针对小说作者,小说作品首先必须通过"超级读者"的审阅,才可能获得出版的机会;而且针对小说读者,读者对小说作品的反应也被预先划定了边界。在这种修辞认同结构中,虽然普通读者并不是完全无所作为,他们的接受与否决定了小说的流传广度,但在总体上,普通读者的主体性并没有得到尊重。这就使得新中国成立后小说修辞的各个认同维度都表现出为政治服务的倾向。

首先自然是价值观念的政治化,这是小说能够通过审阅的先决条件。中国共产党在国内革命战争中的胜利证明了阶级斗争的有效性,由此似乎也获得了不言自明的合理性与合法性,甚至由此上升为放之四海而皆准的"真理"。"阶级斗争要年年讲,月月讲,天天讲"虽然是后来才有的语录,但实际上可以视为新中国成立后中国社会政治发展的内在红线。阶级斗争自然以人的阶级性为基础。而在阶级中,人实际上并不是具体的人,而是抽象的人,因为阶级性通常以共性的形式存在,具体的个性化的人则可能被排斥。马克思曾说,"人的本质不是单个人所固有的抽象物,在其现实性上,它是一切社会关系的总和。"①其中自然包括阶级性,但在阶级理论中,人却只是阶级关系的总和,其他的伦理维度都被挤压甚至完全排斥。因此,家庭关系必须以阶级意识划清界限;爱情关系必须以阶级意识确定归宿;所有这些关系都应该以阶级标准来划分敌我。尽管在这期间,由于新中国成立前人文传统的某种惯性,部分作家在特定时期,如 1956 年的百花齐放期间,试图为具体的人性找到一点透气孔,但这种人文惯性在文坛的多次运动中被摧残殆尽。这一时期绝大部分小说,无论是革命历史题材,还是现实题材,其价值观念并没有根本性的区别。革命历史题材小说,以事实证明阶级斗争的正确,由此凸显出集体意识与阶级意识的必要性。现实题材小说,运用在革命时期证明正确的集体意识与

---

① 马克思:《关于费尔巴哈的提纲》,见《马克思恩格斯选集》第 1 卷,第 60 页。

阶级意识,来阐述社会主义建设中阶级意识与集体主义的必要性。简而言之,
前者是归纳判断,后者则是演绎判断,其理论依据始终一致。

　　这种价值观念的既定性,对小说创作的审美维度也提出了特殊要求,它必
须同时满足现实读者与理想读者的需要,而这两方面并不完全统一。就现实
读者而言,这一时期小说表现出向传统审美情趣回归的倾向,小说重新关注情
节的传奇性与新颖性,以唤起普通读者的关注与认同。革命历史题材小说,其
传奇性自不待言。敌我双方你死我活的激烈斗争,赋予小说以天然的传奇色
彩,也赋予小说以天然的吸引力。而社会建设题材小说,同样由于敌我斗争这
一线索的存在而增加了其传奇色彩。《山乡巨变》、《创业史》、《丹凤朝阳》以
及《上海的早晨》等,不仅有人民内部矛盾,而且有敌我矛盾,传统小说的
"忠—奸"对立模式被改造为"敌—我"对立模式。这种敌我斗争具有双重属
性,一方面是政治的需要,阶级斗争存在的必要性以阶级异己的存在为前提;
另一方面则是审美的需要,在现实生活中挖掘潜藏的"敌人"与阶级异己,表
现和平时期阶级斗争的曲折离奇,满足了普通读者对情节的要求。这些中国
社会主义建设期间各条战线上的潜在敌人,为读者提供了必要的"传奇性",
增强了故事的可读性。

　　这种敌我情节设置,已经隐含着为政治服务的意味;对这一时期小说审美
情趣产生更大影响的,显然还是理想读者的独特审美需要。为了实现宣传意
识形态的目的,这一时期的小说审美理想表现出其独特性,那就是对"高大
全"的审美形象的追求。要想让读者实现改造,首先就需要树立正确的模板,
因此,"高大全"的人物成为一种必须,理想化的"超人"而不是现实生活中的
"常人",成为小说的主角。这种审美理想,也使新中国成立后小说表现出与
传统小说审美情趣的相似性,表现出浓厚的"造梦"色彩。传统小说的才子佳
人是一种梦境,新中国成立后小说的高大全同样也是一种梦境。《金光大道》
之类的作品,犹如现代版的"桃花源记",具有强烈的造梦色彩。

　　新中国成立后小说的认同维度的政治化,也意味着对人的理解的单一化。
这种单一化哪怕与近代小说相比也是一种后退。近代小说中各种类型对人的
理解虽然比较单一,但它们作为一个整体却表现出极大的丰富性;新中国成立
后小说中的人则被完全压缩为政治的单一层面,被压缩成阶级的单一属性。
虽然解放后小说内容涉及各个领域,工农商学兵无所不包,但这种对象的多样

化却只能证明阶级性的永恒有效性,而并没有显示出人本身的多样化,无论什么领域的人,都只剩下阶级的单一维度,小说也只剩下政治的单一维度。

二、认同方式的碎裂化

由于超级读者的存在,新中国成立后小说的叙述权威不再属于作者个人,而属于更高层的意识形态,这也使得这一时期小说作者与读者之间的认同模式表现出向传统权威型认同回归的倾向。作者与读者之间没有真正的价值冲突,他们都认同一个相同的"道统"。虽然这一道统不再是传统的"道统",而是一个全新的"道统",但这两种"道统"都具有不可质疑性。这种价值观念的一致,使得作者相对于读者而言,也只是某种"道统"的阐释者,读者更加只能是"道统"的接受者。然而,吊诡的是,作者通常并不拥有更多的权威性,他们所能做的实际上是"奉旨传道",也就是说,他们的阐释必须经过超级读者的认同。这也就使得新中国成立后小说的认同关系表现得相当复杂:在作者与读者之间的修辞认同这一层面之上,有着更高一层的审查者,他们对小说的认同,决定了作者与读者之间进行认同的可能向度,他们不仅决定了作者的写作方式,甚至决定了读者的接受方式。如果超出了审查者的阐释范围,读者的阐释也可能成为批判的靶子。新中国成立后的历次文化运动,其目的都是在划定写作方式与阐释方式。在这种情况下,作者与读者的自主性都极为有限,他们之间可能进行的修辞协商也极为有限。

然而,新中国成立后的权威型认同方式与传统的权威型认同方式存在着明显差异。在传统小说的权威型认同方式中,作者在各个维度上都具有权威地位,理性认知、伦理价值与审美情趣三者和谐共处,而读者对作者的这种权威的认同心理也已经内化为一种无意识。而在新中国成立后的权威型认同方式中,新"道统"显然还是一种外来规范,并没有内化为读者的内在规范;更重要的是,作者在各个维度权威地位的获得,存在不同的来源,各个维度的权威地位之间,存在着相互龃龉之处,由此使得其认同方式呈现一种矛盾与碎裂状态。

首先,小说作者在伦理价值方面的权威地位,显然来源于超级读者的认同与肯定。只有通过审查者的审查,小说才可能获得出版的机会,也才可能具有某种价值权威。在这种情况下,小说作者作为特定意识形态的"先觉者"与阐释者,向读者宣讲意识形态的合理性与合法性。《红岩》等小说讲述了战争时代的革命者应该如何,《创业史》讲述了社会主义建设者应该如何;《欧阳海之歌》讲述了和平时期的战士应该如何,这些人物都是读者的榜样。尽管作者的这种权威地位经常只具有很短的时效,由于时代变化太快,今天的权威可能很快就变成明天的"反动权威",但在获得出版机会的那一时段,小说作者的权威地位还是得到了相应的认可。

与价值观念的权威性来源于意识形态的肯定相似,新中国成立后小说作者在理性思辨层面的权威也必须依靠意识形态的支撑。由于强调从理想反观现实,现代小说建构的理性思辨方式被强行解构,现象与本质、现实与理想的关系都被颠倒了过来,其核心就是故事与现实之间的联系被解构。批判"黑八论"的关键问题,就是试图消解小说与人性以及小说与现实的内在联系。1956年,王蒙等人的"干预生活"被当成反党的右派言论,这相当于正式宣告小说与现实的关系成为禁区,小说不能反映现实,更不能试图反作用于现实。后来的《刘志丹》被视为"利用小说反党"的标本,从而将过去的现实也纳入了反对的范畴。在这种情形下,小说家对生活的理解以及对生活的表现,必须以抽象的党的文件为依据,而不是以现实中具体的党员与现实的生活为依据。《红旗谱》讲述着党的永恒正确,《创业史》为合作化大唱赞歌,《李双双小传》留下了大跃进的光辉侧影,小说家对文件精神的领会,使得他们获得了"理性"权威。至于真实的党史,以及真实的社会发展史,则被隐藏在这些赞歌之下。虽然后来者不能苛求作者超越时代,但在他们的时代局限中可以看出他们思维方式的局限。

在审美层面,作者需要认同的,则是被审查者所肯定的"民族作风与民族气派",也就是认同普通读者的审美情趣。这可能是作者与读者之间唯一真正能够建立认同感的纽带。然而,就是在这一纽带中,由于审查者的介入,使得民族作风与民族气派也不再属于民众,而成为政治的附庸。在新中国成立后的小说中,的确可以看到传统小说的影子,如正邪对立,大团圆结局,白话语体等,但这些传统因素,实际上都已经经过了意识形态的改造。在情节冲突模式上,是以"敌—我"冲突取代传统的"忠—奸"对立;在情节发展模式上,是以"前途是光明的,道路是曲折的"的正剧结构,取代传统小说"好人有好报"的大团圆结构;在叙述语体上,则是大量政治语汇渗入民众的日常生活。

　　区别于传统小说的自动授权型权威型认同方式,新中国成立后小说作者获得的是一种有限代理型权威型认同方式。作者首先需要获得审查者的授权,才能与读者进行认同互动,同时,作者与读者之间的认同互动,同样处于审查者的审视之下。这种认同方式正反映出新中国成立后小说在"如何立人"方面的局限性。审查者的目的是试图驯化奴才与工具,而不是试图建构具有独立意识的人。相反,那种具有独立意识的人,正是审查者试图消灭的对象。

第六章　现代修辞的分化
（1977—　　）

　　1976年9月,毛泽东的逝世标志着一个时代的终结,10月,"四人帮"的被捕宣告"文化大革命"的正式结束;1978年12月召开的中共中央十一届三中全会则开启了一个新的时代。以经济建设为中心的执政方针的提出,以及随后的改革开放,彻底改变了中国政治、经济、文化生态,小说修辞由此获得了极大的创新与发展空间。这一时期的小说修辞不仅重新出现了多元取向的现代修辞,而且后现代修辞也开始崭露头角。

第一节　修辞语境的多元化

　　"文化大革命"的结束,也意味着"以阶级斗争为纲"政治路线的结束,中国由此进入经济发展的快车道。各个领域的改革以及各个方面的开放,极大地解放了生产力,也极大地解放了人们的思想。这种社会变革极大地改变了小说的修辞语境,新时期的小说需要面对新的修辞情景,满足新的小说读者,选择新的修辞话题。中国的改革开放进程,解构了新中国成立后那种高度集中的一元化修辞语境,强化了中国社会各领域各层面的复杂性与丰富性,使新时期小说的修辞语境表现出一种多元化状态。

一、多元视野中的修辞情景

　　新时期的改革开放,极大地促进了中国社会的发展,同时也极大地促进了中国社会的分化。建设具有中国特色的社会主义,要求中国在政治领域、经济领域以及思想文化领域进行全面改革,扩大开放。这些改革开放措施,必然改变中国的政治、经济、文化生态,改变小说的修辞情景。

1. 开放的政治经济环境

新时期中国经济之所以能高速发展,起决定作用的就是中国共产党执政方针的改变,由此前的以阶级斗争为纲调整为以经济建设为中心。这一转变,淡化了阶级意识,减少了思想禁区,从而为小说修辞提供了一定的自由空间。

新时期的政治体制改革为小说家的自由言说提供了思想空间,经济体制改革则为小说家的自由言说提供了物质保障。稿费制度与版权制度的重新确立,使"职业"作家可以凭稿费与版税获得生存之资,为小说家摆脱政府的经济控制提供了可能。同时,社会改革为个体带来了更多的机会,为"业余"作家的出现提供了更多可能。这种经济上的独立性,给予作家的不仅是人格上的独立性,更是思想上的独立性。尤其是网络的迅猛发展,为作家的言论提供了更大的自由空间。

然而,无论政治上的自由还是经济上的自由对于新时期的小说修辞而言,都具有利弊双重属性。首先,政治赋予的自由,并不是无限度的自由。政治以政策与市场两手划定了思想界的边界。一方面通过对出版物的监控,划定了思想界的底线;另一方面则通过市场,满足思想界的逐利冲动,从而弱化其对意识形态的关注。在这一情形下,小说家获得了在意识形态内有限度但在市场经济内却无限度的自由,由此形成这一时期小说修辞的重大转向,即小说家对意识形态的关注度逐渐弱化,而其逐利冲动则逐渐强化。通过赋予小说家以广阔草地的方式,政府诱使他们放弃了意识形态这一荆棘丛,使政府避免了小说家的正面挑战。与此同时,市场赋予小说家的自由,同样不是一种无条件的自由。市场本身的逐利冲动,对小说家思想的独立性构成了另一种制约,尤其是消费社会的兴起,使得一切言论都成为消费品。市场利益的引诱,使新时期小说家的言说表现出一种市场化与消费化的倾向。

2. 开放的思想文化氛围

伴随着政治上的改革开放,大陆的文化界与思想界同样进入开放的快车道。新时期几乎重演了五四时期的文化引进热潮,各种西方思想蜂拥而至。然而,这一时期的文化引进与五四时期存在诸多重大区别。第一,引进对象不完全重合。新时期的文化引进,虽然也包含了从古典到现代诸多思想家的思想,这一部分与五四相似;但是,西方文化在此后又出现了多次重要转向,如语言转向、身体转向等,尤其是后现代主义思潮的兴起,是五四时期所未能预料的。第二,传译者资质存在差异。对于五四一代而言,众多传译者在西方浸淫多年,对西方文化有着亲身体会,同时,他们对传统文化也有着深刻理解,在这种中西文化的碰撞中,他们作出了自己独立的判断与选择,并由此选择自己的立足之基。新时期则在这两个方面都表现出局限性。由于闭关锁国,传译者很少能够在西方长期学习;由于破四旧等行径,他们对传统文化也缺乏系统深入的理解,这种双重不足,使得传译者并没有确定的思想立场,只是紧跟潮流,因此出现今日之我否定昨日之我的"日日新"现象。至于众多通过传译者来了解西学的人,更加缺乏对西学背景的理解,以至于出现食洋不化、照搬全抄的现象。第三,新时期西学传介与五四时期的时代使命也不尽相同。五四时期的知识分子极为关注民族的自立自强,他们都为了这一目的进行自己的选择,但时代却只能选择一种,最后的结果是激进主义战胜了自由主义与保守主义,成为主导现代中国社会发展的思潮。而新时期的知识分子,虽然同样立足于民族自立自强,但他们并不能选择社会发展的主导思想,只能做拾遗补缺的工作,在所有这些思潮之上,始终有一个"中国特色社会主义"的最高原则统摄,这是文化自由与思想自由的底线。第四,新时期西学传介与五四时期的时代背景也不同。在五四时期,西学传介关注形而上的"问题与主义",而新时期在经济高速发展的情况下,消费主义思想逐渐兴起,"问题与主义"都被消费主义扫进垃圾堆,由此出现个体的膨胀,以及欲望的膨胀。形而上的问题与主义被形而下的身体与欲望取代。

　　尽管新时期西学传介存在着诸多局限,但其对中国思想文化领域产生的正面影响极为巨大。首先,尽管有"中国特色社会主义"统摄,但西学的引进终究打破了"文革"期间的思想一元化,带来了思想界的极大解放。其次,这一时期对形而下的重视,与此前对形而上的关注形成了一种互补。在某种意义上,中国文化的重要局限就在于对形而下的忽视。新时期对形而下的关注,也许表现得过于偏激,但这种偏颇正凸显出其重要性。最后,西学的传介也使中国传统文化获得了新的发展机遇。从五四的打倒孔家店开始,中国一直存在一股激进地反传统的潮流,尤其是新中国成立后,为了与马克思主义全面接轨,传统文化被排除出教育的视野。新时期西学的大规模引进,导致了传统文化的进一步的危机,也激发了部分有识之士的寻根冲动,由此形成一股新的"国学热"。这种"国学热"虽然依旧存在诸多不足,但在一定程度上使中国文化接通了地气。

文化的发展需要长时间的积累。这一时期,虽然文化处于一个复杂、快捷、充满活力的发展期,但同时也还只是一个过渡转型期,一方面是西学城头变幻大王旗的消化不良,另一方面是国学漏船载酒泛中流的仓促上阵。这种文化转型,构成了新时期小说的文化背景,也使得新时期小说的修辞方式风云变幻,你方唱罢我登场,反认他乡是故乡。

二、多元背景的受众群体

1977 年,中国恢复高考制度。虽然早期大学招生规模并不大,但对整个社会生态与心态的影响极为深远。它不仅为知识分子提供了一条改变自身命运的通道,更重要的是,重新确立了知识就是力量的现代信仰。对知识的尊重,提升了知识分子的社会地位,也重新唤起了知识分子的社会参与意识。在这种社会心态的影响下,新时期的小说读者,出现了两个重大转变,首先是虚构出来的理想读者被还原为有血有肉的读者,他们不再处于无声状态,而是以各种形式发出自己的声音,由此形成对小说的反作用;其次就是读者的分化,真实读者总是具体而非抽象的,他们有着各自的具体立场,有着不同的需要与主张,由此使此前一元化的读者分裂成多元化的读者。

1. 小说读者的构成

以摆脱“被代表”的无声状态为标志,新时期小说读者的首要特征就是恢复了现实读者的主导地位。他们开始对现实发声,渴望读到能够回答他们心中疑问的作品。对经历了“文化大革命”的他们来说,小说应该与社会现实直接相关,必须承担重要的社会历史使命。在这一语境中,小说虽然是小说家个人的创作,但对小说的阐释却是读者的创作。他们通过对小说的争论与共鸣,使某些小说的发表成为重大的社会事件。如刘心武的《班主任》、蒋子龙的《乔厂长上任记》、高晓声的《陈奂生上城》等作品,他们唤起了整个社会对教育、工业、农业等领域改革迫切性的关注。20 世纪 80 年代,文学成为社会的中心议题,作家处于社会舞台的中心,小说经常直接参与到社会发展进程中,这一局面很大程度上是由读者创造出来的。在“文革”后的社会中,人们依旧关注政治问题,严肃的读者都在思考“中国向何处去”,他们试图在小说家的创作中找到答案。正是这些现实读者将小说家抬进了社会发展的舞台上,并将其推到舞台的中心。没有他们这种强烈的共鸣与呼应,小说家就是想挤进这一舞台,实际上也无能为力。

这些试图在小说中寻找关于现实问题答案的读者,继承的实际上还是十七年的思维方式,关注的还是文学作为意识形态对社会的反作用。有一部分读者则对这一思维方式产生了彻底怀疑,他们认为,无论是强调小说对于改革的促进作用,还是强调小说的"教育与改造"作用,二者之间并没有本质区别,都是将小说视为政治的附庸,没有体现小说作为文学的独立价值。因此,他们强调小说向艺术本身的回归,试图摆脱意识形态对小说的影响与控制。在这一阅读期待中,先锋小说应运而生并迅猛发展。马原的叙述迷宫、格非的叙述圈套、余华的零度叙事、莫言的狂欢叙事,如此等等,尽管很多读者对于这些先锋叙事技巧并没有真正深入的理解,然而,出于对小说独立价值的信仰,这些读者开始了一种文化上的"追星"热潮,由此支撑了先锋小说的发展。

随着市场经济的发展,小说读者此前被压抑的娱乐需要也被释放甚至激发了出来。在小说的发展历程中,娱乐性一直是小说的一个重要功能。但是,在20世纪中国小说发展史上,从"新小说"开始,就存在着对小说的娱乐功能进行挤压与排斥的倾向。鸳鸯蝴蝶派小说因为过于强调小说的娱乐功能而被扫入历史的垃圾堆;现代小说的启蒙命题极大地压抑了小说的情节性;新中国成立后小说的教育任务使小说成为政治的传声筒。物极必反,小说读者对小说的娱乐性的要求,在新时期不仅得以复苏,甚至开始膨胀,尤其是在1992年以后,市场经济的发展为消费主义的兴起提供了可能。现实读者对小说娱乐性的追求,不仅造成了金庸、琼瑶等港台通俗小说家在大陆的流行,而且影响到大陆"严肃"小说家的创作。对小说的经济效益的追求,使得大陆小说界不仅出现了《废都》"此处删去××字"、《白鹿原》白嘉轩克死六个老婆之类的噱头,而且出现了《我爱美元》、《上海宝贝》、《有了快感你就喊》之类直接迎合读者欲望的创作。

2. 小说读者的性质分化

在此之前,由于一元化的意识形态的要求,使得读者的知识结构、价值取向与审美情趣都表现出趋同的特点,而意识形态的松动,读者在认知、伦理、审美等方面也必然产生分化。

首先是读者的知识背景发生了巨大的变化。一方面,是科学的求真意识回归,这不仅使得自然科学回归其本来面目,而且使求真意识成为衡量社会科学价值的标准,从而使科学摆脱了意识形态的直接控制。另一方面,则是国门的打开,使得西方几千年的人文社会科学知识在短短的几年时间内,迅速涌入中国。前现代、现代乃至后现代的种种理论,让人目不暇接。这种历时性的人类思想成果在中国的共时性存在,使得这一时期读者的知识结构表现出高度的复杂性。首先是不同类型的读者对西方思想文化有着不同的选择与接受,有些人热衷于古典文化,有人热衷于现代主义,还有些人则热衷于后现代主义。其次则表现在同一群体对西方文化的接受也会出现一种历时性的转变,其思想状态也随之改变。有些人昨天是古典主义,今天变成了现代主义,明天则又变成了后现代主义。另外一些人则可能与此相反,昨天是后现代主义,今天成为现代主义,明天则成为古典主义。这种对西方接受的差异性与复杂性,使得他们对小说的期待视野全然不同。与此同时,中国传统文化的复兴也对读者产生了巨大影响。自五四以来,大多数人从救亡图存的角度强调向西方学习。在"要我们保存国粹,也须国粹能够保存我们"①这一倾向实用的标准下,传统文化在中西文化对照中始终处于一种弱势地位。毛泽东的"破四旧",更是将所有传统文化视为"旧"的东西,扫进了历史的垃圾堆。新时期以来,不少人开始对从古至今的大传统以及五四以来的小传统进行了反思,尤其是从中国文化传统与"文化大革命"的关系这一角度来反思中国传统文化的利弊优劣。尽管这些人得出的结论全然不同,但他们都认识到传统与现实之间不可能割断的联系,由此探寻文化振兴之路。这种对传统反思的差异性也成为导致这一时期读者期待视野差异性的重要原因,其复杂性可以从对寻根文学的论争中看出些许端倪。

这种知识结构的分化也带来了价值观念的分化。对现代主义而言,无往而非现代;对于后现代主义而言,无往而非后现代;对国学派而言,无往而非国学。纷纷繁繁的有色眼镜,造就了新时期小说纷繁的文化背景,也造就了纷繁的话语空间。然而,在这一纷繁的话语空间中,有时却缺乏必要的有效的沟通平台。如同酒吧中纷繁的人群,每个人都在说,但没有人在听;每张桌子上都在交流,但整个酒吧却没有一个共同的话题,更不可能出现一个共同的听众群

---

① 鲁迅:《三十五》,见《鲁迅全集》第 1 卷,第 322 页。

体。这是一个没有主持人的舞台。与此前大家都只能沉默地看着舞台上寥寥几个演员相对照,这时期舞台上演员到底说了什么逐渐被人们忽视,重要的不过是他们不停地为台下的人提供谈论的话题。

读者的知识结构与价值体系的分化,也带来了审美情趣的分化。严肃小说、先锋小说与通俗小说各有其相对稳定的读者群,但各自的读者群内部依旧存在审美情趣与审美标准的分化。这种分化造成了小说修辞更复杂也更广阔的空间。就严肃的读者而言,其关心的可以是政治,也可以是经济,更可以是文化;就先锋读者而言,他可以关心形式,可以关心语言;就娱乐读者而言,他可以关心英雄,也可以关心儿女,甚至关心鬼神。更重要的是,小说的社会性、先锋性与通俗性,并不是截然对立,更不可能截然分开。如何协调三者之间的关系,无疑是所有小说家都必须思考的问题。

三、多元取向的修辞话题

在多元化的修辞情景中,新中国成立后小说中"单向度"的"革命者"与"先进者"成为被批判与解构的对象,小说中的"人"由"超人"还原成"常人",成为不仅在公共空间中存在,同时也在私密空间中的存在的"个体"。然而,由于这一时期价值的多元分化,小说家也出现多种关于"人"的理解与取向。

现实主义回归的一个重要标志,就是小说中的"人"重新成为具体的"个"。新中国成立后小说中,无论是作为"我们"代言人的革命者与先进者,还是被淹没于"我们"的普通民众,大多只表现出公共空间的单一维度,个体的私密性欲望没有被纳入小说视野。新时期小说首先关注的就是具有自身独特性的个体,无论伤痕文学还是反思文学抑或改革文学,小说回到以具体的人为中心。这一具体的"人",不仅指人物具有独特性,而且指人物具有立体性,他有着自己公开的言行,也有着自己隐秘的思想。这种对个体私密空间的发现与开掘,是新时期小说之所以"新"的一个重要标志。《伤痕》中主人公对"文革"中不愿回顾的私人经历的再思考,《班主任》中被描画的"淫秽插图",《天云山传奇》中的私密日记,如此等等,都是个体私密空间的一种揭示。正是在这种私密空间中,个体才可能摆脱群体性的"我们"的压制,表现出个体的立体性。在新中国成立后小说中,人物的群体性与空间的公共性之间存在着直接对应关系。人在公共空间中更多的是一种群体性的人,他经常受到群体情绪与群体判断的影响,个体的自由意志与独立判断经常被压抑。"空间并不是一个中立、无关权力与知识运作、堆垒的场域。……空间是一种权力展现于外的过程和结果,是一种知识和论述生产的过程。"①公共空间与私人空间中的权力关系完全不同。不过,公共空间与私人空间的区分标志,并不在于空间的物理性质,而在于其话语性质。在新中国成立后小说中,虽然也出现了私人卧室(王蒙《组织部来了个年轻人》)等场景,但由于在这一空间中谈论的还是公共话题,因此并没有多少私密意味;《许三观卖血记》中的家庭批斗会,就将政治斗争延伸到家庭之中,真实再现了"文革"中公权对私人空间的侵入。而在新时期小说中,会场、教室等典型的公共空间也可以因为话题的私密性而转化为私密空间。

人的私密性这一维度的重新发现,使人重新变得具体。个体不再只具有公共空间的单一向度,而是具有了历史—社会—生理等多重属性。人是具体的个人,他不仅具有政治属性,而且具有生理属性、历史属性。这种历史的传承,不是单维而是多维的,不是近期而是长远的。这种由于人的私密性的恢复所带来的人的具体性,也带来了"个"的丰富性。如果说,新中国成立后强调的阶级属性是一种近期的历史传承的话,那么传统的伦理意识则是长期的历史传承。新中国成立后试图以阶级意识作为单维的历史属性赋予人物,新时期则试图恢复人的更为悠久也更加丰富的历史性。"寻根文学"的兴起,无疑是对人的历史性进行重新思考的一种结果。

新时期小说中的"人"不仅有更为丰富的历史性,而且有更为丰富的现实性。在 20 世纪 80 年代"个"的再发现热潮中,对于"个"的理解也更为丰富多彩,但其总体基调则是人的主体性的张扬。如同五四时期的启蒙运动,这一时期的小说家同样肯定人的权利与欲望的合理性,重新呼唤尊重"个"的权利。虽然新时期对人的权利的肯定不再局限于五四的生存权与发展权,更关注个体参与历史与创造历史的权利,但无论哪种权利,都与对个体合理私密欲望的肯定直接相关。如果人不能拥有支配自己合理欲望的权利,其他一切权利可能都是空谈。因此,合理的私密欲望是"人"之所以为"人"的底线,也是历史

---

① 黄金麟:《历史、身体、国家——近代中国的身体形成(1895—1937)》,新星出版社 2006 年版(下同),第 190 页。

前进的重要动力，肯定人的合理私密欲望，是一种促进历史进步的手段。从张贤亮《绿化树》对食与色的双重肯定，到莫言《红高粱》对原始野性的极度张扬，小说家发现了个体私密欲望与历史创造之间隐秘而复杂的联系。人的合理私密欲望是人的主体性的前提与基础；而人的主体性最主要的内涵则是参与创造历史的能动性。人应该拥有社会赋予的权利，也具有为社会服务的义务。这种生理—社会，权利—义务的统一，是 80 年代对人的主体性设计的最大遗产。

然而，随着西方后现代思潮的涌入，以及消费社会的兴起，福柯"人将被抹去，如同大海边沙地上的一张脸"①的预言在某些人那里成为现实。在后现代主义看来，人的主体性是一个被现代主义建构出来的神话。这种后现代思潮带来了新时期小说中关于人的设计的一种最深刻的变化，那就是主体性的人被解构，人成为一种弥散化的存在。

对于这一现代主体性神话的解构，有三种来源，后现代小说因此也表现出三种路向。

第一种路向源于对现实的失望以及由此而生的无力感。对于芸芸众生中的众多普通人而言，创造历史是一句空话，把握命运也是一句空话，他们所能做的只是随遇而安，得过且过，所谓的主体性只是一个与他们不太相干的陌生词汇。以池莉《烦恼人生》与刘震云《一地鸡毛》等作品为代表的"新写实小说"，无疑是对当时的主体性神话的一种反拨。

第二种路向，人不仅是现实的玩偶，更是历史的玩偶，普通人是历史的玩偶，大人物同样是历史的玩偶。对"文革"的反思开启了人们对主体性的怀疑。在"文革"这一偌大的历史运动中，个体根本没有把握自己命运的能力，几乎所有人都是被历史所夹带着行动。由这种怀疑视角去反思历史，自然可以得出人从来就没有能力把握自己的命运这一结论。这也正是格非、苏童等"新历史主义"小说家的观点。格非等人凸显出了人的存在的偶然性，王小波则直接指出人的存在的荒诞性。

第三种路向，则是消费社会兴起的结果。在消费社会中，人的欲望被极大

---

①　［法］米歇尔·福柯：《词与物——人文科学考古学》，莫伟民译，上海三联书店 2001 年版（下同），第 506 页。

地激发,原有的伦理约束则被一再弱化。在现代社会中,欲望的满足与压抑,人的权利与义务形成了一个对立统一的张力结构。而在消费社会中,这种张力结构随着欲望的张扬与权利的凸显,被逐渐解构,由此导致权利与欲望本身呈现为一种弥散化状态。对朱文、李冯等"新浪潮"小说家而言,存在即是合理;对卫慧、棉棉等"美女作家"而言,欲望就是一切。这种在消费主义中兴起的创作潮流,在肯定一切人的欲望的合理性的同时,消解了人自身的张力,他不再是由人的自由意志控制,而是由欲望与本能控制。消解了人的自由意志,也就消解了人的主体性本身。

在后现代小说中,人的弥散化主要表现在两个层面。一是人在社会层面的原子化,每个人都是独个的人,与其他人没有什么内在联系,因此,他在社会中始终处于一种被动状态,就像风中的一粒沙。这种原子化,无疑是对新中国成立后小说中的集体化的一种反拨,但由此也走入了另一个极端。二是个体自身的弥散化。由于在欲望层面缺乏压抑的作用,在社会层面缺乏义务的协调,个体的构成没有一种张力结构,由此导致权利与欲望的极度扩张,而扩张的必然结果就是碎片化与弥散化,如同一个气球破碎后的场景。

这种人的弥散化状态,与 20 世纪 80 年代对人的权利的张扬,以及欲望的肯定,有着内在的联系。在 80 年代的新启蒙思潮中,将人的欲望视为其应有权利的重要组成部分,正是肯定人的主体性的重要内核。但是,在 1989 年政治风波,尤其是 1992 年提出建立社会主义市场经济之后,一切以经济建设为中心,使启蒙思潮逐渐边缘化,而精英意识也逐渐被市场意识所消解。在失去精英意识的约束后,欲望在市场经济中迅速膨胀,欲望与压抑之间的张力结构被消解,最终导致一种欲望的弥散化存在。这种没有约束的欲望,实际上也使得人成为欲望的奴隶,最终消解了人的主体性。

第二节　叙述契约的多元化

在多种文化冲击以及市场中心的引导下,这一时期虽然现代修辞依旧占主导地位,并取得巨大的发展,但后现代修辞也开始萌发。新时期小说作者与读者之间的修辞契约,由此也出现多元色彩。

一、叙述语言的分化

随着"文革"的结束,一体化的政治化语言也随之逐渐解体,尽管这种解体的过程比人们想象的要复杂得多,也要艰难得多。"文革"后的几年时间中,语言拜物教并没有随着政治方向的转向而被完全消解,人们的话语方式也没有得到根本改变,只是言说内容出现了一个大翻转。然而,"文革"的结束终究带来了语言与政治这一联姻的解体,此后,随着市场经济的发展,小说的叙述语言也得到了空前的自由。

1. 写实语言的回归

"文革"结束后,小说语言首先出现的重要变化就是语言语境性的回归,语言与现实的关系得以重新确立。对于语言的意义的判定,不再仅仅依靠说了什么,而且必须考虑在什么语境中说这一现实因素。这意味着语言写实维度的重新彰显,尽管这种语言与现实的关系依旧打着意识形态的鲜明烙印。

因为语言具有语境性,所以《班主任》中才出现了"毛主席"的"真马列主义"与"四人帮"的"假马列主义"的对立。尽管在这里政治术语依旧占据重要位置,但其意义却已经被重新"语境化",语言的意义不仅要受到意识形态的检验,更要受到现实语境的检验。伤痕文学通过这种"语境化"的检验,揭示了"文革"语言的"假"。以《天云山传奇》为代表的反思文学,则通过将政治术语语境化,直接对这些政治术语进行质疑。当有的人用高尚的政治术语获得了个人名利,有的人则因为不愿说谎而一无所有的时候,政治术语与高尚人格之间人为建立的关系轰然解体,政治的宏大与现实的卑微之间形成一种鲜明的反讽与对照。随后以《乔厂长上任记》为代表的"改革文学",则试图确立"真"的政治话语的正面形象,由此建立政治与语言之间的正常关系。"文革"中政治语言是一种"去语境化"的封闭性语言,改革文学则试图打破这种政治语言的封闭性,使其意义与现实再发生联系。通过将"党"、"人民"、"现代化"等大词置于一定的现实语境中,这些词被重新赋予肯定性的意义。

2. 政治语言的解体

然而,新时期初期的这种语境化,还是一种意识形态化的语境化,其背后还是隐藏着政治的身影。这种意识形态化的语言,在随后的小说艺术实践中,被逐渐解构。

新时期对语言与意识形态关系的解构,主要表现出三种路向。

首先是以汪曾祺等人为代表的向语言审美性的回归。小说语言的诗化,在现代文学中不乏实验者,以废名、沈从文、孙犁为代表的诗化小说在现代文学中占有重要席位。然而,随着解放区审美情趣的一统天下,以及对语言通俗性的单维要求,使得带有文言色彩的诗化语言逐渐退出文学舞台。曾经与"山药蛋派"齐名的"白洋淀派"的迅速沦落,标志着语言的通俗与典雅在审美情趣上的高下之分及其命运之别。通俗化的文学语言与中国悠久的诗化语言传统的断裂,极大程度地削弱了语言的表现力与审美性。文言文的精炼、含蓄、跳跃,使文学语言具有更大的张力以及意义阐释空间,现代白话,尤其是政治化的通俗白话,助长的不过是"假大空"的话语方式与思维方式。正因为如此,1980 年,再次拿起笔的汪曾祺开始"写梦"。"梦"的空灵飘忽,显然不是明白的"白话"所能捕捉与展现的,因此,汪曾祺试图运用的是"梦"一样的语言,用写诗的语言写小说。这是一种跳跃的、含蓄的、精炼的语言,达到了"含不尽之意"的效果。此后复出的孙犁以及阿城、何立伟等人的新笔记小说,延续了这一条道路。

汪曾祺等人试图通过向传统语言回归,以小说语言的审美性来弱化或消解语言的意识形态性,而以先锋文学为代表的"西化派"则将目光投向了西方,认为只有弱化所指的地位,才有可能摆脱意识形态对语言的控制。为此,他们进行了多种语言尝试。他们关注的不是"说什么",而是"怎么说"。他们试图通过掏空语言的现实内容来掏空语言的意识形态。这种釜底抽薪的策略使先锋小说经常出现言不及义的现象。与政治化语言相似,先锋派语言也试图割断与现实的关系,但政治化语言试图实现的是意识形态的再生产,先锋语言则试图进行语言自身的再生产。他们宣布,语言只是指向了语言自身。马原的《虚构》在一个与世隔绝的迷宫中进行语言的自我繁衍,格非的《迷舟》指向了语言的不可靠性,暗示语言与现实之间的隔绝状态,孙甘露的《我是少年酒坛子》更是趋向一种语言的自我狂欢。

先锋文学试图通过掏空语言的内涵来消解意识形态对语言的强力控制,而王蒙、王小波、王朔等人却试图对语言的意识形态性进行强攻。在政治化语言中,语言与现实处于一种隔绝状态,去语境化是政治语言得以维持下去的根本手段。王蒙、王小波与王朔等人,则将政治化语言"拉下神坛",消解其"神圣性",从而揭示出政治化语言的"外强中干"。一旦与现实语境联系起来,政治化语言就不再只有意识形态的单一维度,而因为与现实的反差形成一种张力结构。经历了多次政治化语言"洗礼"的王蒙,对意识形态与语言的关系有着深刻认识,同时进行了严肃的思考。在《坚硬的稀粥》、《活动变人形》等作品中,他对政治语言的戏仿与调侃,可能看出他的良苦用心。王小波于1982年开始写作的《黄金时代》,从书名就可以看出其反讽意味。小说从对语言的讨论开始,"破鞋"的名实之争折射出本书以及王小波所有小说的一种内在思维结构。探讨所有政治化语言的"名实关系",是王小波的一个重要工作。语言的政治化——"名"与语言的语境化——"实"之间的巨大反差,构成了王小波几乎所有小说中的内在张力。对王朔而言,对"实"的关注显然不是他的重点,他所要做的,似乎就是将"一本正经"的政治化语言放置于一个"一点正经都没有"的语境之中,从而凸显出二者之间的不协调,展示政治化语言的荒谬。《千万别把我当人》中大段不搭调的政治语言,凸显出政治化语言的时代困境。

3. 消费语言的兴起

对语言意识形态性的消解是20世纪80年代小说的一个重要课题。随着90年代消费社会的兴起,小说语言出现了又一次转向,即语言的消费化。这种语言的消费化与语言的政治化有着一定的相似之处。政治化语言中强化了语言与政治的关系,消费化语言则强化了语言与欲望的关系,政治化语言是一种意识形态化的语言拜物教,而消费化语言则是一种商业化的语言拜物教,其根本的共性在于,语言不是被视为符号而是被视为实体。语言本身只是一种信息系统,是用以指代物的符号,并不是物本身。消费化语言则试图强调语言与物质的同一性,由此实现人的欲望的替代的、符号化的满足。语言与物质之间的符号转换意味被弱化,而语言与欲望对象之间的同一性则被强化。语言甚至不再仅仅是工具,而成为对象本身。这种语言的消费化有两个重要倾向。一是对于能够激发读者欲望的语言的强调。从"私人写作"到"身体写作",越来越露骨的与性直接相关的语言的泛滥,揭示出语言的消费化的一个路向。另一个则是"读图时代"的兴起。图片无疑比语言更为接近实物,也更容易唤起人们替代性的欲望满足。

二、叙述权威的分化

集体型叙述权威随着"文革"结束而自然解体,小说叙事重新成为个体的创作而不再是集体的事业,小说的叙述声音也便重新向作者型权威回归。然而,由于小说修辞语境的变化,新时期的叙述声音不仅出现了现代作者型权威的回归,而且出现了后现代消解叙述权威的个人型声音。

众多研究者认为,"文革"后伤痕文学、反思文学、改革文学,在叙述模式与思维模式上,继承了十七年的一元化思维模式,其叙述声音的权威性,依旧来自于意识形态。这一论断显然忽视了新时期的现实主义与十七年的社会主义现实主义之间的差异性。尽管新时期的现实主义小说与十七年小说一样表现出浓厚的政治情怀,但新时期的叙述声音与十七年叙述声音还是存在诸多差异。首先就是新时期小说家表现出明确的"言志"倾向,他们都立足于自己的确信进行真诚书写。其次是浓厚的批判意识,虽然这一时期的小说家在一定程度上,与当时改革家的思想形成了一种共谋与共振,但他们终究是对当时的"主流"意识形态构成了挑战。最后,这时的修辞语境已经表现出一定程度的分化,政治情怀只是各种叙述声音中的一种,不像十七年的一元独尊。因此,这种叙述声音更接近现代小说的作者型权威,而不是新中国成立后的集体型权威。进入 20 世纪 80 年代后,作者型权威出现了更多类型。这时期的作者们对历史与现实、政治与文化等多个层面进行的反思与现代小说表现出高度的相似性,因此,众多研究者也曾经将 80 年代视为启蒙的回归。寻根文学从文化的角度反思民族的重构;刘索拉、刘星等"现代派"小说家对现代价值的怀疑从另一个角度肯定了现代价值;先锋小说对价值的消解隐含着另一种启蒙;私人写作中的性别意识则唤醒了人们对女性主义的思考。

真正试图消解叙述声音权威性的是带有后现代倾向的小说。进入 20 世纪 90 年代后,随着后现代主义的传入,许多小说家不再坚持自己叙述的"权威性",而是将自己置于与读者平等甚至更低的位置。无论传统小说中的集体型权威,还是现代小说中的作者型权威,小说家都认为自己在价值判断方面优于读者,因此他们才会运用种种修辞手段来"说服"读者。而在后现代主义看来,所有价值都是平等的,因此,也就不存在所谓"说服"问题,这使叙述权威便成为一个伪命题,小说中的叙述声音只是作者个人的声音,他讲述的只是个人的故事。新浪潮小说的存在即合理，在消解叙述声音权威性的同时，也消解了与读者对话的可能性。

至于随着消费主义兴起而产生的"身体写作"，其叙述声音的权威性显然来自对读者欲望的肯定与迎合，实际上是一种变相的集体性权威。这种集体型权威诉诸的不是理性，而是欲望，不是意识，而是无意识，不是社会，而是原子化的个体。在这种叙述声音中，人的主动性被置换成人的被动性，人的主体性被置换为欲望的本体性。

三、叙述距离的分化

叙述声音的分化必然导致叙述距离调节方式的分化。不同的叙述权威，对作者—读者之间距离有着不同的调节方式与调节技巧。新时期小说现代修辞、后现代修辞的多元并存，使得叙述距离调节也出现多种模式。其中主要有现代叙事的张力模式，后现代叙事的反讽模式，以及消费叙事的迎合模式等三种。

新时期的现实主义写作，继承的是现代小说中作者—读者之间的张力模式。作者与读者在认知、情感与价值等三个层面存在着复杂的关系，但在总体上，作者还是通过强调自己与读者情感上的认同，利用自己认知上的优势，引导读者重新进行价值判断，改造读者的审美情趣。《班主任》喊出了一代人的心声，《天云山传奇》写出了一代人的困惑，《凤凰琴》揭示了一代人的困境。这种强烈的现实关怀，构成了新时期现实主义小说读者与作者进行互动的平台。

《你别无选择》、《无主题变奏》等现代派小说以及《虚构》、《现实一种》等先锋小说，在进行形式创新与技巧发明的同时，也对现存价值体系进行了挑战。这种双重革新，隐含着作者在认知与审美上的双重优越感，包含着一种另类启蒙意图。虽然这些小说偏重的不是价值观念的启蒙，但其中依旧隐含着对"认同"的强调。因此，尽管他们的修辞技巧表现出明显差异性，但依旧可以被纳入现代修辞的范畴，作者与读者之间通过"对话"与"潜对话"实现相互认同。

对于带有后现代色彩的新浪潮小说而言，作者与读者之间的"认同"意愿开始弱化，认同取向开始变得模糊，作者创作小说更接近"独语"。在认知、情感、价值三个层面,他们都不寻求相对于读者的优越感,甚至自甘居于读者之下。朱文的《我爱美元》等作品甚至挑战了读者的伦理底线。这种"自我贬低"在一定程度上切断了读者与作者之间进行对话的可能性。然而,这种"自我贬低"隐含着一种苏格拉底式的反讽意味,因此也可能从另一个角度启发读者的反思,尽管这种反思并未建立在读者与作者之间平等对话的基础上。

至于消费小说中的作者—读者关系,则建立在作者对读者的迎合尤其是对读者欲望的迎合这一基础之上。在这里,作者不像新浪潮小说家那样的"自我贬低",而是将自己置于一个与读者相同的位置上。在消费叙事中,小说中的人物成为作者与读者之间进行情感与价值双重认同的平台,成为作者满足与迎合读者欲望的重要载体。武侠小说中的江湖侠客,言情小说中的痴情爱人,商战小说中的业界英雄,身体写作中的欲望男女,消费小说激发出读者的多重欲望,让读者在梦境中畅游。

第三节　修辞策略的多元化

修辞语境与修辞契约的多元化,也导致了新时期小说修辞策略的多元化。以意识形态生产与再生产为核心的小说修辞模式随着"文革"的结束而解体,以理想反观现实的思维方式也被扭转了过来。然而,随着时代的发展,这种扭转却不是简单地向现代回归,更包含着向后现代转向。针对不同的读者,小说家必须选择不同的修辞策略。现实主义、现代主义与后现代主义对作者—人物—读者关系的不同处理,折射出不同小说家对世界—文本—意义关系的不同理解。

一、故事建构:典型论的坚守与解构

新时期小说观念转向的一个明显标志,就是恢复了现实世界相对于文本世界的基础地位,实现了现实主义典型论的回归。新时期严肃小说将现代小说"源于生活,高于生活"的信条奉为圭臬。从 20 世纪 70 年代刘心武的《班主任》、鲁彦周的《天云山传奇》、谌容的《人到中年》到 80 年代朱苏进的《射天狼》、张炜《秋天的愤怒》、贾平凹的《腊月·正月》到 90 年代刘醒龙的《凤凰琴》、陈忠实的《白鹿原》、王安忆的《长恨歌》,不同时段不同作家有着不同的叙事目的,关注不同的问题,有着不同的切入视角,但在这些作品中,他们都表现出对现实主义典型论的重视。他们恢复了现代深度模式在新时期小说中的主导地位,展现了现代价值的多个向度与多种可能。

然而,新时期小说观念的转向不仅表现在现代深度模式的回归,更主要地体现在后现代思维模式带来的分化。后现代主义对现代深度模式的解构,使"典型"成为一个过时的概念。与新时期小说对主体性的解构相似,对现代深度模式的解构,也表现出几种路向。

先锋小说侧重于对现代能指—所指深度模式的颠覆。能指—所指的深度模式——能指背后包含所指——是现代思维的基石。对于现代思维而言,重要的是所指,而不是能指。这种思维方式的极端发展,就是"文革"期间的语言拜物教:所指不仅指向了意义,甚至指向了物质本身。"毛主席"这一语词,不仅指向了称谓,而且被等同于具体的人,因此,对于这一语词的亵渎,也便是对毛主席本人的亵渎。针对这一语言拜物教,先锋小说试图通过分离语言的能指与所指,强化能指的地位,弱化所指的重要性,从而解构这一语言拜物教。孙甘露的"语言狂欢"与马原的"叙述圈套",消解了能指—所指之间的直接对应关系,同时也消解了小说文本与现实之间的直接对应关系,小说回到了语言自身。

先锋小说关注能指—所指这一深度模式,新历史小说则关注现象—本质这一深度模式。这一深度模式是典型论的内在支柱,也是规律论的内在支柱,其中隐含着对必然—偶然关系的辩证思考。对于新历史小说家而言,他们试图解构的正是现象—本质、必然—偶然的辩证关系。他们认为现象之后并没有所谓本质,偶然后面也没有所谓必然,重要的只是现象与偶然。

新历史小说家在历史中发现了偶然与荒谬,新浪潮小说家则在现实中发现存在即合理。他们对存在主义确实性—非确实性深度模式进行了解构。韩东、朱文、李冯等新浪潮小说家欣赏现实中的一切,拒绝对"本真"的"存在"进行深入思考。在他们的思维世界中,只剩下现实的确定性这一层面。

由私人写作衍生而来的身体写作,则对弗洛伊德精神分析显意识—潜意识的深度模式进行了解构。欲望与压抑、文明与缺憾、意识与潜意识等对立因素之间的辩证关系,在陈染、林白、卫慧、棉棉等人的笔下被消解。

在这些"解构"倾向中,"典型论"变得面目全非。

二、叙事技巧:展示的凸显与讲述的变异

在讲述与展示关系的处理方面,新时期不同小说流派也采用了不同方式。对于现实主义小说而言,重新调整讲述与展示的关系,使其共同服务于小说的逼真性与目的性,是其首要任务。

然而,在现代主义与后现代主义眼中,故事的仿真性却成为一个饱受质疑的概念,由此也使得讲述与展示的关系出现变异。马原《虚构》、王小波《青铜时代》、蒋子丹《桑烟为谁升起》等作品,表现出鲜明的"元小说"特征。在这些小说中,虚拟作者自由地出入小说的故事世界。通过这种"讲述"的极端形式,他们彻底解构了小说故事世界的自洽性与逼真性,凸显出小说的虚构性。

与元小说"讲述"的变异形成对应,是"零度写作"对"展示"的变异。余华的《现实一种》、《1986 年》等作品,代表了新时期小说家对"展示"纯粹性的探索。在这些作品中,隐含作者面目模糊,在小说中,隐含作者没有什么价值判断可以让读者推断出作者的真实意图。

这两种极端形态,标志着新时期小说对讲述—展示关系的新的探索。虽然这种极端形态存在着各自的偏颇之处,但在丰富小说修辞策略方面却意义深远。

三、意义阐释:规律论的坚守与解构

对现代深度模式的坚守与解构,也导致对规律性认识的分化,新时期小说家由此在处理小说的文本与意义、现实与理想之间的关系时,表现出鲜明的对立。

建立在现代深度模式之上的现实主义,自然强调发现历史发展规律,他们由此才可能找到对现实进行干预与反作用的依据。这种对规律论的坚守,是新时期主旋律小说的主调。他们关注与尊重现实,意识到脱离现实的理想的危害性。新中国成立后几十年中,人们就是被这样的黄金世界忽悠,以至于小说不再是现实的反映,而成为空想的代名词。因此,新时期小说家认为首先要正视现实,而不是奢谈理想,同时,这种对现实的观照继承了五四的批评意识与理想关怀。《班主任》、《伤痕》等伤痕文学对现实的控诉,《天云山传奇》等反思文学对历史的反思,潜含着对于"拨乱反正"理想的渴望;此后的改革小

说与反腐小说，更是直接为现实问题提供了一种理想化的解决方式；世纪之交底层文学的兴起则是五四"人生派"小说的遥远回响。

理想主义不仅潜含在关注现实社会生活的小说中，也潜含在试图重构民族文化心理的小说中。作为一种文学创作趋向，"文化寻根"倾向不仅体现在以韩少功《爸爸爸》、李杭育《最后一个渔佬儿》等作品为代表"寻根文学"中，而且体现在汪曾祺、冯骥才、孙犁、邓友梅、贾平凹、莫言等分属不同流派的小说家的创作中，甚至李佩甫《羊的门》之类的官场小说也对传统文化问题津津乐道。这些文化反思的立足点各不相同，有的从民族品格着眼，有的从人格建构入手，有的则从官场文化切入，表现出来的态度与立场也各不相同，有的侧重批判，有的致力赞扬，有的主张扬弃，但这种对文化的反思，与对现实的反思一样，包含着一种理想主义情怀，他们都试图找到重构民族文化的健康因子。

对于具有后现代倾向的小说家而言，理想则成为一个被解构的对象。在先锋小说家笔下，语言与现实没有了对应关系，因此，他们自然无从表现与现实相关的理想。他们更强调小说的话语实践性质，而不是强调小说与现实世界的关系。《虚构》、《我的帝王生涯》等从题目上就可以看出其非写实的倾向。他们关注文本自身的独立性，疏离现实，淡化理想。

然而，先锋小说现实的疏离与对理想的淡化，并没有完全否定现实与理想，而是将现实与理想视为"物自体"，进行意义"悬置"，在小说中不涉及这些问题；相反，新浪潮小说与"身体写作"极端肯定现实，甚至由此肯定现实中的一切，不再仰视或反思超于现实的所谓理想，从而消解了理想这一维度。《我爱美元》与《有了快感你就喊》等作品，从标题的煽动性就可以知道其价值指向。理想与现实之间的张力因为理想一极的缺席而消解，剩下的只是身体与欲望在现实的单一维度中撒欢。

第四节 修辞认同的多元化

新时期小说修辞语境、修辞契约、修辞策略等因素的重大转变，从根本上改变了小说作者与读者之间的修辞认同关系。新时期小说作者与读者对于小说"立什么人"与"如何立人"的理解日趋丰富与复杂，使新时期小说的修辞认同模式也日趋多元。

一、认同排序的多元化

新时期小说的认同排序，以 1989 年政治风波为界，可以看到一个较为明显的转变过程。从"文革"结束到 1989 年政治风波，这一时段的小说中贯穿着一根对历史与现实进行反思的红线，文学与意识形态的关系依旧极为紧密。从伤痕文学到反思文学到改革文学到新历史主义，其中都潜含着一种政治激情；小说家依旧在不断思考着人的主体性，以及人为什么会被奴化等问题。这一时期关于"人"的讨论表现出与五四时期相似的色彩，因此被人们视为一次新的启蒙运动。这种价值观念是对新中国成立后小说价值观念的一次不彻底解构，同时也是向五四价值观念的一次回归。1989 年政治风波之后，由于政治的屏蔽与商业大潮的冲击，以及异域文化的渗入，小说的价值观念出现较明显的分化，各种"后"思潮蜂拥而起。由于中国社会文化语境与西方的后现代语境迥然相异，西方的各种"后"思潮自然难以保持其原来的样子。江南为橘，江北为枳，后现代主义在中国表现出浓厚的现代色彩，由此使得这两个阶段的内在精神表现出一致之处，那就是对"人"的丰富性进行更为全面的探讨。这一时期同时并存，相互竞争的多种思潮，不仅影响到这一时期小说修辞认同维度的具体内容，而且影响到小说修辞认同维度之间的价值排序，由此使得新时期小说的修辞认同维度出现多元分化。

在认同维度的具体内容方面，新时期不同类型小说的各个认同维度都存在着多种观念的竞争。

在价值观念方面，个体与社会、天理与人欲、个人主义与人道主义之间的矛盾，是现代以来的小说重点关注的话题，其中隐含着对人的认识的深化。与现代时期的小说相似，新时期的现实主义小说，依旧在深入探讨这些矛盾之间的平衡点。与此同时，带有现代主义或后现代主义色彩的小说，则比前人走得更远。个体的自由（如王小波）与欲望的肯定（如美女作家）在多个向度突破了现实主义的局限。

在理性认同方面，新时期小说同样表现出多元化倾向。小说与现实的关系在现实主义作者那里被重新确立，小说反映生活的本质，小说反作用于生活的进程，成为一种共识。但在现代主义尤其是后现代主义眼中，理性本身就是值得怀疑的对象，小说反映现实更是值得怀疑的理念。在后现代主义眼中，现实本身就是非理性的，人的活动在很大程度上也是非理性的，因此，用一种非逻辑状态表现非逻辑化的生活，这才是一种真正的真实。残雪的笔下的黄泥街（《黄泥街》），正是这一世界的缩影。在后现代主义眼中，用逻辑化的方式表现生活，实际上是对非逻辑化的现实生活的阉割。

这两种"真实观"，也带来了小说审美风格的变化。现实主义关注故事与叙事之间的关系，由此试图建构现实世界与故事世界之间的本质联系。而后现代主义则更为关注叙述与叙事之间的关系，他们试图解构小说故事的真实感，认为小说本身就是虚构，任何试图强调小说与现实之间的相似性的企图都是徒劳，因此更关键的不在于生活的逼真性，而是想象本身具有的真实性。如王小波所言，想象本身也是生活中的重要内容，是我们现实生活的一部分。后现代主义正是试图凸显想象对于生活的意义，凸显想象的合理性与真实性。因此，元小说成为后现代主义小说的一种重要形态。

"文革"后小说修辞认同维度的复杂性，不仅表现在各个认同维度价值取向的多元性，而且表现在作者对这些判断的排序方面。

现实主义小说作者依旧以伦理观念认同为重心，理性认同与审美认同则是其与读者进行协商的重要纽带。现代主义小说则以审美认同为中心，先锋小说叙事技巧的创新（格非），小说语体的创新（孙甘露），对于叙事技巧与艺术风格的探讨，极大地丰富了小说修辞审美认同维度的内在质感。对于后现代主义倾向的小说而言，（非）理性认同，认识论方面的认同，则占有首要地位，王小波的元叙述，余华的零度叙述，在一定程度上影响到人们的认知方式。然而，认同排序并不是认同排斥，也就是说，各个认同维度之间始终相互作用相互影响。后现代主义对传统认知方式的解构隐含着伦理观念的解构，现代主义的审美认同也包含着认知认同。这种认同取向的多元性与认同排序的多元化，构成了新时期小说的复杂图景，促成了新时期小说风格的多元化，满足了不同读者的需要。

二、认同方式的多元化

与新时期小说认同维度的多元化相对应，新时期小说认同方式也日趋多元化。由于新中国成立后的政治审查并没有完全退场，权威型认同方式依旧隐约可见，但影响日渐式微。占主导地位的是现实主义小说协商型认同方式的重建,读者的主体性重新获得了尊重。同时,与后现代主义兴起相关,这一时期小说出现一种新型认同方式——错位型认同。

在后现代主义看来,去中心化也就意味着世界成为一种弥散状的存在,每个个体与其他个体之间的联系都是随机的,因此,作者与读者之间的关系也是随机的,并不存在任何必然性。在这种情形下,作者的写作本身难以有什么确切的目的性可言,小说只是作者的一种独白,而作者一旦完成了小说文本,小说也便成为一个独立的存在,与作者不再相干。因此,读者从小说中读出什么,作者不能干预,也不可能干预。这样,小说的修辞交流实际上也就成为两个互不相干的独立环节,一个是作者写作,另一个是读者阅读,但作者与读者之间没有真正的交流,作者创作的小说与读者阅读的小说虽然是同一个文本,但这一文本并不构成双方交流的纽带,而只是各自进行自我表现的平台。

然而,在中国的现实语境中,并没有后现代主义生存的土壤,因此也并没有真正的后现代主义,有的只是卖弄新鲜名词的话语权的争夺,各种后现代术语只不过是争夺一种前现代或准现代的话语权的资本。其所谓的去中心的理论建构,为的是争夺中国现存理论场的中心位置。

在这种"伪"后现代主义的影响下,所谓后现代倾向的小说依旧追求作者与读者之间的修辞认同,但这种认同中作者与读者之间经常出现"错位"。后现代主义小说淡化了现实主义小说的协商色彩,而强调作者创作与读者阅读的独立性,作者不需要与读者进行相互协商与相互妥协以实现相互认同,而是强调作者与读者都可以具有自己相对独立的写作目的与阅读目的,二者之间并没有追求统一的必要。

这种对作者与读者各自独立性的强调,淡化了小说修辞的伦理目的,同时潜在凸显了小说修辞的认知目的。王小波一再强调,"我以为自己的本分就是把小说写得尽量好看,而不应在作品里夹杂某些刻意说教。"[①]但就是在这种"好看"中,隐含着一种对生活的重新认知,也就是隐含着一种认识世界方式的改造。与一般理论强调"有益"不同,王小波将"有趣"视为小说的最高境界,"凡人都喜欢有趣。这是我一生不可动摇的信条,假如这世界上没有有趣

---

① 王小波:《〈黄金时代〉后记》,见《王小波文集》第四卷,中国青年出版社 1999 年版(下同),第 321 页。

的事我情愿不活。有趣是一个开放的空间，一直伸往未知的领域，无趣是个封闭的空间，其中的一切我们全部耳熟能详。"①因此，"每一本书都应该有趣。对于一些书来说，有趣是它存在的理由；对于另一些书来说，有趣是它应达到的标准。"②这种新的认识论也必然带来一种新的审美情趣，反讽与戏拟由此大行其道。而所有这些新的认知方式、新的叙事技巧与新的审美时尚，都潜含着丰富的伦理意义，对现存理性思维方式与审美情趣的解构，本身就是一种伦理关系的重构。

后现代小说作者对自己创作独立性的强调，实际上并不能否定小说修辞认同的存在。只要他试图出版自己的小说，就意味着他存在一种交流的欲望。而读者只要阅读小说，他也就必然试图从中找到某种意图。尽管后现代读者并不强调发现作者的原意，但他的阅读终究抱有某种期待。然而，后现代作者从来就不保证满足读者的阅读期待，由此是后现代小说的修辞认同方式明显区别于现实主义小说。现实主义小说作者知道读者的期待，也尽可能地满足读者的期待，读者对小说的评价可以依据隐含作者的判断展开；后现代小说作者不关注读者的期待，由此也使得读者难以把握作者的态度，对后现代小说的评价，也因为二者之间没有可以印证的渠道而成为一种悬疑。在这种情况下，作者与读者的认同也便成为一种错位型认同。作者在写作小说的时候，其认同对象指向自身，其主要交流对象是自己，试图发现的也是自己；而读者在阅读小说的时候，其认同对象也是指向自身，他们试图阅读的是自己的发现，而不是作者的讲述。在这种情况下，小说的意义获得了无尽的阐释空间。这显然也将"如何立人"中的让读者自立推向了一种极端。然而，在缺乏必要的价值指引的情况下，"人"同样会在"自由"中迷失自己，成为一种无法衡量的存在。

---

① 王小波：《〈怀疑三部曲〉序》，见《王小波文集》第四卷，第332页。
② 王小波：《红拂夜奔·序》，见《青铜时代》，陕西师范大学出版社2003年版（下同），第273页。

结语　修辞视角与20世纪中国小说
"立人"命题的展开

　　将小说视为一种作者在一定语境中,通过讲述人物的故事来与读者进行交流的修辞艺术,这种研究思路,是向常识的回归,也是向"人学"的回归。作为典型的人(作者)写、写人(人物)、人(读者)读的艺术形式,小说的核心命题就是"立人"。不同时代的小说作者与读者对"立人"命题有不同理解,由此需要小说作者采用不同的修辞手段,去实现不同的"立人"目标。小说修辞研究由此沟通了"立人"命题的两个层面:"立什么人"与"如何立人"。它不仅关注小说的修辞目的——"立什么人",而且关注小说作者与读者之间的修辞交流——"如何立人"。正是通过"立人"命题的多向展开,不同时代的小说家推动着小说不断发展。对于处于千年未有的大变局之中的20世纪中国小说而言,从修辞视角把握其"立人"命题的发展与转化,对于理解20世纪中国小说发展的内在动力与外在约束、艺术成就与思想局限,有着重要意义。

一、修辞语境与"立人"空间的开拓

　　小说修辞的外在语境对于小说的"立人"命题有着重要影响。一般说来,修辞语境不变,小说作者与读者对"人"的理解也不会发生巨大变化,而新的修辞语境经常也会召唤"新人"的出现。不同的时代需要,促使小说家召唤不同的"新人"。傅兰雅"新小说竞赛"对三弊的批判已经隐含着对新人的定位;梁启超的小说界革命更是明确提出了"新民"的目标;此后五四小说对个性解放的呼唤,普罗小说对第四阶级的肯定,抗战期间对民族英雄的褒扬,翻身小说中积极分子的出现,新中国成立后社会主义新人的普及,直到世纪末欲望化个体的流行,不同时代的小说家以不同的方式回应时代语境的召唤,提出了自己关于"新人"建构的理想。时代的要求,促进着小说作者对"新人"进行多重思考,由此推进小说"立什么人"命题的深化与展开。

与此同时,修辞语境也划定了小说"立什么人"的想象边界与可能空间。时代的经济发展水平制约了小说的流通方式;时代的思想发展水平划定了小说的思维边界,也制约着小说关于人的想象空间;更重要的是,时代的政治氛围直接制约了小说的生存空间。在一个时代中,统治阶级不仅拥有意识形态方面的阐释权,而且拥有各种国家机器,可以直接划定人们的言行边界,从而迫使人们对某些问题保持沉默或强制遗忘。因此,小说声音虽然表现出多种形态,不仅有政治认同与鼓励的,也有政治默许的,还有政治鞭长莫及的,但大体而言,小说修辞的创新空间,与政治对小说的控制反相关,与时代的自由程度正相关。纵观 20 世纪,晚清与民国时期,由于中央权力的弱化,以及租界与解放区等相对独立的区域的存在,小说修辞获得了一定的自由空间,由此也促进了中国小说关于"立人"命题的多向度思考。新中国成立后高度一元化的政治体制,使得不被政治认可的声音难以存在,小说关于"立人"的思考空间也被大大压缩。新时期小说"立人"命题的多向展开,与政治的相对宽松存在直接因果关系。外部的政治权力划定了小说"立什么人"命题的现实边界,意识形态宣传则划定了小说"立什么人"命题的想象空间。任何人都不可能超越自己的时代。梁启超的"新民"打着时代的烙印,普罗小说的革命者带着脸谱的色彩,"文革"中的典型开始不食人间烟火,后现代语境中的人物主要受本能支配,这些人物的意识边界,也就是一个时代的思想边界。

更重要的是,修辞语境在一定程度上也制约了小说作者与读者之间交流的方式,划定了"如何立人"的大致疆域。时代的教育文化发展水平,造就了读者的思维方式与理解能力,由此也限制了作者与读者进行修辞选择的可能空间。晚清的白话小说与下层启蒙,五四的欧式白话与精英倾向,新中国成立后的政治话语与阶级意识,新时期的语体分化与"人"的分化,小说语体的变革,不仅受到时代风尚的影响,更关键的还是出于小说家建构与读者进行良好修辞互动关系的努力。时代氛围不仅促使小说家对"立什么人"进行深层思考,也促使其对"如何立人"进行深层思考。

二、修辞目的与"立人"内涵的深化

小说的现代化的核心就是关于人的观念的现代化,也就是小说关于"立什么人"的观念的现代化。由于修辞语境的差异性,20 世纪中国小说对于"立什么人"这一问题进行了多向度思考,由此推进了中国小说的现代化进程。小说对于"人"的理解,主要体现在小说故事层面的人物选择与叙述层面的人物评价两个层面,也就是小说选择什么人物什么类型的活动来进行叙述,以及从什么样的角度对人物的活动进行叙述与评价。通过这两个方面,基本可以看出作者"立什么人"的倾向性。在这方面,20 世纪中国小说有着明显的现代化进程。

首先,在故事层面,20 世纪中国小说的一个重大转向就是关注普通人的生活与命运,由此表现出鲜明的人道主义倾向。在传统小说的舞台上,帝王将相、才子佳人、花仙狐鬼,与普通人的生活都相距甚远,20 世纪中国小说则将普通人推上舞台的中心。普通人的命运决定了社会发展的前途,这一观念成为 20 世纪中国小说家的一种共识。傅兰雅就已经注意到个体改造对整个民族改造的重要性;梁启超则更明确地将个体与社会、与民族、与国家的命运联系到了一起;五四的个性解放虽然凸显出的是"救出自己",但背后还是隐含着救出自己实际上就已经为拯救社会发挥了自己的作用这一命题,鲁迅"此后如竟没有炬火:我便是唯一的光"①这一尼采式的说法,极为突出地表现出个体与社会之间的内在联系;而随后的普罗小说、抗战小说、翻身小说,更是强化了普通人与社会之间的关系;新中国成立后与新时期小说依旧以普通人的生活为核心,继续深入思考普通人与社会发展之间的关系。

尽管 20 世纪中国小说中关于"立什么人"的思考主要集中在人的社会关系方面,也就是人的伦理层面,但他们并没有忽视人物的其他层面。20 世纪中国小说对于"现代人"的认知方式与审美情趣同样表现出应有的关注。在传统小说中,人物的理性思辨能力并不是小说家关注的重心,因为大家都处于同一层面。20 世纪显然也是认识论大转变大发展的世纪,认知模式与思辨模式由此成为 20 世纪小说家关于"立什么人"的重要维度。傅兰雅的"新小说竞赛"中对"时文"的批判,就已经隐含着对时人思维方式的批判。而五四小说以及后来的普罗小说、社会主义现实主义小说,无一不曾强调认知方式的改造。阿 Q 的落后不仅体现在价值观念方面,而且体现在思维方式方面。梁生

---

① 鲁迅:《随感录·四十一》,见《鲁迅全集》第 1 卷,第 325 页。

宝的先进,同样不仅表现在价值观念的先进,而且表现在思维方式的先进。

人的现代化不仅表现在价值体系、认知方式的现代化方面,同样表现在人的审美情趣的现代化方面。与传统小说中人物的审美情趣大都寄托了传统文人的审美理想不同,20 世纪中国小说对于人物的审美情趣也有着一种个性化与现代化的思考。涓生(《伤逝》)与小二黑(《小二黑结婚》)的审美取向各不相同,祥子(《骆驼祥子》)与林道静(《青春之歌》)的择偶标准有天渊之别,这种区别不仅隐含着思维方式、伦理取向的个性化差异,而且隐含着审美取向的个性化差异。

选择什么人进行叙述,还只是小说"立什么人"的一个方面,更重要的还是对人物的评价与判断,由此体现作者"立什么人"的价值理想。现实主义小说中,阿 Q 与祥林嫂的"不能这样过",和林道静与欧阳海的"应该这样活",都指向了作者对生命形态的价值判断,由此确立个体的行为准则。现代主义小说对审美现代性的关注,隐含着对人的审美维度的关注。后现代小说的中心解构倾向,则更关注人的思维方式改变的可能性。尽管他们关注的"人"的侧面不同,作出的价值判断与价值排序也不一致,但他们从总体上拉近了人物与读者的距离。传统小说中与普通读者都不太相干的花仙狐鬼、才子佳人、帝王将相,他们都是传统小说"造梦色彩"的重要元素。现代小说讲述的人物,无论是祥林嫂,还是林道静,无论是阿 Q,还是王二,都与我们相距不远,甚至就是我们生活中的一员。这种真正生活化的人物,表现出了"人"的复杂性与立体性,由此使得 20 世纪中国小说关于"人"的想象,真正变得立体与丰满,也使得人物乃至小说真正贴近我们的日常生活。

三、修辞交流与"立人"命题的实现

小说家关于"立什么人"的思考是小说修辞目的的核心内容。然而,小说修辞目的是否能够实现,不仅依赖修辞目的本身是否良好,更主要的还是依赖于小说作者是否能够与读者实现良好的交流互动,从而使读者接受作者关于"立什么人"的理念,这也就凸显了小说"立人"命题的另一个层面——"如何立人"的重要性。

小说修辞的最终目的,是让读者认同作者的价值排序,但要想让读者认同其观念,作者首先就需要认同读者的某些观念。他应该知道读者需要什么,也

应该知道如何才能让读者真正认同其观念。良好的修辞目的,并不能保证良好的修辞效果。无论晚清的政治小说还是"文革"的政治小说,其修辞目的无疑都是高尚的,但并不因此而保证其获得读者的认同。良好的修辞效果需要作者与读者建立一种真正的友谊。这种真正的友谊的建立,不能依靠对读者的迁就,也不能依靠对读者的挑战,而只能依靠对读者的尊重。通过将读者视为一个具有自身独立性的主体,作者与读者进行平等的交流与对话,通过相互让步与协商,才可能实现双方最大程度的相互认同。

这种协商认同模式是 20 世纪中国小说在"如何立人"方面的重大收获。在传统小说中,作者基本上采用的是权威型叙述姿态,对读者进行着多重价值宣讲。这种权威型叙述姿态是现实生活中的等级秩序以及奴化心态的折射,反过来又强化了这种等级观念与奴化心态,强化了读者的被动性与人的工具性。而 20 世纪中国小说则强调读者的主体性,以及与读者进行协商的重要性。协商一方面意味着平等,另一方面则意味着交换。小说作者要让读者接受其某些价值观念,他首先就需要认同读者的某些价值观念。20 世纪中国小说的认同方式虽然经历了一些反复,但大体上还是沿着与读者协商的道路前进。这种作者与读者之间的修辞协商,同时在多个维度上展开,也同时具有多重效果。作者与读者之间的理性协商——故事是不是现实生活的本质的反映,锻炼了读者的理性思辨能力;作者与读者之间的伦理协商——自己应不应该像人物那样活着,锻炼了读者伦理反思能力;作者与读者之间的审美协商——自己是否应该认同作者的审美情趣,培养了读者的社会身份意识。这种多层次多维度的协商,不仅让读者明白应该"立什么人",而且给了读者独立思考空间,使读者领悟"人"如何才能够"立"起来。20 世纪中国小说现代化的重要标志,就是这种"让人自立"的"立人"思路。

中国小说的现代化,核心就是"立人"命题的现代化。通过小说修辞研究总结 20 世纪中国小说"立人"的成就与局限,对于理解 20 世纪中国小说发展的动力与脉络,推进小说修辞理论发展,都具有一定的意义,值得继续深入探讨。

附录　20世纪中国小说修辞的散点透视

一、被压抑的"后现代性"——晚清翻译小说的解构修辞与中国小说的现代转型

在影响深远的《被压抑的现代性——晚清小说新论》一书中,王德威先生提供了一种新的研究范式:从晚清的四种小说文类切入"四种相互交错的话语:欲望、正义、价值、真理(知识)"①,通过考察中国小说的"现代"转型过程,他认为晚清小说呈现出更丰富也更多向的"现代性",但这种复数的"现代性"后来被"五四"的单向度的"现代性"压抑,由此使得中国现代文学也呈现出一种"单向度"特性。

王德威先生的研究,开阔了中国近现代文学研究的视野,"西方的冲击并未'开启'了中国文学的现代化,而是使其间转折更为复杂,并因此展开了跨文化、跨语系的对话过程。"②这一论断使人们更为关注中国文学"现代性"转换的内在动因。然而,在该书中,王德威先生显然将"西方的冲击"主要界定为"五四"时期的事情,而忽略了晚清小说"现代性"与"西方的冲击"的关系,因此将晚清小说的多样性都视为中国小说的"内生性"发展。事实上,晚清翻译小说的诞生基本与现代报刊发行同步。1872年5月,上海《申报》创刊一个月后,就刊登了翻译英国斯威夫特《格列佛游记》中的"小人国"部分的《谈瀛小录》,1873年,署名蠡勺居士的《昕夕闲谈》在申报馆刊行的《瀛寰琐记》上开始连载,远远早于梁启超提出"新小说"的时间。此后相当长的一段时间内,翻译作品的数量远远超过了创作。据樽本照雄《晚清民初小说年表》统

---

① 王德威:《被压抑的现代——晚清小说新论》,北京大学出版社2005年版(下同),"中文版序"第2页。

② 王德威:《被压抑的现代——晚清小说新论》,第4页。

计,1902 至 1908 年间,创作约有 674 种,翻译则有 780 种。① 与此同时,大多数晚清小说家,从梁启超、徐念慈、包天笑到吴趼人、李宝嘉、曾朴,不是小说翻译家就是翻译小说的编辑,都在第一时间接触翻译小说。由此可以看出,晚清翻译小说对晚清小说创作存在着毋庸置疑的重大影响。

然而,在"现代性"视野中,晚清翻译小说却难逃"粗糙荒谬"②四字。陈平原在《二十世纪中国小说史(1897—1916)》中,将这种翻译概括为"意译"。连燕堂则对晚清翻译小说的"技术"特征进行了更系统的归纳:"一是许多作品都采用节译或意译,任意增删,其至改写,加进一些原作中没有的内容。……二是体例不规范,……三是改换包装,译的是外国小说,用的却是中国传统的'说部体段'。"③虽然这些研究者大都肯定了翻译小说的历史功绩,但在这种"现代性"眼光中,晚清翻译小说本身却是难以获得认同的对象。

而从"后现代"的视野进行考察,则可以发现,晚清翻译小说的这种缺陷与不足,正暗合"后现代"修辞的解构倾向。忽视原著作者,任意增删文本,以及曲解与戏仿等技巧,都与"后现代"的"误读"与"偏离"相契合。更重要的是,正是这种"后现代"的"误读"与"偏离",才使晚清翻译小说在当时产生巨大影响。"晚清作家之'误读'外来作品,虽然粗糙荒谬,却导致一连串意想不到的创造发明。"④一定程度上,可以说晚清小说"被压抑的现代性"与翻译小说的"后现代性"直接相关。然而,包括王德威先生在内的"现代性"研究,都未曾对晚清翻译小说的"后现代性"进行客观评估,由此导致了另一重压抑:对晚清翻译小说的"后现代性"的压抑。

1. 作为目的的解构·作为手段的解构

晚清翻译小说的"后现代性",与其承担的双重解构使命直接相关。当时混沌初开的文化语境,晚清小说翻译家不得不承担"双重解构"的使命:一方面是他们试图解构当时的社会文化心理,使其为新文化的诞生提供可能性空间;另一方面为了能够让翻译小说被国内读者接受,他们不得不解构小说

---

① 连燕堂:《二十世纪中国翻译文学史·近代卷》,百花文艺出版社 2009 年版(下同),第 96 页。

② 王德威:《被压抑的现代——晚清小说新论》,第 41 页。

③ 连燕堂:《二十世纪中国翻译文学史·近代卷》,第 24 页。

④ 王德威:《被压抑的现代——晚清小说新论》,第 41 页。

原著。

　　1907年,身在日本的鲁迅明确指出"国民精神之发扬,与世界识见之广博有所属"①,由此凸显出"别求新声于异邦"②的重要性。实际上,向异邦"别求新声"以补民族之缺失是晚清小说翻译家的共识。1898年,梁启超从提升国民的政治意识的角度,凸显了翻译政治小说的重要性:"彼美、英、德、法、奥、意、日本各国政界之日进,则政治小说,为功最高焉。"③邱炜萲则不仅关注政治小说的社会作用,也关注其他小说的社会作用,"外国非通人不敢著小说。故一种小说,即有一种之宗旨,能与政体民志息息相通;次则开学智,祛弊俗;又次亦不失为记实历,洽旧闻,而毋为虚憍浮伪之习,附会不经之谈可必也。"④因此,翻译科学小说的看到了科学小说对于"破遗传之迷信"⑤的社会作用,翻译侦探小说家则看到了"泰西各国,最尊人权"⑥的时代风尚。陈平原先生曾经指出,晚清小说翻译家存在"对不同类型之价值高低的误解"⑦。这种"创造性误读"的原因,从根本上讲,都出于小说翻译家对于翻译小说的社会作用的关注。由于他们对传统文化关节点的理解不同,以至于他们对解构传统文化的切入点的认识也不尽相同。为此,他们从各自的角度提出了解构方案,并因此将不同类型的小说推到一个不合时宜的高度。总而言之,在晚清翻译小说家眼中,翻译小说与开启民智存在着直接联系。梁启超认为中国旧小说是"中国群治腐败之总根源"⑧,因此提倡新小说,而新小说的样板,无疑就是翻译小说。"风尚之所由起,如译本小说者,其真社会之导师哉! 一切科

---

　　① 鲁迅:《摩罗诗力说》,见《鲁迅全集》第1卷,第67页。
　　② 鲁迅:《摩罗诗力说》,见《鲁迅全集》第1卷,第68页。
　　③ 梁启超:《佳人奇遇序》,见《饮冰室合集》第11卷,中华书局1989年版(下同),"佳人奇遇"第1页。
　　④ 邱炜萲:《小说与民智关系》,见陈平原、夏晓虹编:《二十世纪中国小说理论资料》第一卷,第47—48页。
　　⑤ 鲁迅:《月界旅行辨言》,见《鲁迅全集》第11卷,人民文学出版社1973年版,第11页。
　　⑥ 周桂生:《〈歇洛克复生侦探案〉弁言》,见陈平原、夏晓虹编:《二十世纪中国小说理论资料》第一卷,第135页。
　　⑦ 陈平原:《二十世纪中国小说史(1897—1916)》,见《陈平原小说史论集》中卷,河北人民出版社1997年版(下同),第645页。
　　⑧ 饮冰(梁启超):《论小说与群治之关系》,见陈平原、夏晓虹编:《二十世纪中国小说理论资料》第一卷,第53页。

学、地理、种族、政治、风俗、艳情、义侠、侦探,吾国未有此瀹智灵丹者,先以译本诱其脑筋;吾国著作家于是乎观社会之现情,审风气之趋势,起而挺笔研墨以继其后。观此而知新风过渡之有由矣。"①

然而,这种作为目的的解构,还需要作为手段的解构来支撑。当代美国著名新修辞学家肯尼斯·博克深刻地指出,"只有当我们能够讲另外一个人的话,在言辞、姿态、声调、语序、形象、态度、思想等方面做到和他并无二致,也就是说,只有当我们认同于这个人的言谈方式时,我们才能说得动他。"②这一点在晚清小说翻译中显得特别重要。林纾翻译的小说,之所以获得众多士大夫的认同,显然与其桐城笔法密切相关。然而,晚清小说翻译中的解构,不仅体现在笔法上,更体现在对原著从主题思想到叙述内容再到叙事笔法的改造上。引起巨大反响的《巴黎茶花女遗事》,不仅在内容上有所增删,而且在主题上也有所修正。林纾将小说开头部分叙述者大量交代写作缘由的论述全部删除,由此也使得此书的主题发生偏移。在原著中,小仲马对妓女表现了深刻的人道主义同情,"再不轻易地蔑视一个女人"③,同时也将妓女的悲剧命运归因于社会,正是社会不公才使她们成为"心灵上的瞎子,灵魂上的聋子和良心上的哑巴"④,因此,"人们谴责这种女人而又不听她们的申诉,人们蔑视她们而又不公正地评价她们,我们说这是可耻的。"⑤这种深刻的人道主义同情显然与法国"十五年来人道主义正在突飞猛进"⑥的社会氛围相关。而在当时的中国,大部分人显然还不知道"人道主义"为何物。因此,林纾删除叙述者的议论,一方面可以使读者更快更直接地进入故事;另一方面也迎合了当时"支那荡子"⑦的狎邪心态,使这部小说成为一部较纯粹的"写情小说"。也正因为它成为纯粹的写情小说,使其与当时士绅审美趣味投合,以至于不胫而走,洛

---

① 世(黄小配):《小说风尚之进步以翻译说部为风气之先》,见陈平原、夏晓虹编:《二十世纪中国小说理论资料》第一卷,第 323 页。

② [美]肯尼斯·博克:《动机语法》第 55 页,转引自刘亚猛:《西方修辞学史》,外语教学与研究出版社 2008 年版(下同),第 345 页。

③ [法]小仲马:《茶花女》,王振孙译,上海译文出版社 2006 年版(下同),第 7 页。

④ [法]小仲马:《茶花女》,王振孙译,第 17—18 页。

⑤ [法]小仲马:《茶花女》,王振孙译,第 5 页。

⑥ [法]小仲马:《茶花女》,王振孙译,第 19 页。

⑦ 严复 1904 年出都留别林纾诗,云"可怜一卷《茶花女》,断尽支那荡子肠"。其中"荡子"一词,说尽当时对《茶花女》感兴趣的人的身份与心理。

阳纸贵。

虽然这种"解构主义"现在受到了几乎所有人的诟病,但在当时却显然是一种历史必然。这一点可以从鲁迅翻译上的转变及其境遇看出。1909年,鲁迅一改旧态,由崇尚意译转为推崇直译,由注重翻译小说内容上的启蒙到注重"文情"、"文术"与"心声"①,由此编译《域外小说集》。在绍兴商人蒋抑卮的资助下,怀抱"现代"翻译观念的鲁迅与周作人编译的《域外小说集》第一、二集终于得以出版。然而,他们翻译的作品并不能获得读者认同,翻译出版的小说集销路极不乐观,仅在东京与上海各出售20册左右。其对文学史以及翻译史的影响,只是通过后来的"现代性"历史追述才得以确认。

2."作者之死"·"可写文本"·"意义延异"

晚清翻译小说为实现文化解构目的而对原著的解构,主要表现为三个方面,即"作者之死"、"可写文本"与"意义延异"。

对于晚清小说翻译家而言,原作者的重要性一直没有得到重视。这也是晚清翻译小说一直饱受诟病的一个主要理由。这种对原作者的忽视,首先表现为不署原作者名字,如署名自树(鲁迅)未辩是著是译的《斯巴达之魂》,以及直接署"玉瑟斋主人著"的《回天绮谈》②等。其次则是张冠李戴,如鲁迅1903年翻译出版的《月界旅行》与1906年翻译出版的《地底旅行》,本来都是法国儒勒·凡尔纳的作品,但鲁迅将前者误署为美国的培伦,后者误署为英国的威男。最后一种,则是译者虽然标示出了原作者,但原作者的权威性则没有得到足够的体现。这种情形在晚清翻译小说中极为常见,而较为极端的是苏曼殊的《惨世界》。1903年9月,从日本归国的苏曼殊出任一个月前创办的《国民日日报》的翻译,并于10月8日至12月1日的《国民日日报》上连载"法国大文豪嚣俄著"的《惨社会》。为了配合《国民日日报》宣传革命,从第七回开始,苏曼殊就直接偏离原著,加入自己的小说创作。1904年,镜今书局出版单行本时,改名为《惨世界》,扩充为14回,署"苏子谷、陈由己同译"。其

---

① 鲁迅:《域外小说集·序言》,见《鲁迅全集》第10卷,人民文学出版社2005年版,第168页。

② 1903年连载于《新小说》。范伯群《中国现代通俗文学史》认为此书是翻译,译者玉瑟斋主人为麦仲华,为康有为女婿。参见范伯群:《中国现代通俗文学史》,北京大学出版社2007年版(下同),第72页。

中翻译与创作从回目上看,虽然各占一半,但从字数上看,翻译却仅占三分之一。

这种饱受诟病的"作者之死",显然与中国当时现代版权法规的缺场直接相关,由此也导致充满现代版权意识的现代人的强烈批判,进而全盘否定。然而,这一情形中隐含着丰富的文化内容,有着深刻的历史缘由。首先,对于当时的译者而言,不标原作者甚至直接将翻译说成创作,显然有助于提升作品本身在文学界的地位,从而扩大其影响。在当时的文人心目中,创作的价值显然高出翻译,如林纾对自己的写作生涯进行自评时,表现出一个较明显的阶梯顺序,即古文高于诗歌,诗歌高于翻译。林纾的这种心态也可以说是中国传统文人的一种心态。为了实现"开启民智"的目的,实现译文影响的最大化,译者通过不署原作者姓名,或者降低原作者的权威性,凸显译者的创作家身份,从而抬高译文的价值。其次,对于当时的译者而言,他们关注的本来就不是文本的文学价值,而是文本对于当时社会文化心理的解构作用,因此,在他们眼中,作品本身可以独立存在,原作者并不是他们需要考虑的对象。最后,晚清翻译家对外国文学家的了解本来就极为有限,许多小说都是通过日文转译,以讹传讹也便在所难免。

晚清小说翻译家的启蒙目的、创作冲动与视野局限,使得晚清翻译小说原作者的权威性降低,这种"作者之死"的一个必然后果,就是小说原作成为"可写文本"。

晚清翻译小说不仅大部分没有原著者姓名,更让"现代"读者感到难受的是"几乎全部翻译小说都不交代原本的书名。译本的书名又不是原本书名的译语。译者总是追求典雅,另立新名"①。这给后来的研究者造成了巨大的"溯源"障碍,因而也成为晚清翻译小说被给予低评的一个重要原因。然而,晚清翻译小说对原作的改写,并不限于标题,而是使整个文本都成为"可写文本"。

这种"可写文本"主要表现为三种形式。首先是在译文中使用夹注,以解释翻译小说中不同的风俗文化,历史背景,从而使读者易于理解接受。梁启超

---

① 施蛰存:《导言》,见施蛰存主编:《中国近代文学大系·翻译文学集》(一),上海书店1990 年版(下同),第 20 页。

翻译的《佳人奇遇》第一回,即用大段夹注来介绍"自由之破钟"、"晚霞邱"等外国风物以及"独立战争"等外国历史事件①,林纾《巴黎茶花女遗事》则对法国当时的吻手、操琴等社交礼仪进行注解。徐念慈则充分发挥自己作为《小说林》专任译著编辑的便利与特权,用"觉我校"、"觉我润辞"、"觉我赘语"等方式,对《小说林》的译稿进行校改、润辞、批注,从而提升译文的艺术水平及影响力。鲁迅译的《月界旅行》竟然引用晋人陶渊明的诗"精卫衔微木,将以填苍海;刑天舞干戚,猛志固常在"来解释枪炮社社员的精神,"像是说这会社同社员的精神一样"。②

　　与使用夹注的目的相似,改造原作的叙述方式,也是为了读者能够更方便地理解翻译小说,不过其关注的重心是读者的审美习惯而不是其知识背景。林纾采用桐城派散文风格翻译小说,为翻译小说获得士大夫阶层的认同立下了汗马功劳。苏曼殊等人以白话译书,则明显迁就了"下层"普通读者的审美习惯。至于章回体与传奇模式,更是这一时期翻译小说的主导叙事方式。鲁迅早期译作《月界旅行》、《地底旅行》都采用章回体,戴翼翚 1903 年从日文转译普希金《上尉的女儿》为《俄国情史》时,不仅大量增删细节,同时将原文的第一人称被改为当时国人更易接受的第三人称,而且将原文打乱揉碎,按照中国传奇小说的模式重新组合,以适应当时读者的阅读习惯。

　　对原作进行改写最重要的方式,则是增删原著内容。这种增删不仅有审美方面的考虑,更有意图方面的考量。林纾的《茶花女》省略叙述者的议论,不仅切合当时读者关注情节的审美习惯,而且切合当时重女性之贞洁,而不重女性之独立人格的道德风尚。包天笑与杨紫鳞在最初翻译《迦因小传》时,为了"保护"迦茵的道德形象,隐讳了迦茵与亨利未婚先孕的细节,只译了下半部,并在序言中谎称原著的前半部丢失了。两年后,林纾的全译本《迦因小传》补充了这一情节,但这种补全并没有给译者带来好评,而是招来了读者的批判。"林氏之所谓《迦因小传》者,传其淫也,传其贱也,传其无耻也"③,他

---

① 梁启超:《佳人奇遇序》,见《饮冰室合集》第 11 卷,"佳人奇遇"第 1 页。

② 鲁迅译:《月界旅行》,见《鲁迅全集》第 11 卷,第 15 页。

③ 寅半生:《读〈迦因小传〉两译本书后》,见陈平原、夏晓虹编:《二十世纪中国小说理论资料》第一卷,第 250 页。

的小说翻译,也因此被定性为"于社会毫无裨益"①。包天笑为了报刊的"道德"定位而对原著进行了删节处理,而苏曼殊的《惨世界》则为了报刊的革命宣传大幅增加自己的创作内容。从《惨世界》第七回开始,苏曼殊依托原著构建的大背景进行了创造性发挥,增加了一个独立创造出来的人物——明男德,以宣传革命主张。作者不仅借明男德之口,抨击了信奉等级制的"支那国孔子的奴隶教训"[7]与敬神、包脚等"极其野蛮"支那风俗,而且借明男德之行,宣扬坐而言起而行,借明男德之刀诛杀了欺压百姓的满周苟。于 1903 年《新小说》第 8 号开始连载的《电术奇谈》,则几乎汇集了当时所有的改写形式。小说原作为英国维多利亚时期小说,由明治作家菊池幽芳编译成日文,题为《新闻卖子》,1897 年连载于《大阪每日新闻》。后来,东莞方庆周将其译成六回文言体小说,我佛山人(吴趼人)再将其衍义成 24 回白话体小说,附加上知新主人(周桂笙)的评点。其中人、事、物、理都相当"中国化",几乎看不出原著的痕迹。

改写文本的倾向,与当时的文化氛围直接相关,作为一种舶来品,外国小说中的人、事、物、理对于国人而言都是陌生的。为了让读者容易接受,从而更好地实现报刊传达"新知"的意图,译者经常需要对原著的内容进行改造增删。虽然政治小说的开民主之风、科幻小说的新科学之智、侦探小说的肇法治之始、写情小说启自主之思,不同类型小说的"启蒙"目标各不相同,但翻译者要实现"启蒙"意图,不能不考虑受众的文化层次与当时的文化氛围。读者的文化背景决定其接受翻译小说内容的难度,而读者的审美习惯则决定其接受翻译小说叙述方式的可能性。这种"可写性"为翻译小说顺利进入中国并引起广泛关注立下了汗马功劳。

然而,这种"可写文本"也带来了意想不到的后果,那就是在其传播过程中,意义不断发生"延异"。晚清小说译者根据书刊读者的文化背景与审美习惯来"改写"原著,正凸显出晚清书刊读者对小说翻译的制约与影响。这种文化语境使晚清翻译小说在修辞目的与修辞策略上都呈现出一种混沌状态。在修辞目的上,先觉者启蒙民众的政治目的、文学家引介外国小说的艺术目

---

① 寅半生:《读〈迦因小传〉两译本书后》,见陈平原、夏晓虹编:《二十世纪中国小说理论资料》第一卷,第 251 页。

的以及书商追求利益的商业目的经常混杂在一起；在修辞策略上，则是启迪新知与迁就旧习混杂在一起。这种混沌的修辞策略，自然导致混沌的修辞效果。

"从翻译小说数量之多，说明外国小说的读者群正在迅速扩大。其中除一部分略知外国情况的知识分子以外，大多数是趋向变法维新的一般士民。他们爱看外国小说，一半是为了猎取新奇，另一半是为了扩大视野，认识世界。"①这与晚清翻译小说家强调的翻译小说"改良社会、激劝人心"②重要作用有一致之处。然而，晚清读者对翻译小说的接受因为其文化背景、审美趣味、阅读目的与鉴赏能力等方面的差异，对晚清翻译小说的接受与评价表现出两极化反应，其中最典型的莫过于对林纾的评价。陈熙绩认为林纾译作对社会产生了巨大正面影响，"自《茶花女》出，人知男女用情之宜正；自《黑奴吁天录》出，人知贵贱等级之宜平。若《战血余腥》，则示人以军国之主义；若《爱国二童子》，则示人以实业之当兴。"③而寅半生则说林纾翻译的小说"于社会毫无裨益"，金松岑也对林纾颇有微词，直认为他是"诲淫诲盗"："使男子而狎妓，则曰我亚猛着彭也，而父命可以或梗矣（《茶花女遗事》，今人谓之外国《红楼梦》）；女子而怀春，则曰我迦因赫斯德也，而贞操可以力破矣（《迦因》）"。④这种否定与吹捧虽然都带有浓厚的主观色彩，但也可以见出当时读者对翻译小说接受分化之一斑。黄小配认为翻译小说都好，"各国民智之进步，小说之影响于社会巨矣。《佳人奇遇》之于政治感情，《宗教趣谭》之于宗教思想，《航海述奇》之于冒险性质，余如侦探小说之生人机警心，种族小说之生人爱国心，功效如响斯应。"⑤吴趼人则对翻译小说的社会影响持怀疑态度，"小说之种类，曰：写情也，科学也，冒险也，游记也，其种类不一。其内容之果能合于吾

---

① 施蛰存：《导言》，见施蛰存主编：《中国近代文学大系·翻译文学集》（一），第 19 页。
② 陈熙绩：《〈歇洛克奇案开场〉叙》，见陈平原、夏晓虹编：《二十世纪中国小说理论资料》第一卷，第 350 页。
③ 陈熙绩：《〈歇洛克奇案开场〉叙》，见陈平原、夏晓虹编：《二十世纪中国小说理论资料》第一卷，第 350 页。
④ 松岑（金松岑）：《论写情小说于新社会之关系》，见陈平原、夏晓虹编：《二十世纪中国小说理论资料》第一卷，第 172 页。
⑤ 世（黄小配）：《小说风尚之进步以翻译说部为风气之先》，见陈平原、夏晓虹编：《二十世纪中国小说理论资料》第一卷，第 320—321 页。

国之社会与否,不能一概而论定之;其能改良吾国社会与否,尤不能一概而论定之。"①对翻译侦探小说的社会效应更是直接否定,"公等之崇拜外人,至矣尽矣,蔑以加矣。虽然,以此种之小说(翻译侦探小说),而曰欲籍以改良吾之社会,吾未见其可也。"②相对而言,徐念慈通过当时各类小说销量情况作出的分析,较为客观可信。"记侦探者最佳,约十之八九,记艳情者次之,约十之五六,记社会态度记滑稽事实者又次之,约十之三四,而专写军事、冒险、科学、立志诸书为最下,十仅得一二也。"徐念慈由此得出判断,"余约今之购小说者,其百分之九十,出于旧学界而输入新学说者,其百分之九,出于普通之人物,其真受学校教育,而有思想、有才力、欢迎新小说者,未知满百分之一否也?"③

这种 90%与 1%的对比,真实地描绘出了晚清翻译小说的接受图景,同时也指示出了晚清翻译小说意义"延异"的两种路向。一方面是 90%的读者的旧的审美习惯与知识背景对翻译小说的巨大同化作用,由此使得翻译小说"随波逐流"。在晚清小说创作中,处处可以看到翻译小说的影响与变形。如政治小说向谴责小说的变异,科幻小说与儒道思想的合流,侦探小说向黑幕小说的滑动,写情小说向鸳鸯蝴蝶的突进等,尽管这种"创造发明"显示出了"被压抑的现代性"萌生时的丰富场景,但其内核还是折射出传统文化与审美趣味对理解与接受翻译小说的巨大同化作用。传统文化固然可以对翻译小说进行同化,另一方面翻译小说也会对传统文化进行解构。对具有新思想、新才力、尤其是懂外文的百分之一的新式读者而言,翻译小说可能成为登岸之筏。"'媒'和'诱'当然说明了翻译在文化交流里所起的作用。它是个居间者或联络员,介绍大家去认识外国作品,引诱大家去爱好外国作品,仿佛做媒似的,使国与国之间缔结了'文学因缘'"。④ 他们沿波讨源,将这一时期的翻译小说视为一种引路指南,指向一个全新的世界。它们打开了一扇窗,让读者知道世

---

① 中国老少年(吴趼人):《〈中国侦探案〉弁言》,见陈平原、夏晓虹编:《二十世纪中国小说理论资料》第一卷,第 213 页。
② 中国老少年(吴趼人):《〈中国侦探案〉弁言》,见陈平原、夏晓虹编:《二十世纪中国小说理论资料》第一卷,第 213 页。
③ 觉我(徐念慈):《余之小说观》,见陈平原、夏晓虹编:《二十世纪中国小说理论资料》第一卷,第 336 页。
④ 钱钟书:《林纾的翻译》,见钱钟书等:《林纾的翻译》,商务印书馆 1981 年版(下同),第 20 页。

界上还存在另一种风景。周作人在《鲁迅与清末文坛》一文谈翻译小说对鲁迅的影响时,特别指出了翻译小说的"图示"作用。鲁迅因为看到了《新小说》上嚣俄(今译雨果)的照片,特意购买八大本的英译雨果选集;受梁启超翻译的《十五小豪杰》影响,鲁迅翻译了《月界旅行》;受林译小说的指引,鲁迅与周作人阅读翻译了哈葛得的作品。① 至于吴趼人等人,虽然对翻译小说的社会功用持怀疑态度,但他们自己的创作,从叙述内容、叙事视角到叙事方式,都受到翻译小说的深远影响。赋予小说创作一种新的视角,正是晚清翻译小说的"解构"功能之一。

3."中国化"·"化中国"

钱钟书在《林纾的翻译》一文中,对翻译的特性进行了非常有趣而深刻的阐释。"'译'、'诱'、'媒'、'讹'、'化'这些一脉通连、彼此呼应的意义,组成了研究诗歌语言的人所谓'虚涵数意',把翻译能起的作用、难于避免的毛病、所向往的最高境界,仿佛一一透示了出来。"②然而,钱钟书先生也指出,"彻底和全部的'化'是不可实现的理想,某些方面、某种程度的'讹'又是不能避免的毛病,于是'媒'和'诱'产生了新的意义。"③然而,在大多数研究者眼中,晚清翻译小说因为其"讹"而不"化"而被低估甚至忽视。尤其是晚清翻译小说之"讹",似乎成为它们被忽视的正当理由。然而,仔细考量,可以发现,晚清翻译小说之"讹",大多是译者有意为之。钱钟书在分析林纾因不懂外文而导致其"讹"时,特别指出其"讹"的责任不能完全推给其助手,相反,林译小说中"'讹'里最具特色的成分正出于林纾的明知故犯"④。鲁迅在翻译《月界旅行》时,也明确解释了自己增删改写原文的理由:"《月界旅行》原书,为日本井上勤氏译本,凡二十八章,例若杂记。今截长补短,得十四回。初拟译以俗语,稍逸读者之思索,然纯用俗语,复嫌冗繁,因参用文言,以省篇页。其措辞无味,不适于我国人者,删易少许。"⑤由此可见,鲁迅采用章回体、参用文言、增

---

① 　周作人:《关于鲁迅》,新疆人民出版社1997年版,第456页。
② 　钱钟书:《林纾的翻译》,见钱钟书等:《林纾的翻译》,第18页。
③ 　钱钟书:《林纾的翻译》,见钱钟书等:《林纾的翻译》,第19页。
④ 　钱钟书:《林纾的翻译》,见钱钟书等:《林纾的翻译》,第30页。
⑤ 　鲁迅:《月界旅行辨言》,见《鲁迅全集》第11卷,人民文学出版社1973年版(下同),第11页。

删文本都是有意为之。

与此同时,在后现代语境中,"化"具有了更为丰富的含义。钱钟书先生曾将"化"视为翻译的理想境界:"把作品从一国文字转变成另一国文字,既能不因为语文习惯的差异而露出生硬牵强的痕迹,又能完全保存原有的风味,那就算得入于'化境'。"①钱钟书先生从译本与原作的关系谈"化",曹顺庆先生则从译本与输入国的关系谈"化",认为"翻译文学已经不完全是外国文学,因为在创造性的译介过程中已被他国化了,成为译者本国文学财富中的有机组成部分。外国文学一旦被译出并面对目标语读者,即成为独立的生命个体。域外的精彩美丽同本土传统文化的巧妙结合,决定了它的存在状态和延伸方式不会局限于某种单一模式,而有自己独特的审美特性和思想内涵。作为外来文化移植与本土传统融合的新铸工程,特定的文化背景和观察视角会让文学文本获得一种全新阐释。"②然而,在曹先生的这种理解中,尚只涉及译本被输入国文化的同化一个层面,更重要的实际上不是这种同化,而是解构,也就是译本对于输入国文化与文学的解构力量。"化"的第三重意思,实际上是"化他国"。因此,晚清翻译小说的有意之"讹",实际上还是潜含着双重之"化"。翻译家通过其有意之"讹",实现其"双重解构"的使命与意图。通过对原著的解构,使其"中国化"的同时,解构本国文化,从而实现"化中国"。

无论从"中国化"还是"化中国"的层面看,晚清翻译小说都有着其独特的历史特征与地位。晚清翻译小说家为了实现其"化中国"的历史使命,因此竭力使翻译小说"中国化",也就是以有意之"讹"实现有意之"化"。在这种情况下,"虽然在第一页和版权页上印着'某人译',其实已不是译本了。"③虽然施蛰存先生在这里是在批评近代翻译的"失真",但他同时指出了一个重要的事实,那就是不能将这些文本纯粹视为"翻译"。在一定程度上,他们是已经"中国化"的"再创作"。我们进行评价时,也必须考虑这种"再创作"因素。对小说翻译的要求与评价标准,显然不应该等同于科学著作翻译或哲学著作翻译,尤其是在独特的历史时期,更是如此。为此,施蛰存先生在《中国近代文学大系》中专列翻译文学一编,"外国文学的输入与我国近代文学的发展有

---

① 钱钟书:《林纾的翻译》,见钱钟书等:《林纾的翻译》,第 18 页。
② 曹顺庆、郑宇:《翻译文学与文学的"他国化"》,《外国文学研究》2011 年第 6 期。
③ 施蛰存:《导言》,见施蛰存主编:《中国近代文学大系·翻译文学集》(一),第 21 页。

密切的关系。保存一点外国文学如何输入的记录,也许更容易透视近代文学发展的轨迹。这是《中国近代文学大系》独有的需要。"①施蛰存先生在这里实际上强调了晚清翻译小说对近代小说创作内在而深远的影响。

正是"讹"与"化"的双重性,凸显晚清翻译小说的历史重要性。将翻译与创作截然分开,显然出于"现代"二元对立思维的影响。而在晚清,中国传统的混沌思维表现出某种"后现代"特质,尚没有这种明确的"现代"意识,因此,是否达到与原著同一之"化境",也不是当时翻译家所考虑的事情。他们更关注的是"化中国"。在这方面,他们如果至少部分实现了自己的目的。在小说创作的内容方面,晚清翻译小说为晚清小说创作提供了众多范本,不仅政治小说、侦探小说、科幻小说等新兴小说门类与翻译小说直接相关,就是晚清的写情小说、遣责小说也与翻译小说有着千丝万缕的联系。在小说叙事方式的变革方面,陈平原先生在《中国小说叙事模式的转变》较为详尽地论证了《百年一觉》、《毒蛇圈》等翻译小说对晚清小说的倒叙手法产生的重大影响②,《巴黎茶花女遗事》等翻译小说对小说创作中采用第一人称等限制性叙述视角的启发作用。③ 更为重要的是,晚清翻译小说对小说创作的影响,不仅涉及晚清小说界,而且延伸到五四及以后的小说创作。其对后世的影响,甚至超过了晚清创作小说。周作人就曾明确指出,与鲁迅始终关注晚清翻译小说形成鲜明对比,"对于当时国内的创作小说,鲁迅似乎一向不大注意。"④这并不是鲁迅一人的看法,可以说是当时所有试图熔铸新知的新式知识分子的共识。正是因为晚清翻译小说作为"诱"与"媒",才使得那一代人关注外国小说,并最终在五四时期形成一种真正"现代"的风潮。

虽然这种"后现代性"在随后的"现代化"进程中,被逐渐规训与压抑。"原著化"被视为一个不可企及但具有绝对价值的目标。在这一标准下,"讹"被视为应该极力减少的瑕疵,而不是具有丰富文化信息的特征。但在"后现代"视野中,这种"讹"的"双重解构"特性指向了文化之间的权力博弈,对一个时代的社会文化心理有着重要影响。因此,尽管将"后现代"置于"现代"之

---

① 施蛰存:《导言》,见施蛰存主编:《中国近代文学大系·翻译文学集》(一),第27页。
② 参见陈平原:《中国小说叙事模式的转变》,见《陈平原小说史论集》上卷,第294页。
③ 参见陈平原:《中国小说叙事模式的转变》,见《陈平原小说史论集》上卷,第328页
④ 周作人:《关于鲁迅》,第457页。

前,颇使人感觉到时代错乱,然而,借用王德威先生的话,"在我们这个后现代时期,谈论一个一向被视为'前现代'的时期的现代性,我的文章有意地使用'时代错置'的策略和'假设'的语气。我的讨论如有时代错置之嫌,因为它志在搅乱(文学)历史线性发展的迷思"①。在这样一种语境中,对于晚清翻译小说的"讹"与"化",似乎有必要重新评估。陈平原先生认为,晚清翻译小说"意译"之"讹","主要可以从当年整个的文化氛围和作家—读者关系的文学理想两方面来思考。前者使翻译家'不能非不为也',后者则使其'不为非不能也'。"②这一论述虽然精辟,却也嫌简略。"'翻译'作为文化交流与文化协商"③,始终处于一种权力关系之中。晚清翻译小说的"讹"由来有自。在某种意义上,也正因为其"讹",才使其成为一种独特的历史存在。钱钟书先生在谈到林纾有意为之之"讹"时,肯定了这种"讹"的价值:"恰恰是这部分的'讹'起了一些抗腐作用,林译多少因此而免于全被淘汰。"④鲁迅的《斯巴达之魂》也正因为其被当成了鲁迅的创作,因此而让人意识到晚清国人心目中还有一个尚武而不静穆的希腊。苏曼殊的《惨世界》一再被人提及,显然也与其"讹"密切相关。在将该书视为翻译的人看来,因为苏曼殊"毫不介意翻译的忠实性和精确性"⑤因此《惨世界》的历史作用只是"扩大了中国人对西方文学知识的眼界"⑥。而在将其视为创作的人看来,《惨世界》则"是苏曼殊小说创作的真正开端"⑦,应该重评其在文学史上的地位。

　　作为一种独特的历史文本,晚清翻译小说的历史价值显然值得重估。在一定意义上,似乎可以套用王德威先生的说法,"没有晚清翻译小说被压抑的'后现代性',何来晚清小说被压抑的'现代性'?"

---

　　① 王德威:《被压抑的现代——晚清小说新论》,第 29 页。

　　② 陈平原:《二十世纪中国小说史(1897—1916)》,见《陈平原小说史论集》中卷,第625 页。

　　③ 胡翠娥:《文学翻译与文化参与——晚清小说翻译的文化研究》,上海外语教育出版社2007 年版,第 5 页。

　　④ 钱钟书:《林纾的翻译》,见钱钟书等:《林纾的翻译》,第 30 页。

　　⑤ 柳无忌:《苏曼殊传》,王晶垚译,生活·读书·新知三联书店 1992 年版(下同),第28 页。

　　⑥ 柳无忌:《苏曼殊传》,第 184 页。

　　⑦ 程文超:《1903 前夜的涌动》,山东教育出版社 1998 年版(下同),第 106 页。

二、身体、文化、修辞与"狂人"的生成建构

长期以来,作为中国新文学诞生的界碑式、原典式的作品,《狂人日记》一直受到众多研究者的关注,被一再细读与阐释。在其长期的解读史中,众多研究者就其主题意蕴、人物形象以及艺术风格等方面做了丰富的探讨,多向度地挖掘了《狂人日记》的丰富内涵。近期,更有学者突破原有的研究范式,如王学谦先生的系列论文《〈狂人日记〉与鲁迅文学的生命结构》①将《狂人日记》视为鲁迅文学创作的原点,由此切入鲁迅整个文学创作的体验模式以及书写模式。而李今女士的《文本·历史与主题——〈狂人日记〉再细读》则创造性地辨别了潜含在小序中的三种声音,从写作规则的角度分析了《狂人日记》的主题生成机制。这些研究无疑将《狂人日记》的研究推上了一个新的高度。然而,这些研究大都忽视"狂人"的建构过程与生成机制这一核心命题。在《狂人日记》的解读史中,关于狂人的真狂与佯狂的论争,已经成为一桩众说纷纭的公案。这种关于真狂与佯狂的争论,在一定程度上将虚构人物与现实人物混同起来,借用对现实人物的诊断标准去分析小说中的虚构人物,忽视了所有这一人物本来就是作者虚构出来的,并不存在"真"与"佯"的问题。因此,真正的问题应该是作者为什么要将人物界定为"狂人",以及为什么要选择"狂人"进行叙述。也就是说,真正的问题应该是"狂人"是被如何建构起来的。

李今女士让人深受启发的研究表明,小序实际上包含着三个话语主体:余、大哥以及我。李今女士认为:"鲁迅在小序中蕴含的对于疯癫的这三种态度,赋予了狂人多重形象的特征,先在地暗示了狂人日记文本的多重属性。"②而笔者进一步认为,从小序与正文对"狂人"疯狂与否的截然对立的判断,可以看出作者认为"狂人"并不是一个既定事实,而是被这三个话语主体建构起来的。他们各自寓示着"狂人"生成的不同层面。在个体层面,"狂人"的诞生源于"我"对自己身体的自觉,因为这种身体自觉与众人的麻木形成鲜明对立而被人视为"狂人";在文化层面,"狂人"的身体自觉也触发了传统文化的排

---

① 王学谦:《〈狂人日记〉与鲁迅文学的生命结构》(一、二、三),连载于《鲁迅研究月刊》2007年第6、7期与2008年第4期。

② 李今:《文本·历史与主题——〈狂人日记〉再细读》,《文学评论》2008年第3期。

斥机制,因其对传统文化形成挑战而被"大哥"称为"疯子";在小说修辞层面,"余"对"狂人"的"迫害狂"的界定与命名,无疑潜含着作者的修辞策略与修辞意图。通过"狂人"的多重生成建构,鲁迅直击常态—疯狂、身体—精神、历史—现实、社会—个体、言说—遮蔽等悖论式命题的结合部,从而使文本具有丰富的阐释空间。

1. 狂人的身体生成

毫无疑问,狂人之狂的基本原因是其害怕"被吃"所产生的恐惧。诚如众多研究者所指出的那样,这种"被吃"的恐惧,在原初意义上就是指身体上的"被吃"①。这种身体被吃的恐惧有其合理性,也有其乖谬性,②"他们会吃人,就未必不会吃我。"③由于吃人在当时是一个无法否认的事实,因此这一推断的前提无疑有其合理性,但他由此推断出"他们想要吃我了"④,则显出其乖谬性。李今女士对狂人推理的这种二重性分析,在一定程度上解决了所谓真狂与佯狂的论争,但她同样忽略了一个问题:为什么唯有"我"会产生"疯狂"的联想,并由此变得"疯狂"?

鲁迅曾在《灯下漫笔》中指出,中国文明的常态实际上"吃人—被吃"的循环:"自己被人吃,但也可以吃别人。一级一级地制驭着,不能动弹,也不想动弹了"⑤,最终使得"所谓中国的文明者,其实不过是安排给阔人享用的人肉的筵宴。所谓中国者,其实不过是安排这人肉的筵宴的厨房"⑥。这种"吃人"虽然是一种隐喻,但从这种"常态"中可以看出民众之间的疏离与冷漠,而这种疏离与冷漠的根基,则是彼此感受的不相通。在《〈呐喊〉自序》中,鲁迅开宗明义地指出:"凡是愚弱的国民,即使体格如何健全,如何茁壮,也只能做毫无意义的示众的材料和看客。"⑦对于这种麻木者而言,他人自然是与自己全

① 吴虞的《吃人与礼教》可以说是《狂人日记》的详尽注脚,它以本来意义上的"吃人"为例证来揭示礼教"吃人",从而沟通了身体—精神"被吃"的联系。见 1919 年 11 月《新青年》6 卷 6 号。

② 参见李今:《文本·历史与主题——〈狂人日记〉再细读》,《文学评论》2008 年第 3 期。

③ 鲁迅:《狂人日记》,见《鲁迅全集》第 1 卷,第 446 页。

④ 鲁迅:《狂人日记》,见《鲁迅全集》第 1 卷,第 447 页。

⑤ 鲁迅:《灯下漫笔》,见《鲁迅全集》第 1 卷,第 227 页。

⑥ 鲁迅:《灯下漫笔》,见《鲁迅全集》第 1 卷,第 228 页。

⑦ 鲁迅:《狂人日记》,见《鲁迅全集》第 1 卷,第 439 页。

然无关的他者,就连他们自身的命运,他们也并未表现出特别的敏感与关注,"死的说'阿呀',活的高兴着"①。这种身体—精神的双重麻木使得无论看者还是被看者都将"吃—被吃"视为理所当然的真理。

"狂人"之狂,无疑就是对这种"常态"的麻木的拒绝,"他们会吃人,就未必不会吃我"的推理无疑是将被吃者的命运作为所有中国人的共同命运予以体验与承担,将他人与自己视为一个生命统一体的不同份子,从而产生一种危机感。当整个社会还存在"吃人"的事实的时候,"被吃"尽管是一种概率极低的偶然,但依旧是一种无法回避的事实。在这一语境中,所谓的正常人就是对"被吃者"漠不关心的同时心存侥幸,认为自己不可能成为"被吃者"的人。正是这种让人保持常态的侥幸心理,使得所有人忽视了别人,也忽视了自己,将"牺牲"与幸免都当成"偶然"。在这种偶然的支配下,人降格为物质化的存在,而不是本体性的存在。自己与他人的身体,都成为命运的支配物,而不是人自己的支配物。但狂人却由被吃的人联想到了自己,产生可能被吃的恐慌,打破传统的麻木与侥幸心态,从而恢复了身体的属己性与本体性地位。

如果仅仅是由人及己,害怕并拒绝被吃,"我"还可以引历史伟人为同道,而不是成为"狂人"。刘邦的"大丈夫当如是也"与项羽的"彼可取而代之",无疑为仅仅不愿被吃而甘于吃人的人指明了出路,中国历史实际上也就是这种"被吃—吃人"的轮回演变。狂人的狂不仅在于他不甘于被吃,同样由己及人,不甘于吃人,甚至尝试劝转"吃人的人"。

这种由人及己与由己及人的循环,使得狂人脱离了一方面被吃一方面吃人的传统位置,成为传统食物链之外的"唯一者"。在所有人都将"吃—被吃"视为常态的社会中,这种断裂无疑是一种彻底的自我孤立。然而,作为传统的一份子,"我"也有着"四千年吃人履历",难以与传统实现完全割舍。这种不可能与民族历史完全隔离的自我孤立以及试图以个体之身承担整个民族的命运的"狂妄",使得"我"成为"狂人"。

"中国之治,理想在不撄……有人撄人,或有人得撄者,为帝大禁"②,而"不撄人心,则必先自致槁木之心"③。通过自致槁木之心,本体性的身体被异

---

① 鲁迅:《六十五　暴君的臣民》,见《鲁迅全集》第 1 卷,第 384 页。
② 鲁迅:《摩罗诗力说》,见《鲁迅全集》第 1 卷,第 70 页。
③ 鲁迅:《摩罗诗力说》,见《鲁迅全集》第 1 卷,第 69 页。

化为物质性的他者,无论自己的身体还是他人的身体,都不具备任何本体意义,从而使得大家对"吃—被吃"熟视无睹。而要想实现人的"进化",成为"真的人",就必须扭转身体的异化程序,恢复身体的本体性地位,不仅感受到自己身体的境遇,同时体验到他人身体的命运。狂人之所以疯狂,从根本的意义上讲就是因为其在感性上对"被吃"的真切恐惧。这种复活了的本体性的身体感受,使得他将他人的命运当成自己的命运进行体验与承担。这种感受力的觉醒,才是民族更新的希望之所在。"感受能力的培养是时代最急迫的需要,这不仅因为它是一种改善对人生洞察力的手段,而且因为它本身就会唤起洞察力的改善。"①然而,在独特的历史语境中,狂人作为"富有感受性的人","更深切地体会到他的类(种族)的不幸和它的屈辱"②,但当他试图以一身承担整个民族与整个历史的重负时,这种巨大的反差却使得他走向"疯狂"。

2. 狂人的文化生成

"狂人"之"狂"不仅来自于对于现实层面他者"被吃"命运的感同身受,而且来自于对"仁义道德"的制度化"吃人"的历史性发现。在狂人劝转大哥的"错杂无伦次"的话语中,简要地勾勒了中国的"吃人"小史:

> 易牙蒸了他的儿子,给桀纣吃,还是一直从前的事。谁晓得从盘古开辟天地以后,一直吃到易牙的儿子;从易牙的儿子,一直吃到徐锡林;从徐锡林,又一直吃到狼子村捉住的人。去年城里杀了犯人,还有一个生痨病的人,用馒头蘸血舐。③

这一"吃人"小史不仅极为简要地勾勒出了历史上现实层面不同的吃人类型,同时也勾勒出个案化的吃人与制度化的吃人、本义上的吃人与引申义上的吃人之间的密切联系。通过传统文化的阐释机制,这种现实层面的吃人被纳入合理化与合法性的历史进程,成为人们熟视无睹的被"仁义道德"遮蔽的"非存在"。

易牙蒸儿子给主子吃,是一种主动的献媚,而卫兵吃徐锡林,则是一种被动的复仇;二者表面上似乎有很大不同,在实质上都折射出吃人与政治权力之间的关系。他们的"吃人"都可以纳入"忠"的阐释体系。在被打上"忠"这种

---

① [德]席勒:《美育书简》,徐恒醇译,中国文联出版公司 1984 年版(下同),第 60—61 页。
② [德]席勒:《美育书简》,第 63 页。
③ 鲁迅:《狂人日记》,见《鲁迅全集》第 1 卷,第 452 页。

封建社会最高价值标准的烙印之后，"易子而食"等行为也便完全符合社会规范，获得了"大哥"的肯定。

如果说易牙蒸子与卫兵吃人，可以说是一种"官方"的吃人的话，狼子村则是一种"民间"的"吃人"。前者由"忠—奸"这一最高官方价值标准来论证吃人的合法性，后者则以"善—恶"这一民间伦理判断来阐释其合理性。作为传统知识分子代表的大哥，就曾说对于恶人，"不但该杀，还当'食肉寝皮'"①。通过将被吃者加上"疯子""恶人"之类的谥号，吃者将被吃者打入另类，使其成为他者甚至非人，这样也就使得吃者心安理得，吃了之后"不但太平无事，怕还会有人见情"②。

用人血馒头治痨病，无疑则是知识体系的吃人。"人肉可以煎吃"，割股可以疗亲，"用馒头蘸血舐"可以治痨病等说法，由于披上了医学外衣，其合理性也就似乎有了知识学证据。然而，这种所谓的知识，不过是民间道教信仰的一种变形。而吃恶人的心肝"可以壮壮胆子"③的民间信仰，更流露出带有"交感巫术"色彩的道教的影响。鲁迅曾直指"中国根柢全在道教"④。这种融儒家伦理、现世享受以及巫术遗风于一体的民间信仰，左右着绝大多数民众的认识，也正因为这种民间信仰，使得民间对"吃人"习以为常。

"狂人"发现了个案的"吃人"与文化机制之间的内在联系，由此引发对整个"仁义道德"的质疑。这种质疑无疑可能动摇传统社会稳定的根基，因此必然引发传统文化的反制。在任何时代任何社会，都有一套维持其自身稳定的文化机制。《狂人日记》通过"我"的境遇，揭示了传统文化的种种伎俩。无面目的"他"曾试图以"没有的事"⑤来隐瞒真相，在未能说服"我"之后，则试图以"从来如此"⑥的历史权威来论证自己的合法性。但在"我"的"从来如此，便对么？"⑦的质疑中，这种不证自明的权威也失效了。最后，还是凭借"大

---

①　鲁迅：《狂人日记》，见《鲁迅全集》第1卷，第449页。

②　鲁迅：《狂人日记》，见《鲁迅全集》第1卷，第453页。

③　鲁迅：《狂人日记》，见《鲁迅全集》第1卷，第446页。

④　鲁迅：《180820致许寿裳》，见《鲁迅全集》第11卷，第365页。

⑤　鲁迅：《狂人日记》，见《鲁迅全集》第1卷，第450页。

⑥　鲁迅：《狂人日记》，见《鲁迅全集》第1卷，第451页。

⑦　鲁迅：《狂人日记》，见《鲁迅全集》第1卷，第451页。

哥"一句"疯子有什么好看！"①消解了"狂人"的全部话语的合法性。"其人既是疯子，议论当然是疯话，没有价值的了"②。

由此可以看出，疯狂并不是一种单纯的病理界定，更是一种文化界定。在这一界定中，通常并不是所谓的理性充当裁判者，而是话语权力充当裁判者。因此，尽管"狂人""凡事总须研究，才会明白"③的理性方法与"从来如此，便对么？"的怀疑精神，与现代理性有着更密切的联系，但"从来如此"的历史却始终占据着阐释了权威地位。在这种不证自明的历史权威面前，"你说便是你错！"④通过将其界定为"疯子"，"常态"的权威话语消解与遮蔽了其言论的合法性与意义，从而实现维护社会的"正常"与稳定的使命。

3. 狂人的修辞生成

尽管狂人对"从来如此"的质疑充满理性精神，但这种对传统"仁义道德"的全盘否定却也引发了他的认同焦虑。因为他也是传统中的一员，未尝不曾在无意中也吃过人。因此，"有了四千年吃人履历的我"⑤产生深重的原罪感，并由此对自己的行为产生深刻的质疑，"难见真的人"。这种认同焦虑不仅出现在"狂人"那里，在对"中国人尚是食人民族"这一真相"知者尚寥寥"⑥的语境中，同样也可能出现在读者那里。过于拉近叙述者与读者之间的距离，可能引发读者的认同焦虑。在这里，鲁迅通过选择"狂人"这一不可靠叙述者作为主叙述层的叙述者进行叙述，纾缓了读者的认同焦虑。通过"狂人"的修辞构成，鲁迅设置了一个复杂的修辞迷宫。

诚如众多研究者指出的，小说的文言序文与白话正文之间，存在一系列平行对应结构：文言文——旧价值体系——社会总体状态——常态；白话文——新价值体系——个体生存状态——疯狂。而这种对立的核心就是关于"狂人"的界定与命名。小说中主叙述层的"我"并不认为自己"发疯"了，反而认为大哥说我"疯"不过是一种"吃人"的策略："我又懂得一件他们的巧妙了。

---

① 鲁迅：《狂人日记》，见《鲁迅全集》第 1 卷，第 453 页。
② 鲁迅：《补白》，见《鲁迅全集》第 3 卷，第 111 页。
③ 鲁迅：《狂人日记》，见《鲁迅全集》第 1 卷，第 447 页。
④ 鲁迅：《狂人日记》，见《鲁迅全集》第 1 卷，第 451 页。
⑤ 鲁迅：《狂人日记》，见《鲁迅全集》第 1 卷，第 454 页。
⑥ 鲁迅：《180820 致许寿裳》，见《鲁迅全集》第 11 卷，第 365 页。

他们岂但不肯改，而且早已布置；预备下一个疯子的名目罩上我。将来吃了，不但太平无事，怕还会有人见情。"这都是他们"吃人"的老谱。① 而超叙述层的"余"则以一个权威鉴定者的眼光"科学"地界定日记主人是"迫害狂"。这种相互冲突的界定，使得两个不可靠叙述者相互质疑，进行一种错位的对话。

詹姆逊·费伦通过自己的研究丰富与发展了 W.C.布斯的"不可靠叙述"理论，划出了"不可靠叙述"包含三种类型："发生在事实/事件轴上的不可靠报道，发生在伦理/评价轴上的不可靠评价，发生在知识/感知轴上的不可靠解读"②。就第三个向度而言，笔者认为可以更准确地界定与"情感/体验轴"也就是叙述者与隐含作者在情感反映方面的不一致，由此与人类心理的三个向度知、情、意形成对应。这三个向度的不可靠并不同时呈现于一个叙述过程之中，而经常是某一向度的不可靠与其他向度的可靠交织在一起。这种可靠—不可靠的多重交织，构成了"不可靠叙述"的复杂性，也使得"不可靠叙述"呈现出疏远与拉近③两种不同的修辞效果。鲁迅对正文与小序中两位不可靠叙述者的态度，表现出明显的差异。正是通过对不可靠叙述者与读者之间的距离的调节，鲁迅在纾缓读者的认同焦虑的同时，使"吃人"成为读者可能深思的"发现"。

在主叙述层，"狂人"的不可靠主要表现在"事实/事件轴"，也就是说，狂人对于现实中发生的事件的报道是不可靠的。如他将医生当成刽子手、将易牙蒸子说成是献给桀纣等明显与事实背离。但是在"伦理/评价轴"与"情感/体验轴"方面，"我"不仅与隐含作者极为一致，而且也试图与隐含读者保持一致，力图实现一种"可靠叙述"。无论是"吃人"的发现，还是对"从来如此"的深刻质疑，抑或是对"我"也吃过人的深刻反思，都可以直接解读为隐含

---

① 关于"狂人日记"的标题，小序中称是"狂人"病愈后自题，由此也可以认为，"我"自己在清醒后也认为自己是"狂人"，但从未承认自己是"疯子"。由此可以认为，在"我"心目中，"狂人"与"疯子"的内涵并不相同。关于"狂"的多义性，也可以参见李今女士的论文。另外，耿济之将果戈理的"同名小说"译为《疯人日记》（载1921年1月10日《小说月报》12卷1期）。一字之差，或可看出鲁迅对"狂"字的深层理解。

② ［美］詹姆斯·费伦、玛丽·帕特里夏·玛汀：《威茅斯经验：同故事叙述、不可靠性、伦理与〈人约黄昏后〉》，见戴卫·赫尔曼主编：《新叙事学》，马海良译，北京大学出版社2002年版（下同），第42页。

③ 参见申丹《叙事、文本与潜文本》，北京大学出版社2009年版（下同），第64页。

作者的观点。而"救救孩子"的呐喊,更是对隐含读者的直接召唤。

与主叙述层中的"我"相反,超叙述层中的"余"则在事实轴上比较可靠。这位有着现代医学背景的人,以专家的口吻判定"我"是"迫害狂",并且以专家的眼光,冷静地说明自己"撮录"日记的目的是"供医家研究"。但"余"却并不是一位完全可靠的叙述者。首先,在事实/事件轴上,他并没有实录,而是进行选择性的"撮录"与改写,由此形成对"狂人"话语的遮蔽与改造;其次,在"伦理/评价轴"上,与"余"的"现代"科学意识一同出现的,是"余"以一种"前现代"的语言体系对"狂人日记"作出"前现代"的价值判断,得出这一日记"多荒唐之言"的结论;最后,在"情感/体验轴"上,"余"以"供医家研究"的冷静观照"我""救救孩子"的热情,表现出一种鲜明的对照。

这种不同类型的不可靠叙述,潜含着作者对叙述者与读者之间的距离进行调控的意图。在主叙述层,虽然"我"对事实的报道不够可靠,但"我"可靠的价值判断与可靠的情感反应,明显拉近了"我"与读者的距离。而超叙述层的"余"则相反,冷静客观的事实报道与情感反应,加上不可靠的价值判断,使得"余"与读者之间的距离被拉大。这种"拉近型"与"疏远型""不可靠叙述"在同一文本中出现,凸显出鲁迅对"狂人"的选择与命名背后的修辞意图。

在主叙述层,理性鲁迅通过"我"的"拉近型""不可靠叙述",希望读者对"仁义道德""吃人"这一惊人发现进行反思,同时呼应"救救孩子"这一深切呐喊。然而,"我"的"被吃"恐慌与"吃人履历"却也可能引发读者的认同焦虑。因此,鲁迅通过超叙述层的"余"的"狂人"命名,纾缓读者的认同焦虑,使其不需要"对号入座",将自己视为"吃人者"或"被吃者"。

因此,超叙述层的"余"的"迫害狂"界定在遮蔽意义的同时,也生产意义。"余"虽然在一定程度上消解了"我"的言说的合理性,但与此同时,也为"我"提供了言说的空间与可能性。在"大哥"看来,"我"的话都是"疯话",只是一种"笑料"。而"余"则以"科学"眼光审视后,发现"间亦有略具联络者"①,可"供医家研究",从而使狂人话语打破被全然遮蔽的状态,为疯狂与理性之间的对话提供了可能。狂人的言说"打断了世界的时间","造成了一个不可弥

---

① 鲁迅:《狂人日记》,见《鲁迅全集》第 1 卷,第 444 页。

合的缺口,迫使世界对自己提出质疑"①。

通过狂人的多重生成,鲁迅揭示了"常态—疯狂"这一对立中所蕴含的一系列悖论式命题的复杂意味。狂人的身体生成凸显出狂人的身体自觉与被吃焦虑,同时反衬出国民的麻木与冷漠,他们无论是对自己的被吃还是他人的被吃都无动于衷熟视无睹。在众人的麻木冷漠的眼中,狂人的敏感多疑自然成为疯狂。狂人的文化生成则揭示出传统文化的运行机制:当"没有的事"的"瞒"与"从来如此"的"骗"难以施其效用的时候,"疯子有什么好看"这类妖魔化手段就成为文化压制的最后手段。而狂人的修辞生成则为振聋发聩的真相的揭示提供了一条安全通道。狂人的命名使"狂人"的"疯言疯语"获得与理性进行对话的可能。狂人这种悖论式的生成过程,折射出鲁迅的身体意识、文化观念、修辞策略,多向度地丰富了《狂人日记》的主题意蕴,使其成为一个具有无限可能性的文本。

三、中国现代癫狂叙事的修辞策略与认同困境

作为由理性建构出来的"他者",对癫狂的界定潜含着两个前提:理性与非理性的对立以及社会与个体的对立,癫狂始终是群体对个体的一种"理性"判断。因此,对癫狂的界定包含着知识—权力的双重性,从而使其潜含着一种以数量置换性质的危机,也就是公众的判断可能以其数量优势或权力优势而不是以"理性"优势获得其话语权威。这种趋向在现代精神病学确立以前,更是如此。② 中国古代的"狂泉"寓言正是这种潜在矛盾的生动说明。而文学对癫狂的叙述,则使癫狂获得了另一种身份:情感载体。任何叙事中的癫狂都不是一个纯粹的客体,它必然经过作者的理性反思与情感浸润才可能进入叙事。也就是说,叙事中的癫狂是经过理性转述的带有作者情感判断的癫狂。这种理性对癫狂的转述潜含着一种内在的、不可消解的矛盾:癫狂叙事一方面使癫狂打破了被理性全然遮蔽的状态,使癫狂得以展现;但另一方面癫狂不可能不被理性过滤、改造与扭曲,从而成为另一种意义上的遮蔽。这种叙事中展现一

① ［法］米歇尔·福柯:《疯癫与文明》,刘北成、杨远婴译,生活·读书·新知三联书店1999年版(下同),第269页。

② 哪怕是在精神病学确立以后,关于精神病的界定也不仅仅是一个"知识"范畴,同样还是一个社会学甚至政治学范畴。中国当下种种现实为福柯的"知识—权力"理论不断做着注脚。

遮蔽的内在矛盾,融合癫狂自身具有的社会—个体、理性—非理性的同位结构,使得癫狂成为叙事中的一个"黑洞":在故事层面,关于癫狂的界定与命名包含着理性—非理性的认识判断以及个体认同—社会认同的价值判断;而在叙述层面,对于癫狂的修辞则包含着作者对癫狂的情感态度与理性反思。这种叙述对象与叙述行为的含混性,使得癫狂叙事具有丰富的修辞空间与阐释空间。

由于癫狂含义的丰富性,在中国传统叙事中,它一直就是一个重要的母题。从《论语·微子篇》中的楚狂接舆到《庄子·人间世》中的楚狂接舆,从《世说新语·任诞》中与猪同饮的阮氏族人到《红楼梦》中"有时似傻如狂"的贾宝玉,从现实中的"张颠"(张旭)、"米颠"(米芾)到传说中的"济颠"(济公和尚),癫狂叙事为传统文化描上稀散却引人注目的异类色彩。由于传统文化的特色,传统癫狂叙事表现出神秘性、超越性以及补充性等特征。传统医学从《黄帝内经》的"狂疾之始发,少卧而不饥,自高贤也,自辩智也,自倨贵也,妄笑好歌乐,妄行不休是也。癫疾始发,意不乐,僵仆直视"到清代唐容川《血证论》的"语言错乱为癫……怒骂飞走为狂"[1],一直是从外部言行来进行癫狂界定。这种方式不可能有效解释癫狂发生的原因。因此,在传统文化中,癫狂常常与某种神秘的"天意"联系在一起,并因其不同流俗而被赋予某种否定世俗功利的超越性。《红楼梦》中无论是代表民间的癫头和尚与跛足道人还是代表"新人"的贾宝玉的癫狂,无疑都是这种神秘性与超越性的体现。然而,在传统文化"重点在揭示对立项双方的补充、渗透和运动推移以取得事物或系统的动态平衡和相对稳定,而不在强调概念或事物的斗争成毁或不可相容"[2]的"互补辩证法"中,癫狂也被纳入"理"的范畴,孔子的"狂者进取,狷者有所不为"[3]成为关于癫狂的经典表述,癫狂只是作为"理"的一种补充物存在,从未对"理"形成正面挑战。

这种癫狂界定的混沌性也使得传统癫狂叙事也呈现出一种混沌状态,在传统癫狂叙事中,癫狂中的理性—非理性、个体—社会以及叙事中的情感—认知、遮蔽—敞开,并没有形成一种截然对立,而是融合在一起,作者与癫狂主体

---

① 转引自乔玉川编《精神分裂症治验录》,重庆出版社 1982 年版,第 3—4 页。

② 李泽厚:《中国思想史论》(上),安徽文艺出版社 1999 年版,第 308 页。

③ 《论语正义·子路第十三》,《诸子集成》(1),上海书店出版社 1986 年版,第 294 页。

都没有产生认同焦虑。随着西方文化与文学思潮的冲击下,以科学与民主为代表的现代意识进入并主导现代癫狂叙事,癫狂叙事由此出现现代转型。

以《狂人日记》为原点的现代癫狂叙事,经由周作人、冰心、沈从文、张爱玲与路翎等人的开掘与发展,从总体上表现出与传统癫狂叙事全然不同的风貌。首先,由于现代科学意识的指导,癫狂不再是一种含混的生活概念,而是一种现代医学判断,成为一种可以进行"科学验证"的精神疾患。这种科学性解构了癫狂的神秘性,而作家们对癫狂难以适应现实生活的正视,则消解了癫狂的超越性。在这种科学精神与现实关怀的指引下,作家们更深入地思考了癫狂产生的原因,由此对传统文化、社会现实以至于理性本身产生深刻的质疑,癫狂不再是理性的补充,而是一种对理性的质疑与颠覆。这种科学性、现实性与解构性标志着癫狂观念由"二元互补"转向"二元对立"。而癫狂观念的转变,也使得癫狂叙事由传统的混沌与和谐转向了焦虑与对抗,作者在对癫狂的情感与理性的认同与否定之间陷入两难。在传统癫狂叙事中,作者—叙述者—人物之间存在一种知—情—意三个层面的认同混沌,而现代癫狂叙事中的"二元对立",使得作者—叙述者—人物之间的认同出现深层错位,由此造成了现代癫狂叙事①的修辞困境。而这种修辞困境,在根本上折射出现代主体的认同焦虑。

由于现代癫狂叙事的独特性,这一现象很早就获得了众多研究者的关注,尤其是鲁迅的相关作品,得到了非常深入的研究。近年来,对沈从文、路翎、张爱玲等涉及癫狂叙事的研究也逐渐增多,并出现了对现代文学癫狂叙事进行系统梳理的论文。然而,这些研究大多从癫狂的文化意味与主题意蕴入手,对癫狂叙事的修辞策略关注不够,同时也存在癫狂的界定进行人为泛化的倾向。尽管癫狂并不是一个严谨的科学术语,不同叙述者对其有不同的理解与界定,但这种作者(或叙述者)的界定(也就是叙述者认为人物处于"癫""疯""狂"的状态,而不是研究者认为他们处于"癫""疯""狂"的状态),应该是研究的起点与前提。正是这种作者(或叙述者)将人物界定为"癫子""疯子""狂人"

---

①　现代癫狂叙事主要有两种形态,一种癫狂者是故事的人物,如《长明灯》、《金锁记》等;另一种则是癫狂者是叙述者兼人物,如《狂人日记》、《地下的笑声》等。因为本文重点在于论述作者对癫狂人物的修辞处理,因此对癫狂叙事并未进行细致区分。无论哪种形态,作者对癫狂人物这一"不可靠"对象的处理,都构成一种复杂的修辞命题。

的修辞行为,潜含着作者的修辞目的。通过不同的修辞策略,现代癫狂叙事对理性—非理性、个体—社会、文化—权力、遮蔽—敞开、认同—否定之间的复杂关系进行深层次探讨,多向度展现了现代个体的认同焦虑及其深层困境。无论如何,选择癫狂者这一"不可靠"的独特人物作为叙事主角,必然体现出作者对这一现象的独特意识。他们的修辞困境与认同焦虑,不仅是个体的命运,在一定程度上更是整个民族的集体命运。

1. 意义悬置:寓言修辞与文化认同的悖论

1918年5月,鲁迅的《狂人日记》开启现代癫狂叙事的大幕。这篇据作者所称"仰仗的全在先前看过的百来篇外国作品和一点医学上的知识"①创作出来的作品,以其鲜明的现代特色,确立了现代癫狂叙事的基调:叙述对象的科学色彩与叙述资源的西方影响。由于作者对现代医学,尤其是现代心理学与精神病学知识的熟悉与了解,使得作者对"迫害狂"的深层心理的揭示,打上了现代医学的烙印。这种科学意识,消解了传统癫狂的神秘性。而对现实的反思,则使癫狂不再囿于传统的"互补辩证法"。正是通过对传统文化的全盘否定与解构,癫狂的寓言修辞得以产生。

《狂人日记》的寓言化修辞中,"陈年流水簿子"与写满"仁义道德"的历史,无疑是对传统文化的整体性隐喻。而"吃人"的发现,则是一种整体性否定的隐喻。这种整体否定思潮,通过吴虞的《吃人与礼教》(载《新青年》第6卷第6号)获得了学理性的支持,而更多的作家则是模仿《狂人日记》,通过癫狂的寓言化叙事,加入到解构传统文化的行列。署名K.S的《狂人话》可以明显看出与《狂人日记》的血缘关系:"恶狗村"与"赵家的狗","杀人的地方"与"吃人","极乐园"与"将来的人","小孩子"的"很厉害的眼睛"与"小孩子"的铁青的脸……与《狂人日记》的悲怆与绝望相比,《狂人话》加入了乐观情调,这位狂人以自己的美梦对抗"沉寂、悽惨、可怨、而又黑暗"②的夜的侵袭,以疯狂否定麻木。周作人写于1922年的不多见的虚构作品《真的疯人日记》同样继承了《狂人日记》的整体性思维,以假托的"德谟德斯坡谛恩"影射当时的中国,在这个"世界上最古,而且是,最好的国"里,"各人的祖先差不多都曾

---

① 鲁迅:《我怎么做起小说来》,见《鲁迅全集》第4卷,第526页。
② K.S.:《狂人话》,《民国时报·觉悟》1922年3月2日。

经做过一任皇帝",每个"平民"因此都是"便衣的皇帝",①都试图行使皇帝的权威。这种古国国民心态凸显了传统礼教文化的深远影响。而以"满蕴着温柔,微带着忧愁,欲语又停留"②风格著称的冰心,1922年也创作出晦涩的《疯人笔记》。这篇犹如梦呓的作品,以寓言方式讲述了一个极为简单的故事:一位在人世间补了五十万年鞋子的"疯人"感悟到,失去爱也就意味着失去生机与生命。小说中"白的他"与"黑的他",不仅在社会层面形成一种对立,王子——乞丐,高贵——卑微;而且在个体层面象征另一种对立,爱——恨,灵——肉,超我——本我。但他们在这个聪明人占据的尘世上都难以生存,"'黑的他'是被你们逼死的,'白的他'是被你们逼走的"。③ 而疯人自己,也在这五十万年亘古不变的尘世间,为抗拒世人的同化而陷入绝对的孤独。这种缺乏"爱"的判断,潜含着冰心对传统文化致命缺陷的认知。

《狂人日记》等寓言化的癫狂叙事从不同的角度揭示了传统文化的荒谬本质。而《狂人日记》的姐妹篇《长明灯》则展现了传统文化运行机制的荒谬与残暴。

癫狂不仅可以表现为言语,而且可以表现为行动。因此,社会对癫狂的调控也就必然表现出文化调控与暴力调控的双重性。癫狂不仅意味着个体与社会之间的观念冲突,而且意味着二者之间的动作冲突。一旦这种观念冲突转化为行动,社会也就必然显示出其暴力的一面。《狂人日记》中"救救孩子"的呐喊,可以用一句"疯子有什么好看"④轻轻抹杀,而《长明灯》中"我放火"的行动宣言却难以用谎言遮蔽。由此,《长明灯》由"吃人"转向"如何吃人",展现了社会对疯子的暴力调控。在《长明灯》中,鲁迅通过各种话语权力对"疯子"进行的"缺席判决",深刻揭示了封建礼教运行机制的残暴与荒谬。在这一文化体制中,绅士为了霸占"疯子"的财产,庸众则为了维护虚幻的"信仰",实现了某种共谋,共同完成对"疯子"的审判。"疯"的判决取消了其思想与言说的合理性,同时取消了个体意志的有效性,从而使四爷可以任意阐释"他

---

① 周作人:《真的疯人日记》,见钟叔河编:《周作人文类编·中国气味》,湖南文艺出版社1998年版(下同),第201页。

② 冰心:《诗的女神》,见《冰心全集》(1),海峡文艺出版社1994年版(下同),第313页。

③ 冰心:《疯人笔记》,见《冰心全集》(1),第410页。

④ 鲁迅:《狂人日记》,见《鲁迅全集》第1卷,第453页。

者"的意志。为了侵占"疯子"的房产,他以"继承香火"的美名,将遥遥无期的六顺的第二个儿子过继给"疯子","疯子"本人的意志则因不能完成承继香火的使命而被忽略不计。通过"疯子"的命运,鲁迅不仅揭示了封建礼教的"吃人"机制:以众虐寡,以"理"杀人;而且揭示了封建礼教的内在矛盾:绅士与庸众对"理"的理解貌合神离。当庸众愚昧而真诚地信仰传统的时候,绅士则为了自己的私利利用民众与传统。通过将各种权力迫害"疯子"的场景推上前台,鲁迅不动声色地将封建礼教"吃人机制"的荒唐可笑演示给人看。

然而,尽管这种寓言化修辞通过狂人揭示了传统文化的荒谬与残暴,但选择狂人与疯子进行叙述,无疑已经潜含着一种文化认同的困境:作为本身就是狂人生存根基的传统文化,是否应该被全盘否定?是否可能被全盘否定?在这一沉重命题之下,作者选择癫狂进行叙述,也就是作者为纾缓由这种全盘否定引发的文化认同焦虑而采用的修辞策略。疯子与狂人的命名,不仅是在作者认同与读者认同之间设置的一种缓冲机制,而且是作者自身在文化认同方面的犹疑态度的体现。

对于狂人与疯子而言,是否应该全盘反传统似乎是不言自明的事。对于"狂人"而言,要想成为一个正常的人,首先自然是停止"人吃人"的循环。对于"疯子"而言,要想没有"猪嘴瘟",就要吹熄长明灯。然而,对于作者而言,是否应该全盘反传统,是否可能全盘反传统,始终心存疑虑。首先,无论是狂人还是疯子,都负有一种文化原罪。狂人在劝转大哥时发现自己也有"四千年吃人履历",疯子的祖先则也在修社庙时捐过钱。这种文化原罪,使他们的言行在旁人眼中失去了正当性。这种正当性的先天不足,也导致了全盘反传统的现实困境。在狂人、疯子的孤独背后,是成千上万的"常人"。由于他们之间无法沟通,因此二者之间悬殊的力量对比,也就成为癫狂的永恒宿命。没有现实的民众基础,无论是"救救孩子"的呐喊,还是"我放火"的宣言,都只能是一种姿态的宣示,难以取得实际效果。更重要的是,尽管狂人与疯子试图全盘否定传统文化,却其思维方式却与传统思维方式具有同一性。《狂人日记》中狂人的满本"吃人",与传统说的满本"仁义道德",都是以全称判断取代特称判断。《长明灯》中相信"那灯一灭,这里就要变海,我们都要变泥鳅"①的

---

① 鲁迅:《长明灯》,见《鲁迅全集》第 2 卷,第 61 页。

民众尽管比疯子的"熄了就没有蝗虫"显得更为荒诞不经,但二者都是以论断代替论证,他们的断言都是基于一种缥缈的信念而不是现实。这种思想内容上反传统与思维方式上延续传统的矛盾,凸显出全盘反传统的深层困境。

由此,关于狂人与疯子的命名,也就成为一种意义"悬置"①机制。也就是说,对于狂人是否说出了真理,最终判断权在读者那里。如果读者觉得狂人的话对,自然可以将狂人视为"佯狂";而如果觉得狂人的话不对,则可以将这种谬误归咎于癫狂。通过这一机制,作家们将判断全盘反传统的价值的最终决定权交给了读者,从而缓解了文化认同方面的焦虑,解决了全盘反传统导致的修辞难题。

这种癫狂的寓言修辞虽然在五四时期,通过癫狂造成"一个不可弥合的缺口,迫使世界对自己提出质疑"②,使人们"对设定为不言自明的公理提出疑问,动摇人们的心理习惯,他们的行为方式和思维方式"③,产生了巨大反响,但随着时代命题的转移以及对传统文化认识的深入,全盘反传统的"呓语狂言"逐渐沉寂。

2. 话语代理:诗意修辞与审美认同的边界

现代癫狂叙事的寓言化修辞指向了传统文化,而现代癫狂叙事的诗意修辞则主要将矛头指向了这种文化所导致的恶果。"中国文化的等级机制和道德理性的严密控制,使中国人的生命力在人格化方面趋于无限萎缩,这使整个民族的生命态失去了蓬勃的活力和创造力,因而它也就必然造成人格、意志和道德意识的全面萎缩。"④孔颜的安贫乐道蜕变成阿Q的精神胜利,礼教的道德规范蜕变成四爷的唯利是图,实用理性与现实功利成为生活的主宰。在这种背景中,癫狂那种不同流俗的独特气质获得了重视。早在1903年,匪石的《元》就将癫、疯、痴、狂视为"思想极到"⑤的表现。1908年,鲁迅在《摩罗诗力说》中盛赞负"狂人"之名的"精神界之战士"⑥雪莱。而傅斯年在《一段疯话》

①　《狂人日记》的小序正是这种意义悬置的形式化。
②　[法]米歇尔·福柯:《疯癫与文明》,第269页。
③　《权力的眼睛——福柯访谈录》,严锋译,上海人民出版社1997年版(下同),第147页。
④　徐麟:《鲁迅中期思想研究》,湖南师范大学出版社1997年版,第156页。
⑤　匪石:《元》,《浙江潮》1903年第8期。
⑥　鲁迅:《摩罗诗力说》,《鲁迅全集》第1卷,人民文学出版社2005年版,第87页。

中也对《狂人日记》中的"狂人"进行诗意解读:"中国现在的世界,真是沉闷寂灭到极点了;其原因确是疯子太少。疯子能改换社会,非疯子头脑太清楚了,心里忘不了得失,忘不了能不能,就不免随着社会的潮流,滚来滚去",因此呼吁"我们带着孩子,跟着疯子走,——走向光明去"①。

这种诗意解读无疑凸显出了癫狂的浪漫气质,凸显出癫狂不同凡俗的言行的审美品质。这种审美品质无疑是对实用人格的一种彻底颠覆。部分现代作家不仅发现而且张扬了癫狂人格对庸俗实用人格的解构力量,由此唱出癫狂的诗意赞歌。

1920 年,郭沫若在诗剧《湘累》中率先唱起"狂人"赞歌。言语"疯癫识倒""精神太错乱了"的狂人屈原,将怒火投向这个"见了凤凰要说是鸡,见了麒麟要说是驴马"②的浊世,力图在创造中实现生命的飞扬,唱出了一曲生命力的狂歌。"狂飙"运动的主将高长虹更为鲜明地张起"狂人"之旗。"庸人于其所不和,则谓之狂,你真是庸人呵!我最大的希求,便是远离你们而达于狂人之胜境。"③这种狂放人格与庸俗实用人格形成鲜明的对立。凌叔华写于1928 年的《疯了的诗人》则塑造了一种狂逸人格。主人公回家看望病中的妻子,却和妻子一起染上了"疯病",在后花园与小狗交朋友,与小猫赏明月,养育蝴蝶来美化生活。尽管世人叹息他们发疯了,而他们却悠然自得,以回归自然的童心、真心来对抗人世间的冷眼、白眼。无论狂放人格还是狂逸人格,癫狂的诗意修辞关注的都是审美人格对现实功利的超越与解构。

这种对疯狂的诗意赞赏带有明显的"佯狂"性质,叙述者与癫狂人物之间并没有不可逾越的距离,叙述者因此也便可以用"我本楚狂人"姿态进行"自言"。而对于试图从原始"癫狂"中挖掘改造"阉寺性"人格的因子的沈从文而言,却面临着一个重要的修辞难题:在现代的理性世界里,癫狂者不能言说自身。因此他不得不为癫狂寻找一个代言者。而这种理性的代言,也从深层展现了癫狂叙事的审美认同的困境。

"对于沈从文而言,'癫狂'这个词语指陈一种自然的态度、诗意的声音,

① 孟真(傅斯年):《一段疯话》,《新潮》第 1 卷第 4 号,1919 年 4 月。
② 郭沫若:《湘累》,见谢冕、钱理群主编:《百年中国文学经典》(1),北京大学出版社 1996 年版(下同),第 465 页。
③ 高长虹:《高长虹文集》(上),中国社会科学出版社 1989 年版,第 1 页。

藉此日常礼仪和情感方式得以逾越。"①《山鬼》中的"癫子"无疑就是这种追求自然适意的审美生活的代表。在小说中,叙述者虽然没有进入到癫子的内心世界,但大体介绍了癫子的性格特征。这位"比常人要任性一点,要天真一点"②的"癫子"总有着无端而来的哀乐,为了看桃花与好看的牛以及木人戏等美的东西总是不辞劳苦,管理地方一切的"神同人,对于癫子可还没能行使其权威"③。通过叙述者的介绍,人们得以认识这种无视权威与惯例的审美人格。

《山鬼》中的癫子由于与世隔绝而自得其乐,对他而言不存在与现代理性进行对话的困窘。而一旦与现代文明交接,这种审美的"癫狂"也就必然成为现代话语的一部分。寻找理性的代言人,也就成为癫狂得以言说的前提。在沈从文对湘西奸尸案的三次叙述中,可以清晰地看到沈从文寻找癫狂代言人以解决其修辞困境的努力。

"商会长年纪极轻的女儿,得病死去埋葬后,当夜被卖豆腐的年轻男子从坟墓中挖出,背到山洞中去睡了三天,方又送回坟墓去。到后来这事为人发觉时,这打豆腐的男子,便押解到我们的衙门来,随即就地正法了。"④这一事件在他1930.8.24创作的《三个男人和一个女人》(以下简称《三》)、1931.4.24的《医生》及1931.8的《清乡所见》中重复出现。在《三》中,沈从文通过瘸腿士兵的代言,从侧面表述了失踪的豆腐铺老板对死去女人的钟爱。《医生》补充了《三》中没有明白说出的部分,正面描述了"疯子"的爱美之心。在《清乡所见》中,沈从文则直接试图为"癫子"翻案,不仅从外表上认为"癫子""毫不糊涂",而且补充了"癫子"沉默背后的话语:"不知道是谁是癫子。"⑤

从上述改造中,无疑可以见出作者对"癫子"的同情与欣赏,同时也可以看到作者对"癫子"保持的理性的距离。这种保持距离的审美观照的实现,不仅依靠对故事的改造,更依赖于代言者的存在。

---

① 王德威:《批判的抒情——沈从文的现实主义》,见《现代中国小说十讲》,复旦大学出版社2003年版,第153页。

② 沈从文:《山鬼》,见《沈从文全集》(3),北岳文艺出版社2002年版(下同),第343页。

③ 沈从文:《山鬼》,见《沈从文全集》(3),第345页。

④ 沈从文:《清乡所见》,见《沈从文全集》(13),北岳文艺出版社2002年版(下同),第304页。

⑤ 沈从文:《清乡所见》,见《沈从文全集》(13),第305页。

在《三》中，沈从文为了让失踪了的盗尸者得以"发声"，同时也避免对盗尸者进行直接的伦理判断，特别为盗尸者设置了一个"代言人"——瘸腿士兵。后者虽然动了盗尸的念头，但却因豆腐铺老板抢先一步而没有实现。通过这位"行将疯狂"①但终究没有疯狂的士兵，沈从文交代了"死而复生"的传说，使这一事件"离去猥亵转成神奇"②。

到了《医生》中，相信吞金自杀的女人得到男人假抱七天后就能够复活的盗尸者正面出场。为了让癫狂者获得一个代言人，沈从文不惜削弱故事的逻辑性，让一位相信人能死而复生的青年同时也相信现代医术，以至于医生被莫名其妙地带到山峒，又被莫名其妙地放出来。无疑，沈从文希望通过这位代言者——医生，使《三》中失踪的"疯子"获得表现的机会，由此作者特意渲染了青年爱美的言行。然而，医生对疯子的代言却面临双重困境：一方面是其对疯子言行的理解与把握，无疑存在扭曲与阉割的情况。在峒中，医生的话语相对于疯子的沉默并没有优势，而到了峒外，疯子的沉默却可以被他任意阉割阐释。另一方面，医生的代言面临着一个完全功利化的语境，在这一语境中，人们关心的只是如何处理医生的"遗产"，而不是关心医生如何存活。在这种语境中，医生关于"疯子"的叙述成为不可靠叙述，整个 R 市的人"都说医生见了鬼"③。

《医生》中医生对癫狂的理性转述，凸显出癫狂的话语困境。在这种代言中，一方面是对癫狂的展示，另一方面则是对癫狂的扭曲与遮蔽。因此，到了《清乡所见》中，比较可靠的叙述者"我"干脆自己跳出来，直接为"癫子"代言。在凸显"癫子"自己的言说"美得很，美得很。"之后，补充了癫子沉默背后的话语"不知道谁是癫子"。然而，这种"代言体"的"内心独白"，同样具有双重性，一方面是对"癫子"的认同与肯定，另一方面则是始终与"癫子"保持距离。

对于试图通过建立"美和爱的新的宗教"④来成为"人性的治疗者"⑤的沈

---

① 沈从文：《三个男人和一个女人》，见《沈从文全集》(8)，北岳文艺出版社 2002 年版（下同），第 33 页。

② 沈从文：《三个男人和一个女人》，见《沈从文全集》(8)，第 34 页。

③ 沈从文：《医生》，见《沈从文全集》(7)，北岳文艺出版社 2002 年版，第 67 页。

④ 沈从文：《十四 美与爱》，见《沈从文全集》(17)，北岳文艺出版社 2002 年版（下同），第 362 页。

⑤ 沈从文：《五 给某教授》，见《沈从文全集》(17)，第 195 页。

从文而言,这种爱美的癫狂无疑存在合理成分,因此,他竭力为这种"疯狂"辩护:"若有人超出习惯的心与眼,对于美特具敏感,即自然将被这个多数人目为'痴汉'。若与多数人庸俗利害观念相冲突,且成为疯狂,为恶徒,为叛逆。"①然而,这种原始的癫狂中的反社会性,显然连沈从文自身也难以完全认同。因此,他试图为这种癫狂寻找一种代理机制。通过这种癫狂的话语代理机制,沈从文试图在展现癫狂的审美意义的同时过滤其反社会性。这一理性对癫狂的代言,划定了审美认同的边界。它虽然使癫狂的审美性得以部分彰显,但同时也遮蔽了审美的情感内涵。而这种理性的审美认同,终究能够走多远? 这是沈从文不曾解决的难题。

3. 距离调控:写实修辞与伦理认同的困境

尽管沈从文注意到癫狂的超功利性与反社会性的双重性,但他的诗意修辞与鲁迅的寓言修辞一样,关注的是癫狂的意义,而不是癫狂对于主体的影响。因此,诗意修辞与寓言修辞都存在着对癫狂价值的某种颠倒,也就是癫狂者在价值上实际上高出常人。而癫狂的写实修辞则试图直面癫狂本身,关注癫狂给主体带来的痛苦与毁灭,从而消解癫狂的这种价值优势,凸显出癫狂叙事的伦理意义。

从五四时期开始,意在"揭出病苦,引起疗救的注意"②的人生派作家,就将疯癫者视为"被侮辱与被损害的"群体中的一员纳入创作视野。乡土作家许钦文的《疯妇》、蹇先艾的《乡间的悲剧》、台静农的《新坟》以及鲁迅的《白光》等作品,以冷静的笔触,真实书写了种种乡间悲剧。沙汀的《兽道》、郭沫若的《地下的笑声》以及解放区草明的《疯子同志》等作品继承这一路向。在这些写实型的癫狂叙事中,作者以人物的疯狂与死亡,批判乡土中国扭曲的社会制度与社会伦理。然而,在上述作品中,癫狂与其他疾病以及死亡并没有本质区别,作者在人物命运与社会不公之间建立了一种直接的对应关系,没有赋予癫狂多少独立的修辞价值。这种直线式的批判使得叙事呈现出一种单一的伦理判断。而张爱玲与路翎笔下的癫狂叙事在故事伦理与叙述伦理③两个层

---

① 沈从文:《十四 美与爱》,见《沈从文全集》(17),第360—361页。

② 鲁迅:《我怎么做起小说来》,见《鲁迅全集》第4卷,人民文学出版社2005年版,第526页。

③ 参见伍茂国:《现代小说叙事伦理》,新华出版社2008年版,第4页。

面的两极反应,凸显出癫狂叙事中伦理认同的复杂性与深刻性。这对 20 世纪 40 年代出现的文坛奇才,所处的时空环境各异,却不约而同地将笔触伸入癫狂叙事。虽然二人对癫狂的理解不同,叙事风格各异,但他们对癫狂进行现实观照时所面临的相似的修辞困境,从深层展现出写实型癫狂叙事的伦理认同焦虑,折射出癫狂叙事的时代使命。

在故事伦理层面,二人对癫狂的原因理解各不相同。在张爱玲看来,过度认同现实伦理可能产生癫狂,《金锁记》中的曹七巧就是典范。这位"有一个疯子的审慎与机智"①的曹七巧,在实用理性与现实伦理的指引下,一步一步走进"没有光的所在"②。她先是屈从伦理权威,克制了自己朦胧的感情,成为患骨痨的姜二爷的妻子;然后是为了物质利益,理智地克制了自己的情欲,拒绝了三爷的虚情假意;最后则是利用自己的伦理权威,伤害自己最亲近的人。通过对伦理权威的屈从与利用,她控制了自己的情欲,同时也使她披上了黄金的枷锁,以黄金奴役自己伤害亲人,成为张爱玲笔下唯一"极端病态"与彻底"疯狂"③的人物。

而路翎则正好相反,癫狂不是因为对现实伦理的认同,而是因为对现实伦理的反抗。在路翎看来,反抗失败后的绝望与崩溃才是真正的癫狂之因。《英雄的舞蹈》中的张小赖在充满着"非常古旧的英雄的气氛"的小镇上说了十几年书,在茶馆里生动地演绎着古代的英雄们的事迹,培育并维持古镇的英雄气氛;但是这种英雄气氛却敌不过"伤风败俗"的"何日君再来",他的英雄传奇不再能挽留住顾客,他由此而"愤怒、欢笑而发狂,和这个失望做着殊死的搏斗"④,最后在疯狂状态中死在台上。在《财主底儿女们》上卷这部曾被誉为"现代中国的百科全书"⑤的作品中,路翎"往人生的细微处与人的意识的幽暗处探究"⑥,以浓墨重彩的油画风格描述了另一个始终试图颠覆现实伦

---

①　张爱玲:《金锁记》,见《张爱玲文集》(2),安徽文艺出版社 1992 年版(下同),第 122 页。

②　张爱玲:《金锁记》,见《张爱玲文集》(2),第 122 页。

③　张爱玲:《自己的文章》,见《张爱玲文集》(4),安徽文艺出版社 1992 年版,第 173 页。

④　路翎:《英雄的舞蹈》,见谢冕、钱理群主编:《百年中国文学经典》(3),北京大学出版社 1996 年版,第 400 页。

⑤　《财主底儿女们(广告选登)》,见张环等编:《路翎研究资料》,十月文艺出版社 1993 年版,第 74 页。

⑥　范智红:《世变缘常——四十年代小说论》,人民文学出版社 2002 年版,第 119 页。

理的疯子——蒋蔚祖。他始终试图在人世间寻找真情,但总是收获失望。在父亲那里,他收获的是父权的专制,在妻子那里,他收获的是肉欲与背叛,在姊妹那里,他收获的则是赤裸裸的利益算计。在这些人世间最亲密的伦理关系中,他都是作为一种工具而不是主体存在。因此,他以疯狂洞穿这个世界的虚伪与丑态:"这是禽兽的世界! 禽兽的父母! 禽兽的夫妻!"①正是在疯狂中,蒋蔚祖以自己的本真对抗世界的异化,以情感否定工具理性与社会认同。路翎以一个"灵魂奥秘的探索者"②与拷问者的姿态,通过蒋蔚祖的疯狂与自杀反思生存的意义。"只有一个真正严肃的哲学问题,那就是自杀。判断人值得生存与否,就是回答哲学的基本问题。"③在整个生存的荒诞处境中,疯狂与自杀一方面说明了生存的失败,另一方面则彰显了生存的意义与激情。

张爱玲与路翎在故事层面对癫狂原因的理解,在某种意义上,正好构成对立而互补的两极。曹七巧的认同现实伦理与蒋蔚祖的否定现实伦理,无疑凸显出人物的伦理认同困境:过于认同与过于否认现实伦理,都可能导致癫狂。然而,正是通过这一对立的两极,张爱玲与路翎切入了同样的命题,那就是对现实伦理本身的批判:当认同或否认现实伦理都可能导致癫狂时,那这种现实伦理的合理性何在? 在这种批判背后,潜含着更深层的命题:如何现实伦理是病态的,什么样的伦理认同才是"正常"? 个体如何才能保持"正常"?

这一问题可能也是作者试图在叙述伦理中解决的问题。"伦理植根于叙事本身"④,作者对视角的选择,对叙述者与人物之间的距离的调控,潜在地决定了读者的阅读角度以及读者与人物的距离,从而影响读者的伦理判断。正是通过对视角与距离的调控,张爱玲与路翎引导了读者的伦理判断。在这方面,张爱玲与路翎在表面的对立之下,同样构成一种深层互补。

在《金锁记》中,叙述者始终与人物保持着较大的距离,主要关注人物的

---

① 路翎:《财主底儿女们》,见《路翎文集》(1),安徽文艺出版社1995年版(下同),第184页。

② 杨义:《路翎——灵魂奥秘的探索者》,《文学评论》1983年第5期。

③ [法]加缪:《西绪福斯神话》,郭宏安译,见《加缪文集》,译林出版社1999年版年版,第624页。

④ [美]詹姆斯·费伦·玛丽·帕特里夏·玛汀:《威茅斯经验:同故事叙述、不可靠性、伦理与〈人约黄昏后〉》,见戴卫·赫尔曼主编:《新叙事学》,马海良译,北京大学出版社2002年版,第47页。

外在言行,而很少突入到人物的内心活动。这种冷静客观的叙述语调,拉开了读者与人物的距离,将读者置于一个旁观者的位置。在这样的位置上,读者很容易得出曹七巧的疯狂变态全然是咎由自取这样的伦理判断。而这可能并不是作者的本意。因此,在作品的最后,作者通过叙述干预,表现出自己具有多重意味的伦理判断。一方面,叙述者为曹七巧定性:"三十年来她戴着黄金的枷。她用那沉重的枷角劈杀了几个人,没死的也送了半条命。"①另一方面,叙述者却试图进入到人物的内心,让她流出最后"一滴眼泪"。"黄金的枷"这一比喻已经表现出作者对曹七巧的双重判断:她是伤害者也是受害者,是奴役者也是被奴役者;而后面的情感突入,更是对人物寄予了一定的同情。这种叙述干预,在一定程度上消解了全文由冷峻客观的叙述语调积累起来的伦理判断,拉近了叙述者—人物—读者之间的距离,从而将读者对人物的憎恶引向更深广的社会文化内容。

与张爱玲冷静客观的叙述相反,路翎以近乎癫狂的热情,深入到癫狂者的内心世界。有研究者指出,他的短篇小说大多是一些"表现内心意识的'独幕剧'"②,而他的长篇小说,可以说就是"内心意识的多幕剧"。他在小说中,力图展示的是始终个体内在的激烈冲突,而不是外在的动作冲突。癫狂无疑是这种"心理剧"最集中最突出的表现。通过突入到人物的内心世界,路翎拉近了叙述者—人物—读者之间的距离,渲染了蒋蔚祖的合理性,使读者对蒋蔚祖产生深切的同情。然而,作者也并没有忘记通过客观的叙述,展现蒋蔚祖的局限性。在某种意义上,蒋蔚祖的癫狂潜含于他自身的性格之中,他的精神分裂是他无法承担自己的命运的结果。从小到大,他都安于富足家族的庇护,满足于父亲的安排,而很少独立面对生活。这种独立意志的缺失,使得在众人眼中"好像蒋蔚祖是小孩子"③。这种不成熟的意志使得他可以安于一种权威的统治,却难以承担在两种对立的权威之间进行选择所产生的后果。在变异的亲情—父权与变异的爱情—肉欲之间,独立意志的缺失使得他无法承担任何一种选择所产生的责任:当他试图倒向爱情(肉欲)的怀抱,亲情(父权)是一个挥之不去的阴影,而当他试图与亲情(父权)和解时,爱情(肉欲)又促使他逃

---

① 张爱玲:《金锁记》,见《张爱玲文集》(2),安徽文艺出版社 1992 年版,第 124 页。
② 范智红:《世变缘常——四十年代小说论》,人民文学出版社 2002 年版,第 116 页。
③ 路翎:《财主底儿女们》,见《路翎文集》(1),第 73 页。

离。他于是只能不停地在二者之间奔走逃亡,陷入一种精神分裂。

路翎的激情与张爱玲的冷静这一对立的两极,潜在凸显出癫狂叙事中修辞距离的伦理困境。如冯雪峰所言:"疯子发疯的唯一理由,是以他自己的真实,恰恰碰撞着社会的真实。"①在癫狂之中,不仅有着社会的影响,同样有着自身的因素,癫狂产生于个体与社会之间的对抗。因此,作者—叙述者与人物之间的距离的调节,不仅是一个修辞问题,更是一个影响读者反应的伦理问题。张爱玲与路翎在叙述距离控制方面,也存在一种风格与效果的对立。张爱玲的客观叙述,拉开了叙述者—人物—读者之间的距离,从而可能产生一种阅读的偏颇:对人物的憎恶大于同情;而路翎的主观叙述拉近了叙述者—人物—读者之间的距离,也可能产生另一种偏颇:对人物的同情大于批判。这种对立凸显出作者对人物的认同困境。然而,在更深的层面,二者同样构成互补。对癫狂人物憎恶—同情—批判三位一体的伦理判断,可能才是作者的本意。

在癫狂叙事中,存在着双重认同问题:首先是故事层面的个体与社会之间的认同问题,其次则是叙述层面作者与人物之间的认同问题。由于癫狂人物这一特殊性,癫狂叙事中的双重认同之间从来就不可能一致,而是始终存在各种裂缝。这些裂缝使癫狂叙事构成所有叙事中最为明显也最为独特的复义结构。在癫狂叙事中,一方面存在着一个癫狂者的故事,另一方面必然存在一个正常人的故事;一方面存在一个作者的故事,另一方面必然存在一个读者的故事。这种复义结构使得癫狂叙事包含着多种可能。选择这一存在明显复义结构的方式进行叙事,也折射出作者的认同焦虑。由五四时期的寓言化癫狂叙事,到20世纪30年代的诗意化癫狂叙事,再到40年代的写实化癫狂叙事,②不同时期的作家通过不同的方式涉及了当时的认同命题,同时以不同的修辞策略纾缓了自己的认同焦虑。20年代的寓言化癫狂叙事折射出全盘反传统大潮中文化认同的困境,30年代的诗意化癫狂叙事反映出审美认同的局限,40年代写实化癫狂叙事则映射出伦理认同的悖论。这种癫狂叙事的认同焦虑,不仅是作家个体的焦虑,更是一种时代的焦虑。"确认自己不只是一个心

① 冯雪峰:《发疯》,见《雪峰文集》,人民文学出版社1983年版,第127页。
② 这种论述主要依据各修辞类型的主流以及成熟程度,而不是基于单纯的时间观念;同时,各修辞类型之间也存在着种种交叉,这里并没有展开论述。

理行为,而且是一个社会行为。重建新的意识结构是和重建新的社会结构同步的。对于近代中国人来说,重新确认自己不是个人成长过程中的自然事件,而是一种集体命运。"①现代癫狂叙事在某种意义上,是现代人认同境遇的一种隐秘的集体隐喻。由寓言型修辞中作为先觉者的癫狂,到诗意化修辞中作为高蹈者的癫狂,再到写实化修辞中作为毁灭者的癫狂,癫狂叙事从不同向度切入了时代的认同命题,丰富与深化了现代叙事的文化与心理内涵,展示了现代叙事的包容性与开放性。在这一意义上,癫狂叙事也是一种时代症候,指出了一个时代对认同困境的可能认识深度。在新中国建立以后的几十年中,随着理性对叙事的支配地位的巩固,癫狂逐渐被排除出叙事的视野。这种排除不仅意味着癫狂的沉默与理性的胜利,意味着认同焦虑症的痊愈,同时也意味着文学叙事的单向度的产生。对照中国当代文学前 30 年的"理性"叙事,癫狂叙事无疑为现代文学叙事的解读提供了一个另类视角。

四、先锋叙述与身体启蒙——论《现实一种》的身体修辞

时至今日,先锋小说的启蒙意味已逐渐成为人们的共识。余华写于 20 世纪 80 年代的作品也是如此。"余华的先锋小说是启蒙叙事,其母题围绕人性之恶、世事如烟、命中注定、难逃劫数等命题而展开"②。他笔下"这种由阴谋、怪诞、杀戮、宿命共同结集的意外性死亡怪圈,在瓦解自然铁律的同时,也使人性中的暴力欲望与人物精神结构中的权力意志达成了紧密的共振关系。而在这种怪圈中,各种非经验性的存在场景,也都被余华在强劲的想象中重新建构出来,并直接隐喻了创作主体的内心伦理和道德秩序"。③ 在他的形式先锋背后,是他的精神先锋。他以一种先锋姿态切入个体存在境遇,切入暴力与道德、伦理之间的关系,将先锋叙述与启蒙意识结合起来,从而成为当代文学史中被不断阐释的对象。在他这种先锋小说的"暴力诗学"中,身体无疑是关键词之一。"余华小说中,还有一个重要的特征,那就是对身体的极端强调。传统小说中的'事件'退隐了,'身体'成为小说的核心,成为承受一切叙述的出

---

① 汪辉:《死火重温》,人民文学出版社 2000 年版,第 404 页。
② 王达敏:《余华论》,上海人民出版社 2006 年版,第 159 页。
③ 洪治纲:《余华评传》,郑州大学出版社 2005 年版,第 67 页。

发点和归宿,成为揭示意义的隐秘处所。"①然而,尽管这些研究从不同的角度涉及余华的先锋叙述与启蒙以及身体之间的关系,但未曾沟通身体、叙述以及启蒙之间的内在关联。事实上,在余华的先锋小说中,身体不仅是先锋叙述的对象,更是启蒙意识的载体。通过独特的身体修辞方式,余华将形式先锋与精神先锋融合起来。在《现实一种》这一余华先锋小说的代表作中,"无我的叙述"、"叙述的和声"以及叙述的"否定"等先锋叙述技巧与身体启蒙形成了和谐的共振。

1."无我的叙述"与身体的还原

余华先锋小说中的暴力书写,已经是一个老生常谈的话题。对于余华的"暴力诗学"的阐释,洪治纲先生与郜元宝先生代表了两种不同路向。前者关注余华精神的先锋性,从暴力的哲学层面对其先锋意味进行了阐释,由此切入人性的深层结构。后者则更关注余华叙述的先锋性,"余华的情感是非表达性的,它完全流淌在作者关于苦难平静如水的讲述中了。情感与整体生存完全化合为一,以至于表面上我们看不到有什么情感的浪花。唯其如此,余华对情感的描写才达到一种返本归源的逼真性"②,由余华的叙述方式切入到余华对生命的体认方式。这些论述无疑都有其深刻之处,但在这里,也可以清晰地可以看到两种相互区别的倾向,那就是他们各自侧重于余华先锋小说的内容与形式层面,未曾沟通这种暴力哲学与冷漠叙述之间的关系。

从表面上看,余华对暴力充满了矛盾,一方面,"暴力因为其形式充满激情,它的力量源自于人内心的渴望,所以它使我心醉神迷"③;另一方面,"我寻找的是无我的叙述方式"④。这种"心醉神迷"与"无我"之间的矛盾,在一定程度上,构成了余华关于身体书写的第一个悖论,也形成余华暴力诗学的张力。通过作者的退场——"无我",余华使身体得以凸显,而通过"心醉神迷",余华则深入挖掘了身体的本来意义,由此还原身体的在世状态。余华追求的

---

① 王德领:《医生视角和身体叙事——重读余华80年代中后期的作品》,《首都师范大学学报(社会科学版)》2007年第5期。

② 郜元宝:《余华创作中的苦难意识》,《文学评论》1994年第3期。

③ 余华:《虚伪的作品》,见陈思和主编:《中国新文学大系1976—2000·文学理论卷》(二),上海文艺出版社2009年版(下同),第290页。

④ 余华:《虚伪的作品》,见陈思和主编:《中国新文学大系1976—2000·文学理论卷》(二),第293页。

"无我的叙述",消解了作者的主观判断,使身体自身的意义敞现了出来。这种在世身体的敞开,不仅展示了人性是一个无底的深渊,而且勾勒出了人性的可能性结构。

众所周知,《现实一种》中存在一种暴力的轮回与升级。四岁的皮皮无意中摔死襁褓中的弟弟,山峰踢死四岁的皮皮,山岗虐杀山峰,武警枪毙山岗。然而,面对这一现象,众多研究者关注的还是"人性本恶",就其启蒙内涵,也是关注其揭示人性的深度这一层面,很少涉及暴力的结构。事实上,余华通过对身体的还原性书写,展示了暴力的结构,从而深入探讨了"人性何以是恶"以及"人性恶会如何"等命题。

在《现实一种》中,所有的暴力包含着一个相同的结构,那就是施暴者与受暴者之间的不对称,暴力总是指向无力反抗的身体,而不是产生于势均力敌者之间。当山峰拿出两把菜刀,要求与山岗对决的时候,山岗很冷静地拒绝了。只有在受暴者无力反抗或者不能反抗时,暴力才得以赤裸裸地展现。从皮皮虐待尚在襁褓中的弟弟,到山峰踢死皮皮,再到山岗用小狗虐杀被绑在树上的山峰,再到武警枪毙被五花大绑的山岗,再到医生解剖山岗的尸体;所有的施暴者都处于一个极为安全的地位。正是这种"安全感",使施暴者的暴虐本性得以展现无遗。而在势均力敌者之间,却可能存在和平,哪怕心里充满了仇恨。山岗在山峰踢死皮皮之后的冷静,无疑展示了暴力的另一种可能。

将所有暴力行为单列出来,可以看到这种不对称结构,而将所有的暴力行为联系起来,则可以看到一种轮回结构,那就是所有的施暴者最终都成为受暴者,暴力总是需要在世身体来承担,由此形成一种"报应"机制。皮皮摔死弟弟,然后被山峰踢死;山峰踢死皮皮,随后被山岗虐杀;山岗虐杀山峰,随后被武警枪毙。除了处于暴力结构最低端的婴儿(他也抓伤了皮皮的手),以及代表制度力量的武警(以及代表科学力量的医生),所有具体的个人,在这一暴力轮回中都充当了双重角色。由此可以看出,余华对暴力的书写,指向的实际上是暴力可能导致的毁灭:所有的暴力都将引来更大的暴力,从而导致施暴者自身的灭亡。

这种施暴者的自我毁灭倾向,不仅存在于他人对施暴者的报复,而且存在于暴力本身对施暴者的反作用力。暴力不仅指向对象的身体,也指向施暴者自己的身体。身体从来不是一个单纯的物质性的存在,而同时是个体各种意志与意识的博弈之所。个体对他人身体施行的暴力,反过来也会对自己的人性意识施行暴力,最终表现为对自己的身体施行的暴力。通过"让他们的身体活跃起来"①,余华展现了暴力对个体的反作用力。山峰在一脚踢死皮皮之后,并没有因此获得平衡,反而导致了自己身体的崩溃。"他在床上躺了下来,闭上眼睛以后觉得有很多蜜蜂飞到脑袋里来嗡嗡乱叫,而且整整叫了一个晚上。直到刚才醒来时才算消失,可他感到头痛难忍了。"②这种身体反应,无疑折射出他在杀死皮皮之后的茫然与负罪感。而山岗杀死山峰之后的行为,比山峰有过之而无不及。他在出逃的过程中,跟着别人进入厕所,却发现自己不是要小便,好不容易明白了这一点,"但他忘了将那玩意放进去,所以那玩意露在外面,随着他走路的节奏正一颤一颤,十分得意。"③直到武警逮捕他时,才提醒他将"那玩意儿"放进去。

"无我的叙述"使得余华可以直面暴力,直面身体,进行暴力与身体的还原。然而,在他"逃避"伦理判断的同时,实际上已经在进行伦理判断。身体是暴力产生之基,同时也是暴力终结之所,它必须以自己的在世存在来承担暴力。因此,尽管"在暴力和混乱面前,文明只是一个口号,秩序成为了装饰",但这并不意味着我们没有意识到"这种野蛮的行为是如何威胁着我们的生存"。④

2."叙述的和声"与身体的对位

余华通过"无我的叙述",对身体进行了还原性的书写,由此展现了暴力的结构及其宿命。这种暴力的展示中,自然存在着本能的动物性因素。洪治纲先生借用动物行为学家洛伦兹的理论对余华的暴力书写进行了哲学层面的阐释,"从皮皮的暴力事件中,余华其实已经道出了暴力与人性之间的密切关系——其核心纽带便是'利我'的本能愿望。"⑤这种暴力的生物学解释,有其深刻之处,也有其局限之处。在一定程度上,这种身体的生物化倾向,与余华

---

① 余华:《温暖和百感交集的旅程》,上海文艺出版社 2004 年版,第 92 页。
② 余华:《现实一种》,上海文艺出版社 2004 年版(下同),第 32 页。
③ 余华:《现实一种》,第 45 页。
④ 余华:《虚伪的作品》,见陈思和主编:《中国新文学大系 1976—2000·文学理论卷》(二),第 290 页。
⑤ 洪治纲:《余华评传》,第 72 页。

的"无我的叙述"直接相关,他极力删减故事的社会性,采用的是"文学的减法"①进行讲述。这种减法无疑也将故事的社会性弱化到可有可无的程度,由此凸显出了身体的自然性与人性的动物性。但这种"减法"之所以有效,能够让人不断阐释,不是因为其"无",而是因为其"减",通过结果,人们可以推测被减掉的东西,由此使文本丰富起来。因此,在《现实一种》的生物性背后,是被减掉或弱化的社会性。而这可能才是余华关于暴力之源的真正思考。

早有论者指出,皮皮虐待弟弟的行为并非天生,而具有后天习得性。"他看到父亲经常这样揍母亲。"②对暴力的习得性与社会性的追溯,使得祖母的意义得以凸显出来。在很多论者那里,她只是作为中国家族制度的一个象征形象存在,并由此联想到父亲形象的缺席。这种家族解读,对深化与丰富《现实一种》的解读有着重要意义,但也简化了祖母形象与暴力之间的关系。这位只关注自己的身体与自己的咸菜的祖母的冷漠,与山峰及山岗的暴力形成了一种鲜明对立,由此形成一种关于身体的"复调"与"和声"。"我意识到伟大作家的内心没有边界,或者说没有生死之隔,也没有美丑和善恶之分,一切事物都以平等的方式相处。他们对内心的忠诚使他们写作时同样没有边界,因此生和死、花朵和伤口可以同时出现在他们的笔下,形成叙述的和声。"③看似游离于暴力轮回之外的祖母这一线索,实际上与暴力的轮回构成了一种对位关系,丹麦学者魏安娜一针见血地指出,在对母亲想象的身体受难与山岗真实的身体肢解"这两种描述之间的张力里,在想象的与真实的肢解之间,一个自我简化为肉体的寓言性意象升了起来"④。事实上,母亲与山峰、山岗之间的对应,不仅仅是想象与现实的对位,更是冷漠与暴力的对位:冷漠产生想象的暴力,暴力源于现实的冷漠,由此深刻地揭示了暴力与冷漠的关系。在这里,余华与鲁迅初次相遇。

小说一开始,就是母亲的抱怨,以及关于她的身体的想象,但她的抱怨没有在儿子们与媳妇们那里获得任何反响。只有在她抱怨孙子偷吃了她的咸菜时,山岗才作出反应。这种出场,无疑刻画出母亲的冷漠形象以及家庭的冷漠

---

① 张清华:《文学的减法——论余华》,《南方文坛》2002 年第 4 期。
② 余华:《现实一种》,第 6 页。
③ 余华:《温暖和百感交集的旅程》,第 10 页。
④ [丹麦]魏安娜:《一种中国的现实》,吕芳译,《文学评论》1996 年第 6 期。

氛围。她是被遗忘的存在,因此,她也遗忘了别人的存在。她关心的只是自己的骨头、自己的胃,以及自己的咸菜。哪怕是对自己的亲生儿子与嫡亲孙子,她都没有任何情感的表现,始终与外界的所有暴力保持距离。皮皮摔死弟弟后,她看到地上的血,马上退回自己的房间;山岗山峰发生纠纷的时候,她同样选择躲在自己的房间里。然而,这种刻意的冷漠的躲避,一方面与暴力行径形成一种对照,另一方面,则与暴力形成一种对位,由此构成"叙述的和声"。

首先,她在对外界的冷漠背后,是关于自己身体的充满了暴力色彩的想象:"有朝一日将身体里全部的空隙填满了以后,那么她的身体就会胀破。那时候,她会像一颗炸弹似的爆炸了。"①对这种想象的意味,魏安娜女士做了精彩的分析,凸显出了身体的寓言意味。更重要的是,母亲的冷漠在社会学意义上正是暴力产生的源头。山岗与山峰夫妇上班后,两个未成年人的监护责任,自然落在了祖母身上。而祖母并没有履行监护小孩的义务,放任皮皮的暴力,才导致后来的一系列暴力事件。

这种冷漠与暴力之间的内在联系可以通过人物之间的关系得到寓言化的解读。一方面,母亲与山岗、山峰的血缘关系,预示着冷漠与暴力之间的血缘关系;另一方面,现实层面的母亲的冷漠,则是暴力产生的源头。而后来的兄弟之间关系的冷漠,更是暴力的激发剂。由此可见,暴力的根源实际上就是冷漠,所有的暴力都基于情感的缺失。

这种情感的缺失,都源于"自我简化为肉体"。母亲将自己简化为一种物质性存在,而山岗与山峰等则将他人简化为物质性存在,每个人在他人眼中都是物件,都是工具。山岗在得知山峰的儿子被皮皮摔死之后,首先想到的是"还债",因此他试图以全家所有的积蓄来抚慰山峰。在被山峰拒绝之后,他将皮皮当成一个抵债品交给了山峰。而在山峰踢死皮皮之后,他同样的是以要债的姿态,向山峰要求偿还。"我把儿子交给了你了,现在你拿谁来还?"②由此,母亲对自己身体的关注所蕴含的物化意味,与山岗将他人视为债务的物化意味形成对位关系,再度形成"叙述的和声"。

3.叙述的"否定"与身体的寓言

通过身体的对位与"叙述的和声",余华揭示了暴力与冷漠的关系。而小

---

①　余华:《现实一种》,第22页。
②　余华:《现实一种》,第33页。

说结尾的解剖山岗尸体,则如同一座突兀而生的高峰,形成一种叙述的"否定"的"高潮"。作为故事的主要线索,暴力的轮回无疑应该以山岗的被杀为终点,而他的尸体被解剖与此前的人物以及情节并没有必然联系。然而,正是这一似乎与主线没有必然联系的结尾,构成了故事的高潮,成为一个高超的叙述的"否定"。"这里所说的否定是指叙述进程中某些突然来到的行为,这些貌似偶然其实很可能是蓄谋已久的行为,或者说是叙述自身的任性和放荡,以及那些让叙述者受宠若惊的突如其来的灵感,使叙述顷刻之间改变了方向。"①这一由叙述的"否定"构成的"高潮",构成了故事的深化与升华,同时也使身体命题的寓言意义得到了更明确的暗示。

小说中的尸体解剖,是最高层次的暴力。由于山峰妻子的授权,使得这种暴力具有了合法性,尽管这种合法性实际上建立在不合法的前提之上,因为山峰妻子是假冒山岗妻子进行授权的。这种悖谬凸显出暴力的内在矛盾。不过,这种不合法的暴力授权终究为医生提供了一种"合法"的暴力快感。由胸外科医生由于能够大手大脚地在尸体上自由挥洒时的感慨"我觉得自己是在挥霍",可以看出"暴力是如何深入人心"②。这里可以看到暴力与知识以及权力的联姻:权力为医生提供了暴力的合法性,而知识则赋予医生暴力的合理性。

而余华关注的可能还不仅限于此。在这里,余华对山岗器官的移植命运的安排,显然不是随意的。肾这一与性能力相关的身体器官得到了延续与保留;而与生殖相关的器官——睾丸,得到了更高的适配度:"这一点山峰的妻子万万没有想到,因为是她成全了山岗,山岗后继有人了。"③由这里的隐喻与暗示反观小说,可以发现小说中隐含的原型结构与寓言意味。

《现实一种》是一个手足相残的故事,暴力的轮回与升级无疑撕破了中国传统伦理的温情假面。这种暴力无疑指向对血缘关系的极端否定,因此才有兄弟相残。然而,由"后继有人"反观暴力,则可以发现,其中隐含着另一种因素,那就是对血缘关系的过分肯定。《现实一种》的悲剧,无疑就是过于轻视

---

① 余华:《音乐影响了我的写作》,上海文艺出版社 2004 年版,第 55—56 页。

② 余华:《虚伪的作品》,见陈思和主编:《中国新文学大系 1976—2000·文学理论卷》(二),第 290 页。

③ 余华:《现实一种》,第 57 页。

血缘关系与过于重视血缘关系之间的悖论性冲突。小说中随处可见一家人之间的冷漠,无论是奶奶对于孙子,还是哥哥对弟弟,都看不出任何传统的伦理人情。这一连串疯狂的报复行为,彻底颠覆了传统的伦常。然而,在这种漠视血缘关系的报复背后,却是一种更为根深蒂固的血缘意识,那就是无论山峰还是山岗,都是因为儿子的死亡而执意报复。这种为子复仇意识,无疑是一种血缘意识,潜含着传宗接代的思想。他们将儿子视为自己生命的延续,而不是以自己作为生命的中心,因此不惜以自身的毁灭来实现为儿子的复仇。然而无论是重视血缘的文化根性还是轻视血缘的家族解构,都是对传统社会伦理的深刻质疑。如果在中国传统最亲近的关系中都无法避免暴力的延伸,那么在社会中自然不可能避免暴力的升级。

"后继有人"一方面凸显出身体与传统家族文化之间的关系,另一方面则凸显出身体与社会历史演变之间的关系。科学不仅为暴力的快感提供合理性,而且为暴力的衍生提供技术保证,死者的睾丸能够在他者身上复活,暴力由此得以生生不息。山峰妻子预设的目的与实际的结果之间的背离,同样也暗含着一种历史的圈套。历史并不是按照人们设计的方向前进,而是常常走向设计的反面。如果将这一叙述的"否定"与中国的当代史联系起来,可以更明显地觉察到余华对中国历史背后的深层文化意识结构的反思。身体由此与历史同构,它承载着历史,塑造着历史,甚至身体本身就成为历史的一种隐喻。在这里,余华与鲁迅再次相遇。

1918年,鲁迅的《狂人日记》以"狂人"对"兄弟相吃"的恐惧表现了现代身体意识的觉醒。在传统社会中,每个人"自己被人凌虐,但也可以凌虐别人;自己被人吃,但也可以吃别人。一级一级地制驭着,不能动弹,也不想动弹了"[1]。"狂人"喊出了被吃的恐惧,在拒绝"被吃"的同时也拒绝"吃人",由此试图打破"一级一级吃下去"的轮回。"狂人"的恐惧标志着现代人对身体的属己性的最初觉醒,也标志着现代人对身体的自主性的最初觉醒。鲁迅在这里,实际上也揭示了麻木与暴力之间的关系。因为对自己的麻木,也导致了对他人的冷漠,最终使得民众汇成一个"无主名无意识的杀人团"[2]。如果说鲁

---

① 《鲁迅全集》第1卷,第227页。
② 《鲁迅全集》第1卷,第129页。

迅从中国人数千年的身体被动性中发现了麻木与暴力之间的关系的话,时隔70 年,余华在 1988 年的《现实一种》中,以"兄弟相残"写出了中国经历了"文化大革命"之后,身体的"主动性"中的暴力与冷漠之间的关系。《现实一种》中的"一级一级杀上去",在某种意义上,构成了"一级一级吃下去"的反题。前者主动,后者被动;前者是施暴的身体,后者是受虐的身体;但在深层意蕴上,却可以看到这两种身体的相同属性,那就是个体并没有真正拥有对自己的身体的支配权。虽然"无主名无意识的杀人团"成为了"有主名有意识的杀人者",但无论在哪种情形中,身体还是处于主体的对立面,不是受本能的支配(《现实一种》),就是受权力的支配(《狂人日记》)。而这样的身体,无论是"一级一级地吃下去",还是"一级一级地杀上去",都只可能导致生命的毁灭。

在 70 年的时间中,中国的社会现实无疑发生了巨大的变化,但文化的深层结构与个人的深层意识却不可能如同社会现实一样迅速得以改变。身体是个体意志争斗的场所,也是社会文化斗争乃至政治权力斗争的场所。揭示身体与文化、伦理、权力、历史之间的复杂关系,在深层构成《现实一种》的启蒙意向。然而,"在小说的艺术中,对存在的发现与对形式的改变是不可分割的"①。《现实一种》的先锋叙述,与其对身体的深层意蕴的发现,形成一种共振。通过"无我的叙述"与身体的还原,余华展示了暴力之结构;通过"叙述的和声"与身体的对位,余华揭示了暴力之根源,而通过叙述的"否定"与身体的寓言,余华预言了暴力之命运。他通过身体展示了暴力,更力图通过身体实现启蒙,使个体获得对自己身体的自觉与自主。这种身体的启蒙叙事,构成对70 年前的"先锋叙述"——《狂人日记》一种遥远回响。

五、隐喻·换喻·提喻——论中国当代情爱叙事的身体修辞

身体是人类情爱生活的基点,这不仅因为身体自身的欲望是情爱发生的原初动力,而且因为身体之间的交往是情爱发展与转变的重要原因。然而,"我们周围的身体以及我们与它们的关系总是社会化的具体的东西"②,情爱中的身体同样打着历史与文化的烙印。这种具有历史文化内涵的身体,在情

---

① 米兰·昆德拉:《帷幕》,董强译,译文出版社 2006 年版,第 15 页。
② [英]特里·伊格尔顿:《当代西方文学理论》,王逢振译,中国社会科学出版社 1988 年版(下同),第 236 页。

爱叙事中必然得到体现。作为情爱叙事中一个重要的符码,身体具有丰富的文化与审美内涵:一方面,情爱叙事中描述的身体,总是打着一定历史时期的政治文化的烙印;另一方面,叙述者对于情爱生活中的身体的描述,总是出于一定的叙述目的,采用了一定的修辞手法。由叙述者对情爱叙事中的身体进行修辞的方式,不仅可以看出不同时期身体所折射出社会历史文化的广度与深度,而且可以看出不同叙述者对身体与人性之间的关系认识的广度与深度。中国当代情爱叙事,由于不同时期的历史与文化语境,产生了不同的话语模式。在改革开放以前,社会生活以政治为中心,因此情爱叙事也依附于政治话语,成为一种公共话语模式。在这种模式中,叙述者试图引导受述者从政治视角对身体进行审视,由此产生"身体—政治"的隐喻修辞,身体被公共化与政治化。而随着改革开放以及启蒙主义的再兴,叙述者对人性解放提出了新的要求,情爱叙事因此进入日常话语模式,身体与个性化主体建构密切相关,甚至互为因果,这种叙事以叙述者对身体的正视为基点,并建构"身体—主体"的换喻修辞。而随着市场经济的发展,中国社会进入"后全权消费主义"①时期,消费主义盛行,经济利益成为人们生活的核心,身体的隐秘性也就成为挑逗并满足人们的窥视欲、进而产生巨大商业利益的一个重要砝码,私人话语模式成为风行一时的叙述模式,在这种叙述模式中,身体——首先是性——的私密性,被特别标示出来,以激发并满足受述者对身体的窥视欲,由此形成"身体—性"的提喻模式。

1. 身体的隐喻与政治意味的凸显

在新中国成立之后的很长一段时间,政治主导着社会生活的各个层面。这在小说叙事中自然得到了充分体现。在政治话语占主导地位的时代,情爱也成为政治的附庸。从而使得本来属于个体的情爱生活,必须接受政治的审视,被纳入到公共话语空间进行叙述。在这种叙事模式中,叙述者必须用受述者的审视眼光来看待身体,这种眼光使得身体的私密性被极大地弱化,而公共空间中身体的政治隐喻意味则被凸显出来。

在杨沫的《青春之歌》中,林道静的爱情选择与政治选择同步展开。当她还是一个小资产阶级知识女性的时候,她被余永泽身上的知识分子气质所吸

---

①　朱国华、陶东风:《关于身体—文化—权力的通信》,《中文自学指导》2006年第6期。

引。一旦她开始追求进步,而余永泽试图阻碍她,这时她马上觉得这位曾经救过自己命的人,"原来是个并不漂亮也并不英俊的男子"①,而卢嘉川"那高高的挺秀身材,那聪明英俊的大眼睛,那浓密的黑发,和那和善的端正的面孔"②,马上抓住了她的注意力。这种身体的吸引与排斥,正是理念的吸引与排斥的暗示与隐喻。正是这种身体—理念的双重吸引,使得林道静与卢嘉川之间产生了朦胧的爱情。但这种爱情在林道静未曾彻底转变自己的阶级立场的之前,不可能被卢嘉川更不可能被组织接受。因此,只有在林道静成为真正的革命者之后,她才可能收到卢嘉川牺牲时写下的迟到的"情书"。

林道静不仅因为身体的政治属性而产生爱情,而且因为身体的政治属性而接受爱情。尽管江华并不是"她所深深爱着的、几年来时常萦绕梦怀的人",但"她不再犹豫",因为"像江华这样的布尔什维克同志是值得她深深热爱的,她有什么理由拒绝这个早已深爱自己的人呢?"③由于私密性的爱情可以在某种程度上被公共化的信仰取代,因此,私密性的情爱身体同样可以被理念化的同志身体替代。她由对江华—党的感恩而献身,而不是因为对江华的爱情而与后者同居:"我常常在想,我能够有今天,我能够实现了我的理想——做一个共产主义的光荣战士,这都是谁给我的呢? 是你——是党。只要我们的事业有开展,只要对党有好处,咱们个人的一切又算什么呢?"④当同居后的江华因为很少陪林道静表示内疚时,她甚至批评江华的"小资"意识:"难道我们的痛苦和欢乐不是共同的吗?"⑤在这里,江华成为党的一种隐喻,爱情也就成为爱党的隐喻,爱情的"献身"成为为党的献身的隐喻。

杨沫以爱情与"献身"来喻示对党的忠诚与奉献,周立波在《山乡巨变》中则更直接地以爱情与身体作为引导恋人爱社的砝码。互助组组长(后来的合作社社长)刘雨生,因为忙于公事,误了家里,使得他的妻子张桂贞执意要同他离婚。有着相似命运、遭到丈夫遗弃的盛佳秀试图把握机会,由此改变自己的命运。她首先利用刘雨生劝她入社的机会,加强了与刘雨生的联系;后来则

---

① 杨沫:《青春之歌》,北京十月文艺出版社 1992 年版(下同),第 76 页。
② 杨沫:《青春之歌》,第 102 页。
③ 杨沫:《青春之歌》,第 559 页。
④ 杨沫:《青春之歌》,第 585 页。
⑤ 杨沫:《青春之歌》,第 585 页。

默默地为刘雨生做家务,以博取他的好感;最后,为了支持刘雨生的工作,将自己本来计划用于她与刘雨生的婚事的大肥猪,借给社里改善社员生活。在这种"无私"的行为背后,实际上正是刘雨生对于自己身体的"交换价值"的充分利用。他不仅利用对方的好感,甚至以此来要挟对方。在借猪时,盛佳秀并不愿意,于是他语含威胁:"猪不过是猪,无论如何没有人要紧。"①暗示借不到猪,就不再与她好。因为"她负过伤的心,再也经不起任何波折"②,使得她"为了爱情,只得松了口"③。

周立波的这种叙述明显含有不少"落后"因素:这不仅表现在盛佳秀因为爱人而爱社,而不是像林道静那样因为爱党而爱人,因此其情感中保留着更多的私密意味,"我只晓得你"④,因信任刘雨生而信任合作社,并没有真正在"思想"上改造过来;而且表现在刘雨生"迁就"了社员们的身体之欲,在他们羡慕单干户的腊肉的时候,试图满足他们的肉食欲望,为此去向盛佳秀借猪。而在柳青的《创业史》中,身体之欲让位于创业之欲,爱社、爱劳动成为梁生宝进行爱情选择的标准。小说开头就谈到了梁生宝与徐改霞的爱情纠葛。然而,梁生宝与徐改霞之间第一次牵手,就已经暗示了两者之间的矛盾与距离。"有一天黑夜,从乡政府散了会回家,汤河涨水拆了板桥,人们不得不蹚水过河。水嘴孙志明去搀改霞,她婉言拒绝了,却把一只柔软的闺女家的手,塞到生宝被农具磨硬的手掌里。从那回以后,改霞那只手给他留下的柔软的感觉,永远保持在他的记忆里头,造成他内心很久的苦恼。"⑤在这种苦恼中,不仅有由于朦胧爱慕产生的相思苦,而且有由于对二者之间身份与意识差距的朦胧认识而产生的思想苦。通过这双手,他认识到两人不是同样的人。而在与刘淑良第一次见面时,梁生宝就因为手而对刘淑良产生认同感。"生宝再看她托在木炕沿上的两手和踏在地上的两脚,的确比一般只从事家务劳动的妇女要大。生宝看见她那手指比较粗壮,心里就明白这是田地里劳动锻炼的结

---

① 周立波:《山乡巨变》下,人民文学出版社1979年版(下同),第225页。
② 周立波:《山乡巨变》下,第226页。
③ 周立波:《山乡巨变》下,第227页。
④ 周立波:《山乡巨变》上,人民文学出版社1959年版(下同),第309页。
⑤ 柳青:《创业史》第一部,中国青年出版社1960年版,第101页。

果。"①这种对劳动的肯定,使得梁生宝"望着大方而正经的刘淑良的背影,觉得她真个美。连手和脚都是美的,不仅和她的高身材相调和,而更主要的,和她的内心也相调和着哩。生宝从来没有在他所熟悉的改霞身上,发现这种内外非常调和的美。拿刘淑良一比较,生宝更明白改霞和他的亲事没有成功的原因了——两个人居住得很近,其实思想和性情却不合!"②因此,在梁生宝心目中,二人也就有了鲜明的对比。"她(徐改霞)不是在艰难里长大的,就没受过俺家受的那号剥削和压迫嘛。她爸死的时候留下了几亩地,两个姐夫给种着。娘俩关起街门过小家子光景,寡妇老婆还挺娇惯小闺女的,也不像你从小跟大人在地里头干活嘛!"③刘淑良的大手正体现出她对劳动的热爱,因此表现出外在美与内在美的统一,而徐改霞的柔软的手虽然有着外在美,却在一定程度上表现出内在的对劳动的拒绝,因此也就是不统一的。正是梁生宝与刘淑良两人共同的对土地、对劳动以及对合作社的共同的爱,使他们迅速感觉亲近起来。

同样是握手,张扬的《第二次握手》中苏冠兰与丁洁琼之间的握手,穿越的不是思想与性情的差异,而是悠远的时间和广袤的空间。这部在"文革"后期被广泛传抄的"地下文学"作品,以另一种方式延续了"文革"前的身体修辞方式,只是在具体的隐喻意义上实现了由爱党、爱社到爱国的置换。1928 年夏天,年方十八的恋人苏冠兰与丁洁琼在南京告别时第一次握手。然而,由于历史与命运的捉弄,他们之间的第二次握手则是发生在三十一年后。其时苏冠兰已经与叶玉菡成家生子,而成为世界著名科学家的丁洁琼却是孤身一人从美国辗转归来。在苏冠兰、叶玉菡与丁洁琼的三角关系中,无疑有着人性与党性的某种对立。苏冠兰与丁洁琼真心相爱,却因为父亲专制不能得偿所愿;而苏冠兰与叶玉菡虽然是由于家庭包办订的婚约,但最终成婚却是因为双方共同的政治立场。在苏冠兰与丁洁琼的爱情悲剧中,起作用的不仅有"旧时代投下的阴影"④,而且有鲁宁等代表党的意志的游说的作用,使得苏冠兰最

---

① 柳青:《创业史》第二部·下卷,中国青年出版社 1979 年版(下同),第 198 页。

② 柳青:《创业史》第二部·下卷,第 308 页。

③ 柳青:《创业史》第二部·下卷,第 317 页。

④ 张扬:《第二次握手》,中国青年出版社 1979 年版(下同),第 295 页。

终"让爱情服从政治,把个人问题归入革命事业的总渠道"①。这种爱情与婚姻的背离,正是苏冠兰内心痛苦之源。这种精神分裂的痛苦,本来是对身体的政治隐喻的一种质疑,但作者最后却在国家的层面,实现了这种精神分裂的治疗与痊愈。对于只身赴美的丁洁琼而言,爱人与爱国已经成为一种同位结构,她的家被布置成兰草的世界,因为兰草不仅喻示着苏冠兰,而且喻示着"祖国——还有与我的祖国不可分割地紧密联系在一起的其他最美好的一切!"②后来,当个人情感成为一种不可挽回的残缺时,正是在爱国这一旗帜下,苏冠兰、叶玉菡与丁洁琼化解了私人感情方面的恩怨,尽释前嫌。当丁洁琼将两颗寓示世界一流科学家荣誉的钻戒——苏冠兰送给她的"彗星"以及美国科学家奥姆霍斯送给她的"阿波罗"——奉献给周恩来时,她完成了自己归国认同仪式。这两枚钻戒的交出,不仅意味着她将作为世界一流科学家的荣誉奉献给祖国,同样意味着她将自己的私人感情也奉献给祖国。身—心—物三位一体,意味着作为私人情感的爱情与作为公共情感的爱国之情,实现了最终的置换。正如周恩来所言,"它们象征着一颗爱国的科学家的心"③。

2. 身体的换喻与个性化主体的建构

对身体的极端公共化与政治化,也必然消解情爱叙事存在的空间,因为情爱中的身体在一定程度上总是非公共化、非政治化的。在"文革"单维的政治叙事中,情爱被排除出叙事的视野。进入新时期之后,随着个性解放思潮与启蒙主义的再度兴起,情爱叙事的重新成为人们关注的热点话题。而与政治化叙事中关注公共空间中的身体的不同,新时期情爱叙事更多地关注日常生活空间中的身体。它摆脱了政治话语的单维性,转而正视身体的日常情态,并由此揭示身体与个性化主体建构之间复杂而隐秘的关系。

张贤亮的《绿化树》一开始就写出了身体状态与生命状态之间的对应关系,它以饥饿的章永璘开始,而身体的虚弱带来了精神的疲塌。"身体虚弱的折磨,在于你完全能意识、能感觉到虚弱的每一个非常细微的象征,而不在虚弱本身。因为它不是疾病,它不疼痛;它并不在身体的某一个部位刺激你或者

---

① 张扬:《第二次握手》,第 304 页。
② 张扬:《第二次握手》,第 196 页。
③ 张扬:《第二次握手》,第 406 页。

使你干脆昏迷；它无处不在，无所不到"，最终使人万念俱灰。而这种"已经失去主观能动性的，失去了选择的余地的万念俱灰才是最彻底的。这种万念俱灰不是外界影响和刺激的结果，是肉体质量的一种精神表现"①。他的这种身体的孱弱唤醒了马缨花母性的同情，由此对他特别关照，最终使他在身体上强壮到与海喜喜势均力敌。身体的强壮使他在精神上获得自信，由此获得马缨花的真正的爱情。"对她来说，仅仅是个'念书人'，仅仅会说几个故事，至多只能引起她的怜悯和同情；那还必须能劳动，会劳动，并且能以暴抗暴，用暴力手段来维护自己的尊严，才能赢得她的爱情。"②强壮的身体成为获得爱情的基础与前提。悖论的是，马缨花为了维护他的身体而拒绝了他的身体，"干这个伤身子骨，你还是好好地念你的书吧！"③这种对身体的拒绝使章永璘找到了"超越自我"的方向与动力。但在他获得精神超越之后，他却试图否定从前的生理性的"我"，试图否定马缨花。因为马缨花正是运用身体的暧昧性获取改善章永璘身体状态的食物。这种复杂的因果关系，揭示了日常生活中身体的复杂性与暧昧性。

张贤亮揭示了身体与灵魂之间否定之否定式的阶段式提升，但这种提升不仅存在着传统的单向性，女性依旧充当男性提升的工具甚至牺牲；而且存在着传统的等级性，灵魂与身体并不处于同样的层面，二者之间存在着高下之分，由此今日之我否定昨日之我。而莫言则试图解构这种单向性与等级性。在《红高粱》中，身体对于情爱双方的主体建构，不仅呈现出一种双向互动的态势，而且呈现出一种身体即本体的对等意识。"我爷爷"余占鳌和"我奶奶"戴凤莲暧昧的爱情故事正是以身体的相互吸引与相互激发为基点。正是"我奶奶"对于"我爷爷"强壮的身体的信任以及暧昧的暗示，激发了"我爷爷"的勇气与正义感，并由此一步步走上成为"余大司令"的道路。它先是激发"我爷爷"反抗劫匪，然后是半路拦住回门的"我奶奶"进行野合，再次则是谋杀患麻风病的酒庄老板，再后则是为"我奶奶"单挑土匪花脖子，最后，还是在"我奶奶"的激将下，拉起抗日队伍。情欲在这里成为一种引导人物跳出日常生活成规束缚的强大力量，使他成为他自身。对于"我奶奶"而言，"我爷爷"也

---

① 张贤亮：《绿化树》，《张贤亮自选集》，宁夏人民出版社 1986 年版（下同），第 404 页。
② 张贤亮：《绿化树》，《张贤亮自选集》，第 476 页。
③ 张贤亮：《绿化树》，《张贤亮自选集》，第 482 页。

并不只是一个满足自己情欲的男人,他同样是激发与引导她成为她自己的一种动力与支持。遇匪时临危不乱,暗送秋波,只是揭示了她反抗礼教的潜质,随后高粱地野合,也不过是一种半被动的身体狂欢。但当单家父子被杀,她成为一家之主之后,她就必须自己去开创自己的道路。"我爷爷"的潜在支持与熏陶,"锻炼出她临危虽惧,但终能咬牙挺住的英雄性格"①,使得她有勇气反抗不再可靠的传统伦理,开创自己的现世规范。"天,什么叫贞节? 什么叫正道? 什么是善良? 什么是邪恶? 你一直没有告诉过我,我只有按着我自己的想法去办,我爱幸福,我爱力量,我爱美,我的身体是我的,我为自己做主,我不怕罪,不怕罚,我不怕进你的十八层地狱。我该做的都做了,该干的都干了,我什么都不怕。"②由此,叙述者将这位女性刻画成了一位光彩照人的"抗日英雄,也是个性解放的先驱,妇女自立的典范。"③

　　莫言的《红高粱》在身体交往中,描绘了英雄现世的成长,而张抗抗的《情爱画廊》则在身体交往中,寻找艺术的超越。《情爱画廊》无疑是一曲性、爱、美的赞歌,一曲身体与艺术的合奏。在小说中,由(身体)美生爱,由爱生性,由性生(人体艺术)美,形成一个以身体为中心的螺旋上升结构。由于失去人体模特而落寞失意的画家周由到苏州采风,遇到身体极美的秦水虹,由此引发他的狂热的爱。在他一连串以画为书的情书的轰炸下,秦水虹终于被他的艺术精神打动,离开自己的家庭。他们在此后狂热的性中,感受到了身体的激情与解放,但他们并没有因此而沉湎于二人世界,而是借用性的解放力量与激情幻想,实现艺术上的更大提升。而这种艺术创造发过来也巩固了他们爱的土壤。正如周由所言,"水虹你真的以为我们之间仅仅是爱么? 没有我们俩对艺术的共同创造,那爱能有土壤么? 对我来说,它们像空气和水,缺一不可。"④而身体不仅是爱的对象,更是艺术的对象,他们以身体为基点实现了性—爱—美的统一。秦水虹的身体引发了周由的性欲,但他们之间的性,则不仅是生理的,同时也是精神的,"爆炸般的性快感"不仅为秦水虹不断炸出了新的"幻想空间","她清楚地知道,她和他能够得到这种极度的欢乐,完全得

---

①　莫言:《红高粱》,《莫言文集》第一卷,作家出版社1995年版(下同),第85页。

②　莫言:《红高粱》,《莫言文集》第一卷,第70页。

③　莫言:《红高粱》,《莫言文集》第一卷,第12页。

④　张抗抗:《情爱画廊》,时代文艺出版社2005年版(下同),第219页。

益于他们彼此的幻想"①,而且也不断地炸出周由的艺术灵感,为他打开艺术想象的大门,性快感由此通向"永不满足的创造精神"②。而秦水虹的身体之美,不仅是周由的创作对象,同时也是一种对他的激情进行疏导的力量。为此,他们之间的关系,就如同秦水虹所言,她"也许是他的心理砝码和限压阀,而他,则是她精心培育的一棵大芒果,也是她描摹不倦的漂亮的男模特……"③美与爱创造同时净化并引导激情,使其升华。通过这种方式,个体实现了艺术的创造,同时完成了人格的创造。

3. 身体的提喻与性(别)意识的张扬

20 世纪 90 年代以后,中国进入"后全权消费主义"时代,中国文学界的政治激情与启蒙激情都开始消退,文学陷入了商业与消费的漩涡。在这种社会氛围中,身体以及关于身体的书写,成为一个重要的话题。具有私密性的性,一方面因为其自身固有的重要性获得了叙事者的关注;另一方面因为性能够激发并满足读者一定程度的窥视欲望而被商人关注。在这种双重激发下,本来属于私人空间的性在情爱叙事中被凸显并放大,性成为身体的主要机能,是性别构建的主要因素,甚至是对人具有决定意义的存在方式。这种以私人生活空间中的情爱为主题的叙事,创建"身体—性"的提喻修辞模式。

林白《一个人的战争》讲述了一个女人漫长的成长史,情爱生活似乎只是其中的一小部分。然而,这一小部分却正是林多米所以成为她后来的样子的重要原因。她与其他男性的身体交往,对她产生了巨大影响。"我们成为我们现在的样子靠的是人体之间的相互关系"④,她被强奸的那个"初夜像一道阴影,永远笼罩了多米日后的岁月"⑤。在那次性经历过程中,她收获的不是快感,而是伤害感,她因男性对她的性侵犯而感觉到自己只是作为性对象的命运。而后来与 N 的性经历,同样没有给她任何身体快感,更没有给她任何主体意识。虽然林多米"希望他要我",但这种性爱只是为了证明自己在他心目中还有地位,证明我的身体对他而言还有作用,而不是因为我享受了性爱过

---

① 张抗抗:《情爱画廊》,第 79 页。
② 张抗抗:《情爱画廊》,第 318 页。
③ 张抗抗:《情爱画廊》,第 317—318 页。
④ [英]特里·伊格尔顿:《当代西方文学理论》,第 235 页。
⑤ 林白:《一个人的战争》,北京十月文艺出版社 2004 年版(下同),第 165 页。

程。"其实我跟他做爱从未达到过高潮,从未有过快感,有时甚至还会有一种生理上的难受。但我想他是男的,男的是一定要要的,我应该作出贡献。"①正是在这种感受的指引下,她明白,她对 N 的感受不过是一种自恋与自怜,因此,在离开 N 之后,她几乎马上就忘了他。在男性那里丧失了获得快感的可能性之后,她只能走向她自身。最后,林多米选择拒绝男人,以自慰来完成自己的女性角色的构建。

同样成为一个自恋者的倪拗拗,却与林多米有着完全不同的经历。叙述者声称在"性别停止的地方,才开始继续思考"②,并由此试图构建一种超越性别的角色,"我"的自慰也便成为非常具有象征意味的书写:

这一种奇妙的组合以及性别模式的混乱,是分前后与上下两部分完成的。

当我的手指在那圆润的胸乳上摩挲的时候,我的手指在意识中已经变成了禾的手指,是她那修长而细腻的手指抚在我的肌肤上,在那两只天鹅绒圆球上触摸……洁白的羽毛在飘舞旋转……玫瑰花瓣芬芳怡人……艳红的樱桃饱满地胀裂……秋天浓郁温馨的枫叶缠绕在嘴唇和脖颈上……我的呼吸快起来,血管里的血液被点燃了。

接着,那手如同一列火车,鸣笛声以及呼啸的震荡声渐渐来临,它沿着某种既定的轨道,向着芳草荫荫的那个"站台"缓缓驶来。当它行驶到叶片下覆盖的深渊边缘时,尹楠忽然挺立在那里,他充满着探索精神,准确而深入地刺进我的呼吸中……

审美的体验和欲望的达成,完美地结合了。③

在这里,自慰在时间上被分解成前后节,在空间上被分解为上下身。前一节与上半身被分配给女性对象禾,而后一节与下半身则被分配给男性对象尹楠。这种分配无疑有着丰富的文化意味。上半身属于审美体验,下半身则属于欲望达成,同性之爱与异性之性在倪拗拗的想象中实现"完美结合",而超越性别的女性也由此生成。

陈染将审美与欲望分别分配给不同的性别角色,让女性在自慰中完成想

---

① 林白:《一个人的战争》,第 220 页。
② 陈染:《私人生活》,作家出版社 1996 年版(下同),第 154 页。
③ 陈染:《私人生活》,第 239 页。

象的自我构建;而卫慧则这两种角色都赋予了男人,揭示现实中女性的自我分裂。在《上海宝贝》中,作为小说家的"我"一直试图在没有性功能的天天与像一匹种马的马克之间保持平衡。这种人物关系的设置潜在对应着爱与性、灵与肉之间的对立。然而,在"我"强烈的身体欲望的指引下,我一次次背叛了无性之爱,并最终导致了天天的死亡,而强烈的性则越来越多地占据"我"的心灵空间。"我""终于明白自己陷入了这个原本只是 sex partner(性伴侣)的德国男人的爱欲陷阱,他从我的子宫穿透到了我的脆弱的心脏,占据了我双眼背后的迷情。女性主义论调历来不能破解这种性的催眠术,我从自己身上找到了这个身为女人的破绽。"①女性成为自身性欲的俘虏。然而,这种战胜了无性之爱的性狂欢,终究也不是女性的最终归宿。马克的最终离去,无声地宣示了性不能改变什么的命运。

尽管卫慧张扬了性的巨大能量,但《上海宝贝》的潜层却是暗示女性在性与爱方面的双重失败。葛红兵的《沙床》则从男性的视角,以身体的最终毁灭探讨性爱观念与身体现实的各种可能。作为一部教授级的小说,葛红兵在文本中穿插了众多对身体的严肃思考,但故事的主体还是一个男人与几个女人之间的情爱。在小说中,性被赋予了特殊意义。在最初,"我"的性爱充当了拯救裴紫的角色;在最后,我的性爱则是张晓闽的成年仪式中不可或缺的因素。这种性关系的设置,无疑有着所谓的男性中心主义的影子,尤其是小说结尾的裴紫殉情自杀,更是一种男性中心的幻觉。然而,葛红兵较深刻的地方,不在于这种性别关系的构建,而在于对性本身的质疑。他笔下的性,具有明显的悖论色彩。一方面,性爱具有生与死的双重意味:在诸葛与裴紫最初的性爱中,性完成了裴紫生命意义的承续;而在诸葛与张晓闽的性中,性则促进了诸葛对死亡的理解,"每一次抽出都是一次死亡,每一次进入都是一次复活,那荒芜的更加荒芜了,寒冷的更加寒冷了,在残冬和初春的料峭里,张晓闽,我的妹妹,带着我,找到我的生和死,看到我的阴阳两界"②;另一方面,性快感存在无目的与合目的的悖论:作为"不仅是我们的工具,还是我们的目的"③的身体以及其快感,并不需要外在目的作为它的价值支撑;而人作为一种社会化的动

---

① 卫慧:《上海宝贝》,春风文艺出版社 1999 年版,第 238 页。
② 葛红兵:《沙床》,长江文艺出版社 2003 年版(下同),第 218 页。
③ 葛红兵:《沙床》,第 51 页。

物,却必须注意公义,而"快感是不公义的最重要的内容,不公义的快感是短暂的,而快感的不公义所带来的恐惧和焦虑却是永久的"①。生与死、无目的与合目的的双重悖论,使《沙床》成为一个关于性爱与伦理之间的永恒悖论的寓言。"我"由于上了社会伦理的当,以至于"我比他们更痛恨我的身体,我再也看不到我身体深处涌动着的激情的美了,我比他们还短视,我无耻(比他们更甚)地背叛、抛弃我的身体,以及它内里伟大的欲望和激情——那是造物主赐给我的礼物"②,这种拒绝与背叛带来了深远的影响,也就是身体对人的背叛,使得"我""再也不会有这种欲望和激情"③。尽管小说中似乎出现了对现实伦理的挑战,出现"我"与多个女性的性爱,但"我"却始终处于一种被动地位。这种被动地位以及"我"的最后的死亡,似乎暗示了性在解放与消亡之间的终极困境。

当代情爱叙事的身体书写,从不同向度揭示了身体的多重意义。作为一种社会化的生活,情爱生活必然贯穿公共话语空间、日常生活空间与私人生活空间等多个空间,身体也必然展现为公共身体、日常身体与私密身体等多重身份,在不同空间中,身体具有不同的意义。不同时代对于情爱与身体的规训,自然会在该时期的情爱叙事中得到反映。在"全权主义"[2]时期,情爱生活并不是一种个人事务,而是一种公共事务,情爱叙事因此不得不采用一种公共话语模式,身体在公共空间中的外在隐喻意义被极力凸显。尽管在某些作品中,日常生活空间中的情爱生活也曾昙花一现,如《山乡巨变》中对刘雨生离婚时痛苦流泪④,以及他利用盛佳秀的爱情来达到借猪目的等描写;《第二次握手》中对苏冠兰、丁洁琼与叶玉菡身心痛苦的渲染等,都从一个侧面暗示了日常生活中的身体不可能被任何理念格式化。但矛盾的最终解决,无疑宣示了政治的无所不能,以及公共空间对日常空间的全面统摄。至于私人空间中的私密

① 葛红兵:《沙床》,第 185 页。
② 葛红兵:《沙床》,第 121 页。
③ 葛红兵:《沙床》,第 122 页。
④ 在作家出版社 1958 年第一版的《山乡巨变·上》中,关于刘雨生离婚时的描写为"李主席在窗子外面,故意高声跟别人谈话,来掩盖他的哭泣声。"(第 136 页)而在 1959 年人民文学出版社第一版中变成了"刘雨生动手写离婚申请。李主席在窗子外面,故意高声跟别人谈话,来掩盖他们说话的声音。"(第 142 页)没有了"哭泣"字样,这是一个颇有意思的修改,由此不仅可以看出意识形态的介入,同时也可以看出情爱生活中个体感觉的消隐。

身体,在这种公共话语空间中,自然更为不合时宜。在"启蒙主义"①时期,随着个性解放思潮的再度兴起,作为展现主体建构的一种重要维度的情爱生活被还原为日常生活的常态,身体在日常生活中的重要性与多重内涵被深入挖掘。在这种日常话语模式中,一方面身体的正常欲望得到了正视以及充分的尊重;另一方面,身体同样被嵌入在"另外一种意识形态话语——理性、启蒙与民族振兴的规约之下"②,身体的解放与规训的双重意味被同时放置于主体建构的神话之下。而随着后现代主义在中国的流行(尽管似是而非),"后全权消费主义"的兴起,身体以及关于身体的话语都成为重要的消费符号,私人空间中的私密身体成为激发与满足人们窥视欲的重要对象,私人话语也就成为商业运作的一个重要载体。在这种私人话语模式中,虽然很多作家试图通过身体穿透人类某些阴暗的潜意识,但无一例外地选择性作为这种穿透深层心理的通道。这种对性的重视,在一定程度上无疑推进了对身体的认识,但由此而来的对身体的公共性与日常性的忽视,却同样是一种对身体认识的偏颇。

作为一个整体,中国现代情爱叙事将对身体的理解推向了一个新的高度,但作为具体的作品,却存在着各种问题。在身体修辞方面同样如此。"修辞只有在不被看成是修辞时才能发挥其效力"③。而要达到这一看似"无目的"的合目的,就应该兼顾辞与物、叙述者与受述者之间的关系,一方面使言辞要尽可能地接近事物的真相(虽然真相也是一种建构);另一方面则要尽可能站在受述者的立场进行叙述,由此才可能最大限度地消除受述者对修辞目的的戒备心理。正是在这一层面,当代情爱叙事的身体修辞模式展现出其自身的含混性与局限性。身体的隐喻修辞曾经对世人的身体意识产生过巨大影响,但由于其只看到公共空间中身体的外在展现的重要性,忽视身体的内在需要,割裂了身体自身的统一性与完整性,时过境迁,受人诟病也就成为一种历史的必然。身体的换喻修辞正是意识到身体的完整统一对于主体建构的重要性,叙述者一方面摈弃隐喻修辞中的片面与偏执;另一方面则在一定程度上融合了隐喻修辞的宏大叙事策略,同时开创提喻修辞的某些细微叙事技巧,多向度

---

① 陶东风、罗靖:《身体叙事:前先锋、先锋、后先锋》,《文艺研究》2005 年第 10 期。
② 陶东风、罗靖:《身体叙事:前先锋、先锋、后先锋》,《文艺研究》2005 年第 10 期。
③ 刘亚猛:《追求象征的力量》,生活·读书·新知三联书店 2004 年版,第 25 页。

多层面地揭示了身体与主体建构的重要关系,从而引导受述者对身体进行正视,并由此反思身体与主体建构的内在联系。虽然在后现代语境中,主体一词已经备受质疑,但这一修辞模式正折射出"启蒙主义"时期的主体建构激情。而随后的商业大潮对身体的窥视欲的激发,使得身体的私密层面获得了前所未有的关注。这一关注不仅有着人们对私密身体进行深入理解的激情,更有着欲望的激发与放纵。当这种私密身体成为公共空间的言说对象时,不仅可能出现话语的错位,而且可能出现伦理的错位。将身体狭义化为性,无疑是对身体真相的一种遮蔽,而其对受述者窥视欲的迎合,在某种程度上,不仅是一种商业操作,也是一种心理操作。木子美《遗情书》的一纸风行,以及随后的销声匿迹,似乎暗示了身体修辞的某种命运。

参 考 文 献

1.《马克思恩格斯选集》第 1—4 卷,人民出版社 1995 年版。

2. 亚理斯多德:《修辞学》,罗念生译,生活·读书·新知三联书店 1991 年版。

3. [德]本雅明:《启迪:本雅明文选》,阿伦特编,张旭东、王斑译,生活·读书·新知三联书店 2008 年版。

4. [德]康德:《历史理性批判文集》,何兆武译,商务印书馆 1990 年版。

5. [德]马克思:《1844 年经济学哲学手稿》,中共中央马克思恩格斯列宁斯大林著作编译局译,人民出版社 2000 年版。

6. [德]席勒:《美育书简》,徐恒醇译,中国文联出版公司 1984 年版。

7. [法]古斯塔夫·庞勒:《乌合之众——大众心理研究》,冯克利译,中央编译出版社 2004 年版。

8. [法]加缪:《加缪文集》,郭宏安等译,译林出版社 1999 年版。

9. [法]罗兰·巴尔特:《符号学历险》,李幼蒸译,中国人民大学出版社 2008 年版。

10. [法]罗兰·巴特:《S/Z》,屠友祥译,上海人民出版社 2000 年版。

11. [法]米歇尔·福柯:《词与物——人文科学考古学》,莫伟民译,上海三联书店 2001 年版,第 506 页。

12. [法]米歇尔·福柯:《疯癫与文明》,刘北成、杨远婴译,三联书店 1999 年版。

13. [法]米歇尔·福柯:《性经验史》,佘碧平译,上海人民出版社 2002 年版。

14.《权力的眼睛——福柯访谈录》,严锋译,上海人民出版社 1997 年版。

15. [法]热拉尔·热奈特:《叙事话语　新叙事话语》,王文融译,中国社会科学出版社 1990 年版。

16. [荷兰]米克·巴尔:《叙述学:叙事理论导论》,谭君强译,万千校,中国社会科学出版社 1995 年版。

17. [加]诺斯罗普·弗莱:《批评的解剖》,陈慧等译,百花文艺出版社 2006 年版。

18. [捷]米兰·昆德拉:《帷幕》,董强译,译文出版社 2006 年版。

19. [捷]雅罗斯拉夫·普实克:《普实克中国现代文学论文集》李燕乔等译,湖南文艺出版社 1987 年版。

20. [美]James Phelan、Peter J.Rabinowitz 编:《当代叙事理论指南》,申丹等译,北京大

学出版社 2007 年版。

21.［美］J.希利斯·米勒:《解读叙事》,北京大学出版社 2002 年版。

22.［美］本杰明·史华兹:《寻求富强:严复与西方》,叶凤美译,江苏人民出版社 1996 年版。

23.［美］戴卫·赫尔曼主编:《新叙事学》,马海良译,北京大学出版社 2002 年版。

24.［美］费正清编:《剑桥中国晚清史》(二册),中国社会科学院历史研究所编译室译,中国社会科学出版社 1985 年版。

25.［美］弗雷德里克·詹姆逊:《詹姆逊文集》(5 卷),王逢振主编,中国人民大学出版社 2004 年版。

26.［美］弗雷德里克·詹姆逊:《政治无意识》,王逢振、陈永国译,中国社会科学出版社 1999 年版。

27.《后现代主义与文化理论——杰姆逊教授讲演录》,唐小兵译,陕西师范大学出版社 1986 年版。

28.［美］韩南:《中国近代小说的兴起》,徐侠译,上海教育出版社 2004 年版。

29.［美］杰拉德·普林斯:《叙述学词典》(修订版),乔国强、李孝弟译,上海译文出版社 2001 年版。

30.［美］肯尼斯·博克等:《当代西方修辞学:演讲与话语批评》,常昌富、顾宝桐译,中国社会科学出版社 1998 年版。

31.［美］苏珊·S.兰瑟:《虚构的权威》,黄必康译,北京大学出版社 2002 年版。

32.［美］韦恩·C.布斯:《修辞的复兴》,穆雷等译,译林出版社 2009 年版。

33.［美］韦恩·布斯:《小说修辞学》,付礼军译,广西人民出版社 1987 年版。

34.［美］W.C.布斯:《小说修辞学》,华明等译,北京大学出版社 1987 年版。

35.［美］夏志清:《中国现代小说史》,刘绍铭编译,［台北］传记文学出版社 1979 年版。

36.［美］詹姆斯·费伦:《作为修辞的叙事:技巧、读者、伦理、意识形态》,陈永国译,北京大学出版社 2002 年版。

37.［日］柄谷行人:《日本现代文学的起源》,赵京华译,生活·读书·新知三联书店 2003 年版。

38.［苏］巴赫金:《巴赫金全集》(七卷),钱中文主编,河北教育出版社 2009 年版。

39.［以］里蒙-凯南:《叙事虚构作品》,姚锦清等译,生活·读书·新知三联书店,1989 年版。

40.［英］华莱士·马丁:《当代叙事学》,伍晓明译,北京大学出版社 2005 年版。

41.［英］卢伯克、福斯特、缪尔:《小说美学经典三种》,方土人、罗婉华译,上海文艺出版社 1990 年版。

42.［英］马克·柯里:《后现代叙事理论》,宁一中译,北京大学出版社 2003 年版。

43.［英］特里·伊格尔顿:《当代西方文学理论》王逢振译,中国社会科学出版社 1988

年版。

44. ［英］维特根斯坦：《哲学研究》，陈嘉映译，上海人民出版社 2001 年版。

45. 张寅德编选：《叙述学研究》，中国社会科学出版社 1989 年版。

46. ARMIN PAUL FRANK.*Kenneth Burke*.New York：Twayne Publishers，Inc.1969.

47. David Herman.*Basic Elements of Narrative*.Wiley-Blachwell.2009.

48. Burke，Kenneth.*A Rhetoric of Motives* Berkeley：University of California Press.1969.

49. Chatman，Seymour.*Coming to Terms：The Rhetoric of Narrative in Fiction and Film*. Itha-ca：Cornell University Press.1990.

50. Kearns，Michael.*Rhetorical Narratology*.Lincoln：University of Nebraska Press.1999.

51. Phelan，James.*Experiencing Fiction：Judgments，Progressions，And The Rhetorical Theory Of Narrative*.Columbus：Ohio State University Press.2007.

52.《鲁迅全集》（18 卷），人民文学出版社 2005 年版。

53.《茅盾全集》（43 卷），人民文学出版社 1984—2006 年版。

54.《诸子集成》（8 卷），上海书店出版社 1986 年版。

55. 阿英：《晚清小说史》，东方出版社 1996 年版。

56. 陈方竞：《多重对话：中国新文学的发生》，人民文学出版社 2003 年版。

57. 陈望道：《修辞学发凡》，上海教育出版社 1997 年版。

58. 陈平原、夏晓虹编：《二十世纪中国小说理论资料》第一卷，北京大学出版社 1997 年版。

59. 严家炎编：《二十世纪中国小说理论资料》第二卷，北京大学出版社 1997 年版。

60. 吴福辉编：《二十世纪中国小说理论资料》第三卷，北京大学出版社 1997 年版。

61. 钱理群编：《二十世纪中国小说理论资料》第四卷，北京大学出版社 1997 年版。

62. 洪子诚编：《二十世纪中国小说理论资料》第五卷，北京大学出版社 1997 年版。

63. 陈平原：《陈平原小说史论集》（3 卷），河北人民出版社 1997 年版。

64. 陈思和：《中国新文学整体观》，上海文艺出版社 2001 年版。

65. 陈思和主编：《中国新文学大系 1976—2000·文学理论卷》，上海文艺出版社 2009 年版。

66. 程文超：《1903：前夜的涌动》，山东教育出版社 1998 年版。

67. 程文超：《中国当代小说叙事演变史》，中国社会科学出版社 2009 年版。

68. 程锡麟、王晓路：《当代美国小说理论》，外语教学与研究出版社 2001 年版。

69. 邓晓芒：《文学与文化三论》，湖北人民出版社 2005 年版。

70. 邓志勇：《修辞理论与修辞哲学：关于修辞学泰斗肯尼思·伯克的研究》，学林出版社 2011 年版。

71. 董文成、李勤学主编：《中国近代珍稀本小说》（20 卷），春风文艺出版社 1997 年版。

72. 范伯群：《中国现代通俗文学史》（插图本），北京大学出版社 2007 年版。

73. 范智红：《世变缘常——四十年代小说论》，人民文学出版社 2002 年版。

74. 方正耀：《中国古典小说理论史》，华东师范大学出版社 2005 年版。

75. 耿占春：《叙事美学》，郑州大学出版社 2002 年版。

76. 郭洪雷：《中国小说修辞模式的嬗变——从宋元话本到五四小说》，上海三联书店 2008 年版。

77. 洪治纲：《余华评传》，郑州大学出版社 2005 年版。

78. 胡采主编：《中国解放区文学书系·文学运动·理论编》，重庆出版社 1992 年版。

79. 胡适选编：《中国新文学大系·建设理论集》（影印本），上海文艺出版社 2003 年版。

80. 胡亚敏：《叙事学》，华中师范大学出版社 2004 年版。

81. 黄晓华：《现代人建构的身体维度》，中国社会科学出版社 2008 年版。

82. 蓝纯编著：《修辞学：理论与实践》，外语教学与研究出版社 2010 年版。

83. 李建军：《小说修辞研究》，中国人民大学出版社 2003 年版。

84. 李泽厚：《中国思想史论》（3 卷），安徽文艺出版社 1999 年版。

85. 连燕堂：《二十世纪中国翻译文学史·近代卷》，百花文艺出版社，2009 年版。

86. 刘亚猛：《西方修辞学史》，外语教学与研究出版社 2008 年版。

87. 刘亚猛：《追求象征的力量》，生活·读书·新知三联书店 2004 年版。

88. 毛泽东：《毛泽东选集》（四卷），人民出版社 1991 年版。

89. 申丹、王亚丽：《西方叙事学：经典与后经典》，北京大学出版社 2010 年版。

90. 申丹：《叙事、文本与潜文本》，北京大学出版社 2009 年版。

91. 申丹：《叙述学与小说文体学研究》，北京大学出版社 1998 年版。

92. 申丹等：《英美小说叙事理论研究》，北京大学出版社 2005 年版。

93. 沈从文：《沈从文全集》，北岳文艺出版社 2002 年版。

94. 施蛰存主编：《中国近代文学大系·翻译文学集》（3 卷），上海书店 1991 年版。

95. 汪辉：《死火重温》，人民文学出版社 2000 年版。

96. 王德威：《被压抑的现代——晚清小说新论》，北京大学出版社 2005 年版。

97. 王德威：《现代中国小说十讲》，复旦大学出版社 2003 年版。

98. 王德威：《想象中国的方法》，生活·读书·新知三联书店 2003 年版。

99. 王同舟主编：《中国文学编年史·晚清卷》，湖南人民出版社 2006 年版。

100. 於可训、李遇春主编：《中国文学编年史·当代卷》，湖南人民出版社 2006 年版。

101. 於可训、叶立文主编：《中国文学编年史·现代卷》，湖南人民出版社 2006 年版。

102. 王小波：《王小波文集》（4 卷），中国青年出版社 1999 年版。

103. 王晓明主编：《二十世纪中国文学史论》（3 卷），东方出版中心 1997 年版。

104. 王晓明主编：《批评空间的开创》，东方出版中心 1998 年版。

105. 王一川：《兴辞诗学片语》，山东友谊出版社 2005 年版。

106. 王一川：《修辞论美学》，东北师范大学出版社 1997 年版。

107. 吴组缃等主编:《中国近代文学大系·小说集》(7 卷),上海书店 1991 年版。

108. 伍茂国:《现代小说叙事伦理》,新华出版社 2008 年版。

109. 夏志清:《文学的前途》,三联书店 2002 年版。

110. 谢冕、钱理群主编,《百年中国文学经典》(8 册),北京大学出版社 1996 年版。

111. 徐麟:《鲁迅中期思想研究》,湖南师范大学出版社 1997 年版。

112. 杨义:《中国现代小说史》(3 卷),人民文学出版社 1986 年版。

113. 杨义:《中国叙事学》,人民出版社 1997 年版。

114. 郁达夫:《郁达夫文集》(12 卷),花城出版社,生活·读书·新知三联书店香港分店 1982 年版。

115. 张爱玲:《张爱玲文集》(4 卷),安徽文艺出版社 1992 年版。

116. 张炯主编:《中国新文艺大系 1949—1966·理论史料集》,中国文联出版公司 1994 年版。

117. 赵毅衡:《当说者被说的时候》,中国人民大学出版社 1998 年版。

118. 赵毅衡:《苦恼的叙述者——中国小说的叙述形式与中国文化》,北京十月文艺出版社 1994 年版。

119. 钟叔河编:《周作人文类编》(10 卷),湖南文艺出版社 1998 年版。

后　记

当此书终于将要付梓的时候，忽然发现，自己心里虽然有些许喜悦，但更多的却是惶恐。

曾经对学生讲，我有两个梦想，做一个二十年后有学生记得的老师，写一本二十年后有人看的书。前一个梦想暂时存而不论，后一个梦想则似乎有些遥远。

扪心自问，自己也曾对当下学界急功近利颇有微词，但自己终究还是不可避免地再蹈他人覆辙，心中自然生出许多惶恐。

私心一直认为，这部书稿应该有些许可取之处，它至少建构了一个理论框架——小说修辞的动态系统，提出了一个学术问题——中国小说修辞演变的内在动力与机制。这两个方面应该都有其研究价值，而学界的研究到目前为止似乎还不充分，因此，尽管本书论述尚较空疏，但应该还是有其意义。

私心也以为，自己还是花了一些力气在这部书稿上的。2009 年至 2011 年，本人在华中师范大学文艺学专业跟着胡亚敏老师从事博士后研究，本书稿的基础就是本人的博士后出站报告。在写作此书稿最紧张的时候，本人半年输了四次液，算是本人人生中前所未有的境遇，没有功劳也有苦劳。2013 年，本人赴美国加州大学洛杉矶分校访学半年，期间的主要工作就是修改这部书稿。回国后，以此书稿申报湖北省社科基金，有幸入选，大概由此也可以推断出本书稿获得了部分专家的认同罢。

然而，自己还是觉得，应该下更多的工夫，使本书的内容更为充实一点，使本书的论证更加周密一点，使本书的条理更为清晰一点，是本书的语言更加流畅一点。

这些都还没做，自己便有点迫不及待地将此书出版了，因为自己希望对近期研究做一个小结，然后好将主要精力投入国家社科基金课题"认同模式与中国小说的现代转型研究"。

因此,这本书必然还存在诸多缺憾。

所有的缺陷都由于自己的才疏学浅,但此书如果尚有可取之处,却必须归功于胡亚敏老师的指导与帮助。作为文艺学界与叙事学界的领军人物之一,胡老师高屋建瓴的宏大视野与洞幽烛微的犀利眼光,不仅使我在博士后研究中受益匪浅,而且对我的长期研究计划产生了深远影响,可以说让我受益终生。正是在胡老师的指导下,我调整了自己的研究方向,最终确定了博士后研究报告的选题以及中长期研究计划。在论文的写作过程中,胡老师在百忙之中依旧对我时时关注,时时指点。就是在出站之后,胡老师依旧关注我的相关研究进展,关注此书的出版,并提出很多建设性意见。借此机会,对胡老师表示最真诚的感谢!

其他师长也一直在持续关注我的成长。我的博士生导师易竹贤先生,虽然已近耄耋之年,但依旧关心学界近况,关心学生发展,不时给出合理建议。华中师范大学文学院的张玉能教授、孙文宪教授在我的博士后研究期间给予了我不少指点与帮助。我的海外访学联系导师,加州大学洛杉矶分校亚裔美国研究系主任、英文系教授凌津奇先生,在我访学期间,不仅在生活上给予了极大关照,而且在学术上也给我提供了大量帮助,与凌老师在课堂与课后的交流让我深受启发。湖北大学文学院院长、中国语言文学省级重点学科负责人刘川鄂教授,无论是在我博士后研究期间还是在校工作期间,都非常关注我的科研发展,为我提供了许多帮助与支持。文学院党委书记郭康松教授以及宋克夫教授、石锓教授、蔚蓝教授、聂运伟教授、梁艳萍教授、彭公亮教授、周新民教授等,在本人工作与博士后研究期间,也提供了大量便利与帮助。人民出版社洪琼先生的支持使此书能够顺利出版。在此一并表示诚挚的谢意!

本书稿中部分章节已经在《文学评论》、《湖北大学学报》、《现代中国文化与文学》、《海南师范大学学报》等刊物上刊出,在此对邢少涛先生、熊显长先生、陈思广先生、毕光明先生等表示真诚的感谢。尤其是邢少涛先生,至今尚未谋面,只能通过这种方式先行表示谢意!

在此,本人同时想对一个松散的学术群体表示谢意。2008 年,由武汉大学文艺学教研室高文强发起,我们这些在武汉各高校文艺学教研室的所谓"青年"教师成立了一个读书会。这个读书会的多次讨论,尤其是各位同仁对本人出站报告以及其他学术研究的批评与建议,使本人深受启发。在此对这些同仁致意,他们包括:武汉大学的高文强、李松、刘春阳,华中师范大学的韩军、王庆卫、万娜,江汉大学的庄桂成,中南民族大学的宋雄华等。

借这个机会,我还要感谢默默站在我背后的家人。为了让我能够顺利完成博士后研究工作,我的爱人黄荣华承担了照顾孩子的主要责任,为此不得不暂时中断自己手头的研究工作;出站后,爱人一如既往地支持我的工作,为此不得不放慢她自己手头的国家社科基金课题研究。我那刚刚7岁的女儿黄悦阅,也已经习惯我每天晚上去办公室。我那身为退休小学教师的父亲黄子异与身为文盲的母亲李胡妹,都早已年逾古稀,自然不能理解我的研究,但他们的品格描绘了我生命的底色,童时午夜醒来父亲在煤油灯下改作业的背影,与母亲面对苦难时的坚韧与自信,已经融入我的生命。家人的理解与支持是我从事研究的最大动力。

最后,本书属于国家社科基金项目"认同模式与中国小说的现代转型研究"的前期研究成果,也是中国博士后科学基金项目"二十世纪中国小说修辞流变研究"与湖北省社科基金项目"二十世纪中国小说修辞流变概观"的最终研究成果,本书出版同时受湖北大学文学院中国语言文学省级重点学科建设经费资助,在此对相关单位表示衷心感谢!

责任编辑:洪 琼

图书在版编目(CIP)数据

20 世纪中国小说修辞史略/黄晓华 著. -北京:人民出版社,2014.4
ISBN 978－7－01－013491－8

Ⅰ.①2… Ⅱ.①黄… Ⅲ.①小说-修辞学-文学研究-中国-20 世纪
　Ⅳ.①I207.42

中国版本图书馆 CIP 数据核字(2014)第 084626 号

20 世纪中国小说修辞史略
20SHIJI ZHONGGUO XIAOSHUO XIUCI SHILÜE

黄晓华 著

人民出版社 出版发行
(100706 北京市东城区隆福寺街 99 号)

环球印刷(北京)有限公司印刷 新华书店经销

2014 年 4 月第 1 版 2014 年 4 月北京第 1 次印刷
开本:710 毫米×1000 毫米 1/16 印张:18.5
字数:300 千字 印数:0,001-2,000 册

ISBN 978－7－01－013491－8 定价:49.00 元

邮购地址 100706 北京市东城区隆福寺街 99 号
人民东方图书销售中心 电话 (010)65250042 65289539